JOSÉ OVEJERO, geboren 1958 in Madrid, ist Autor zahlreicher Romane, Kurzgeschichten, Essays, Theaterstücke und Gedichte. 2013 wurde er mit dem Premio Alfaguara de Novela ausgezeichnet. Auf Deutsch erschien bereits 1997 und erneut 2015 sein Roman *Erzähl mir noch einmal von Havanna* (*Anoranza del héroe*).

PATRICIA HANSEL, geboren 1965 in Stade, studierte Theaterwissenschaften und Germanistik an der FU Berlin und lebt seit 2008 in Barcelona. Sie arbeitet in einem Buchverlag und übersetzt kürzere fiktionale und Sachtexte. *Aufstand* ist ihre erste Romanübersetzung.

JOSÉ OVEJERO

AUFSTAND

ROMAN

AUS DEM SPANISCHEN VON
PATRICIA HANSEL

EDITION NAUTILUS

Die Originalausgabe des vorliegenden Buches erschien unter
dem Titel *Insurrección* bei Galaxia Gutenberg, Barcelona 2019
© José Ovejero

Die Übersetzung dieses Buches wurde von
Acción Cultural Española (AC/E) gefördert.

Editorische Notiz:
Zitat auf Seite 259: Don DeLillo, *Unterwelt*. Aus dem Amerika-
nischen von Frank Heibert. Köln: Kiepenheuer und Witsch, 1998
(Originalausgabe New York: Scribner, 2007).
Quelle der in Kapitel 24 genannten Daten: Nick Srnicek / Alex Williams,
Die Zukunft erfinden. Postkapitalismus und eine Welt ohne Arbeit.
Aus dem Englischen von Thomas Atzert. Berlin: Tiamat 2016
(Originalausgabe London: Verso 2015).

Bildnachweise:
Seite 226: © Anthony Phelps / REUTERS.JPG
Seite 227: © 2009 TeleGeograph

Edition Nautilus GmbH
Schützenstraße 49 a
D - 22761 Hamburg
www.edition-nautilus.de
Alle Rechte vorbehalten
© Edition Nautilus 2020
Deutsche Erstausgabe September 2022
Umschlaggestaltung:
Olga Machverkova
Porträt des Autors Seite 2:
© Isabel Wagemann

Druck und Bindung:
CPI – Clausen & Bosse, Leck
1. Auflage
ISBN 978-3-96054-296-4

*Vorbemerkung der Übersetzerin zum Hintergrund der
Haus- und Wohnungsbesetzungen in Spanien:*

Der spanische Begriff *ocupa* bedeutet »illegaler Besetzer« bzw. »illegale Besetzerin«. Allerdings hat sich in Spanien die Unterscheidung zwischen *ocupa* mit c (orthografisch korrekte Schreibweise) und *okupa* mit k durchgesetzt.

Als *okupas* verstehen sich diejenigen, die Häuser und Wohnungen nicht nur in Notlagen, sondern auch aus einem politischen Engagement gegen Spekulation, Wohnungsnotstand und dem Wunsch nach einem anderen Zusammenleben heraus besetzen. Dazu gehört auch die Nutzung von leerstehenden Gebäuden als soziale oder kulturelle Zentren (*Centro Social Okupado*). Als *ocupas* werden hingegen diejenigen bezeichnet, die ohne spezifisch politische Forderungen leerstehenden Wohnraum besetzen, weil sie sonst keine Wohnung finden oder die Miete nicht bezahlen können. Diese Form der Besetzungen hat gerade nach der Immobilienkrise 2008 stark zugenommen. Oft sind es Familien, Immigranten oder Studierende, die Wohnungen, auch in leerstehenden Neubauten, oder Reihenhäuser in den Randgebieten der Städte besetzen.

Auch José Ovejero verwendet diese Unterscheidung. In der vorliegenden Übersetzung ergibt sich der Unterschied entweder aus dem Zusammenhang oder er wird ausdrücklich thematisiert, dann werden die spanischen Ausdrücke verwendet.

Schreibweisen mit k statt mit c haben sich in der ganzen alternativen Szene seit den 80er Jahren verbreitet, für politische Begriffe oder auch in den Namen vieler Punkgruppen. Die baskische Punkgruppe Eskorbuto, die in Kapitel 28 erwähnt wird, trägt dieses k auch in ihrem Namen; die korrekte spanische Schreibweise wäre *escorbuto*, dt. Skorbut.

1

Aitor konnte sich an kein Ereignis in seinem Leben erinnern, das ihm so nahegegangen wäre wie das Verschwinden seiner Tochter. Obwohl Ana nach mehrmaliger Ankündigung, vielmehr Drohung, das Haus freiwillig verlassen hatte, fühlte Aitor die gleiche Verzweiflung wie jemand, der bei einem Unfall oder einer Katastrophe einen geliebten Menschen verloren hat. Dass er selbst sich niemals eigene Kinder gewünscht hatte, tröstete ihn nicht.

Er hatte vermutet, dass er welche haben würde, nicht so sehr aus freien Stücken, eher, weil es ihm als die logische Konsequenz seines Wunsches erschien, mit einer Frau zu leben. Als Jugendlicher hatte er wohl von einem wilden Leben ohne Bindungen geträumt, einem Nomadenleben, in dem er sich spontan immer wieder für neue Orte und Menschen entscheiden könnte, auch für die Dauer seiner Beziehungen, aber sehr bald wurde ihm klar, dass er eine Frau brauchte, gelassen und liebevoll, die ihm helfen würde, eine Unruhe zu besänftigen, die ihn, obwohl sie fast nie nach außen drang, mit der Vorahnung eines unmittelbar bevorstehenden Unglücks in Schach hielt, eine Bedrohung, für die er gewappnet sein musste. Diese Frau würde ohne Zweifel Kinder haben wollen – er vermutete, dass gelassene, liebevolle Frauen eine Familie anstreben –, und er würde es hinnehmen, wie er es hinnehmen würde, ein Haus zu kaufen, eine Hypothek aufzunehmen, eine sichere Anstellung zu haben und an den Wochenenden ihre Eltern zu besuchen, und selbstverständlich an Weihnachten. Diese Aussicht erschien ihm etwas lästig, aber nicht sehr besorgniserregend, so wie die Notwendigkeit einkaufen zu gehen oder das Auto zu waschen, Aufgaben, die keinen Spaß machen, aber die auch nicht so unangenehm sind, dass sie einem den Tag verderben, eine Routine, eine beruhigend vorhersehbare Abfolge von Tätigkeiten, die ihm die Struktur geben würde, um seine Ängste in den Griff zu bekommen. Aber wenn ihn jemand gefragt hätte, ob er, unabhängig davon, was andere wollen, sich Kinder wünschte, hätte er lächelnd geantwortet, dass er gern einen Hund hätte. Einen Hund, dachte er, ein Hund hätte genügt, um diese Rastlosigkeit zu vertreiben, die dieses Summen in seinem Innern verursachte.

Wahrscheinlich hatte seine Distanz zu Kindern etwas mit der Zeit zu tun, als er selbst Kind war, sein Vater Anton verbrachte als Ingenieur in der Erdölförderung die meiste Zeit außer Haus und außer Landes, so dass sein Verhältnis zu ihm eher dem zu einem entfernten Verwandten glich, und das zu seiner Mutter Maika war auch nicht gerade von überströmender Herzlichkeit geprägt. Nicht, dass sie ihn schlecht behandelt oder vernachlässigt hätte, aber sie beschränkte sich darauf, ihre Verpflichtungen zu erfüllen, wie jemand, der eine unumgängliche Arbeit verrichten muss, die weder befriedigend noch unangenehm ist, so halt, wie ein Auto zu waschen oder einkaufen zu gehen. Sie hätte lieber ein Mädchen bekommen. Sie war sogar absolut davon überzeugt, dass ein Mädchen in ihr heranwuchs, nichtsdestotrotz hatte sie vierundzwanzig Stunden vor der Geburt noch nicht entschieden, wie es denn heißen sollte, eine Entscheidung, die sie allein treffen musste, da ihr Mann schon seit drei Monaten hundert Kilometer vor der Küste Norwegens arbeitete und sie nie die Gelegenheit gefunden hatten, es zu besprechen.

Aitor hatte Glück, dass er nicht als Mädchen zur Welt kam.

Wenn seine Mutter sich noch nicht für einen Namen entschieden hatte, dann deshalb, weil sie alles verabscheute, was spanisch oder baskisch klang. Maikas Vater war ein Alkoholiker gewesen, der seine Frau mit der gleichen Wut misshandelte, wie er die Unabhängigkeit des Baskenlandes verteidigte, und der alle Spanier ohne Ausnahme als weibisch und gottlos betrachtete, und Maika erinnerte sich schon nicht mehr, ob ihr

Vater so viele Monate im Gefängnis verbracht hatte, weil er ihre Mutter wieder einmal verprügelt hatte oder wegen seiner politischen Aktivitäten in dem anarchistischen Zirkel, dem er angehörte. Maika hieß in Wirklichkeit Maria del Carmen, aber ihr Vater verbot ihr, sich so zu nennen, und zwang ihr diese Verkürzung auf, die ihm zufolge im baskischen Vaterland eher verwurzelt ist. Die Tochter, obwohl sie die Reden des Vaters von der Überlegenheit der Bizkainos, die weit über den Guipuzcoanos und selbstverständlich über den Alavesos standen, verachtete, konnte ihre Abneigung gegenüber den Spaniern nicht überwinden, und als sie sich in Madrid niederließ, brachte sie es nicht fertig, sich wieder Maria del Carmen zu nennen oder wenigstens Mari Carmen oder kurz und knapp Carmen; obwohl sie sich neuen Bekannten zunächst so vorstellte, nannte sie sich aus Gewohnheit oder aus einem schwer erklärbaren Stolz heraus bald wieder Maika. Deshalb wollte sie auch für ihr Kind keinen der üblichen Namen aus einer der beiden Traditionen, die ihr unbequem waren wie ein Paar zu enge Schuhe, und sie hatte mit der Möglichkeit gespielt, ihrer Tochter einen indianischen Namen zu geben, wie Pocahontas oder Malinche, aber eine Radiosendung weckte eine andere Vorliebe. Aitor kam am 6. August 1970 zur Welt, durch eine eingeleitete Geburt, da die Schwangerschaft bereits auf die 42. Woche zuging, und in ihrem Bett im Krankenhaus hörte Maika im Radio ihrer Zimmernachbarin, dass man des Abwurfs der Bombe auf Hiroshima vor 25 Jahren gedachte, und vielleicht durch die Schmerzen und die Verlassenheit verwirrt (niemand aus der Familie war in diesem Moment bei ihr) oder später durch die Betäubung, die für den Kaiserschnitt notwendig war, entschied sie, dass ihre Tochter Hiroshima heißen sollte. Der Name erschien ihr wohlklingend, exotisch und originell zugleich, genau passend für einen so außergewöhnlichen Menschen, wie ihre Tochter einer werden würde. Als man ihr zeigte, dass es sich um einen Jungen handelte, bestand sie zunächst darauf, eine Tochter geboren zu haben, aber sie musste schließlich, wenn sie auch nicht den Beteuerungen des Chirurgen und der Krankenschwestern glaubte, doch die Offensichtlichkeit eines Penis akzeptieren, der ihr im Vergleich zu einem so kleinen Kind etwas überdimensioniert erschien, und als Stunden später eine Frau im weißen Kittel sie fragte, wie das Neugeborene heißen sollte, wusste sie nichts zu antworten. Wie heißt denn der Vater?, wollte die Ärztin oder Schwester ihr helfen. Aitor, antwortete Maika, und gab den Namen ihres eigenen Vaters an, vielleicht verhaspelte sie sich, weil er ähnlich klang wie der Name ihres Mannes, doch obwohl sie das Missverständnis später hätte ausräumen oder einen anderen Namen hätte wählen können, beließ sie es aus Gleichgültigkeit oder Erschöpfung dabei, so dass der Junge schließlich einen baskischen Vornamen und einen kastilischen Nachnamen bekam, Aitor Sánchez.

Eines der wenigen Male, bei denen Maika mit ihrem Sohn über ihre Schwangerschaft und Geburt sprach, er war noch klein, erzählte sie ihm lachend, dass er in Wirklichkeit Hiroshima hätte heißen sollen, zu Ehren der Stadt, die von der Atombombe dem Erdboden gleichgemacht worden war. Ihm war plötzlich zum Heulen zumute, und er hätte nicht sagen können, ob wegen der ungewohnten Heiterkeit seiner Mutter oder weil es ihm wehtat, dass sie ihn nicht lieben konnte, genau ihn, anstatt eines Mädchens oder irgendeines anderen Jungen. Er überwand sich sie zu fragen, warum sie so überzeugt davon gewesen war, ein Mädchen zu bekommen, und nach kurzem Nachdenken erklärte sie, dass es eine sehr einfache Schwangerschaft gewesen sei, fast ohne Anfälle von Übelkeit, und er habe sie nie getreten, selten habe er sich überhaupt bewegt, so dass sie seine Anwesenheit oft gar nicht bemerkt habe, fast, als hätte der Fötus niemals die Wände der Gebärmutter auch nur gestreift. Jungs treten dich, bevor sie aus deinem Körper herauskommen, erläuterte sie, obwohl sie das gar nicht wissen konnte. Aitor malte sich aus, wie ein Astronaut in seiner Mutter zu schweben, sich um sich selbst drehend, langsam, mit dem Raumschiff nur durch ein Kabel verbunden, das verhinderte, dass er für immer in der ihn umgebenden Schwärze verloren ging.

Aitor hatte keine Geschwister: Sein Vater entschied sich, in

Brasilien zu bleiben, wo er mehrere Monate in der Erdölförderung für Petrobras an den Ufern des Amazonas gearbeitet hatte (er schickte ein paar Fotos vom Dschungel und von einem toten Tapir, dem ein Bein fehlte), und reichte die Scheidung in Abwesenheit ein. Maika akzeptierte widerstandslos. Das letzte Mal sah Aitor seinen Vater auf einem Foto in *El País*. Der Artikel schilderte ein Gerichtsverfahren, das 2003 in Chevron eröffnet wurde und in dem es um die Ölpest im Nationalpark Yasuní in Ecuador ging. Sein Vater lächelte inmitten der Beschuldigten; mit den wenigen Haaren, die auf einer durch das Blitzlicht glänzenden Glatze klebten, einem Jackett mit zu kurzen Ärmeln und der dicken Brille wie der eines Professors für irgendeine tote Sprache, sah er älter aus, als er hätte sein können. Trotz des Lächelns wirkte er verloren, unschlüssig, unbehaglich, und die gelockerte Krawatte und der aufgeknöpfte Kragen des Hemdes vermittelten den Eindruck, als hätte man ihn gerade von einem Fest geholt, auf dem er zu viel getrunken hatte, um ihn dann vor den Richter zu führen. Aitor hatte das Foto nicht seiner Frau gezeigt und auch Maika nicht gefragt, ob sie es gesehen hatte.

Seine Mutter heiratete nicht wieder und sie hatte seines Wissens auch keine länger andauernden Beziehungen zu anderen Männern. Sie brachte sich am selben Tag um, an dem Aitor 29 Jahre alt wurde, wenige Minuten nachdem sie ihn angerufen hatte, um ihm zu gratulieren und ihm zu sagen, dass sie vergessen hätte, ihm ein Geschenk zu kaufen.

Vielleicht hatte Aitor sich nie Kinder gewünscht, weil er kein attraktives Vorbild für den Umgang mit ihnen kannte, aber seine Erfahrungen waren auch nicht so konfliktbeladen, dass er sich entschieden dagegen ausgesprochen hätte. Sie waren in seinem Programm nicht vorgesehen, auch wenn sie schließlich auftauchten, wie Falten oder, falls er dieses Merkmal seines Vaters geerbt haben sollte, Haarausfall. Deshalb überraschte ihn seine enge Verbindung zu Ana und dass das Mädchen, kaum geboren, zum Mittelpunkt seines Lebens wurde. Eine Bindung, stärker als die zu seiner Frau Isabel, und zweifellos stärker als die zu Luis, seinem anderen Kind, das sie vier Jahre vor Ana bekommen hatten, und die eher von einer Art freundlicher Gleichgültigkeit geprägt war, so wie die zwischen Maika und ihm. So dass ihn Anas Weggang, trotz aller Probleme, Diskussionen, Beschimpfungen, Kämpfe und all der Schwierigkeiten, in die sich Ana gebracht hatte, lange bevor man sie als Teenager hätte bezeichnen können, buchstäblich nach Luft ringen ließ. Angstattacken überfielen ihn in völlig unerwarteten Momenten, während er aß, wenn er nachts aufwachte, auch während seiner Arbeit, sogar mitten in seiner Sendung. Er musste dann sofort aufhören mit dem, was er gerade tat, und sich ausschließlich auf das Atmen konzentrieren, wobei er fürchtete, das Bewusstsein zu verlieren, und er hatte Glück, dass ihn die Attacke während der Werbepause erwischte.

Weil es diesmal nicht wie die anderen Male war. Dieses Mal war Ana nicht mitten in einem Wutanfall davongelaufen, um einige Tage später wieder aufzutauchen, mit einem neuen Tattoo oder einem neuen Piercing, wie Markierungen im Revolver eines Kopfgeldjägers oder Skalps am Gürtel einer Rothaut, Zeugnisse eines weiteren Abenteuers und ein weiterer Schritt hin zur Verhärtung ihres Herzens und zu einem wilden, gesetzlosen Leben. Jetzt blieb ihm als Trost nicht einmal mehr, sie noch kaltschnäuziger, noch distanzierter, noch verächtlicher wiederkommen zu sehen als kurz bevor sie gegangen war. Ana würde nicht zurückkommen, es sei denn, eine echte Katastrophe passierte, und er war sich nicht sicher, ob er diese befürchten oder erhoffen sollte.

»Hast du deine Schwester gesehen?«

»Schon wieder? Du hast mich schon gestern früh gefragt, und vorgestern. Und davor.«

»Aber du hättest sie inzwischen treffen können. Was frühstückst du da?«

»Cornflakes.«

»Das ist Dreck, mein Sohn. Die enthalten viel zu viel Zucker.«

»Ich esse sie, weil ich sie mag. Nicht, weil sie gesund sind. Nichts, was wir essen, ist gesund.«

»Iss Obst zum Frühstück.«

»Obst enthält Pestizide.«

»Du hast deine Schwester wirklich nicht gesehen?«

»Ich schwör's.«

»Luis, es ist wichtig.«

»Ich weiß, Papa. Du wiederholst dich, täglich.«

»Deinetwegen stecke ich jetzt in diesem Mist.«

»Scheiße.«

»Ja, genau. Scheiße. Musst du nicht längst zu deinem Kurs?«

»Und du? Musst du nicht zur Arbeit?«

»Ich schätze, sie hat dich auch nicht angerufen?«

»Sie hat mich nicht angerufen. Und ihre Nummer gibt es nicht mehr.«

»Deine Mutter?«

»Was ist mit Mama?«

»Nichts. Vielleicht hat sie mit ihr gesprochen.«

»Frag sie halt.«

»Ich weiß nicht, was ich machen soll. Ja, ich nerve, aber ich weiß einfach nicht, was ich machen soll. Es sind schon mehr als zehn Tage.«

»Es wird ihr schon gutgehen. Ana weiß sich durchzuschlagen.«

»Sie ist minderjährig. Vielleicht ist dir das noch nicht aufgefallen, aber deine Schwester ist minderjährig. Ich könnte sie dazu zwingen, wieder nach Hause zu kommen.«

»Theoretisch schon. Aber du weißt auch, das wird nicht lange halten.«

»Also, deine Mutter?«

»Ich spreche genauso selten mit ihr wie du. Ich weiß nicht einmal, ob sie in Madrid ist.«

»Ich muss gehen.«

»Okay.«

»Falls sie anruft …«

»Ja doch.«

»Deine Schwester spinnt. Es ist nicht normal, was sie tut.«

»Sie würde sagen, dass es auch nicht normal ist, wie du lebst.«

»Ich habe einen Job, ich ernähre meine Kinder.«

»Du bist ein Handlanger des Kapitals. Das würde sie jetzt antworten. Dass du für einen Radiosender arbeitest, der dem Kapital dient.«

»Ich bin Journalist. Für irgendjemanden muss ich arbeiten, und ich kann mir nicht aussuchen für wen. Oder glaubt ihr, ich bräuchte bloß zu sagen, wo ich am liebsten arbeiten will, und das ist alles? Sehr erfreut, Señor Sánchez, Sie können jederzeit anfangen, welches Büro hätten Sie denn gern?«

»Sie sagt, dass man immer die Wahl hat. Dass wir nur Angst davor haben.«

»Das heißt, du hast doch mit deiner Schwester gesprochen.«

»Ach was, hau ab, geh arbeiten.«

»Es ist ... ach, ich stelle mir vor, wie sie auf Politiker schießt oder einen Anschlag vorbereitet. Und sag mir nicht, dass ich übertreibe. Mein Gott, sie ist siebzehn und schon des Terrorismus beschuldigt worden.«

»Sie ist wegen nichts beschuldigt worden. Sie haben sie festgenommen und wieder freigelassen. Es gab keine Beweise.«

»Was nicht heißt, dass sie nicht schuldig ist. Eine Bombe in einem Papierkorb. Man muss doch ein Vollidiot sein für sowas.«

»Es war nur ein Feuerwerkskörper. Ein bisschen Krach und Rauch. Sie haben niemanden verletzt.«

»Aber sie hätten jemanden verletzen können. Und direkt vor der Polizeistation.«

»Man konnte nicht nachweisen, dass sie es gewesen ist. Sie war nur in der Nähe. Das ist alles.«

»Warum verteidigst du sie die ganze Zeit?«

»Ich versuche nur, dich zu beruhigen. Aber ich sehe schon, das bringt nichts.«

»Ich muss gehen.«

»Aber ja doch.«

»Ich komme später nach Hause, wir haben heute eine Sitzung nach der Sendung. Aber du weißt ja, wie du mich erreichen kannst. Komm schon, iss was anderes zum Frühstück.«

»Warum haust du nicht endlich ab, Papa?«

»Gut. Gib mir einen Kuss.«

»Wie bitte?«

»Schon gut, schon gut. Ich gehe ja schon. Ich nehme die U-Bahn, nur, falls du das Auto möchtest. Sag Bescheid, falls du spät nach Hause kommst.«

»Papa, im Ernst, was ist los mit dir? Seit Jahren sage ich nicht Bescheid, wenn ich später komme. Seit Jahren geben wir uns keine Küsschen mehr.«

»Gut. Aber es ist auch nicht schlimm, wenn ein Sohn seinem Vater einen Kuss gibt. Wir sehen uns. Oder auch nicht. Wirklich, deine Schwester macht mich noch ganz verrückt. Den ganzen Tag mit diesem Gesindel. Ich möchte mir nicht vorstellen, mit wem sie alles schläft.«

»Tschüs, Papa.«

»Tschüs, Luis. Weißt du, wie hoch mein Blutdruck ist? Ich habe ihn gestern gemessen. Mit 47 Jahren habe ich den Blutdruck eines alten Mannes.«

»Auf Wiedersehen, Papa.«

»Und deine Mutter verkauft irgendwo Handtaschen. Als wäre es ihr egal. Es ist ihr egal, wahrscheinlich. Ja, ja, bis später. Was für eine Scheiße, das alles.«

Ich könnte ein gutes Leben haben, sagst du dir, kaum dass du die Tür geschlossen hast. Ich könnte ein ruhiges Leben haben. Mich nach der Arbeit, zu Hause angekommen, in den Sessel setzen. Und dort eine Weile sitzen bleiben, ohne etwas zu tun, nur so, nur weil bereits alles getan ist. Ein Buch lesen und ein Bier dabei trinken. Den Kopf heben und lächeln, wenn meine Tochter heimkommt, warten, immer noch mit einem halben Lächeln auf den Lippen, dass sie sich nähert und mir einen Kuss auf die Wange gibt. Wie geht es dir, Papa? Mit ihr plaudern, sie fragen, wie es in der Schule war. Ihren Geschichten zuhören über den ach so langweiligen Lehrer oder über den Mitschüler, den sie mag, der sie aber nicht beachtet (oder was auch immer Jugendliche heutzutage so erzählen, weil ich zwar zwei Kinder habe, aber keine Ahnung davon, was sie in ihrem Alter interessiert). Ein bisschen weiterlesen. Vergessen, was ich gerade lese, weil ich an dies oder das denke, an Dinge, die nicht wichtig sind und die mir nicht wirklich Sorgen machen. Mich von einem handlungsarmen Film forttragen lassen, der Folge unbedeutender Szenen. Bis mir plötzlich einfällt, dass es spät geworden ist. Mich aus dem Sessel erheben, die Kühlschranktür öffnen und unschlüssig überlegen, ob ich mir eine Tortilla oder ein Sandwich machen soll. Mich umdrehen und meine Tochter im Schlafanzug sehen. Gehst du schon zu Bett? Ich bin müde und habe morgen einen Sozialkundetest. Ihr einen Gute-Nacht-Kuss geben. Ich geh schlafen, Papa. Ruh dich aus, Kleines. Im Stehen zu Abend essen, an die Arbeitsplatte gelehnt, immer noch ohne an irgendetwas Bestimmtes zu denken. Mir die Zähne putzen, während ich eine alberne Melodie summe. Mit einem zufriedenen Lächeln zu Bett gehen. Das Licht ausschalten. Einschlafen. Keine Träume haben. Das ist wichtig: keine Träume zu haben. Denn das Glück, was auch immer sie sagen, besteht genau darin: keine Träume zu haben.

Du zuckst zusammen, als die Fahrstuhltür sich öffnet und dich aus deinen Grübeleien reißt, und zögerst einen Moment, wie jemand, der aufwacht und nicht weiß, ob er sich in seinem Schlafzimmer oder in einem unbekannten Raum befindet. Du wolltest raus auf die Straße, aber du hast die falsche Taste gedrückt und bist in der Tiefgarage gelandet, mit ihrem weißen Neonlicht, den dunklen Ecken und dem Geruch nach Benzin, verbranntem Gummi und Abgasen, leer, obwohl sich zu dieser Tageszeit die Hälfte der Bewohner des Gebäudes auf den Weg zur Arbeit machen müsste. Du willst zwar schon auf den Fahrstuhlknopf für das Erdgeschoss drücken, um zu Fuß oder per U-Bahn zum Sender zu gelangen, wie du es dir vorgenommen hattest, aber schließlich endet es wie immer damit, dass du trotz aller guten Vorsätze (der Umwelt zuliebe, der Gesundheit zuliebe, dem Geldbeutel zuliebe, usw.) das Auto nimmst. Unbewusst hast du mit der anderen Hand schon die Schlüssel aus der Hosentasche gezogen, wie auch immer, der Junge nimmt ohnehin lieber das Motorrad, davon gehst du jedenfalls aus, aber du lächelst bei der Vorstellung, wie er vor dem leeren Parkplatz steht, den Kopf schüttelt und denkt, der Alte ist doch nicht mehr ganz dicht.

Es ist kein Nebel, wie auch, mitten im Juni, aber die Luftverschmutzung oder deine vielleicht feuchten Augen verwandeln die Straßen in verschwommene oder so alte Fotografien, dass die Konturen sich auflösen; du hast das vage Gefühl, dass du ein Erinnerungsbild betrittst, einen Raum, der langsam verblasst. In einer dieser Straßen, vielleicht in einem dieser Gebäude, zwischen denen dein BMW langsam vorrückt, ein Relikt aus guten alten Zeiten, ein Wrack, das du immer noch instand hältst, weil es schon so alt ist, dass du nicht einmal mehr 2000 oder 3000 Euro dafür bekommen würdest, nicht nur wegen all der Beulen und Kratzer, auch wegen des Motors, der sich anhört, als bestünde er aus lauter losen Einzelteilen, in einer dieser Wohnungen könnte Ana sein, und deshalb musterst du ab und zu Balkone und Fenster, als könntest du sie so finden, und du ziehst sogar den Kopf zwischen die Schultern, damit dein Blick an den oberen Stockwerken entlangstreichen kann. Du stellst sie dir schlafend vor, allein, bitte, lass sie allein schlafen, das Haar total verschnitten, und ein feiner Speichelfaden läuft aus ihrem Mundwinkel. Sie hat die Fäuste geschlossen, immer schon hat sie mit geballten Fäusten geschlafen, eine Angewohnheit, die dich immer gerührt hat, weil es dir schien, als ob sie das kleine Mädchen bewahren würde. In Ana war immer noch etwas von dem Baby, das sie gewesen war, eine Erinnerung aus der Zeit, als du an ihrer Seite gesessen hast, während sie schlief, bis zu welchem Alter hast du das gemacht, bis sie zwölf, dreizehn war?, und nicht, dass es dir nicht gefallen hätte, auch die weiteren Jahre an ihrer Seite zu wachen, im Morgengrauen, während nicht nur Ana schlief, sondern auch deine Frau und dein Sohn, weil du diese Angewohnheit von früher – die des Jugendlichen, der du, auch wenn du es kaum glauben kannst, einmal warst – immer beibehalten hast, die Nacht zum Tage machen, durch das stille Haus zu streifen, auf die leeren Straßen hinauszuschauen und lange Zeit so zu verharren, auf die trügerische Dunkelheit der Stadt zu blicken, die Fenster der Nachbarn zu betrachten und sich ihr Leben vorzustellen, immer verträumt, sagte deine Mutter, wenn sie dich so antraf, vor dem Fenster oder auf dem Sofa ohne etwas zu tun, denn für sie war es Nichtstun, und sie nannte dich romantisch und fragte dich, ob du an ein Mädchen denkst, die einzig plausible Erklärung für diese Untätigkeit, die dieser in Phasen der Euphorie hyperaktiven Frau einfiel, die dann die Nägel kaute oder Tics entwickelte, wie wieder und wieder ihren Rock glatt zu streifen, oder mit dem Zeigefinger leicht auf die Armbanduhr zu klopfen – vielleicht ein Hinweis auf einen nahen Termin, bei dem über die Zukunft entschieden würde, irgendeine Zukunft –, aber du hast einfach nur zum Fenster hinausgeschaut oder dich deinen Fantasien hingegeben, vielleicht weil du gespürt hast, dass sich das Leben woanders abspielte, nicht hier, wo du warst, in dieser spießigen, langweiligen Umgebung, nein, das war nicht das Leben, sondern was im Haus der Nachbarn passierte, ihre Dramen und Leidenschaften, von denen du gehofft hattest, dass du sie einmal leben würdest, ohne damals zu ahnen, dass Dramen und Leidenschaften oftmals für den, der sie erlebt, nicht so aufregend sind, sondern eher eine Last und Quelle von Ängsten und Sorgen, die einige dazu brachte, aus ihren Fenstern zu schauen und sich ein ruhiges Leben auszumalen, vielleicht eines wie deines, aber du konntest das nicht einmal erahnen und bist erst sehr spät zu Bett gegangen, wenn dich der Schlaf schon so gut wie übermannte, weil du nicht wahrhaben wolltest, dass der Tag zu Ende gegangen war, ohne dass irgendetwas daran der Erinnerung lohnte, kein Ereignis hatte dir plötzlich die Tür zu einem anderen Leben aufgetan, vielmehr warst du davon überzeugt, dass du eines Tages ein Anderer sein würdest, und deswegen bist du nicht schlafen gegangen, um dich deinen Träumen hinzugeben und um dich nicht damit abzufinden, dass du weiterhin Nacht für Nacht am selben Ort derselbe sein würdest, und diese Gewohnheit blieb, auch als du geheiratet hattest und es deine Frau wie eine Treulosigkeit kränkte, dass du, selbst wenn ihr zur gleichen Zeit schlafen gegangen seid, selbst wenn ihr miteinander geschlafen hattet, später wieder aufgestanden und manchmal stundenlang im Wohnzimmer im

Dunkeln auf die Straße geschaut hast, die eine andere war und doch dieselbe wie die, auf die du als junger Mann geblickt hattest, so war es irgendwie natürlich, dass du dich nachts um Ana gekümmert hast, um Luis nicht, weil beim ersten Kind deine Frau sich noch zuständig fühlte, die Windeln zu wechseln, das Fläschchen zu geben, die Temperatur zu messen, mit dem Baby auf dem Arm durchs Haus zu laufen bis es schlief, aber bei Ana überließ sie dir diese Rolle, wenn du sowieso nicht schläfst, sagte sie, also hast du ihr nachts das Fläschchen gegeben und die Windeln gewechselt und sie zu Bett gebracht, und später ihre nächtlichen Ängste vertrieben, indem du dich an ihre Seite gelegt hast, bis sie wieder eingeschlafen war, und es hat dir auch nichts ausgemacht, ihr vorzulesen oder ihr Geschichten zu erzählen, wenn sie im Morgengrauen aufwachte – was ihre Schlaflosigkeit anging, kam sie nach dir – und du immer noch bei ihr warst, und du hast ihr die Zeit vertrieben, ihr habt euch gegenseitig die Zeit vertrieben mit dem, was du ihr vorgelesen oder was du dir in dem Moment für sie ausgedacht hattest, und immer noch musst du darüber lächeln wie sie nachhakte, aber ist das wahr oder hast du das erfunden?, sobald sie ein Zögern bemerkte, und du hast geantwortet, alles, was ich dir erzähle ist wahr, es war schon ein Ritual zwischen euch, auch wenn du den Verdacht hegst, dass sie dir nicht geglaubt hat, so musste sie sich dennoch vergewissern, dass deine Antwort aufrichtig war, stimmig, beruhigend, wie alle Rituale, und du könntest nicht exakt sagen, bis zu welchem Alter du Ana nachts in ihrer Schlaflosigkeit begleitet hast oder auch während sie schlief – wenn du an ihrer Seite warst, hattest du irgendwie das Gefühl, dass sie deine Anwesenheit spürte und sie ihr die Ruhe gab, die dir fehlte –, aber es war, als sie ungefähr elf war, oder zwölf, in der gleichen Zeit, in der du aufgehört hast, sie zu baden oder auch nur ihr beim Baden Gesellschaft zu leisten, in der gleichen Zeit, in der du ihr nicht mehr beim Anziehen geholfen hast – und du hast ihr viel länger dabei geholfen, als es notwendig gewesen wäre –, und als du versucht hast, sie nicht mehr so verzückt anzuschauen und so zu tun, als würdest du die Veränderung ihres Körpers nicht bemerken, obwohl dir die Entwicklung ihrer Brüste und Hüften unangenehm war, nicht weil sie dich erregten, bestimmt nicht, sondern weil du sie nicht akzeptieren wolltest und dich dadurch schuldig fühltest, du wolltest nicht, dass deine Tochter sich veränderte, dass sie dich verließ, obwohl sie immer noch Kind war, und vielleicht auch, weil du ihre Verwirrung bemerkt hast, wenn du sie nicht oder kaum bekleidet angetroffen hast oder ihr zufällig im Bad begegnet bist, oder wenn du dich aus einem alten Reflex heraus einen Moment neben sie gelegt hast, oder wenn sie sich auf deine Knie gesetzt hat und sich damit vergnügte, dich mit Küsschen zu überschütten, vielleicht kämpfte auch sie dagegen an sich einzugestehen, dass eure Beziehung sich veränderte, bestrebt, weiterhin für dich das kleine Mädchen zu sein, dir den Gefallen zu tun, diesen Körper zu ignorieren, bis es nicht mehr zu leugnen war und die Küsschen aufhörten und die Geschichten und das Beim-Anziehen-Helfen, und schon hast du immer an ihre Tür geklopft und auf die Erlaubnis gewartet, sie zu öffnen, oder nicht einmal das, nur halb zu öffnen, kommst du zum Abendessen?, alles in Ordnung?, und später hast du dich sogar wie ein Eindringling gefühlt, wenn du auch nur den Kopf in ihr Zimmer gesteckt hast und sie, das hast du dir nicht eingebildet, seufzte jedes Mal ärgerlich, wenn du sie unterbrochen hast – sie unterbrechen, was machte sie schon, das so wichtig war? – oder sie belästigt hast, also hast du damit aufgehört, sie beim Schlafen zu beobachten, obwohl das nicht ganz stimmt, denn bisweilen, im Morgengrauen, hast du die Türklinke heruntergedrückt, ganz langsam, voller Angst, dass sie dich hören könnte, oder deine Frau, denn wie hättest du ihr erklären sollen, dass du zu dieser Stunde die Tür zum Schlafzimmer deiner Tochter öffnest, vor allem wenn du bedenkst, dass deine Frau schon lange dein inniges Verhältnis zu Ana mit Argwohn beobachtete, sie ist schon groß genug, um sich allein anzuziehen, sagte sie, wenn sie dich dabei erwischte, wie du ihr einen Pullover anzogst, und du hast den Blick nicht gehoben, wenn du deine Tochter mit Sonnenschutz eingecremt hast, um dich nicht diesem Misstrauen auszusetzen und um dich nicht schuldig zu fühlen, nicht, weil du es gewesen wärst, denn du hast in dem Mädchen weiterhin nur ein Mädchen gesehen, aber genauso, wie du dich schuldig fühlst, wenn ein Polizist deine Papiere überprüft, obwohl sie alle in Ordnung sind, oder wenn du einer Frau gegenüberstehst, die dir gefällt, und du dich anstrengst, um ihr nicht auf den Busen zu schauen, aber gleichzeitig ist dir bewusst, dass du dich anstrengst, und du vermutest, dass sie den gleichen Verdacht hat, also hast du ein paar Sekunden in die Dunkelheit gelauscht, und erst wenn du weder das Bett knarren gehört hast noch Schritte, noch der Lichtschein der Nachttischlampe aus eurem Schlafzimmer zu sehen war, hast du vorsichtig einen Blick auf Ana geworfen, und deshalb weißt du, dass sie als Jugendliche immer noch mit geballten Fäusten schlief, wie sie es jetzt tun wird, in diesem Zimmer in dieser Wohnung, von dem du nicht weißt, wo es sich befindet, aber wie auch immer, du stellst sie dir darin vor, verschwommen, als wenn der von dir erdachte Nebel der Straße in ihr Zimmer eingedrungen wäre, die Gegenstände einhüllen und sich auf dem Boden ausbreiten würde, als wäre der Raum selbst Teil dessen, was Ana gerade träumt, eine zerfaserte Welt, die im Begriff ist zu verschwinden, und du möchtest dir Ana in allen Einzelheiten vorstellen, aber es ist wie mit Erinnerungen, sie bleiben im Nebel eingehüllt, je stärker du versuchst, sie dir vor Augen zu führen, umso klarer wird dir, bei welchen Gesichtszügen das unmöglich ist, dann aktivierst du die Freisprechfunktion des Handys und rufst Ana an und hörst, während du nach links abbiegst: Die Nummer, die Sie gewählt haben, ist derzeit nicht erreichbar. Bitte versuchen Sie es später noch einmal, und dann zögerst du, fährst noch hundert oder zweihundert Meter weiter, aber schließlich entscheidest du dich und versuchst es mit der Nummer von Isabel.

»Hallo, Aitor.«

»Hallo. Wo bist du?«

Nach der Frage herrscht Schweigen, das noch andauert, als du den Plaza de Cibeles umkreist, um die Gran Vía hochzufahren, auch noch, als du dem Motorrad ausweichst, das plötzlich vor dem BMW aufgetaucht ist, und du scharf bremsen musst, und immer noch hast du nichts hinzugefügt, als der Motorradfahrer mit der behandschuhten Faust auf die Motorhaube schlägt und ohne sich umzudrehen nach oben zeigt, und du nach oben schaust, in den Himmel, bis dir klar wird, dass es nicht der Zeigefinger ist, den er reckt.

»Ich meine, ob du in Madrid bist.«

»Ja, aber ich fahre morgen schon wieder.«

»Du machst nie Pause.«

Wieder Schweigen. Es ist egal, was du sagst und in welchem Ton du es sagst, sogar wenn du dich bemühst, jovial zu klingen, unbesorgt, so sehr, dass sie durch das Handy hindurch das Lächeln spüren könnte, mit dem du versuchst, deine Worte zu schmücken, immer klingen sie nach Vorwürfen und Schuldzuweisungen. In dem Hohlraum, den ihr Schweigen bildet, wiederholst du in Gedanken diese so banale Frage wie ein Echo, Wo bist du?, und selbst für dich klingt sie wie ein Vorwurf, der andere Fragen impliziert, die du nicht gestellt, nicht einmal gedacht hast, nicht einfach nur Wo bist du?, sondern auch Mit wem? oder Warum rufst du nicht an, wenigstens um über Ana zu sprechen, aber unsere Tochter scheint dir egal zu sein, alles ist dir egal … Du hörst Isabel seufzen, und da du sowieso schon überzeugt bist, dass sie deine Frage nicht beantworten wird, weil das bedeuten würde, weitere Erklärungen geben zu müssen, und sie zu absolut nichts mehr verpflichtet ist, sie hat es dir mehrfach gesagt, dass sie bereits alles getan hat, was sie konnte, dass sie ein Recht hat zu leben, ohne dich, dieses verdrießliche Gespenst, überall in ihrem neuen Leben mit hinzuschleifen, nein, sie wird mit nicht mehr antworten als mit diesem müden Seufzer, also bist du derjenige, der sich erklären muss.

»Ich würde dich gern sehen.«

»Weswegen denn?«

»Wegen Ana.«

»Ich habe nicht viel Zeit. Wie schon gesagt, ich fahre bald wieder.«

»Wegen Ana«, wiederholst du, und wenn du diesmal das neue Schweigen unterbrechen würdest, dann würden Vorwürfe fallen, und vielleicht spürt sie das, denn jetzt, nach einem weiteren Seufzer, der dir ihre Müdigkeit und ihren Überdruss vermittelt, antwortet sie.

»Nächste Woche habe ich ein wenig Luft, Mittwochnachmittag. So gegen sieben.«

»Im El Despertar?«

»Okay. Geht's dir gut?«

Sie fragt dich, wie es dir geht und dir schnürt sich die Kehle zu, es ist nicht das erste Mal in den letzten Tagen, dass dich aus heiterem Himmel und ohne Grund diese Traurigkeit überfällt, das heißt, natürlich hat diese Traurigkeit einen Grund, aber doch keinen, dass dir in einer so banalen Situation, im Auto, mitten im Verkehr von Madrid, bei einer so banalen Frage, Geht es dir gut, unmittelbar die Augen feucht werden und du kaum noch sprechen kannst, so dass du, während du deine Karte in den Kartenleser an der Einfahrt der Tiefgarage schiebst, nur antwortest:

»Bis nächste Woche also.«

Ein ums andere Mal steckst du die Karte in den Schlitz, aber die Schranke geht nicht hoch und obwohl du weißt, dass sie nicht hochgehen wird, versuchst du es wieder und schlägst ein paar Mal auf den Kasten, bevor du den Rufknopf drückst, um mit dem Sicherheitspersonal zu sprechen.

»Ich bin's, Sánchez, die Schranke öffnet sich schon wieder nicht.«

»Ich komm schon runter.«

Ohne daran zu denken, den Motor auszustellen, wartest du, schon mit den Gedanken woanders, du entfernst dich von Ana und dem Bett, in dem sie wahrscheinlich um diese Zeit noch schläft, weil die Frühaufsteherin mit dem Erwachsenwerden begann, an den Wochenenden bis zum Mittag oder noch länger in den Federn liegen zu bleiben, und jetzt sind sicherlich alle Tage für sie Wochenende, da sie sich Arbeit und Studium, durch Institutionen und Normen reguliert, verweigert, aber schon denkst du daran, dass du dich in einer Stunde mit Pascual herumschlagen musst, der dir die x-te Umgestaltung des Programms vorschlagen oder eine Änderung der Arbeitszeiten ankündigen wird, zum Schlechteren, weil alle Änderungen immer zum Schlechteren erfolgen, und du fürchtest, dass sie dich irgendwann um deinen Firmenausweis bitten und um den für das Parkhaus, und genau deshalb wirst du so nervös, wenn die Schranke nicht hochgeht, weil es bedeuten könnte, dass sie dich schon aus dem System geschmissen haben, und so lächelst du gezwungen, ohne gänzlich deine Erleichterung verbergen zu können, als der Mann vom Sicherheitsdienst langsam vom Fahrstuhl aus auf dich zukommt, kurz die Schwingachse prüft, am elektronischen Schaltkasten herumhantiert und schließlich doch die Schranke mit der Hand nach oben drückt, hat sich schon erledigt, Sie können durchfahren, geben Sie mir mal Ihre Karte, hmm, ja, mal sehen was zum Teufel da schon wieder los ist, Entschuldigung, ich gebe sie Ihnen später zurück, oder ich mache Ihnen eine neue, und der Mann grüßt dich mit einer Art Verbeugung, oder er hat sich nur gebückt, um dein Gesicht besser durchs Seitenfenster zu sehen, aber er wiederholt die Bewegung zweimal und macht keine Anstalten zu gehen, da fällt dir auf, dass sein Hosenschlitz offen steht und gleichzeitig fragst du dich, ob er ein Trinkgeld erwartet, obwohl das unwahrscheinlich ist, du nickst ihm knapp zu und schaltest in den ersten Gang, um zu deinem Parkplatz zu kommen, genau neben der Wand, der kleinste und ungünstigste, zwischen der Mauer und einem Pfeiler, der das Einparken schwierig macht, und während du aus dem Auto steigst, fragst du dich wieder einmal, warum sie ausgerechnet dir den miserabelsten Parkplatz des Hauses gegeben haben, und du betrittst einen anderen Aufzug, der im Siebten ankommt, ohne dass jemand zwischendurch dazusteigt, und bevor du Richtung Studio gehst, schaust du aus dem Panoramafenster auf diese Landschaft aus Dächern und Hochhäusern, aus der jetzt wieder die Baukräne ragen, die während der Krise verschwunden waren, wie Vögel, die kurz vor dem Aussterben waren und jetzt langsam aber sicher zurückkehren, um das Gebiet zu besiedeln, eine Assoziation, die dich jedes Mal überkommt, wenn du einen Blick aus dem Panoramafenster wirfst, aber obwohl du gerne noch eine Weile hier stehen bleiben würdest, du würdest sogar gerne wieder rauchen, nur um auf die Terrasse zu gehen, wie es einige Kollegen tun, und du musst dich wirklich losreißen, komm schon, du hast viel zu tun, sagst du halblaut vor dich hin, fast geflüstert, zwischen zusammengebissenen Zähnen, du wiederholst es auf dem Weg zum Studio, trittst ein, grüßt, und auf dem Weg zu deinem Platz beschwörst du dich, dass du jetzt unter allen Umständen eine Panikattacke vermeiden musst, und genau in diesem Moment, als du dich setzen willst und dich an den Armlehnen des Drehstuhls festhältst, denkst du wieder an Ana, im Bett, schlafend, schutzlos, allein. Hoffentlich ist sie allein. Und du fühlst dich wie ein Idiot vor diesem Mikrofon und unfähig, über ein Thema zu sprechen, von dem du dich jetzt nicht einmal erinnerst es vorbereitet zu haben, und du überfliegst eilig die Blätter, während deine Tochter ...

Deine Tochter, was.

2

Spät am Vormittag und die Augen noch vom Schlaf verquollen. Sie gähnt ausgiebig, streckt die Arme so weit wie möglich von sich, als ob sie zwei Objekte gleichzeitig berühren will, die weit von ihr entfernt sind. Ihre linke Hand stößt gegen ein Bündel. Das Bündel bewegt sich und schnalzt mit der Zunge.

»Wie spät ist es?«

Ana antwortet nicht. Sie setzt sich im Bett auf, ohne sich nach links zu drehen. Sie haben auf den Matratzen nah beieinander geschlafen, sich unterhalten, wie immer im Dunkeln, bis Alfon, er ist immer der Erste, verstummte und fast unhörbar zu schnarchen begann, als würde er die Luft durch eine feine Membran in seine Lunge ziehen.

Sie wirft die Bettdecke zurück. Sie kann sich nicht daran erinnern, ihren Slip ausgezogen zu haben. Eigentlich ist es das einzige Kleidungsstück, das sie beim Schlafen anbehält.

Sie hat ihre Tage bekommen. Ein kleiner dunkler Fleck, den man kaum auf dem nicht besonders sauberen Laken ausmachen kann. Wein, Kaffee, Blut, andere Flüssigkeiten. Alfon wälzt sich herum und verströmt einen Geruch wie ein Tier im Käfig, aber nicht ganz so scharf. Dusch dich, hat sie ihm am Tag zuvor gesagt, dusch dich endlich mal. Die Hygiene ist eine Erfindung der Bourgeoisie, eine Form, sich von den Arbeitern abzugrenzen, die nach Schweiß rochen, hat er geantwortet; nicht nach Schweiß zu riechen, würde bedeuten, die körperliche Arbeit zu verleugnen.

Sie hat ihn weder darauf aufmerksam gemacht, dass er von körperlicher Arbeit meilenweit entfernt ist, noch seine Theorie in Frage gestellt. Das tut sie nie, weil es ein stundenlanges

Gezerre bedeuten würde. Er lässt seine Beute nicht los, er argumentiert, bis der andere aufgibt und ihm zustimmt. Alfon sagt immer, er sei ein Mann ohne Ansprüche, er sei zufrieden mit dem, was er hat: eine Ecke zum Schlafen, Tisch und Stuhl, seine Schreibmaschine Marke Olivetti Studio 64 im Koffer, dessen Deckel er nie zu schließen vergisst. Nur auf eins kann er nicht verzichten: Er muss immer Recht behalten, zu jeder Tageszeit, kaum dass er morgens die Augen aufschlägt.

Sie schaut sich nach ihrer Unterwäsche um, gibt aber gleich auf und geht ins Bad. Die Tür quietscht und Ana wartet kurz auf einen Laut des Protests, der aber ausbleibt.

Zum Glück haben sie ihnen nicht das Wasser abgestellt. Sie rechnet jeden Tag damit, dass sie ihnen den Hahn zudrehen. Warmes Wasser wäre noch besser gewesen, aber das Gas haben sie ihnen schon letzten Monat abgeschaltet, ein Problem, das bis zum Winter warten kann, und wer weiß, ob sie dann überhaupt noch hier sein werden. Bevor sie in die Dusche steigt, bückt sie sich unter das Waschbecken. Sie steckt den Fingernagel in die Fuge zwischen zwei Kacheln, da, wo das Waschbecken an die Wand stößt, entfernt eine von ihnen und tastet in dem Loch herum. Wahrscheinlich ist es ein total idiotisches Versteck, aber sie hat kein besseres gefunden. Sie zählt die Scheine, ohne sie herauszunehmen: vier Hunderter. Gut. Oder nein, nicht gut, aber es ist alles, was sie hat. Ihr wird nichts anderes übrig bleiben, als an den Wochenenden wieder auf dem Markt des Viertels zu arbeiten, der sich samstags und sonntags in eine Tapas-Zone verwandelt; ab und zu hat sie das schon gemacht, bevor sie in dieses Haus gezogen ist, dass sie bezeichnenderweise El Agujero – Das Loch – genannt haben. Sie setzt die lose Kachel wieder an ihren Platz.

Kaltes Wasser fließt über ihren Scheitel. Ein einzelner Strahl, weil irgendein Schwachkopf oder jemand, der total zu war, den Duschkopf geklaut hat. Sie lässt das Wasser eine Weile laufen, es fließt über ihren Kopf und bedeckt sofort das ganze Gesicht, läuft fast in ihre Nase. Es ist wie versinken.

Versinken. Im Stausee, vor ein paar Monaten. Nein, Wochen nur, aber es fühlt sich an wie Monate, weil in jeder Stunde so viel passierte, dass die Zeit anschwoll, sich ausdehnte, und in jeder Minute, die verging, entfernten sich die Ereignisse auf unverhältnismäßige Weise voneinander. Nerea, ein Mädchen, das zwei Wochen zuvor aus dem El Agujero ausgezogen war (Ana ging schon seit langem im Haus ein und aus, aber sie konnte erst bleiben, als der Platz von Nerea frei wurde), ging nachts oft zur Garage ihrer Eltern, nahm das Auto, machte damit einen Ausflug und stellte es morgens wieder an seinen Platz zurück, bevor ihr Vater aufstand, um zur Arbeit zu fahren.

Sie näherten sich dem Haus wie Diebe, Nerea und ihre Freundinnen, fast auf Zehenspitzen. Als sie das Auto aus der Garage holten, mussten sie das Lachen unterdrücken. Sie kamen in der Morgendämmerung am Stausee an; ein flacher, schwarzer Fleck zwischen dem sanft gewellten Grau der Ufer. Es war windstill, sie erinnert sich genau daran, dass kein Windhauch zu spüren war, es war seltsam, als würde man sich in einem Hologramm oder in einem virtuellen Raum befinden. Kaum am Ufer angekommen, zog sie sich aus und nahm zwei Steine; sie hatte das noch nie zuvor gemacht, es war eine spontane Eingebung, zwei Steine aufzusammeln und mit ihnen in den See zu gehen, ganz langsam, fast ohne Wellen auf der Oberfläche zu verursachen. Dann schwamm sie nur mit den Füßen bis in die Mitte des Sees. Sie atmete tief ein, bewegte sich nicht und ließ sich langsam nach unten sinken. Es war wie Sterben, so wie sie sich Sterben vorstellte. Die Kälte des Wassers auf ihrem Gesicht und an ihrem Schädel; in eine Dimension ohne Erinnerungen, ohne Wünsche eintreten. Sich loslassen bis zum Grund. Ausharren, die Augen der Schwärze öffnen. Und dann die Steine loslassen und langsam nach oben schwimmen, den Kopf aus dem Wasser strecken, einen tiefen Atemzug ebenfalls kalter Luft nehmen, lachen, glücklich lauthals loslachen und fühlen, wie das Lachen von der Oberfläche zurückprallt, Lachen wie Kieselsteine, und mit den Armen klatschend Wellen produzieren, kleine Seebeben. Wie gut das tut, sagte sie, als sie aus dem Wasser kam, machen wir ein Lagerfeuer?

Sie stellt das Wasser ab und merkt erst dann, dass sie kein

Handtuch mitgenommen hat. Da hängt eins, aber sie weiß nicht, von wem es ist. Sie schüttelt sich das Wasser aus dem Haar und kehrt auf die Matratze zurück.

»Weißt du, was mir gestern passiert ist?«, fragt sie.

Er hat sich aufgesetzt und kratzt sich den Bart, nachdenklich, vielleicht auch noch halb schlafend. Er dreht sich zu ihr, ohne ihren nackten, pitschnassen Körper oder den feuchten Fleck, der sich auf dem Kopfkissen ausbreitet, irgendwie zu kommentieren.

»Gestern?«

»Ich war Geld abheben.«

»Du hast immer noch Geld? Kapitalistenschwein. Wie viel?«

Obwohl er Spaß macht, ist da eine gewisse Gier in seinem Ausdruck, eine überspielte Neugierde. Möglicherweise ist Ana aber zu hart mit ihm, zu misstrauisch.

»Nichts mehr. Gestern habe ich das Konto leergeräumt. Kleingeld. Aber nun ja, ich war also am Geldautomaten. Vor mir war ein Mann dran. Und ich wartete. Übrigens, der Junkie, der im Vorraum der Bank schläft, war nicht da. Aber sein Hund. Er saß da, als würde er auf etwas warten, ich will damit sagen, so mit gespitzten Ohren. Ich wartete also auch und beobachtete all diese Dinge, und der Mann, ein älterer Typ, ein Opa oder so, schaffte es nicht, Geld abzuheben. Es funktioniert nicht, sagt er zu mir, bereits im Weggehen, und da bemerke ich erst, dass er nicht die EC-Karte, sondern seinen Personalausweis in der Hand hält. Sie haben Ihren Ausweis benutzt, sage ich zu ihm und lächle, um die Sache herunterzuspielen, aber er wird rot und murmelt, wie schusselig, was bin ich aber auch zerstreut, und er ist so nervös, oder verlegen, ich weiß nicht, aber statt dann halt die richtige Karte zu benutzen, geht er ohne Geld weg. Vielleicht hätte ich nichts sagen sollen. Wenn ich ihm hätte helfen wollen, hätte ich ihn nicht darauf hinweisen sollen, dass er mit seinem verdammten Perso versucht, Geld abzuheben.«

»Ist das ein Gleichnis? Etwas, worüber ich jetzt meditieren sollte?«

»Du müsstest dich vor allem endlich mal duschen oder dir wenigstens die Zähne putzen, echt. Auch wenn das minibourgeois wäre.«

»Schon gut, machst du den Kaffee, während ich mir die Zähne putze?«

»Nein. Den Kaffee machst du dir selbst.«

»Die weibliche Emanzipation ist ein historischer Fehler.« Alfon legt sich wieder hin. »Ein Fehler mit tragischen Konsequenzen. Ich hätte gern einen Harem gehabt.«

»Aber du bekommst keinen hoch. Ich will sagen ...«

»Du sagst es ganz richtig. Ich bekomme keinen hoch. Neulich habe ich in der Zeitung gelesen, dass ich nicht impotent bin, sondern asexuell, ich weiß nicht, ob du den Unterschied verstehst. Es ist nicht so, dass ich wollte und nicht könnte, sondern ich will nicht. Gib zu, das hat mehr Würde.«

»Du sag mir lieber, wofür du dann einen Harem willst.«

»Nicht wegen dem Sex. Da ist die Zärtlichkeit, die Zuneigung, die Fürsorge.«

»Sie sollen sich um dich kümmern, und nicht du um sie.«

»Du verstehst mich immer sofort. Apropos, du bist die erste Rothaarige, mit der ich schlafe. Obwohl, so richtig rothaarig bist du nicht. Eher kupferfarben oder so ähnlich.«

»Halt die Klappe und putz dir die Zähne, bitte. Wirklich. Das ist echt eklig.«

»Na schön. Ich geh ja schon. Machst du uns einen Kaffee?«

Alfon steht auf, verlässt langsam den Raum, dabei hält er die Schlafanzughose mit dem ausgeleierten Gummizug um die Taille fest. Ana steht auch auf, nimmt eine Unterhose aus der Schublade, einen Tampon, den sie sich einführt, sich mit raschen Blicken versichernd, dass Alfon noch nicht wieder aus dem Bad zurückkommt. Nicht dass sie irgendwas von ihm befürchten muss; im Gegenteil, sie können sich ein Zimmer teilen und die Matratzen zusammenschieben, und manchmal liegen sie nah beieinander, obwohl sie nichts anhat, gerade eben deshalb, weil es nichts zu befürchten gibt. Und trotzdem wäre es ihr unangenehm, wenn er sie dabei sähe, wie sie sich einen Tampon einführt.

In der Kaffeemaschine gibt es noch Kaffee vom Vortag. Ana füllt zwei Tassen, eine mit kaputtem Rand; die andere sagt Guten Tag, wenn man sie hochhebt. Es ist die Tasse von Alfon. Der grinst, als er sieht, dass Ana tatsächlich Kaffee auf den Tisch stellt.

»Gibt es Zucker?«

Ana schüttelt den Kopf.

»Milch?«

Ana antwortet nicht einmal.

»Ich bin sicher, die beiden, die letzte Nacht hier geschlafen haben, haben sie ausgetrunken. Zwei sehr sympathische Junkies. Sehr gut erzogen. Aber sie haben die Milch aufgebraucht.«

»Seit einer Ewigkeit haben wir keine Milch mehr, Alfon.«

»Ach, nee? Dann sollte man welche kaufen.«

»Sollte man.«

»Ich, ich bringe mein Wissen ein. Ich trage zu deiner Menschenbildung bei. Das sollte ausreichen. Apropos, ich habe vergessen, was du studiert hast. Hast du es mir erzählt?«

»Wie, was ich studiert habe?«

»An der Universität.«

»Mensch, ich bin siebzehn.«

»Stimmt ja, ich habe dein Alter vergessen, weil du immer so ernst bist. Du könntest meine ältere Schwester sein.«

»Jede Frau könnte deine ältere Schwester sein.«

Er lächelt und wiederholt laut, jede Frau könnte meine ältere Schwester sein, und fängt an zu lachen, verstummt aber sofort wieder. Er schüttelt den Kopf. Solange er unnötigerweise den Kaffee umrührt, weicht das alberne Grinsen nicht von seinen Lippen.

Ana zieht ihre Matratze auf eine Seite des Raumes und packt die von Alfon darüber. Danach bedeckt sie beide mit einer Tagesdecke und ein paar Kissen, die sie von zu Hause mitgebracht hat. Sie stopft die Bettdecken in den einzigen Schrank, der im Zimmer steht. Ana hätte gern einen alten Schrank gehabt, so einen dunklen, großen, wie sie in den Häusern auf dem Dorf zu finden sind, und nicht so einen Scheiß von IKEA, von dem sich das Furnier aus Melanin löst. Melanin, nicht zu verwechseln mit Melatonin, hat Alfon zu ihr gesagt, und in dem Moment hatte sie keine Lust nachzufragen. Seine Erklärungen gehen ihr auf die Nerven, aber manchmal provoziert sie sie auch, denn sie muss sich eingestehen, dass sie viel von ihm lernt.

»Ich lese ein bisschen«, sagt sie, und nimmt einen Essay von einem kleinen Tisch, mit dem sie nicht vorankommt; zu viele Begriffe, die ihr nichts sagen, Verweise auf Theorien, die sie nicht kennt, obwohl sie mit den Schlussfolgerungen dann doch einverstanden ist, als hätte der Autor die Zusammenfassungen am Ende jedes Kapitels geschrieben, damit auch Menschen wie sie sie verstehen. Ana hat beschlossen, sich die Dinge, die ihr wirklich wichtig sind, selbst beizubringen, statt an die Universität zu gehen. Alfon könnte ihr helfen. Und es gibt auch die Kurse im Centro Social, dort bringen sie dir bei, was du wissen musst, um zu leben, um dich zu verteidigen, um deinen Platz einzunehmen.

Er hat sich auf den Stuhl gesetzt, den sie vor einigen Tagen vom Sperrmüll gerettet haben. Von dem, was man auf einem nächtlichen Spaziergang durch das Viertel findet, könnte man ein ganzes Haus einrichten. Sie ekelt sich allerdings vor den gebrauchten Matratzen. Auf dem letzten Plenum haben sie beschlossen, etwas aus der Gemeinschaftskasse zurückzulegen, um ein paar in besserem Zustand zu kaufen. Sie klappt das Buch zu und beobachtet, wie Alfon das Farbband aus der Schreibmaschine herausnimmt, es vorsichtig von der Spule abrollt und es dann, mit der gleichen Behutsamkeit, Zentimeter für Zentimeter in eine Dose mit Schuhcreme drückt.

»Erinnerst du dich noch an die Original-Farbbänder? Viele waren auf der oberen Hälfte schwarz und auf der unteren rot, man konnte mit zwei Farben schreiben«, sagt Alfon.

»Wo hast du das gelernt?«

»Mein Vater benutzte sie, in genau dieser Maschine.«

»Ich meine die Idee, das Band mit Schuhcreme einzufärben.«

»Aber ich kann natürlich nicht eine Hälfte rot färben.«

Alfon trägt eine Brille für Altersweitsichtigkeit und schaut über deren Rand, als er sich Ana zuwendet. Sie findet, dass er aussieht wie ein Uhrmacher, aber dann schiebt sich das Bild einer älteren, stickenden Frau vor ihre Augen. Er hat etwas von einer in die Jahre gekommenen, fülligen Dame. Alfon setzt sein Werk fort, bis er das Farbband vollständig neu eingefärbt und zurückgespult hat.

»Auf Kuba. Ich habe dort während der Sonderperiode als Freiwilliger gearbeitet«, antwortet er schließlich.

»Kuba ist eine Scheißdiktatur.«

»Manchmal kannst du dir deine Freunde nicht aussuchen, deine Feinde aber schon.«

»Versteh ich nicht.«

»Du wirst es schon verstehen, wenn du groß bist.«

»Fick dich.«

Alfon schließt den Deckel der Schreibmaschine, er nimmt die Brille ab und verstaut sie in einem Lederetui.

»Ich habe an Demonstrationen gegen den Irakkrieg teilgenommen.«

»Das hast du mir schon erzählt.«

»Und wer demonstrierte an meiner Seite? Ein paar schreiende Arschlöcher, die womöglich heute Dschihadisten sind und Bomben in die U-Bahn legen oder mit einem gestohlenen Lieferwagen in eine Gruppe von Fußgängern rasen, in der Hoffnung, den Islamischen Staat zu errichten. Sie demonstrierten nicht gegen den Krieg, sie demonstrierten gegen die USA. Sie waren aus Hass gegen die USA da und sie nutzten uns aus, die wir gegen den Krieg demonstrierten. Was machst du also? Demonstrierst du gegen den Krieg oder bleibst du zu Hause, weil neben dir ein paar fanatische Idioten mitlaufen werden, die gerne mit einer Kalaschnikow in die Luft ballern würden?«

»Ich versteh schon.«

»Es ist eine Frage der Taktik.«

Alfon erklärt weiter, was Ana längst verstanden hat, die Sätze immer weiter auseinanderziehend, bis er selbst zu vergessen scheint, was er eigentlich erzählt. Er holt eine Dose Öl mit Applikator hervor und hält sie in der Luft, aber nach einigen Sekunden stellt er sie unbenutzt auf dem Tisch ab.

Ana widmet sich wieder ihrem Buch, und diesmal kann sie sich besser konzentrieren, bis Alfon sich neben sie auf die Matratze setzt.

»Fasst du es mir zusammen?«

»Kann ich nicht.«

Alfon steht auf und wühlt in einer Schublade.

»Komm, lies das«, und er lässt das kleine Taschenbuch neben Ana fallen. »*An unsere Freunde*, Unsichtbares Komitee«, liest sie laut vor. Sie legt das Buch, das sie gerade liest, zur Seite und greift nach dem anderen. Es gefällt ihr sofort, es spricht ihre Sprache, es ist für sie geschrieben, als würde sie in einer Kneipe zusammen mit den Autoren sitzen, die ihr in die Augen schauen und sagen: Ein Aufstand kann jederzeit losbrechen, aus welchem Anlass auch immer, in welchem Land auch immer; und irgendwohin führen. Die Machthaber bewegen sich zwischen Abgründen.

Ana spürt die Aufbruchsstimmung vor der Veränderung, vor diesem kommenden großen Ereignis, das nur sehr wenige voraussehen. Und sie wird Teil dieser Veränderung sein. Die Welt, wie wir sie kennen, liegt in ihren letzten Zügen. Die Widersprüche des Kapitalismus holen die Menschen auf die Straße. Es wird eine globale Bewegung von Leuten wie ihr geben, die nicht mehr mitmachen, die sich entschlossen haben, die Karte, die ihre Papas ihnen mitgegeben haben, wie sie zu Haus und Arbeit kommen und zur Ehe und zu Kindern und Enkelkindern und bis ins Grab, zu durchkreuzen. Die Menschen sind kurz, aber wirklich kurz davor, auf die Barrikaden zu gehen. Sie brauchen nur ein Zeichen, nicht mehr als das. Und dann werden sie, wie Alfon sagt, die Bibliothek von Alexandria niederbrennen, die Anhäufung von unnützem Wissen. Alles wird brennen und sie hat das Streichholz in der Hand. Lohnt es sich nicht allein dafür zu leben?

3

Als er die Sendung beendet hat, findet er auf seiner Computertastatur eine Notiz vor. Pascual bittet ihn erneut, zu ihm zu kommen. Jedes Mal, wenn er ihn einbestellt, malt Aitor sich die Szene aus, in der er ihm den Vertrag kündigt. Dutzende sind bereits gefallen. Es stehen nur noch die letzten Soldaten einer verlorenen Schlacht. Und jeden Tag was Neues. Jetzt wollen sie den Fahrdienst auslagern, eine so große Belegschaft ist nicht rentabel. Es geht aber nicht darum, rentabel zu sein, sondern so billig wie möglich. Und es ist immer möglich, noch billiger zu sein, es ist ein endloser Kreislauf, und er weiß, dass er Teil dieses Kreislaufs werden wird, in gewisser Weise ist er es schon. Er läuft durch die Flure und grüßt durch Glasscheiben hindurch Techniker und Moderatoren. Seit zwanzig Jahren arbeitet er beim Sender und hat zwei Generationen vorbeiziehen sehen, sie sind ausgestorben wie die Baukräne, aber in diesem Fall kehrt nicht zurück, wer einmal gegangen ist. Andere kommen, schwächere, furchtsamere Säugetiere, bereit, sich mittels Camouflage in einem feindlichen Lebensraum zu behaupten. Sie haben keine Reißzähne mehr, keine Krallen, und wer welche hat, versteckt sie gut. Die großen Raubtiere der Savanne sind nur auf den höchsten Ebenen zu finden.

Aitor bleibt vor der Tür zum Büro des Programmdirektors stehen, er will gerade anklopfen, da hört er Stimmen. Carolina ist im Büro, eine der Redaktionsleiterinnen, die wenige Jahre nach ihm angefangen hat, aber viel schneller aufgestiegen ist. Aitor hört die langen Momente des Schweigens, er ahnt den Beginn eines Schluchzens. Er fühlt sich, als würde er, mit dem

Ohr an der Wand klebend, seine Nachbarn beim Sex belauschen. Mit einer Mischung aus Scham und Verlangen.

»Verarsch mich nicht, Pascual, das Rating ging schon nach unten, bevor ich kam.«

»Aber du warst dafür zuständig, dass es das nicht mehr tut.«

»Du schmeißt mich raus, weil ich schwanger bin.«

»Was willst du hören?«

»Die Wahrheit.«

»Okay, ich schmeiß dich raus, weil du schwanger bist, und wenn ich dich nicht rausschmeiße, bin ich derjenige, der Probleme kriegt.«

»Aber das wird nicht die offizielle Erklärung sein.«

»Selbstverständlich wird das nicht die offizielle Erklärung sein. Du würdest uns vor Gericht ziehen und ich würde auch auf der Straße landen. Ich sehe keinen Vorteil darin, dass wir beide unseren Job verlieren. Also, Vertrauensverlust, sinkende Leistungen, du kannst es dir aussuchen. Aber ich zahle dir eine Abfindung. Hör mal, du hast doch kein Aufnahmegerät dabei?«

»Darauf bin ich leider nicht gekommen.«

»Das hier ist off the record. Die Wahrheit ist immer off the record.«

»Du bist ein Arschloch.«

»Wenn ich ein Arschloch wäre, würde ich dir keine Abfindung zahlen. Sie haben mich nämlich nicht darum gebeten, dir das anzubieten, sondern wollten, dass ich dich zu den Abendnachrichten versetze oder dir Melilla übertrage, wir brauchen einen Chef vom Dienst in Melilla. Selbstverständlich mit dem Verlust aller Boni. Ich tue dir einen Gefallen.«

»Du willst mich kaufen.«

»Ich will dich nicht kaufen, ich werde dich kaufen. Weil mir nichts anderes übrig bleibt und dir auch nicht. Ich erspare mir eine Menge Ärger und du gehst nicht leer aus. Scheiße, Carolina, du wusstest es. Als Redaktionsleiterin kannst du in dieser beschissenen Zeit nicht schwanger werden. Ich brauche jemanden, auf den ich mich stützen kann, niemanden, der zu Hause bleibt, weil das Kind Mumps hat. Du kennst die Welt.«

»Dich nicht.«

»Mich auch. Du wusstest, du würdest mir keine andere Wahl lassen. Ich bin kein schlechter Kerl, das weißt du, aber die Dinge sind, wie sie sind. Musstest du unbedingt ein Kind haben? Wenn du wenigstens eins adoptiert hättest. Das hätte so schnell niemand mitbekommen. Du hättest nicht mal Mutterschutz nehmen müssen. Es gibt Millionen von Chinesen, die darauf warten, adoptiert zu werden. Komm schon, sieh mich nicht so an. Ich tue wirklich, was ich kann.«

Dann herrscht Stille im Büro. Aitor zieht sich ein paar Schritte von der Tür zurück und gibt vor, interessiert eine Plastikpflanze zu betrachten. Statt den Flur zu verschönern, macht sie ihn eher hässlicher, eine vorgeblich tropische Pflanze mit großen, staubbedeckten Blättern. Fehlen nur noch die Plastikkolibris.

Carolina kommt nicht heraus, aber der Streit geht auch nicht weiter. Es vergehen ein paar Minuten, ohne dass was passiert, und Aitor ist versucht, an die Tür zu klopfen. Was machen sie? Er könnte mit den Fingerknöcheln kurz an die Tür pochen und direkt reingehen, sie überraschen, vielleicht stehen sie sich in einem schweigenden Duell gegenüber, vielleicht weint sie und er, unangenehm berührt, rutscht unruhig auf seinem Stuhl hin und her; vielleicht umarmen sie sich, es gab das Gerücht, dass zwischen den beiden was lief, aber so sprechen nicht zwei Menschen miteinander, die ein Verhältnis haben. Gerade als er doch anklopfen will, seine Hand verharrt noch in der Schwebe, öffnet sich die Tür und Carolina trifft ihn genau in der Situation an, die er eigentlich vermeiden wollte.

»Sie feuern mich«, sagt sie, und schließt die Tür hinter ihrem Rücken.

»Ach.«

»Hast du es gehört? Hast du gelauscht?«

»Nein, ganz und gar nicht, ich meine, dass, na ja, dass sie uns alle nach und nach entlassen werden.«

»Dich nicht.«

»Ich bin noch nicht einmal fest angestellt«, sagt er und empfindet ihren Groll als ungerecht, aber er verteidigt sich nicht. Mit verschränkten Armen starrt Carolina den Wasserspender an, als ob sie ihm gern einen Tritt geben würde. Sie nimmt einen Becher. Trinkt. Sie klopft auf ihren Bauch.

»Und ich habe ihm nicht einmal erzählt, dass es Zwillinge sind.«

»Ah, wie schön, herzlichen Glückwunsch.«

»Ach leck mich doch.«

Aitor wartet, bis sie gegangen ist, bis er nicht einmal mehr ihre Schritte hört, die der Teppichboden dämpft. Er klopft und tritt nicht eher ein, bis ihm die Stimme die Erlaubnis dazu erteilt. Die beiden Männer verstehen sich, ohne etwas zu sagen, sie schütteln bekümmert den Kopf, sie zucken mit den Schultern, was sollen wir machen, so läuft es nun mal, es ist nichts Persönliches.

»Wie geht's?«, fragt Pascual.

»Gut.«

»Wir müssen reden.« Beide machen kurz eine Pause und lächeln, weil sie das Gleiche denken: So beginnen Scheidungen. »Nein, das ist es nicht«, sagt Pascual. »Eine neue Streamlining-Operation ist erforderlich.«

»Du weißt doch, dass Englisch nicht meine Stärke ist. Darum war ich auch nicht Korrespondent in London. In einer amerikanischen Serie würdest du mir jetzt einen Whisky anbieten, das ist dir klar, oder?«

»Es ist zehn Uhr morgens.«

»Das spielt keine Rolle. Einen Whisky, und in den siebziger Jahren eine Zigarette dazu.«

»Wie viele Jahre arbeitest du schon hier?«

»Verdammt, Pascual.«

»Du musst der Dienstälteste sein. Ich stelle mir vor, wie du im Studio aufnimmst, während sie noch dabei sind, den Teppichboden zu verlegen und die Wände zu streichen. Als ich ankam, hast du irgendwas geleitet, ich erinnere mich nicht mehr was.«

»Kultur.«

»Du hast alle Abteilungen durchlaufen.«

»Ich bin bei diesem Sender das Mädchen für alles.«

»Um die Wahrheit zu sagen, ich glaube, sie werden uns verkaufen. Deswegen die Entlassungen. Jetzt weißt du, was Streamlining ist. Wer uns kauft, der will keine Angestellten mit vertraglichen Rechten. Wie wenn der Sommer kommt: Man muss abnehmen, damit man am Strand attraktiv erscheint. Es dürfen keine Fettpolster zu sehen sein.«

»Streng genommen kannst du mich nicht rauswerfen, ich bin selbstständig.«

»Ich werfe niemanden raus, ich bin nur der Bote, der die schlechten Nachrichten überbringt. Diese Arschlöcher zeigen nicht gern ihr Gesicht und stellen lieber mich an die vorderste Front.«

»Aber du könntest mein Programm einstellen.«

»Aber nicht doch. Folgendes wird geschehen: Erstens, sie ändern deine Sendezeiten. Du wirst um ein Uhr auf Sendung gehen.«

»Das ist doch toll.«

»Um ein Uhr nachts. Zweitens: Statt live sendest du aus der Dose. Es wird ein Gemetzel unter den Technikern geben, so dass du manchmal selbst aufnehmen musst.«

»Und Selfies machen, um sie auf Twitter hochzuladen.«

»Ha, du verlierst deinen Sinn für Humor nicht. Ich wünschte, sie wären alle wie du. Im Krieg würden diese Leute noch protestieren, weil sie das Gewehr reinigen müssen. Sie würden in Streik treten. Sie würden sich darüber beschweren, dass die Befehlshaber von ihnen Dinge verlangen, die nicht im Vertrag stehen.«

»Du verlangst Dinge, die nicht im Vertrag stehen. In meinem heißt es, dass der Sender mir das Studio und das technische Personal stellt.«

»Aber wir sind im Krieg. Das war keine Metapher. Hier werden nur die überleben, die sich am besten verschanzen.«

»Das werde ich tun. Was getan werden muss, wird getan. Aber ein Kulturprogramm um ein Uhr nachts ist scheiße, so arbeiten zu müssen ist scheiße.«

»Krieg ist scheiße. Aber du passt dich an und überlebst. Wenn du den Schützengraben verlässt um zu protestieren, schießen sie dir eine Kugel in den Kopf. Der gute Soldat ist derjenige, der weiß, wann man schießen und wann man sich ducken sollte. Das hat sicher Sun Tzu oder Clausewitz oder Paolo Coelho gesagt. Oder sie hätten es sagen sollen. Nebenbei bemerkt, wie geht es dir?«

»Gut, gut, und dir?«

»Ich bin am Rudern. Die Leute glauben, ich stehe am Steuer, aber ich bin der, der sich am meisten in die Riemen legt. Meine Hände sind voller Blasen. Und deine Frau?«

»Ich weiß nicht. Wir sehen uns selten.«

»Stimmt, Entschuldigung. Ich hatte es vergessen. Und deine Kinder? Ich schätze mal, das Mädchen beginnt die Ausbildung. Ich hoffe, sie studiert nicht Journalismus. Das würdest du ihr nicht erlauben, oder?«

»Nein. Sie wird nicht Journalismus studieren.«

Er ist sympathisch, Pascual. Jemand, mit dem du gern in einer Kneipe an die Theke gelehnt ein Bier trinken würdest, über Politik oder Fußball reden – wenn Aitor Fußball mögen würde. Er ist interessiert, fragt nach, hat auch Sinn für Humor, er ist einfallsreich und skrupellos. Skrupellose Menschen sind oft unterhaltsam, sie sind originell. Aitor blickt wieder zu den Baukränen. Von seinem Platz aus kann man die Stadt aus dem Fenster nicht sehen, nur diese gelben Häupter, die Kreise in den blauen Himmel zeichnen. Aitor wird übel, als ob er sich in einem Drehturm befände, dieses Gefühl, dass die Sinne eine Bewegung wahrnehmen, die nicht vom Bewusstsein erkannt wird. Unwillkürlich hält er sich an den Armlehnen fest. Die Häupter der Kräne zeichnen Kurven wie Zirkel und schreiben die Zukunft der Stadt in den Himmel. Aitor will aufstehen, das Gespräch scheint beendet zu sein und er will raus aus dem Büro, um so diese neue Krise zu bewältigen: eine weitere Herausforderung, eine weitere Demütigung, aber eine Kleinigkeit im Vergleich zu dem, was anderen blüht. Pascual beobachtet ihn mit leicht zusammengekniffenen Augen, als würde er etwas einschätzen wollen.

»Was?«

»Nichts, nichts.«

Aitor will eigentlich nicht weiter nachfragen, weil die Dinge nicht so schlecht gelaufen sind, wie sie hätten laufen können, aber Pascual wirkt eigenartig, er steht noch unter Spannung auf der anderen Seite des Tisches, ein Tiger bereit zum Sprung.

»Was? Du willst mir doch noch was sagen. Komm schon.«

»Ich kann es dir noch nicht sagen. Ich habe einen Plan. Einen guten Plan; der dich betrifft. Aber zuerst muss ich sicher sein …«

»Komm schon, sag es mir, spann mich nicht auf die Folter.«

»Nein. Nächste Woche. Komm Montag vorbei. Dann erzähle ich es. Wenn es klappt. Wenn nicht, wozu?«

Aitor verlässt das Büro und setzt sich an den Platz, an dem er zur Zeit arbeitet. Er starrt auf den Bildschirm, auf dem sich so viele Dateien und Ordner angesammelt haben, dass er inzwischen nicht mehr auch nur bei der Hälfte von ihnen weiß, was sie enthalten. Er legt die Hände auf die Tastatur, lässt sie aber ruhig liegen. Aitor hatte geglaubt, dass Älterwerden ein Prozess der Akkumulation wäre. Du gewinnst an Erfahrung und eine entspanntere Haltung, die Welt zu betrachten; wo du schon nicht mehr hoffst, sie zu ändern, beobachtest du sie, du freundest dich mit ihr an, in gewissem Maße akzeptierst du sie, ohne dass das bedeutet, dass sie dir gefällt. Und du legst dir Sicherheiten zu: in deinen Beziehungen und in materiellen Dingen, auf Reisen, bei der Arbeit; du bist mehr oder weniger schnell, mehr oder weniger hoch aufgestiegen, du fängst nicht mehr bei null an, du bist kein Lehrling mehr, sondern Geselle, du hast dir nach und nach ein weniger bedrohtes Gebiet angeeignet: dein Zuhause, deine Familie, deine Arbeit, niemand ist daran interessiert, sie dir wegzunehmen, sie gehören dir ein Leben lang und sie werden dich wohl oder übel bis zur letzten Phase des Zerfalls (der nahende Tod, die sich verschlechternde Gesundheit, der Ruhestand) begleiten, aber dann wirst du Güter und Sicherheiten für die letzten Tage angesammelt haben: die Rente, Erbschaften durch den Tod der vorhergehenden Generation, die Anerkennung deiner Karriere, die herablassende Achtung der Jüngeren. Aitor hatte das geglaubt: dass das Leben daraus besteht, Gewissheiten zu gewinnen, Werte, einen sicheren Raum zu betreten, als würde man in einer Siedlung mit privatem Sicherheitsdienst wohnen. Es mag nicht der aufregendste Ort der Welt sein, aber er ist beruhigend.

Er wird allerdings das Gefühl nicht los, dass ihm das Gegenteil passiert. Sein Leben ist eine erodierende Landschaft, in der kaum noch ein paar Sträucher dem Wind, dem Wasser, der Kälte standhalten. Als wäre er versehentlich vom Zentrum einer Metropole in einen Vorort umgesiedelt worden, umgeben von Brachland und ungepflegten Pfaden. Er stand doch mal im Zentrum: Er hatte eine Frau und zwei Kinder gehabt, eine Arbeit, bei der er die Karriereleiter hochgeklettert ist, bis er sogar Leiter der Kulturabteilung wurde (zugegebenermaßen vorübergehend), er könnte in einem Haus mit Garten, Hund und zwei Autos leben, aber er hatte es vorgezogen, in seiner Wohnung in der Calle Ibiza zu bleiben, denn das Haus, die Sonntagskoteletts und die Sicherheitsschranken vor den Wohnsiedlungen schienen ihm der Anfang vom Ende zu sein, sich mit einem Leben zufriedenzugeben, das erst ab einem bestimmten Alter zu rechtfertigen ist, das er noch nicht erreicht hatte. Aber sie haben ihn Stück für Stück verdrängt. Das ist in der Tat ein Charakterproblem: Sie haben ihn angegriffen und er hat es erst viel zu spät gemerkt. Er hat immer mit einem Lächeln geantwortet: Er diskutierte nicht, sagte nichts. Und auf einmal, denn ihm kommt es vor, als hätte sich die Veränderung in sehr kurzer Zeit vollzogen, obwohl es in Wirklichkeit Jahre gedauert hat, ist er von nichts mehr der Leiter, sein Gehalt hat sich in sukzessiven Personalanpassungen reduziert: Er hat auf einen Teil seiner Einkünfte verzichtet, damit die Firma nicht schließt, damit sie weniger Kollegen entlassen, lieber mit weniger leben als mit nichts; sie haben ihn überzeugt, sich von der Firma freizustellen und als Scheinselbstständiger zu arbeiten (in jenem Moment meinte er sogar naiverweise, dass die neue Arbeitssituation ihm Möglichkeiten öffnen würde, die ihm eine feste Anstellung nicht bot) und, wenn man die Inflationsrate mal abzieht, verdient er inzwischen nur zwei Drittel dessen, was er noch vor zehn Jahren verdient hat. Er macht ein Programm, das sie jetzt auf ein Uhr nachts gelegt haben, sie rauben ihm die Direktübertragung, sie zwingen ihn, sich selbst aufzunehmen, als wäre er zwanzig Jahre alt und würde einen Podcast in der Garage seiner Eltern produzieren.

Aitor starrt auf seinen Bildschirm und hofft, dass ihn bloß niemand anspricht. Vor Jahren hatte er ein Büro für sich allein, einen Raum, in den man sich zurückziehen, sich abkapseln, sich schützen konnte. Aber jetzt sitzen alle – fast alle – in diesem Großraumbüro an langen Tischreihen, in dem jeder auf seinen Bildschirm starrt, als hätte er seinen Kopf in einer Taucherglocke. In einer offenen Redaktion kommuniziert man besser miteinander, hatten sie ihnen weismachen wollen, es gibt mehr Austausch, mehr Kreativität. Sie müssten sie jetzt sehen, reduziert auf eine Besatzung, bei der man die Verluste an den leeren Stühlen abzählen kann. Und da ist auch er: Es wäre zu dramatisch zu sagen, wie ein Galeerensklave, aber ja, wie der Überlebende eines Sturms, der immer noch tobt, und er muss dankbar sein, denn im Grunde sieht sein Vertrag keinen Arbeitsplatz in der Redaktion vor. Alles bricht auseinander. Es bleibt nur noch Erschöpfung. Er hatte mit einer Mischung aus Resignation und Hoffnung die Auflösung seiner Ehe erlebt, den Verzicht auf jene stabile Familie, die eine Versicherung in unruhigen Zeiten hätte sein sollen. Es hatte nicht funktioniert; Isabel und er hatten es nicht geschafft, ein Band zu knüpfen, das sie zusammenhielt, wenn das Leben an ihm zerrte. Aber der Bruch bedeutete auch die Möglichkeit einer neuen Reise, eine andere Form des Seins zu finden, vielleicht sogar neue Bande zu knüpfen. Und als die Kinder sich entschieden, bei ihm zu bleiben, dachte er, das wäre eine gute Ausgangsbasis. Sie würden die Träume, die Kontroverse, die Lebendigkeit einbringen, die ihm fehlte. Es war ein Trugschluss: Die Ana, die blieb, wurde immer mürrischer und kritischer. Sie schöpfte nicht das Wasser aus dem sinkenden Boot, im Gegenteil, sie bearbeitete den Boden mit Axthieben und freute sich, wenn die Splitter nur so flogen. Etwas, das vorübergeht, langsam aber sicher wird sie sich anpassen. Es ist der Verlust, das Unbehagen angesichts des Konflikts der Eltern, hieß es. Und er versuchte immer wieder, ein Gespräch anzufangen, ein freundliches Wort zu sagen, an Tagen, an denen er optimistisch war, sogar eine zärtliche Berührung zu wagen. Aber immer hatte er das Gefühl, das Falsche zu sagen, eine unzumutbare Geste zu machen. Und sie ging. Ana verschwand. Zunächst einige Wochen. Durch Luis, der ihm von der anarchistischen Gruppe erzählte, ihren neuen Freundschaften, ihrem politischen Engagement, wusste er, dass ihr nichts passiert war. Als sie dann zurückkam, war es, als wäre sie dazu gezwungen worden, als wäre jeder Schritt im Haus, jeder Bissen einer Mahlzeit eine von einem diktatorischen Regime auferlegte Verpflichtung. Es war, als würde man jemandem zusehen, der isst und gleichzeitig einen Würgereiz unterdrückt. Anas jetziges Verschwinden war trotz des Schmerzes auch eine Erleichterung. Schmerz, Erleichterung, Angst, um sie, aber auch um sich selbst.

Er sieht auf. Carolina geht durch den Flur, sie trägt nur ihre Handtasche, aus der ein paar Papiere ragen, und ihre Laptop-Tasche, keinen Pappkarton mit ihren Sachen, wie man es sich bei jemandem vorstellt, der gerade entlassen wurde und den man gebeten hat, seinen Schreibtisch zu räumen. Sie verabschiedet sich von niemandem. Sie geht den Flur entlang, als würde sie Stimmen in ihrem Kopf hören und könnte niemandem davon erzählen. Auch sie hat gerade herausgefunden, dass das Leben nicht Aufstieg und Anhäufung von Wohlstand bedeutet, sondern Verschleiß, Auflösung, Verlust.

4

Es ist eine Zufriedenheit, die Ana bis zu diesem Moment noch nicht gekannt hat. Das einfache Leben. Aber nicht wie auf dem Land Gemüse anbauen, beim ersten Hahnenschrei aufwachen, den Kuhglocken und dem Meckern der Ziegen in der Ferne zuhören, Marmelade einkochen und die Hände an der Schürze trockenreiben, nachdem man sie in einem Eimer Wasser gewaschen hat, den man zuvor aus einem Brunnen hochgezogen hatte. Diese Heimatroman-Idylle ruft bei Ana nur Müdigkeit und Unlust hervor. Für sie gehört so ein Leben der Vergangenheit an, und man könnte es nur als Zufluchtsort im Falle einer nuklearen Katastrophe akzeptieren oder einer globalen Krise, die zig Millionen ins Elend reißt. Genauso wie in einer Höhle zu leben oder auf einer einsamen Insel, auf die man sich nach einem Schiffbruch retten musste.

Das einfache Leben ist für sie etwas anderes: Es reicht, nur an die unmittelbare Zukunft zu denken. Du kannst dein Leben nicht damit verbringen, dich darauf vorzubereiten. Wozu? Nachher macht das Leben eine Wendung, schlägt Purzelbäume, weicht aus, wie ein Rinnsal, das zufällig auf ein Hindernis trifft und sich einen anderen Weg sucht, es bildet einen Rückstau oder fließt im Gegenteil schneller den Hang hinunter. Wasser sein, selbst Rinnsal sein, wissen, dass es unsinnig ist, sich Ziele zu setzen, weil es später regnet oder eine Dürre kommt, weil du mit den anderen rechnen musst, die Gräben ausheben oder Mauern hochziehen. Sein. Dasein. Atmen. Die Gesellschaft derer schätzen, mit denen du zusammentriffst, mit denen du übereinstimmst, die, und sei es auch nur für einen Moment, mit dir das Leben teilen und aufbauen, jeder nach seinen

Fähigkeiten und Möglichkeiten, mit keiner anderen Verpflichtung als der, das Begehren am Leben zu erhalten. Aber wir haben sowohl unsere Fertigkeiten als auch unser Begehren verloren, die meisten von uns wären unfähig ein Brot zu backen oder ein Stück Stoff zu färben, obwohl das leicht zu lernen ist: Man muss sich nur gegenseitig helfen wie im El Agujero und im Centro Social. Wir hantieren mit Dingen herum, die wir weder selbst herstellen noch reparieren können: ein Computer, ein Handy, der Fahrkartenautomat der U-Bahn. Die Technologie verwandelt uns in nutzlose Idioten, die von Black Boxes umgeben sind. Wie soll man begehren, wenn man nicht erschaffen kann. Das Begehren wurde durch Beliebigkeit ersetzt.

Sie sitzt, mit dem Rücken gegen die Wand einer Bäckerei gelehnt, an einer Kreuzung, während Yannick mit dem Diabolo jongliert und jeden, der vorbeigeht, anspricht: ein bisschen Kleingeld, was du übrig hast, und wenn du nichts übrig hast, reicht mir ein Lächeln, vielen Dank und einen schönen Tag noch …, mit einem Optimismus, den sie nur schwer als real akzeptieren kann, aber er ist da, jeden Morgen, sein Lächeln ist nicht das Lächeln eines Autoverkäufers, dem niemand glaubt, das nur Teil der Verkleidung ist, wie der marineblaue Anzug, die Krawatte, der Metallkugelschreiber, die Herrenarmbanduhr, der Elan, mit dem sich alle jeden Morgen ankleiden, genauso wie Soldaten, die sich die Uniform anlegen, um in einen Krieg zu ziehen, von dem sie noch nicht wissen, dass sie ihn verloren haben; nein, Yannicks Lächeln ist echt, weil er ohne Groll ist, und deswegen ist es oft so schwer, ihn zu überzeugen, an Aktionen teilzunehmen, die wenn nicht Groll, so doch eine gewisse Wut erfordern, den Wunsch nach Zerstörung. Das einfache Leben: nicht die ganze Welt verändern zu wollen, sondern nur das, was du direkt vor dir hast, den Polizisten einfach umhauen oder die Tür eintreten, den Geldautomaten anzünden, aber nicht wie jemand, der ein Projekt vor Augen hat, nicht so, als wäre jede dieser Handlungen (gewalttätig, nennt sie die Presse) ein Schritt auf ein Ziel hin, ein bloßer taktischer Zug in einer Gesamtstrategie. Von Alfon hat sie gelernt, dass leben etwas anderes ist, nämlich zu leben wie Löwen oder Adler, oder, um nicht allegorisch zu werden, wie Sardinen. Einfach tun, was du jeden Tag tust und es genießen, es zulassen, dass dich der genetische Plan von einem Ort zum anderen bringt, der Überlebenstrieb, der Fortpflanzungstrieb (ohne darüber nachzudenken, was aus deinen Kindern wird, wenn sie groß sind, an den Uniabschluss und die Englischkurse im Sommer). Das Leben ist hartnäckig, wir leben, weil wir dafür geschaffen sind. Beharrlichkeit im Sein, so nennt es Alfon. Und deshalb möchte sie nicht einmal viel über diese simplen Widerstandsaktionen nachdenken, die halt passieren, wenn sie passieren: nicht zu planen, eine Tür aufzubrechen, sondern sie einfach aufzubrechen, wenn du vor ihr stehst, weil du Türen, alles Verschlossene, das Eigentum, ablehnst. Ana glaubt nicht an die Revolution, aber an so etwas wie einen Siedepunkt, der dazu führt, dass plötzlich alles überkocht.

»Warum drehst du uns nicht einen Joint, mein Herz?«, sagt Yannick, ohne das Diabolo aus den Augen zu lassen. Schon ist es nicht einmal mehr eine Provokation, sich hier in dieser Straße auf dem Boden sitzend einen Joint zu drehen, während Menschen vorbeigehen, deren Blick an ihrem Handy oder der Einkaufsliste klebt, aber es ist nicht zur Routine geworden – weil Löwen und Adler etc. in keiner Routine leben –, es ist eher eine Art, in der Welt zu sein, dort zu sein, wo du bist, und nicht am nächsten Ort oder an zwei Orten gleichzeitig. Papa glaubt sicher, dass sie ihr Handy deshalb nicht einschaltet, weil sie nicht mit ihm sprechen will, dabei hat sie es verkauft. Nicht alle tun das, sogar Beto, der auf der Straße lebt, im Vorraum einer Bank zwischen Kartons und alten Decken, hat seins noch und gibt einen Teil des Geldes, das er durch Tricksereien verdient, für Prepaidkarten aus, eine Möglichkeit, mit der Welt in Kontakt zu bleiben, nicht allein zu sein, aber sie ist nicht allein, und wenn sie es ist, dann fühlt es sich nicht so an. Sie dreht den Joint, zündet ihn an und reicht ihn Yannick, der ihn zwischen seine Lippen nimmt und das Diabolo mehrere Meter in die Höhe wirft, und als es wieder herunterkommt, kann er es nicht kontrollieren und es fällt zu Boden, aber was macht das schon, denn es gibt diese Schönheit des

Augenblicks, in dem das Diabolo sich in die Luft schwingt, das Blau durchschneidet, jedes Mal schneller herunterfällt, und du könntest es erwischen oder auch nicht. Diese Erwartung, diese Neugierde. Yannick trägt eine Hose, die an vielen Stellen so zerrissen ist, als wäre er gerade dem Angriff eines Raubtiers entkommen, aber er läuft mit einem Staunen durch die Straßen wie ein Kind durch den Zoo. Und das macht Ana neuen Mut, denn obwohl sie tatsächlich manchmal Freude empfindet, was wunderbar ist, muss sie sich eingestehen, dass es stets von kurzer Dauer ist, weil Ana von einer immer wiederkehrenden Wut erfüllt ist, die sie aufspringen lässt, als wäre sie gerade getreten worden, und deshalb begleitet sie manchmal Yannick, einen Junkie, der nicht aus Überzeugung im El Agujero wohnt, er will nicht zusammen mit anderen ein gemeinsames Leben aufbauen, aber er hat es durch seine bloße Anwesenheit und seine Sanftheit erreicht, dort bleiben zu dürfen, obwohl alle wissen, dass er es nicht lange aushalten wird, weil Menschen wie er höchstens drei bis vier Monate durchhalten, entweder weil sie es leid sind, oder weil diejenigen, die mit Leuten wie ihm das Haus teilen, es satthaben, dass sie keine oder nur unregelmäßig Verantwortung übernehmen, weshalb die Auseinandersetzungen anstrengend werden, und es reicht doch schon, in einem besetzten Haus zu leben, in der ständigen Bedrohung, dass sie dir die Tür einschlagen oder verhindern, dass du wieder hineinkommst, in der ständigen Unsicherheit, nicht zu wissen, wie lange Geld und Lebensmittel noch reichen. Obwohl, Yannick scheinen einstweilen weder Ungewissheit noch Müdigkeit etwas auszumachen. Er geht jeden Tag mit seinem Diabolo aus dem Haus, begleitet von seinem Hund, seiner Freundin Elena und wem auch immer, der eben mitkommen möchte, nimmt seinen Arbeitsplatz wie ein Büroangestellter ein, wirft das Diabolo gegen das Blau und verfolgt mit zusammengekniffenen Augen und leicht geöffnetem Mund das Auf und Ab.

»Gibst du mir etwas Kleingeld? Was du übrig hast, mir reicht ein bisschen, und wenn du nichts übrig hast, dann reicht mir ein Lächeln.«

5

Wie schwierig es ist, nicht wahr, Aitor? Die richtigen Entscheidungen zu treffen? Nicht die auf den ersten Blick vorteilhaften, das wäre leicht; vielmehr die Entscheidungen, die es dir erlauben, dich jeden Morgen im Spiegel anzusehen, ohne dieser Person, die du da gerade anstarrst, als würdest du ihr gleich ins Gesicht schlagen, etwas vorwerfen zu müssen. Wie schwierig es ist, als du am Montag in Pascuals Büro kommst und er dich vor dem Schreibtisch stehend mit einem Lächeln begrüßt und sofort auf die Couch weist. »Möchtest du einen Whisky?«

»Das war ein Scherz.«

»Wie auch immer, heute lade ich dich zu einem Whisky ein. Der Anlass ist es wert.«

Und du setzt dich wie angewiesen und du weißt, irgendwas läuft hier gerade richtig und gleichzeitig falsch. Pascual ist ein lausiger Schauspieler: Er geht mit unnötiger Entschiedenheit durch den Raum, er behält das breite, unnatürlich wirkende Lächeln zu lange auf seinem Gesicht; er lässt die Eiswürfel mit der Theatralik einer Spirituosenwerbung ins Glas fallen; er überreicht dir das Glas wie einen Preis.

»Was ist los?«

»Sagtest du nicht, dass du Whisky möchtest?«

Pascual nimmt ein paar zusammengeheftete Papiere von seinem Schreibtisch und reicht sie dir.

»Lies das. Zum Wohl.«

Dir passiert das Gleiche wie in der Schule bei einer Matheaufgabe: Du warst nicht in der Lage, Zahl für Zahl zu lesen, Klammer für Klammer, Zeichen für Zeichen. Du bist von einer Gruppe Ziffern zur nächsten gesprungen, ohne sie verstanden zu haben, die Zahlen türmten sich vor dir auf, ohne dass du eine Beziehung zwischen ihnen herstellen konntest. Genauso springst du jetzt in dem Dokument von einem Absatz zum nächsten, ohne es zu erfassen.

»Ist das ein Vertrag?«

»Es ist kein Vertrag. Es ist ein neues Leben.«

Du blätterst noch einmal von hinten nach vorne durch und immer noch kannst du die Absätze nicht entschlüsseln, du kannst dir nur einen allgemeinen Überblick verschaffen, eine Art gedankliche Zusammenfassung von der neuen Situation machen.

»Redaktionsleiter?«

»Ja, verdammt. Daran habe ich die ganze Zeit gearbeitet, aber ich konnte dir nichts sagen, bevor es nicht bestätigt worden ist. Es war nicht einfach. Sie wollten jemanden von außen holen. Frischen Saft. Jemanden, der frischen Wind reinbringt, der den Sender revolutioniert. Aber ich kann Revolutionen nicht gebrauchen. Ich muss wissen, wo ich stehe, brauche Leute, auf die ich mich verlassen kann, ohne dass sie sich plötzlich zurückziehen und ich mir dann die Zähne auf dem Boden einschlage. Denn weißt du, was Leute von außen in der Regel machen?«

»Nein, wie soll ich das wissen?«

»Die benutzen uns hier als Trampolin. Die kommen an, stellen alles auf den Kopf und machen sich dann vom Acker, ohne abzuwarten, ob es funktioniert. Ich, ich will keinen Killer. Ich möchte jemanden Zuverlässiges. Aber das gefiel denen nicht. Sie sagten, du ziehst hier schon viel zu lange deine Kreise. Dass du mittelmäßig geworden bist.«

Während er aufzahlt, wie viel du ihm schuldest und wie dankbar du ihm sein solltest, liest du noch einmal den Vertrag, langsamer, dieses Mal schaffst du es, eine Zeile zu lesen, bevor du zur nächsten springst, du zwingst dich dazu, indem du den Zeilen mit dem Finger folgst, von oben nach unten, du widerstehst dem Drang quer zu lesen, um möglichst schnell an das Ende der Seite und des Dokuments zu kommen. Das Gehalt, murmelst du, das Gehalt.

»Das, worauf du da gerade zeigst, ist nur das Grundgehalt. Weiter unten stehen die Zuschläge für Verantwortung, Verfügbarkeit, Exklusivität. Ich erinnere mich schon nicht mehr an alles, aber es gibt verschiedene Zuschläge. Schau es dir gut an.«

Du nickst anerkennend, willst ihm danken, aber da bist du schon auf der nächsten Seite und dein Finger bleibt stehen, während du weiterliest. Du bist beim schlechten Teil angelangt, beim Preis, der zu zahlen ist, versteckt im Kleingedruckten.

»Wenn ich also richtig verstehe, wäre ich gegenüber den Mitarbeitern meiner Redaktionen der Ansprechpartner auf Seiten des Unternehmens. So ist es, oder?«

»Nicht grundsätzlich, dafür ist vor allem der Programmdirektor zuständig, also ich, aber in manchen Fällen schon.«

»Hmm.«

»Was hmm?«

»Ich weiß nicht, ob ich dafür geeignet bin.«

»Du kannst nicht darauf hoffen, einer der Häuptlinge zu werden, aber weiter mit den Indianern zu tanzen. Man kann auch nicht gerade behaupten, dass du ein besonders enges Verhältnis zu deinen Kollegen hättest.«

Du schaust zu ihm auf. Er schwenkt sein Glas, als wolle er die Eiswürfel schnell zum Schmelzen bringen. Er steht unter Druck, wie alle, und er tut dir einen Gefallen, weil er jemanden braucht, der ihn unterstützt, damit er für seine Manöver und Scharmützel in den oberen Etagen freie Hand hat.

»Aber falls es Entlassungen gibt, bin ich es, der sie verkünden muss. Derjenige, der die Leute entlässt, gewissermaßen.«

»Möglicherweise musst du es bekannt geben, aber du entscheidest nichts in diesem Bereich. Du kannst Vorschläge machen …, sei nicht so verdammt skeptisch, Kündigungsvorschläge für Leute, die keine Leistung bringen, die dem Sender schaden, deretwegen wir in dieser Situation stecken und nicht wettbewerbsfähig sind, aber du kannst auch Neueinstellungen, Exklusivverträge, Beförderungen, Umgestaltungen vorschlagen, alles, verdammt, du kannst alles vorschlagen, was die Redaktionen betrifft. Außerdem, unter uns gesagt, und ich sage es unter uns, weil es nicht gut ist, wenn die Leute zu locker werden, es wird keine Entlassungen mehr geben. Wir sind am Limit angekommen. Wir sind hier jetzt die, die es sein müssen.«

»Du sagtest, sie werden uns verkaufen.«

»Ich bin ein Schwätzer. Ich habe mich geirrt. Im Gegenteil: Die Gruppe investiert in den Sender. Sie wollen ihn nicht abstoßen, sie wollen ihn wiederbeleben. Demnächst wird die gesamte Technik auf den neuesten Stand gebracht, die Ausrüstung, alles wird verbessert, um mehr auf das Internet als auf den Äther zu setzen. So wie man sich bei den Zeitungen allmählich vom Papier löst und sich auf das Online-Geschäft konzentriert. Die Investoren wollen die Medien nicht verlieren, niemand will die Medien verlieren. Aber sie müssen modernisieren.«

Du nickst. Du solltest dich freuen. Aber du reagierst wie ein oft geprügelter Hund. Sicherheitshalber legst du die Ohren an und wölbst den Rücken und ziehst den Schwanz ein und du pinkelst dich ein, während man dich streichelt.

»Dann wäre ich kein Freiberufler mehr.«

»Natürlich nicht, du hättest einen unbefristeten Vertrag. Sei doch nicht so verdammt misstrauisch, ich hau dich nicht übers Ohr. Du wirst nicht mehr davon abhängig sein, dass sie dir den Vertrag verlängern. Die Firma hat schon unterschrieben.«

»Ich verstehe.«

»Du bist nicht überzeugt.«

»Doch, doch. Es ist fantastisch.«

»Aber du bist nicht überzeugt.«

»Kann ich den Vertrag mit nach Hause nehmen, bevor ich unterschreibe?«

»Wie du willst.«

»Wie lange gilt das Angebot?«

»Keine Ahnung. Ich habe dir ja gesagt, dass ich mich ins Zeug gelegt habe, um dir das Angebot überhaupt machen zu können. Keine Ahnung, wirklich. Heute schon, natürlich.«

»Du denkst, ich sollte gleich hier unterschreiben.«

»Aitor, ich bin dein Freund, nicht dein Vater. Ich glaube schon, dass es eine verdammt große Chance ist, aber es ist auch eine Entscheidung. Es ist eine Veränderung im Leben. Es ist eine Veränderung in vielerlei Hinsicht. Du wirst viel mehr Verantwortung tragen, du wirst wie ein Sklave schuften müssen, weil du der Chef bist. So sind die Dinge nun mal. Wir Chefs reißen uns den Arsch auf.«

Du nickst. Du schämst dich für den eingezogenen Schwanz, für die angelegten Ohren. Du trinkst den Whisky aus. Du liest den Vertrag noch einmal, erneut verschwimmen die Buchstaben ineinander. Du kommst ans Ende, zu den Unterschriften, wieder überkommen dich Zweifel und du hast das Gefühl, nie selbst Entscheidungen zu treffen, das war auch früher schon so, erst musstest du Isabel die Situation schildern und ihre Meinung hören, damit sie dir sagt, was für dich das Beste ist.

Du bist 47 Jahre alt. Das ist gar nicht so viel. Wirklich nicht viel. Es ist ein Alter voller Möglichkeiten. Voller Herausforderungen. Du weißt, dass du viel mehr Arbeit haben wirst, wenn du annimmst, aber Ana ist nicht mehr zu Hause, Luis könnte genauso gut nicht mehr da sein. Du machst nichts anderes, als dich mit Problemen herumzuschlagen, die du nicht lösen wirst, weil es die Probleme anderer sind. Es ist ein unbefristeter Vertrag, sagst du, weil du trotzdem den Eindruck erwecken willst, zu wissen, was du tust, dass du dich nicht kopflos in dieses Abenteuer stürzt.

»Ich versichere dir, es ist der beste Vertrag, auf den du hoffen kannst. Ich habe ihn selbst ausgehandelt.«

Wie schwierig es ist, nicht wahr, Aitor? Zu akzeptieren, ein anderer zu werden, dich nicht einfach fallen zu lassen, sondern einen Sprung zu wagen, dich den Raubtieren zu nähern und intuitiv zu erkennen, dass du aufhören könntest, ihr Opfer zu sein. Du nickst noch einmal. Pascual macht es sich hinter seinem Schreibtisch bequem. Er lässt dir Zeit, damit du nachdenken kannst, damit du dich nicht unter Druck gesetzt fühlst. Er zieht sich in den Hintergrund zurück. Nur du bist jetzt hier, allein mit deiner Entscheidung. Du setzt deine Initialen auf jede Seite, ohne Eile kommst du zur letzten. Dort steht dein

Name, auf den du nun die Spitze des Stiftes setzt. Du unterschreibst. Du stehst auf und lässt den Vertrag auf dem Schreibtisch liegen. Ihr lächelt euch an.

Gut gemacht, sagt er zu dir. Ihr gebt euch die Hand. Gut gemacht. Du verlässt das Büro und beschließt, es zu feiern. Aber dir fällt nicht ein mit wem. Erst dann denkst du an Ana. Jetzt, ja jetzt bist du ein Handlanger des Kapitals, würde sie sagen. Ach, du kannst mich mal, Ana. Was weiß sie schon. Sie weiß gar nichts. Oder doch: Das Einzige, was sie mit ihren siebzehn Jahren sicher weiß, ist, dass seine Tür für sie immer offen sein wird, wenn sie nach Hause kommt. Ohne Vorwürfe, ohne Zorn, ohne Bedingungen. Und sie wird zu essen kriegen und ein Bett und warmes Wasser. Wenn du jedoch nicht im richtigen Moment eintrittst, wird dir niemand die Tür ein zweites Mal öffnen. Die Chancen hier draußen, im wahren Leben, sind rar gesät. Man muss sie nutzen. Du steigst ins Auto. Bevor du den Motor startest, machst du einen Anruf. Ja, für heute Abend, um neun Uhr. Nur eine Person. Aitor Sánchez. Genau. Danke. Obwohl es niemanden gibt, der dich begleiten wird, wirst du es feiern. Und wie du es feiern wirst.

6

Ana sucht in den Taschen ihrer Lederjacke nach den Schlüsseln. Sie öffnet und schließt Reißverschlüsse, tastet, durchsucht noch einmal alles. Schließlich findet sie sie in ihrer Hose, die so knalleng sitzt, dass sie diese typische Bewegung macht, sich streckt und ein wenig auf die Zehenspitzen stellt, um sich schlanker zu machen, und sie zerrt die Schlüssel mit Zeige- und Ringfinger heraus. Erst dann bemerkt sie, dass jemand das Schloss geknackt hat. Sie schaut nach rechts und links, nicht, dass irgendwo ein Polizist oder Zivilbulle herumschnüffelt. Sie muss die Augen mit der Hand abschirmen, weil das Sonnenlicht von Pflastersteinen und Mauern zurückprallt und Gegenstände und Menschen in bloße Schatten, die Straße in eine schlechte Gegenlichtaufnahme verwandelt. Niemand ist in der Nähe bis auf einen Straßenfeger, der gerade eine Zigarettenpause einlegt, die Besitzerin eines chinesischen Gemüseladens, die eine Nachricht in ihr Handy tippt, einen Mann, der auf einem Fahrrad sitzt und der in ihre Richtung oder die Straße hinauf schaut, aber zu weit weg ist, als dass es sie beunruhigt. Niemand von ihnen erscheint ihr verdächtig, obgleich ihre innere Stimme warnt: Definiere verdächtig. Für die Mehrheit der Leute ist sie verdächtig. Sie ziehen den Kopf ein und beschleunigen ihren Schritt, wenn Ana sie, Yannick begleitend, um Kleingeld anhaut, oder sie verändern ihre Flugbahn, wenn sie sie mit einem Freund auf dem Bürgersteig sitzen sehen, als wäre die andere Straßenseite plötzlich viel interessanter.

Sie untersucht noch einmal das Schloss: Es scheint, als hätte man mit einem Meißel auf den Zylinder geschlagen. Sie kennt den Begriff, weil mal jemand versucht hat, zu Hause bei ihren Eltern einzubrechen (damals hätte sie noch bei »mir zu Hause« gesagt) und der Mann vom Schlüsseldienst erklärte, dass der Zylinder beschädigt worden sei, während er ihn zwischen Zeigefinger und Daumen hielt und alle vier Familienmitglieder ihn mit zustimmendem Nicken begutachteten, obwohl niemand irgendetwas entdecken konnte. Diesmal kann Ana die Kratzer und Dellen sehen. Sie steckt den Schlüssel trotzdem ins Schloss, falls der Mechanismus noch heile sein sollte, doch sie kriegt ihn nicht einmal ganz hinein. Ana drückt gegen die Tür und ist überrascht, als diese ein paar Zentimeter nachgibt. Sie stößt noch ein paarmal dagegen und verursacht ein metallisches klirrendes Geräusch, das von einer Kette zu stammen scheint.

»Wer ist da?«

»Ich, Ana.«

»Bist du allein?«

»Geht dich das was an?«

»Ich mein damit nur, warte, ich mach auf.«

Die Kette schlägt mehrere Male gegen die Tür, die Kettenglieder stoßen aneinander. Alfon flucht. Er braucht mindestens eine Minute, um die Tür zu öffnen. Er empfängt sie in gelben Boxershorts mit roten Fischchen darauf, der Bauch hängt über dem Bund, mitten im Raum aufgepflanzt, die Füße einen halben Meter breit auseinander und mit einer Metallstange in der Hand. Von den Wänden um ihn herum rollt sich die Tapete ab, die besonders dort, wo die Feuchtigkeit Blasen hinterlassen hat, mit ockerfarbenen Flecken übersät ist und schwarzbraun dort, wo sich bereits der Schimmelpilz ausbreitet, und mit den langen Haaren, die er normalerweise in einem Pferdeschwanz zusammenbindet und die jetzt wirr auf seine Schultern fallen, sieht Alfon aus wie der Ganove in einem dystopischen Film, ein Marodeur, der Stunden nach der Apokalypse aus seinem Versteck kriecht, ein Plünderer in einem Supermarkt, dessen Regale bereits leer sind. Ana lacht.

»Was machst du da? Lass die Stange los.«

»Es ist ein Kuhfuß. Warte, ich schließe ab.«

Alfon weiß offenbar nicht, wo er das Werkzeug mit dem

komischen Namen lassen soll, fast scheint er zu überlegen, es in den Bund seiner Unterhose zu stecken, so wie eine Filmfigur sich einen Revolver in den Gürtel schieben könnte, und lässt es schließlich einfach auf den Boden fallen. Das metallische Geräusch hallt in dem fast leeren Raum. Dann wickelt er die Kette um zwei Metallhaken, einen an der Tür, den anderen an der Wand, die er vermutlich persönlich angebracht hat, und schließt sie mit einem Vorhängeschloss. Ana ist sich sicher, dass die Metallhaken durch die Luft fliegen würden, wenn sie kräftig an der Tür zieht, aber sie stellt es nicht auf die Probe.

»Was ist passiert?«

»Sie müssen wohl gedacht haben, dass niemand da ist. Ich habe dort drüben geschlafen, hinten, und hatte Kopfhörer auf.«

»Wer waren sie?«

»Die Besitzer werden sie geschickt haben. Sie knacken das verdammte Schloss und lassen die Tür offen. Dann kommt jemand vom Unternehmen, begleitet von der Polizei oder von einer Sicherheitsfirma.«

»Aber das ist illegal.«

»Nein, es ist illegal, das Schloss auszutauschen. Aber wenn die Tür offen steht und niemand im Haus ist, können sie das melden und dann können sie ein neues Schloss einbauen. Der Vorbesitzer hat das Haus an eine Immobiliengesellschaft verkauft. Mit ihm gab es keine Probleme. Ich habe es dir nicht erzählt, aber die neuen Besitzer haben uns angezeigt.«

»Und warum hast du es mir nicht erzählt?«

»Du warst erst zwei Tage hier, ich wollte nicht, dass du Schiss bekommst.«

»Das hier kriegen sie mit einem Tritt auf.«

Mit zur Seite geneigtem Kopf zieht Alfon ein paar Mal sanft an der Kette.

»Stimmt, aber das wissen sie nicht. Man muss ein neues Schloss kaufen gehen, aber für den Fall der Fälle muss jemand währenddessen im Haus bleiben. Falls die Bullen kommen, sagst du, dass du zu Besuch bist.«

»Du sagtest, dass ich mich nicht ausweisen muss, wenn ich mich innerhalb des Hauses aufhalte.«

»Sie versuchen es trotzdem, sie wollen von allen die Personalien feststellen, wenn sie können. Aber du nicht, hörst du, du bist minderjährig. Du sagst, dass du Hans besuchen wolltest, ihn haben sie bereits auf dem Schirm. Das Verfahren wird gegen ihn laufen.«

»Und du?«

»Ich, ich habe schon ein offenes Verfahren: Widerstand und Ungehorsam. Hast du was zu essen mitgebracht?«

»Von den Frauen, die den Take-away-Laden aufgemacht haben.«

»Was für ein Luxus.«

»Nein, Blödmann, ich habe es nicht gekauft. Sie haben mir die Reste gegeben. Und den Nachtisch: veganer Apfelkuchen. Ein bisschen trocken allerdings.«

»Das reicht mir auch. Heute Abend müssen wir uns zusammensetzen. Um über den Stand des Verfahrens zu sprechen. Anscheinend haben wir Glück, denn es gibt Unregelmäßigkeiten in den Grundbucheinträgen.«

Ana geht ins Schlafzimmer. Yannicks Hund hat sich auf der Matratze zusammengerollt, und als Ana sich nähert, öffnet er die Augen und klopft nur einmal kurz mit dem Schwanz. Er hat ein bisschen was von einem deutschen Schäferhund; die Form seines Kopfes würde jedes Kind so zeichnen, wenn es einen Hund malen soll, und so hätte ihn auch Ana gezeichnet; es ist die Form, die sie in ihrem Kinderzimmer mit der Schreibtischlampe als Schattenspiel an die Wand zu werfen versucht hat, erfolglos: längliche Schnauze, gerade Stirn, spitze Ohren. Hallo, Hund, sagt sie, und setzt sich neben ihn. Sein Fell ist am Bauch und an den Flanken hellbraun und am Rücken dunkelgrau, durchsetzt mit weißen Haaren. Sie hätte als Kind gern einen Hund gehabt; ihr Vater war einverstanden, natürlich, aber ihre Mutter sperrte sich dagegen. Ana schwor, dass sie ihn füttern, mit ihm Gassi und zum Tierarzt gehen würde, falls er krank würde. Den ersten Monat vielleicht, sagte ihre Mutter, und mit viel Glück auch noch einen zweiten, und danach bin ich es, die sich um ihn kümmern muss, wie beim Hamster und wie beim Wellensittich. Wahrscheinlich hatte sie Recht, aber trotzdem verletzte Ana das fehlende Vertrauen. Ihr Vater hatte mit den Schultern gezuckt. Verdammter Schwächling.

BESETZER GEGEN ZOMBIES

Im Stadtviertel lebt niemand mehr in Frieden. Die Gitanas, die in der Calle Preciados oder im El Retiro Rosmarin verkaufen, kehren vor Einbruch der Dunkelheit nach Hause zurück, in aller Eile tragen sie ihr reales oder fiktives Leid nach Hause, damit sie das finstere Unbekannte nicht auf der Straße antrifft. Auch die alten Frauen, die in Mansarden und Kellerwohnungen hausen und auf den Besuch des Sohnes warten, der schon lange nichts mehr von dem Viertel wissen will, weil er in ein Reihenhaus in einer Reihe verdammter identischer Häuser gezogen ist, Puppenhäuser, Pappmaché-Häuser, mehr Karton als Stein, aber mit einem Rasen und einem Hund, damit der auf ihn kacken kann, die alten Frauen, zurückgezogen, sprechen mit leiser Stimme am Telefon, nicht dass das, WAS DA DRAUSSEN IST, sie hört. Und auch die Chinesen, die an alles gewöhnt sind, widerstandsfähig, resilient, wie man heute sagt, auf ihren Ladeninseln, wo man eine andere Sprache spricht; es ist wahr, sie sagen Danke, wenn du bezahlst und Tschüs, wenn du gehst, mit ihrem besonderen palatalen Akzent, aber sie leben in einer anderen Welt. Sie sind weder hier noch dort, als ob sie aus ihrer Paralleldimension nicht vollständig gelandet wären, der Teletransporter hat nicht ganz richtig funktioniert: Ihr begegnet euch schon ein halbes Leben lang, aber sie würden dich auf der Straße nicht wiedererkennen und du sie auch nicht, sie haben gelernt, das Wechselgeld zu zählen und es dir mit einem Lächeln zu geben, aber im Grunde sehen sie dich nicht, noch erkennen sie dich. Wie viele Gespräche hast du mit den chinesischen Ladenbesitzern geführt?, komm schon, sag es mir, aber mit dem Fleischer und dem Fischhändler redest du und mit der verträumten Punkerin, die ihr Öko-Gemüse verkauft auf diesem Markt, der jedes Mal weniger Markt ist, sondern mehr Uihh, Leute, was für einen fabelhaften Wermut man hier bekommt und der junge, fruchtige Rotwein ist das Größte. Hier kommst du hin, nicht wahr?, und du trinkst ein paar Craftbeer und verkostest und genießt das moderne, urbane, zeitgenössische Leben der Zukunft des Endes der Geschichte, das Coole des Augenblicks, aber nein, nein, mit dem Chinesen sprichst du nicht, er könnte sich in seinen Laden zurückziehen und dort sterben und du würdest es in drei Monaten nicht mitbekommen, noch würdest du dich erkundigen, denn niemand auf dieser Welt interessiert sich dafür, wo die Chinesen hingehen, wenn sie sterben. Gibt es ein Leben nach dem Tod für die Chinesen? Gibt es wenigstens ein asiatisches Bestattungsinstitut? Sie sind zeit- und raumlos, aber auch sie spüren, dass sie nicht außer Gefahr sind, dass diese besondere Dimension, die sie bewohnen, kein Schutzschild aus ultramegaatomarer Energie ist. Sie wissen, fürchten, zittern, weil das, WAS DA DRAUSSEN IST, auch sie bemerken könnte, und deshalb vergiss, ob du In- oder Ausländer bist, EU-Bürger oder Schwarzafrikaner. Und sei äußerst wachsam, weil sogar die Schwarzen nicht mehr ihre hochaufgeschossenen Silhouetten spazierenführen, nicht mehr mit langsamen Schritten am Wochenende oder in der Abenddämmerung an jedem beliebigen Tag die Plaza de Lavapiés überqueren, und diese beiden, die sonst immer zu jeder Stunde an der Kreuzung und in dieser Straße standen, um ein bisschen Stoff zu verkaufen, sind auch verschwunden. Warte, wir sagen es lieber nicht so, weil *sind verschwunden* etwas Verhängnisvolles bedeuten kann, etwas Schreckliches, etwas völlig Unwiderrufliches, und wir wissen nicht, vielleicht verstecken auch sie sich nur in ihren Wohnungen. Wie die alte Frau in ihrer Kellerwohnung. Wie der Gitano in seiner kleinen Mini-Wohnung neben dem El Rastro. Wie der Chinese, der die Metall-Rollläden heruntergelassen und mit dem Vorhängeschloss verriegelt hat, während er sich umschaut, damit nicht …, aber Tatsache ist, alle, alle, alle haben die Straßen verlassen, die jetzt in der Straßenbeleuchtung erstrahlen wie Alleen eines Traumes, obwohl mehrere Straßenlaternen kaputt sind. Verdammte Hausbesetzer, diese zugedröhnten lärmenden Schweine, man sollte jedem von ihnen Hacke und Schaufel in die Hand drücken, damit sie lernen, was arbeiten heißt. Dieses Gesindel, das die Nacht ausnutzt oder vielmehr ausgenutzt hat, um eine Tür aufzubrechen, kommt, kommt alle rein, die Kapuze ins Gesicht gezogen, obwohl sie die Straßenlampen ohnehin schon zu Tode gesteinigt haben, jedenfalls sind die Kameras für unsere Sicherheit da, die Polizei ist zu unseren Diensten, all diese Lügen, an die wir uns gewöhnt haben, wie zu lesen, dass diese oder jene Bank uns bei unseren Projekten unterstützen wird und dass diese oder jene Versicherung nur unser Bestes will, die Besetzer, sage ich, die Straßenlaternen und Schlösser und Türen und Fenster demolieren und sich achtundvierzig Stunden lang verschanzen, gerade lang genug, damit der Besitzer sie nicht sofort von der Polizei räumen lassen kann, weil wir in einer Demokratie leben und die Gesetze auch gegenüber Kriminellen respektiert werden müssen, denn das, hören Sie mir gut zu, das ist der Anfang des Niedergangs des Stadtviertels. Das sagte Señora … wie heißt sie noch gleich, am Telefon zu ihrer Tochter, da haben Leute das Gebäude betreten, du kannst dir nicht vorstellen, wie die aussehen, und wie die riechen, ich meine, warum müssen es solche Schweine sein, und die Mädchen, wenn du die Mädchen sehen würdest, übler als die Jungs und das ist das Schlimmste, weil Jungs immer etwas ungehobelt sind, das waren sie auf dem Dorf und das sind sie hier, Esel, die man führen muss, aber die Mädchen, sag nichts, sie sollten sich wenigstens der ganzen Nägel und Dinge schämen, die sie sich durch die Nase und die Ohren und die Lippen stechen, und man hat mir erzählt, aber das kann nicht wahr sein, dass sie sie auch da einstechen, genau da, das macht ihnen so wohl mehr Spaß, den Schlampen. Und mit ihnen, lach nicht, das ist was die Alte in ihrer Mansarde und die Alte in ihrer Kellerwohnung denken, mit ihnen kommen die Ratten, weil sie ihren Dreck überall hinschmeißen, du solltest den Flur sehen, und den Eingang, gut, ich habe keine Spritzen gesehen, aber natürlich gibt es sie, ein Kommen und Gehen von Drogensüchtigen, so dass ich mich kaum noch auf die Straße traue, sie könnten dich stechen und mit Aids anstecken, und mit diesem ganzen Dreck, und natürlich Kakerlaken und Ratten und jetzt auch noch das, JETZT FRESSEN SIE MENSCHEN, und ich kann nicht mehr, in meinem Alter werde ich noch einmal umziehen müssen, du müsstest die Schreie hören, jede Nacht, jede verfluchte Nacht.

Die Schreie. Es stimmt, man hört sie und niemand macht sich mehr was vor, man weiß, wir wissen alle, wer sie sind. Und nicht, dass niemand versucht hätte, mit ihnen zu verhandeln. Elegante Angestellte der Banken, Besitzer der Gebäude, Besitzer der Straßen und Besitzer der Seelen haben ihnen Geld geboten, damit sie verschwinden. Und die Besetzer diskutieren bis in den frühen Morgen, einige sprechen von Kapitulation, andere sagen, what the fuck, kommt schon, Leute, lasst uns die Kohle nehmen und wir besetzen ein anderes Haus. Und einige sind einverstanden. Und andere nicht. Das ist Anarchismus, ein verdammtes Durcheinander. Und die Schreie? Haben wir nicht von den Schreien gesprochen? Auch die Besetzer schreien,

»Was machst du?«

in der Nacht, in einem der Häuser, in dem gegenüber der Mansarde von Leonardo. Schreie und plötzliches Verschwinden … Sind sie wirklich gegangen?, fragt sich Leonardo.

Kommt, wir folgen Leonardo.

Leonardo wohnt in einem noch nicht sanierten Haus in der Calle del Amparo. Es ist noch nicht saniert worden, weil die Nachbarn sich nicht einigen können, einer will nicht zahlen und wenn der nicht zahlen will, dann werde ich doch nicht der Trottel sein, der zahlt, und außerdem, warum soll ich einen Fahrstuhl finanzieren, den ich nicht benutze, sollen ihn doch die bezahlen, die im fünften Stock wohnen; nun ja, die berühmte Solidarität der Arbeiterklasse. Und Leonardo ist einer derjenigen, die im fünften Stock wohnen, und einer, der den Fahrstuhl brauchen würde, weil er es bis zum Abwinken satt-

hat, den Einkauf hochzuschleppen. Ein authentisches philoso-
phisches praktisches Dilemma: sollte man lieber viel einkaufen
und den Nanga Parbat nur ein- oder zweimal die Woche er-
klimmen? Oder lieber weniger einkaufen, und den Aufstieg
durch liebliche grüne Hügel und Täler mit wenig Ballast bewältigen, aber das jeden verdammten Tag? Wegen irgendetwas
anderem muss er das Haus nämlich nicht verlassen. Er ist in
einem Alter, in dem er sich nicht einmal mehr an seinen letzten Job erinnern kann.

»Was machst du da?«
Mit der Geschwindigkeit einer Chefsekretärin tippt Alfon
noch ein paar Augenblicke länger. Schließlich hebt er den
Kopf, sieht sich um, als würde er nicht wissen, woher die Stimme gekommen ist. Endlich richten sich seine Augen auf Ana.
Wäre Alfon eine Spiegelreflexkamera, könnte man jetzt, nach
dem Scharfstellen, das Auf und Zu des Kameraverschlusses
hören.

»Ach, nichts.«
»Einer deiner Artikel?«
»Hä?«
»Wenn du nicht in die reale Welt zurückkommen willst,
gehe ich auch wieder.«
»Nein, nein, schon gut. Ich war nur … eine Geschichte.«
»Möchtest du eine Orange? Ich habe sie einer Gitana ab-
gekauft.«
Ana stellt eine Tasche auf den Tisch, genau neben Alfons
Schreibmaschine. Sie stützt das Kinn auf seiner Schulter ab
und liest laut:
»Leonardo tastet suchend den Boden nach seinen Schlüsseln ab. Es ist ihm gleichgültig, ob er sie findet. Jetzt riecht es
auch noch wie in einem Brunnen mit moosigem Wasser. Es
riecht nach feuchter Erde. Es riecht nach etwas Säuerlichem,
er weiß nicht was. Die Schritte kommen näher. Diese Füße,
die sich zu ihm hinschleppen. Der erste Kontakt, an der Schulter, eine Hand, die ihn berührt wie die eines Blinden, der die
Gesichtszüge eines Unbekannten abtastet. Er schreit nicht ein-

mal. Er hatte Recht mit den glühenden Augen, die die Szene leicht erhellen, als sich ihm ein Mund nähert, aus dem blutiger Speichel tropft.«

»Was ist das?«
»Hab ich dir doch gesagt, eine Geschichte. Eine Zombiegeschichte. Sie soll ›Zombies gegen Besetzer‹ heißen, oder andersherum. Sie spielt hier, im Stadtviertel.«
»Liest du sie mir vor, wenn du fertig bist?«
»Es fehlt noch viel. Glaube ich.«
»Ich habe gesagt, wenn du fertig bist.«
Alfon antwortet nicht. Er scheint sich nicht in diesem Körper zu befinden, der nur – und sie muss genau hinschauen, um es zu bemerken – durch ruhige Atemzüge bewegt wird. Es kommt nicht oft vor, dass Alfon weder erzählt noch erklärt noch predigt und nicht durch den Raum hin und her läuft, gegen Tische und Stühle stoßend, die ihn niemals aufhalten, als wäre er sich ihrer Existenz nicht bewusst und sein Körper würde jeden Aufprall absorbieren. Ana fährt mit der Hand über seinen Kopf. Nichts. Sie berührt ihn an der Schulter. Nichts. Sie hat ihn nicht gefragt, aber er muss ungefähr zwanzig Jahre älter sein als sie, und das erste Mal denkt Ana, dass er, der Erwachsene, ein Mann, der die Abenteuer erlebt hat, die sie sich wünscht, von Unsicherheiten und Ängsten erfüllt ist, die nicht so verschieden von den ihren sind.

»Hey. Du hast mir nicht gesagt, ob du eine Orange möchtest.«

Alfon steht vom Stuhl auf, liest noch einmal, was er auf dem Blatt Papier geschrieben hat, das immer noch in der Schreibmaschine eingespannt ist, ordnet ein paar Blätter, die rechts von der Maschine liegen, so, dass ihre Kanten perfekt aneinander ausgerichtet sind.

»Es ist nur … manchmal glaube ich, ich bin der Zombie«, sagt er, und Ana meint zu sehen, dass seine Augen feucht werden, sie will ihn etwas fragen, sie schweigt. Sie reicht ihm eine Orange, er betrachtet sie ein paar Sekunden, nimmt sie, riecht an ihr.

»Kupferoxychlorid«, sagt er, mit einem gezwungenen Lächeln, das Ana gerade noch erwidern kann, bevor Alfon sich umdreht und aus dem Zimmer geht. Ana riecht an der Orange, aber sie bemerkt nichts Außergewöhnliches.

7

Ich gestehe euch etwas, das ich tat, wenn Ana schlief und ich in ihr Zimmer ging. Ich habe es noch nie jemandem erzählt, und ich bin mir nicht einmal darüber klar, warum ich es jetzt tue. Es ist eine Lappalie, nichts von Wichtigkeit, aber manchmal schämen wir uns für Belanglosigkeiten. Ich atmete Ana. Das heißt, in manchen Nächten, während ich über sie wachte, setzte ich mich nicht in den Sessel, der genau dazu diente, dass ich mich hineinsetzte, um ihr entweder ein Buch vorzulesen – neben dem Sessel stand ein kleiner runder Tisch, auf dem eine Lampe gelbliches Licht warf –, oder um mich von hier aus, bei ausgeschaltetem Licht, mit ihr zu unterhalten, während sie einschlief. Aber statt meinen Platz einzunehmen, habe ich mich auf den Boden neben ihrem Bett gesetzt. Sie schlief immer auf der rechten Seite, mit Blick zur Tür; ich weiß nicht, ob sie immer noch so schläft, und ich frage mich, ob sie sich auf dieser Seite wohler fühlte oder ob sie der Tür nicht den Rücken zukehren wollte, weil sie in ihrer kindlichen Fantasie befürchtete, dass Monster und andere Bedrohungen hereinkommen könnten. Ich möchte gern Ersteres annehmen, weil es bedeutet hätte, dass Ana, in dem Wissen, dass ich der Bewacher dieser Tür war, der schlaflose Wächter, der allen Kobolden und Dämonen ihrer Märchen den Weg versperrt, sich sicher gefühlt haben würde.

Ich atmete sie, sage ich. Sie hatte eine sehr ruhige Atmung, langsam, fast unmerklich, und ich beugte den Kopf vor, um ihr nah zu sein, aber nicht zu nah, und um ihren Atem zu atmen. Nein, denkt nicht, dass mich das erregt hätte, vergesst diese perversen Fantasien, streicht aus euren Köpfen, was ihr in den Zeitungen gelesen habt, weder hat es mich erregt noch suchte ich einen Rhythmus in unserer Atmung, der die Nachahmung einer sexuellen Begegnung hätte sein können. Selbst wenn ihr mir nicht glaubt: Meine Tochter hat in mir nie irgendein Begehren geweckt. Mit ihr zu atmen, und von ihr, war eine Möglichkeit, Teil des Wunders zu sein, das meine Tochter war, wie ein Kaninchen oder einen Welpen gegen die Brust zu drücken und seinen Herzschlag zusammen mit deinem zu spüren.

Das war's, das ist alles. Ana war mein Welpe und ich war glücklich, mich um sie zu kümmern, und manchmal wollte ich und manchmal wollte ich nicht, dass sie erwachsen wurde, dass sie alleine lief, dass sie dorthin ging, wo ich sie nicht mehr sehen konnte, glücklich, frei, nichts wissend von den Bedrohungen der Welt.

Ich weiß nicht, ob ihr Kinder habt, ob ihr ein Baby habt aufwachsen sehen. Es gibt ein Alter, so mit zwei Jahren, in dem alles einer wunderbaren Entdeckung gleicht. Das Kind spricht schon und hat angefangen, erste Gedanken und komplexe Wünsche auszudrücken, es hat die Macht des Wortes entdeckt; es zeigt nicht mehr auf den Apfel oder das Hühnchen, sondern sagt Apfel oder Hühnchen, und die magische Kraft dieser Laute bewirkt, dass es auf der Stelle die verlangten Dinge in der Hand hält; bloß nach und nach wird es auch entdecken, dass es manchmal nicht ausreicht zu sprechen, dass die Welt unbeweglich bleibt, egal wie sehr es sie beschwört, und das bringt es dazu zu laufen, seine motorischen Fähigkeiten zu entwickeln, die Bewegung jedes Fingers zu kontrollieren, damit er genau das tut, was es will. Das ist die zweite Phase der Entdeckungen, wenn es durch den Flur läuft, wenn es Türen öffnet, denen es bis dahin keine Beachtung geschenkt hat, wenn es den Umgang mit kleinen Werkzeugen lernt – ein Löffel, ein Stock, ein Glas –, und während es sich wie jeder Entdecker seine Umgebung aneignet, allein dadurch, dass es seinen Fuß darauf setzt, und durch kleine symbolische Handlungen – es ist das Gleiche, eine Fahne in einen schneebedeckten Gipfel zu stecken, wie eine Wand zu bekritzeln oder das Klopapier abzurollen: es bedeutet, eine Spur zu hinterlassen, einen Fußabdruck, ein Zeichen der eigenen Macht –, während es lernt und erschafft und zerstört, diese Handlungen, die wir Leben nennen können, begleiten es die Erwachsenen, auch die älteren Geschwister, sie lächeln angesichts jeder Entdeckung und über jedes Bravourstück, sie ermuntern es, manchmal schimpfen sie auch, aber selbst dann liegt darin ein Hauch von Stolz über die Kühnheit des Kindes, das sich entfernt, ohne sich umzudrehen, um sich zu vergewissern, dass Mama oder Papa ihm folgen und es beschützen, und alle freuen sich, wenn es ein neues Wort ausspricht, oder wenn es eins erfindet und damit eine eigene Sprache kreiert – die es später an die der anderen anpassen wird, auch das ist Leben – und sogar, obwohl es schmerzhaft ist, weil es ein weiterer Schritt auf dem Weg zum Erwachsenwerden ist und es ist zu früh, sich das zu wünschen, wenn das Kind sich das erste Mal an etwas erinnert, wenn das Kind aufhört, nur Gegenwart und Möglichkeit zu sein und es angefangen hat Erinnerungen anzusammeln, Fragmente, die es begleiten werden, die sich mit der Zeit in Geschichten verwandeln, die sein Leben erklären und rechtfertigen werden, und die viel später mehr Gewicht haben werden als die Gegenwart und die Zukunft, aber jetzt, kurz vor seinem zweiten Geburtstag, zählt nur das, was genau in diesem Augenblick geschieht, das Tasten, das Schmecken, das Riechen, das Wort, die Bewegung, noch ist das Leben kein Text, der andere ergänzt und den man interpretieren muss – den man auch verdrehen muss, um ihm die gewünschte Form zu geben –, Leben ist Handlung, es ist hier, es ist dieses Hier, obwohl das Kind sehr schnell den Reichtum der Demonstrativa lernen wird und damit die Bedeutung der Distanz und des Hindernisses: Man hat nicht die gleiche Macht über das, wie über dieses und geschweige denn über jenes, und so wird es das unerfüllte Verlangen entdecken, das heißt, das Bewusstsein seiner eigenen Grenzen, dass man nicht alles mit der Hand erreichen kann, und es wird zum Wort zurückkehren, eine anspruchsvollere Sprache als Hilfsmittel gegen seine Ohnmacht benutzen, und mit dem Wort wird es wieder die Welt beherrschen wollen oder so tun, als ob es sie beherrscht.

Aber lasst uns nicht so schnell vorpreschen, ich sprach von dem Alter, in dem es noch so scheint, als könne man nur seine eigene Welt erweitern, und in dem jeder Tag wie ein ganzes Jahrhundert ist, wenn wir kurz innehalten, um uns die vielen Dinge vorzustellen, vor allem so viele neue Dinge, die in diesen 24 Stunden passiert sind. Das Wort Routine existiert in diesem Alter nicht, ebenso wenig wie das Wort Gewohnheit oder das Wort Gewissensbisse.

Mit dreizehn war Ana genauso wie das zweijährige Kind. Denn dann mit dreizehn, oder mit zwölf, in Anas Fall ein wenig früher, passiert etwas Ähnliches: du durchbrichst die Begrenztheit deiner Welt; mit zwei Jahren die deiner Wiege und der Arme, die dich umgaben, mit zwölf die deines kindlichen Körpers und des Schutzes der Erwachsenen; in beiden Momenten schmeckst du die Unabhängigkeit und das Risiko, beginnst bewusst, dich zu verweigern, und du erkennst, dass du viel weiter kommen kannst, als du selbst für möglich gehalten hast.

Mit zehn Jahren begann Ana, Schlagzeug zu spielen, und sie tat es mit der Ernsthaftigkeit und der Disziplin, mit der sie alles tat, mit einer Mischung aus Hartnäckigkeit und Starrsinn, als hätten wir ihr gegenüber Misstrauen in ihre Lernfähigkeit gezeigt und sie wollte uns demonstrieren, wozu sie fähig war. Wir kauften ihr schließlich ein E-Drum-Set, um ihren Eifer ertragen zu können, weil sie schon vor dem Frühstück die Sticks herausholte und auf dem Schreibtisch trommelte (das richtige Schlagzeug stand in der Musikschule und nicht zu Hause), und wenn ihre Mutter oder ihr Bruder sie anschrien, legte sie die Sticks beiseite und trommelte mit den Fingern weiter, auch während des Frühstücks, oder beim Fernsehen, oder, mit der linken Hand, während sie ihre Hausaufgaben machte, und ihr Bruder schimpfte, lass das endlich, oder Ana, das ist unerträglich, und mitunter wagte er es, sie zu schubsen oder ihr auf die Hand zu schlagen, damit sie endlich aufhörte, und ich sah Luis komplizenhaft an, nicht weil ich auch nur einen Hauch Komplizenschaft verspürt hätte, sondern um ihm das Gefühl zu geben, dass es mir genauso ging, und ihn so zu beschwichtigen, ich erkannte, dass nicht der Lärm der eigentliche Grund für seinen Protest war, sondern der Neid, den er empfand, wenn er sah, wie seine Schwester lernte, vorankam, in den Mittelpunkt der Aufmerksamkeit rückte, vor allem aber Neid auf diese Leidenschaft, diese Hingabe, die sich jeder für sich wünschen würde, ich auch, die ihr erlaubten, alles Gewöhnliche hinter sich zu lassen, das Graue, das Vorhersehbare, das Angemessene, das Normale, den Bereich, in dem wir uns aufhielten, und die sie an Orte führten, die wir nicht erreichen würden, weil wir zwar einem Rhythmus folgen konnten (die ganze Familie hatte ein gewisses musikalisches Talent und wir spielten alle drei ein Instrument), aber es war eher so wie lesen oder ins Kino gehen, etwas, mit dem du dir selbst ein paar Stunden entfliehen kannst, nur dass Ana nichts und niemandem entflohen ist, sie schaffte sich ihre eigene Welt, sie hielt den Rhythmus nicht ein, der Rhythmus lief durch sie hindurch und war das Einzige, was zählte, und selbst wenn wir fernsahen, alle vier auf dem Sofa im Wohnzimmer, ich sorgte immer dafür, dass ich neben ihr saß, damit Ana, egal wie interessant oder aufregend der Film auch wäre, auf meinem Bein trommeln konnte, leise Schnalzlaute mit ihrem Mund dazu machend, so dass der Rhythmus komplexer wurde, und diese Finger, die in rascher Folge auf meinen Oberschenkel schlugen, vermittelten mir einen Teil ihres Innenlebens, des Enthusiasmus, von dem wir ausgeschlossen waren.

Ich übertreibe. Ich idealisiere. Vielleicht war Ana ein weniger außergewöhnliches Mädchen, als ich glauben wollte. Obwohl niemand bestreiten würde, dass sie klug war, noch dass sie besonders war, und deshalb hielten die Lehrer, das heißt, die Lehrer der Fächer, die Ana interessierten, denn im Unterricht der anderen verhielt sie sich gleichgültig und still, sie in den Gängen an, um mit ihr zu sprechen, sie suchten ihre Gesellschaft wie Schulkinder, die sich um den natürlichen Anführer scharen, den es in jeder Klasse gibt (ein Paradox, das sie immer begleitet hat: sie war bei den Lehrern beliebter als bei ihren Mitschülern), und der Schlagzeuglehrer schlug ihr sogar vor, sie solle anderen Kindern Unterricht geben und im Sommer mit ins Zeltlager kommen, wo sie mit Abstand die jüngste Tutorin war, und wenn sie von irgendeinem Auftritt der Schüler ein Video aufgenommen hatten, blieb die Kamera lange Zeit auf Ana gerichtet, kam immer wieder zu diesem Körper zurück, der gleichermaßen Anspannung und Freude ausstrahlte, so sehr, dass ich manchmal den Eindruck hatte, dass sie nicht auf dem Schemel saß, sondern dass ihre Leidenschaft sie in der Schwebe hielt, ihre dünnen Ärmchen mit Kraft versorgte und die Hände, die sich blitzschnell bewegten, und dann, immer, kam die Kamera am Ende jedes Stückes zu ihr zurück, um ihr triumphierendes Lächeln einzufangen, wie sie mit den Drumsticks in die Luft schlagend ein paar Takte mehr hinzufügte, unfähig aufzuhören, sich damit abzufinden, dass dies für heute alles war.

Ja: Ich übertreibe. Ich idealisiere. Es kann sein, dass Ana so war, wie ich sie beschrieben habe, aber sie war auch ein normales Mädchen, und wie ein normales Mädchen vergaß sie irgendwann das Schlagzeug, übte immer weniger, trommelte nicht mehr in der Luft, nicht auf den Tischen, nicht auf den Schranktüren, nicht auf meinem Bein, wenn wir fernsahen. Und ich wollte sie nicht fragen, warum sie kaum noch Schlagzeug spielte, warum sie nicht mehr zum Unterricht ging, warum das, was mal ihr Leben ausgemacht hatte und wovon wir alle gezehrt hatten (ja, auch ihr Bruder, selbst wenn er den Groll herunterschlucken musste), plötzlich unbedeutend war wie irgendeines dieser Kindheitshobbys, die man zurücklässt wie die Micky-Maus-T-Shirts oder die rosa Heftchen mit Herzen. Ich wollte nicht, dass es für sie zur Pflicht würde, weil dann das Schlagzeug seinen Sinn verloren hätte. Ich wollte etwas Unmögliches und vielleicht absolut Idiotisches: dass sie Spuren in dieser Welt hinterlässt und nicht umgekehrt.

Im El Despertar, mit Isabel, abends, und wir sind noch die einzigen Gäste in dieser Bar, in der ein Mann, der aussieht wie ein biblischer Prophet, liebevoll ein Glas nach dem anderen spült und in seine Gedanken vertieft zu sein scheint, Elias in der Wüste, und er hatte nicht einmal den Kopf gehoben, als Isabel eintrat, kaum über die Schwelle, blieb sie kurz stehen, drehte ihren Kopf erst zu einer Seite, dann zu der anderen, ohne dass ich sehen konnte, ob sie lächelte, als sie feststellte, dass sich nichts außer uns verändert hatte, und vielleicht das Haupt des Wirts, noch grauer, doch Bart und Haare noch genauso lang und, ja, sieh genau hin, doch ein wenig gebeugter und langsamer, ich komme gleich, Leute, sagte er, als er Isabels Absätze hörte, auch langsam, ein Klack, eine kurze Pause, noch ein Klack, die sie in meine Richtung trugen, ich stehe schon, und sie gibt mir zwei Küsse auf die Wangen, weder zärtlich noch kühl, einfach zwei Küsse, wie Millionen andere auf der Welt (ist es nicht traurig, zwei Küsse, die du nicht von denen einer Frau unterscheiden könntest, die dir gerade erst vorgestellt worden ist), bevor sie sich mit einer Geste setzt, die ich seit unserer ersten Begegnung kenne und nach der ich sie nie fragen wollte, um sie ihr nicht bewusst zu machen, diese Art und Weise, ihre Hände an die Außenseite ihrer Oberschenkel zu legen (damit ihr der Rock nicht hochrutscht?). Ihre Lippen sind von einer Farbe, die ich nicht genau benennen könnte, violett oder mauve würde ich sagen, ohne das eine vom anderen unterscheiden zu können, und das Haar ist zu einem Pferdeschwanz zusammengebunden, es ist am Ansatz so dunkel, dass ich mich frage, ob sie wirklich immer noch kein einziges graues Haar hat (ein alter Witz zwischen uns, dass sie heimlich ihre Haare färbt, aber ich weiß, dass es nicht stimmt), ein Bier, ich auch, bestellen wir bei Juan, der durch nichts zu verstehen gibt, ob er uns wiedererkennt, vielleicht weil wir uns stärker verändert haben als er, wir haben diesen rauen Ozean zwischen Jugend und Erwachsenensein durchquert, unsere Haut ist hart geworden, wir haben uns einen Panzer zugelegt wie eine Schildkröte, der uns vor der Witterung schützt, gleichzeitig begrenzt und isoliert er uns, und jetzt, für uns selbst nicht erkennbar, sitzen wir einander gegenüber, tauschen wir Worte aus, an die sich einen Augenblick später keiner von uns beiden erinnern wird, und es ist kaum zu glauben, dass diese Frau und ich zusammen nackt waren, auf diesem Körper gelegen zu haben, das Bad geteilt zu haben, dass wir uns mit Zärtlichkeiten getröstet haben, bei all diesen kleinen und großen Dramen, die wir in unserer gemeinsamen Zeit hatten, und womöglich bemerkt sie meine melancholische Stimmung, denn der Harnisch, mit dem sie in die Bar eingetreten ist und der ihre Bewegungen steif und ihren Ausdruck ernsthaft, aber nicht mürrisch machte, wird weicher, verschwindet fast, obwohl in ihrem Blick immer noch die Vorsicht eines Straßenhundes liegt, der sich nicht sicher ist, ob die Hand, die ihm ein Stück Brot reicht, ihn nicht unversehens schlagen könnte.

»Du wolltest mit mir reden«, sagt sie, wie um zu zeigen, wie unpassend das lange Schweigen ist; »über Ana«, fügt sie hinzu.

»Ja, über Ana.«

Und vielleicht erwartet sie jetzt, dass ich es trotzdem ausspreche, ein Erinnerst du dich?, und von dem Mal erzähle, wie wir uns in eben dieser Bar in den hinteren Bereich setzten, um dem Konzert eines Jazztrios zuzuhören, und wie wir uns so intensiv befummelten und so leidenschaftlich rumknutschten, dass uns wirklich nicht mehr bewusst war, wo wir waren, bis einer der Musiker ins Mikro sprach, wir widmen das nächste Stück dem Pärchen dahinten, damit diese Leidenschaft nie vergeht, und sie spielten für uns, die wir ihnen verschämt und glücklich zuhörten, As time goes by, aber diesen oder irgendeinen der Momente, die uns damals zu dem gemacht haben, was wir waren, in Erinnerung zu rufen, würde bedeuten, auch ihren allmählichen Zerfall wiederzuerleben, zu akzeptieren, dass wir andere sind und dass wir auch alles sind, was danach kam, die Male, als wir genau hier saßen, ohne uns zu berühren, nicht aus Abneigung, sondern weil es uns nicht einmal in den Sinn kam, und dass auch diese Momente, in denen wir einander ignorierten, uns zu denen gemacht haben, die wir jetzt sind, genau wie ein Schauspieler am Ende seiner Karriere weiß, wie sehr er auch an seine großen Rollen erinnert, über sie zu sprechen ist eine Farce, um die mittelmäßigen Filme, die Nebenrollen, die lächerlichen Rollen, die er mit zunehmendem Alter zu spielen gezwungen ist, zu verschleiern. Ja, das ist Stolz, etwas, das uns das Recht gibt zu sagen, ich war dieser Mensch, hier, genau hier, war ich auch dieser Mensch und wenigstens habe ich diese Leidenschaft, dieses Verlangen, diese Begeisterung gelebt, nicht jeder kann das von sich behaupten, und man soll es nicht geringschätzen, aber der Schmerz wird nur heftiger angesichts der Gegenwart, angesichts des Verlustes, angesichts dieses Lebens, das eingelaufen und verblasst ist wie empfindliche Kleidungsstücke, die man zu heiß gewaschen hat, also frage ich nicht, ob sie sich erinnert, ich erspare uns diesen Schmerz, und sage nur:

»Ana. Ich mache mir große Sorgen um sie.«

»Sie hat dich die ganze Zeit nicht angerufen?«

»Zwei Wochen. Länger als zwei Wochen.«

»Mich auch nicht, aber das ist nicht überraschend, sie würde auf jeden Fall eher dich anrufen.«

»Ich weiß nicht. Ich weiß nicht einmal mehr das.«

Dann nimmt Isabel eine Schachtel Zigaretten aus ihrer Handtasche und wirft sie achtlos auf den Tisch, eine so vertraute Geste – wie die, ihren Rock festzuhalten, wenn sie sich hinsetzt –, dass ich Lust habe, alles zu vergessen, die letzten fünf oder sechs oder sieben Jahre zu vergessen und aufzustehen, ihr Gesicht in meine Hände zu nehmen und sie auf den Mund zu küssen, und ich glaube, sie merkt es sogar und sie zittert leicht, eine Unsicherheit (ein Riss, durch den die gefühlvolle Frau zum Vorschein kommt, die sie immer war und vielleicht immer noch ist, wenn sie nicht mit mir zusammen ist), und sie fragt:

»Was willst du tun? Luis weiß auch nichts, oder?«

»Oder er sagt es mir nicht.«

»Aber er treibt sich nicht mehr mit diesen Leuten herum.«

»Sagst du das oder fragst du das?«

»Das sage ich. Er hat nur ein paar Monate damit geflirtet.«

»Ana ist ernsthafter.«

»Wie du.«

Ich beherrsche mich, obwohl ich innerlich reagiere wie ein Tier, das einen Eindringling in seinem Revier entdeckt hat, ich muss mich zurückhalten, es nicht zu verteidigen, nicht anzugreifen, ich will mich gegen eine Kränkung wehren, die so nicht gemeint war, aus Isabels Stimme sind weder Vorwurf noch Provokation herauszuhören, sie hat lediglich festgestellt, dass Ana und ich von ernsthaftem Charakter sind, sind wir immer immer gewesen, selbst die glücklichen oder fröhlichen Momente hatten für uns ein Gewicht, das sie für Isabel und Luis nicht hatten, zwei Parteien im Haus, zwei Bündnisse, die zerbrachen, als Ana in die Pubertät kam, und nicht, weil sie mich verraten und sich dem anderen Block angeschlossen hätte, sie hat unsere Rivalität einfach aufgegeben, die eintönigen Familienscharmützel, die sich wiederholen ohne Aussicht auf Veränderung, und hat sich auf ein anderes Schlachtfeld begeben, um einen ernsthaften Krieg zu führen: Die Gesellschaft zu verändern, falls notwendig auch mit Gewalt, sich einer Aufgabe zu widmen, die ihrer Kraft und ihrer Wut würdig ist, Verletzungen zu verursachen, die es wert sind, sich an sie zu erinnern.

»Du hast mir nicht gesagt, was du vorhast.«

»Ich weiß es einfach nicht. Sie meldet sich nicht, ich weiß nichts von ihr, wenn ich in ihrer Bibliothek auftauche oder in der anarchistischen Buchhandlung oder was auch immer das ist, wird es wie beim letzten Mal sein. Ich weiß noch nicht mal, ob sie da noch regelmäßig hingeht.«

»Sicher, dass Luis nicht weiß, wo sie ist?«

»Er sagt mir nichts. Wenn ich das Thema anschneide, sieht er mich an wie ein Vater sein Kind mit zu hohem Fieber.«

»Dass er es nicht sagt, heißt nicht, dass er es nicht weiß.«

»Für dich und für mich ist es das Gleiche.«

»Komm, lass uns rausgehen, eine rauchen.«

Und wir gehen vor die Tür, stellen uns an eine Ecke um zu rauchen, wie früher, während der letzten Jahre unserer Ehe, auf die Terrasse gehen um zu rauchen, eher eine kurze Pause zur Reflexion als eine Waffenruhe, eine Art und Weise, die Dynamik des Streits oder die schlechte Stimmung zu durchbrechen und, Seite an Seite mit Blick auf die gegenüberliegenden Gebäude, eine Coda, etwas zur Schlichtung, etwas Großmütiges hinzuzufügen. Ich zünde mir auch eine Zigarette an, obwohl ich das Rauchen nach unserer Trennung aufgegeben habe, und dieses Ritual vereint uns, erinnert uns ohne Sentimentalität daran, dass wir uns immer bemüht haben, einander zuzuhören, auch wenn wir verärgert waren und obwohl wir letztendlich nicht verstanden, warum jeder von uns so handelte, wie er handelte.

»Um ehrlich zu sein, hat es mir wehgetan, dass sich beide entschieden haben, bei dir zu bleiben«, sagt Isabel; »einfach so, ohne Verhandlungen, erst Ana und dann Luis, ›ich, ich bleibe bei Papa‹, ›ich auch‹. Von Ana hatte ich es erwartet, aber nicht von Luis. Er gehörte zu meiner Partei, ich empfand es als Verrat. Vielleicht war ich deshalb stärker erschüttert als erwartet.«

»Gib nicht mir die Schuld dafür.«

»Ich gebe dir für nichts die Schuld. Ich sage nur, dass es mir wehgetan hat. Ich hatte den Eindruck, dass ich in der Familie viel mehr allein gewesen bin, als ich dachte. Ich habe mich wie das Mädchen gefühlt, das es in jeder Klasse gibt, das niemand jemals zum Tanzen auffordert. Ich glaube nicht, dass ich alles falsch gemacht habe, dass ich eine kaltherzige und desinteressierte Mutter war.«

(Und sie war es nicht, Euer Ehren, ich kann bezeugen, dass sie es nicht war, obwohl unsere Kinder das Gegenteil behaupten würden, aber ich werde jetzt keine Beweise zu ihrer Entlastung vorlegen, ich beschränke mich darauf, diese Aussage zu Protokoll zu geben.)

»Das tut mir leid. Siehst du, ich dachte, es wäre eine Erleichterung für dich gewesen.«

»Das war es. Aber es tat weh. Das Eine schließt das Andere nicht aus. Ich habe darüber nachgedacht, einen Detektiv zu beauftragen.«

Ich brauche ein paar Sekunden, um mich wieder an diese Denkweise von Isabel zu gewöhnen, sie springt von einem Thema zum anderen, als gäbe es zwischen ihnen eine geheime Logik , die sich mir nicht erschließt.

»Um Ana zu finden?«

»Na klar, um Ana zu finden.«

»Und wenn er feststellt, dass sie was Strafbares macht?«

»Deshalb habe ich es noch nicht getan. Ich muss erst herausfinden, ob er verpflichtet ist, sie anzuzeigen.«

»Das musst du nicht herausfinden, das kann ich dir auch

sagen. Natürlich muss er sie anzeigen. Selbst wenn sie noch nichts getan hat, es reicht aus, dass sie etwas vorbereitet.«

»Na gut, aber ich werde ja nicht jemanden beauftragen, damit er sich in ihre anarchistische Zelle oder was auch immer einschleust. Er soll sie nur finden und von Weitem überwachen: wo sie ist, wo sie hingeht, solche Dinge. Damit wir wissen, ob es ihr gutgeht.«

Ich schaue mich um, um mich zu vergewissern, dass mir niemand zuhört, was zeigt, dass ich schon paranoid werde.

»Aber merkst du es nicht? Wir reden davon, einen Detektiv zu beauftragen. Du und ich, wir machen solche Sachen nicht. Wir sind normale Leute. Normale Leute engagieren keine Detektive.«

»Willst du Ana finden oder nicht? Denn mir fällt kein anderer Weg ein. Komm, wir gehen wieder rein.«

Wir kehren zu unserem Tisch zurück, und jetzt in der Bar stört mich der Tabakgeruch, der an meinen Händen zurückgeblieben ist. Genauso wie es mich stört, hier Isabel gegenüberzusitzen, die schon wieder aktiver und entschiedener ist als ich, sie hat schon darüber nachgedacht, einen Detektiv zu engagieren, während ich mich darauf beschränke, an meiner Untätigkeit zu verzweifeln.

»Wir teilen uns die Kosten«, sage ich.

»Das heißt, du findest die Idee gut?«

»Es ist alles sehr bizarr. Wirklich, ein Detektiv, das ist irreal. Aber besser, als meine Tage damit zu verbringen, auf ihren Anruf zu warten.«

»Ich sage ihm, dass er mit dir sprechen soll. Ich rufe ihn an, aber er soll mit dir reden. Du kannst ihm mehr Informationen geben.«

»In Ordnung, aber wir können auch gemeinsam hingehen.«

»Ich weiß nicht.«

Es kehrt Stille ein, oder fast, denn Juan hat eine sehr ruhige Jazzplatte aufgelegt, so ruhig, dass sie vielleicht schon vorher gespielt hat, ich sie aber nicht wahrgenommen habe. Ein Klavier, eine Trompete, ein kaum hörbarer Bass.

»Wie läuft es mit deinen Handtaschen?«

»Meinen Handtaschen?«

»Deine Arbeit.«

»Du weißt immer noch nicht, was ich mache.«

»Mehr oder weniger, doch.«

»Mehr oder weniger.«

Sie kritisiert mich nicht, fast lächelt sie und holt eine weitere Zigarette raus und klopft sie gegen die Schachtel mit einer mir männlich vorkommenden, unbekannten Geste. Sie erwartet auch keine Antwort. Es bestätigt einfach nur den Grund unserer Trennung, bekräftigt ihre Folgerichtigkeit.

Juan kommt und bringt uns die Rechnung, obwohl wir noch gar nicht darum gebeten haben.

»Lange nicht gesehen, ihr beiden. Ihr wart schon eine Ewigkeit nicht mehr hier. Ich freue mich, dass ihr noch zusammen seid. Man weiß ja nie.«

Sich an der Seite kratzend, geht er zurück zur Theke, während Isabel und ich uns zwingen, durch das Fenster ein rotes Auto zu beobachten, das vor der Bar hält, so wie wir irgendetwas anderes betrachten könnten, irgendetwas, das uns von Juans Worten ablenkt und davon, dass wir nicht wissen, was wir mit unseren Händen machen oder wie wir das Gespräch fortsetzen sollen.

8

Ab dem späten Vormittag ist das Haus normalerweise leer. Yannick geht mit dem Hund los, um ein paar Euros zu machen, manchmal kommt Elena mit, wenn sie nicht gerade in einer ihrer depressiven Phasen steckt und den Tag im Zimmer verbringt, ein Stuhl verbarrikadiert dann die Tür, damit niemand es wagt sie zu fragen, wie es ihr geht, und selbst dann wirkt das El Agujero wie ausgestorben, weil Elena an diesen Vormittagen wie eine Puppe ist, die jemand unter dem Sofa vergessen hat; auch Hans und die beiden, die sie die Nonnen nennen, verlassen gleich nach dem Frühstück das Haus; Hans hat einen Job, er ist der Einzige, der noch im normalen Arbeitsleben steht, halbtags in einem von der Stadtverwaltung betriebenen Beratungszentrum für Immigranten, er hört ihnen zu, hilft ihnen mit den Anträgen auf Aufenthaltserlaubnis, gibt Ratschläge, wie sie ihre Familie nachholen können (fast unmöglich), informiert sie über ihre (begrenzten) Rechte, wenn die Polizei ihre gefälschten Markenartikel beschlagnahmt, sucht Unterkünfte, erledigt Papierkram fürs Gesundheitsamt, informiert über Impfungen für die Kinder, tröstet den Freund des Senegalesen, den sie in Abschiebehaft gesteckt haben, kehrt verwirrt und erschöpft ins El Agujero zurück, mit dem Gesichtsausdruck eines Menschen, der nach einem Bombenangriff aus dem Luftschutzkeller kriecht und die zerstörte Stadt nicht wiedererkennt, trinkt gierig zwei oder drei Bier hintereinander weg; aber dann ist es schon Nachmittag, vormittags ist Hans nicht da, wie auch Yannick und Elena normalerweise nicht da sind, und die Nonnen sind in der Nationalbibliothek, dort sieht man sie einen Aufbaustudiengang in Notfallvorsorge absolvieren und davon träumen, in Flüchtlingslager zu gehen, wo man etwas tun kann, etwas tun. Verstehst du?, fragen sie mit vor Begeisterung und Verzweiflung leuchtenden Augen, weil wir die Flüchtlinge wie den letzten Dreck behandeln, wie von Seuchen und Parasiten befallene Tiere, etwas tun, und so gehen sie jeden Morgen in die NB und dort studieren sie und träumen und empören sich und werden traurig, aber eines Tages werden sie versorgen und heilen und zuhören, den schrecklichen Geschichten, die an den Grenzen wachsen, am Fuß der Mauern, im Hafen, wo die aus einem Flüchtlingsboot Geretteten ankommen, mit verlorenem Blick, mit einer Angst, die noch tiefer sitzt als die Kälte, oder sie werden in den überfüllten Baracken arbeiten, in denen man die Neuankömmlinge einpfercht, bis man weiß, wie man sie wieder loswird. Was ist aus der griechischen Gastfreundschaft geworden? Wo ist die Neugier für den Fremden hin, der uns vom Leben in fernen Ländern erzählt? Wann haben wir angefangen uns zu verschanzen, zu verbarrikadieren, zu panzern? Wann ist unsere Haut zum Panzer mutiert, das Epithel zum Chitin? Seit wann wachen wir wie in *Die Verwandlung* als Käfer auf und gehen trotzdem zur Arbeit, feiern Weihnachten und chatten und posten in den sozialen Medien, ohne die Verwandlung zu bemerken? Die Nonnen fragen mit authentischer Verzweiflung, ohne Pose, ohne Aufgeblasenheit, ihre Empörung ist keine Selbstgerechtigkeit, sie sind wirklich empört über unser aller Hartherzigkeit, wie sie es nennen würden.

Alfon bleibt morgens meistens in seinem Zimmer, schreibt, liest oder denkt nach, oder alles auf einmal, denn normalerweise liegt ein aufgeschlagenes Buch auf dem Tisch, und manchmal folgen dem euphorischen Klackern der Schreibmaschine (mit diesem hellen und fröhlichen Kling, das das Ende jeder Zeile markiert) Phasen der Stille, in denen er die Wand anstarrt, ohne sie zu sehen, als wäre er einer jener Mönche, die ihren Körper verlassen und in Dimensionen umherschweifen, die anderen unbekannt sind, Alfon, die Schreibmaschine, das geöffnete Buch, die Augen auch geöffnet, aber mit leerem Blick, und dann plötzlich geht ein Ruck durch seinen Körper wie bei einer hypnotisierten Person, der man gerade mit den Fingern vor dem Gesicht geschnippt hat, und es geht zurück zum Buch oder zum Schreiben. Ana beobachtet ihn in diesen Momenten, wie sie ein Krokodil beobachten würde, fasziniert und gleichzeitig befremdet, unfähig, sich mitzuteilen oder diese absolute Trennung zwischen zwei sich so nahestehenden Wesen zu verstehen.

Und die anderen …, die anderen sind auf der Durchreise, Wanderer, Fremde, die dort nur übernachten, wie sie es auch anderswo könnten. Das war eine Entscheidung der Gründer, von denen nur noch Alfon da ist, und vielleicht ist es an der Zeit, von diesem Gründungsmoment zu erzählen, also machen wir hier eine Klammer auf und kehren später zu Ana zurück, zu diesen Vormittagen, an denen das El Agujero wie ausgestorben ist.

Am Anfang waren sie zu sechst, darunter ein Pärchen. Alfon hatte seine Stelle als Honorar-Dozent an der Universidad Autónoma aufgegeben. Von einem Tag auf den anderen. Er ging einfach nicht mehr zu den Kursen. Er hätte nicht mal behaupten können, dass es eine Entscheidung war, es war eher die Unfähigkeit, aus dem Bett zu kommen, in den Hörsaal zu eilen, sich dem freundlichen Desinteresse der Studierenden zu stellen, der mangelnden Begeisterung der Kollegen, dieser leichten Skepsis, die auch ihn schon zu infizieren begann, nichts glauben, nichts erhoffen, nichts ersehnen, wie jemand, der jeden Tag ins Büro geht, um die Rechnungsbücher mit nichtssagenden Zahlen zu füllen, präzise, das ja, professionell, mit leichtem Widerwillen, den man nur mit halbherzigen Witzen oder mehr Kaffee verbergen kann. Alfon stand eines Morgens nicht auf, um zur Arbeit zu gehen, weder ging er ans Telefon, noch beantwortete er E-Mails, er wusste nicht, ob gegen ihn ein Disziplinarverfahren eingeleitet wurde oder was zum Teufel man mit jemandem wie ihm machte, er wusste nicht einmal, was mit der Sozialversicherung passierte, den Steuern, der Miete, der Rente und mit dem ganzen Mist. Eines Tages ist dir plötzlich alles egal, und das allein stellt dich schon außerhalb des Gesetzes, weil keine Einkommensteuer, kein Ärztezentrum, keine regelmäßige Gehaltserhöhung, kein Programm existiert, an die du dich halten musst. Alfon kannte ein paar ehemalige Anarchosyndikalisten, die schon lange etwas besetzen wollten. Nicht aus echter Notwendigkeit heraus, sondern als politischer Akt: neue Formen des Zusammenlebens schaffen, sich einem System widersetzen, das Leben in Eigentum und Verpflichtung verwandelt, das sogar von Hunden Dokumente einfordert, Bescheinigungen, Marken, Chips. Aus dem System aussteigen, den Daten entkommen, die Transformation von der Basis aus beginnen, dem Raum, den du besetzt. Es geht nicht darum, Wüsten oder Urwälder zu durchqueren, um Platz für freie Siedlungen zu finden, sondern darum, die neue Stadt im Herzen der alten zu bauen. Daher ist das K in Okupas so wichtig, um zu zeigen, dass man sogar eine kontaminierte Sprache wieder in den Griff kriegen kann.

Er hatte kein Problem damit, seine Sachen zurückzulassen, es machte ihm nichts aus, den DVD-Player, die afrikanische Statuette von der Reise in den Senegal, den Computer mit Fotos, die Briefe, Bücher, Andenken aufzugeben. Eine Reisetasche mit den nötigsten Kleidungsstücken und Toilettenartikeln; das Geld, das er vom Konto abgehoben hatte (per Kreditkarte, um ein paar Euro mehr zu bekommen, als er eigentlich besaß), und die Schreibmaschine, etwas, das nicht zurückverfolgt werden könnte, alle Baken entfernen, die ihn verorten könnten, zum Analogen und Mechanischen zurückkehren, um den digitalen Fußabdruck zu verwischen, auf integrierte Schaltkreise und Mikroprozessoren verzichten (kein Computer, kein Handy, keine Kreditkarte), die Abweichung im Big Data sein, wie die Motte in der Frühzeit der Computer, die in die Lochkarte biss und eine Katastrophe auslöste. Ein ganz neues Gefühl. In unerforschtes Gebiet vordringen. Hic sunt dracones. Dieser Punkt auf dem Radarschirm sein, ein pulsierendes Licht, das bei jeder Bewegung gepiept hat und plötzlich erlischt: Ein dunkler Bildschirm und er im Schatten dieser Dunkelheit. Es tat ihm nur leid, sich von einigen Büchern zu trennen, eine französische Erstausgabe von *Das Recht auf Faulheit*, eine illustrierte Ausgabe von *Die Eroberung des Brotes*, eine Kuckucksuhr, aus der

Trotzki zu jeder vollen Stunde mit erhobener Pistole heraustrat, aber er brauchte einen radikalen Schnitt, um sich wirklich von allen Erwartungen zu befreien, alle Projekte abzustoßen. Den Rubikon überschreiten. Die Brücken hinter sich abbrechen. Die Raumkapsel verlassen und den unbekannten Planeten betreten. Er ließ seinen Personalausweis, seinen Pass, seine Krankenversicherungskarte und den Ausweis für die Nationalbibliothek in der Wohnung zurück.

Er sprach mit seinen Ex-CNT-Freunden. Die eine war Lehrerin an einer Schule am Stadtrand von Madrid, diese Vorstädte aus Klinker, Blöcke mit acht oder zehn Stockwerken, von Beamten entworfene Grünanlagen, Alleen und Straßen, in denen nie jemand spazieren ging, alles neu, alles gesund, alles sauber, beschwert euch nicht. Ihrem Freund hatten sie das Arbeitslosengeld gestrichen, das er bezogen hatte, nachdem das Krankenhaus, in dem er arbeitete, privatisiert wurde und das neue Unternehmen ihn dann auf die Straße warf. Was mich am stärksten beeindruckte?, sagte sie. Die Zähne, Alter. Alle haben perfekte Zähne. Vielleicht sind der Anzug oder die Tasche etwas abgenutzt, oder sie sind kahlköpfig oder haben schlechte Haut, aber ihre Zähne sind der Hammer. Es ist sehr beeindruckend, sich mit Menschen mit einem solchen Gebiss zu unterhalten, man achtet nicht darauf, was sie sagen, denn so ein Lächeln schüchtert dich nachhaltig ein.

Das Pärchen hatte drei Freunde, zwei Frauen und ein Mann; sie lebten schon seit Jahren in einem Centro Social Okupado, das von der Polizei geräumt werden sollte: sie hatten bereits durch alle Instanzen verloren, die Bank hatte einen Finanzplan vorgelegt, die Mitarbeiter der Stadtverwaltung, die sie informiert hatten – freiwillig, sie waren dazu nicht verpflichtet –, warnten sie, dass sie nichts tun könnten; selbst wenn es sich um ein für das Stadtviertel nützliches kulturelles Projekt handelte, selbst wenn die Nachbarn sie unterstützten, selbst wenn sie einen Plan zur Sanierung des Gebäudes vorgeschlagen hätten. Nichts zu machen. Und obwohl sie nicht aufgegeben hatten und bereit waren, sich der Polizei entgegenzustellen, war es nur symbolischer Widerstand: sie wussten, dass sie in wenigen Tagen woanders schlafen würden. Deshalb: ein Häuschen, das sie bereits mehrere Tage observiert hatten, niemand ging hinein, niemand kam heraus, nie war Licht zu sehen, ein einstöckiges Haus mitten in Madrid, vor der Tür türmte sich der Müll, das Ziegeldach war von Unkraut besetzt (wie wir, sagte Alfon, Besetzerunkraut), gegenüber ein Supermarkt, es gab also keine direkten Nachbarn, die sie nachts beobachten und die Polizei rufen könnten. Das sah gut aus, oder?

Alfon war für den Gang zum Grundbuchamt zuständig.

»Wozu brauchen Sie einen nicht beglaubigten Auszug?«

Die Frau, wie in einer Privatklinik hinter einem weißen Tresen verschanzt, fragte ohne Neugierde oder Misstrauen, eine reine Formsache, so, wie sie kurz vorher nach der Anschrift der Liegenschaft gefragt hatte und dem geltend zu machenden Recht, ohne vom Computer aufzuschauen, eine zugleich theologische wie auch kapitalistische Frage, die das Abstrakte in einen materiellen Wert verwandelte.

»Wir führen eine Studie über sanierungsgeeigneten Wohnraum durch.«

Die Frau sagte, vier Euro bitte, und gab ihm sofort den Auszug aus dem Register. Erst als er ihr dankte, hob sie den Blick und schüttelte leicht den Kopf. Alfon wog zwar noch zehn Kilo weniger, war aber damals schon korpulent, die Brille gegen Kurzsichtigkeit, einer der Bügel notdürftig mit Heftpflaster geklebt, das lange, fettig wirkende Haar (obwohl er sich zu der Zeit noch regelmäßig duschte) und die abgewetzte Jeansjacke riefen gewisse Zweifel hervor, dass er zu irgendeiner Studie fähig wäre.

»Es kann sein, dass die Daten nicht aktuell sind«, sagte sie.

Alfon hielt im Weggehen inne.

»Was bedeutet das?«

»Dort steht, dass die Genehmigung für Abriss und Neubau abgelaufen ist. Die Krise, nehme ich an. Möglicherweise wurde aber bereits eine neue Genehmigung beantragt, die noch nicht eingetragen worden ist.«

»Und?«

»Du bist nicht sehr informiert, nicht wahr?«

Die Frau stand auf und kam hinter ihrem Tresen hervor. Sie trug eine Lederhose, die eher in eine Disko gepasst hätte. Sie schloss die Tür zu einem großen Saal voller Aktenschränke, den Alfon noch gar nicht bemerkt hatte. Im Nacken, kaum verdeckt vom kurzgeschnittenen Haar, war ein Semikolon tätowiert.

»Wenn eine Genehmigung bereits beantragt worden ist«, sagte sie zu Alfon, der immer noch halb zum Ausgang gedreht stand, »und jemand würde beschließen, das Haus zu besetzen, kann eine kurzfristige Räumung veranlasst werden.«

»Ja, und was sollte derjenige tun, der das Haus besetzen will?«

»Wenn ich derjenige wäre, würde ich das Gutachten der Abteilung für Stadtplanung im Rathaus einsehen.«

Alfon gab ein nervöses Kichern von sich, das selbst ihm lächerlich vorkam, er nahm die Brille ab und putzte sie mit einem Zipfel der Jacke.

»Und dort …?«

»Dort seht ihr dann, ob bereits eine Abriss- oder Sanierungsgenehmigung erteilt wurde. Wenn das Gebäude geschützt ist …«

Ein junger Mann kam ins Büro, in der einen Hand einen Haufen Mappen, in der anderen einen Helm. »Hallo, Marisol, ich komme gleich wieder.« Er legte die Mappen auf den Tresen und ging wieder hinaus, ohne die Tür zu schließen.

Sie warteten beide, bis der junge Mann im Fahrstuhl verschwunden war.

»Dauert das lange?«

»Höchstens drei Monate. In der Regel weniger, wenn sie von euch keine zusätzlichen Informationen anfordern müssen.«

Ein Mann kam über den langen Korridor zu ihnen, das Knarren seiner Schuhe betonte jeden seiner Schritte. Sie standen schweigend da, solange er sich näherte. Mit einem grauen Anzug bekleidet, schlank, ein Mittfünfziger mit unzufriedenem Gesichtsausdruck, quietschte er bei jedem Schritt wie in einem Film von Tati.

Einen Moment lang herrschte Schweigen, in dem sich die drei abwechselnd ansahen, als würden sie auf etwas warten.

»Danke. Für alles«, sagte Alfon und wandte sich nun wirklich zum Gehen.

»Und der da?«, fragte der Mann, als würde Alfon ihn nicht mehr hören können.

»Er wollte nur einen Auszug aus dem Register.«

»Klar doch, als würde der sich eine Wohnung kaufen, ohne Scheiß. Was für ein Pack.«

Alfon hätte sich gern noch mit einem Lächeln von der Frau verabschiedet, aber er fürchtete den verachtungsvollen Blick des anderen. Er streckte die Arme nach vorne und begann wie ein Zombie zu laufen. Erst als er an der Treppe war, ging er wieder normal. Fahrstühle machten ihn klaustrophobisch.

Aus dem Grundbuch ging hervor, dass das Haus über vier Schlafzimmer und ein Wohnzimmer, eine kleine Küche und ein Bad verfügte, das zwar nicht groß war, aber es würde ausreichen. Sie beschlossen, drei Zimmer zu bewohnen und eines für etwaige Besucher freizuhalten. Das Gutachten hatten sie über die Internetseite der Stadtverwaltung angefordert und dabei die persönlichen Daten der Lehrerin angegeben, aber sie zogen vor, das Resultat nicht abzuwarten, um keine sofortige Räumung zu riskieren.

Zunächst vergewisserten sie sich, dass keine Kameras auf das Haus gerichtet waren. Die beiden Männer, die bereits Erfahrung mit Besetzungen hatten, untersuchten das Schloss, um zu entscheiden, ob sie durch die Tür oder das Fenster einsteigen sollten. Durch das Fenster war es einfacher, aber diese Seite des Hauses lag zu einer Gasse hin, und gegenüber gab es mehrere Wohnungen mit Balkonen. Es war wichtig, dass niemand sie innerhalb der nächsten 48 Stunden anzeigte. Nach dieser Frist konnten sie nicht mehr ohne richterlichen Beschluss geräumt werden.

»Das Gesetz ist großartig«, sagte Alfon, als es ihm erklärt wurde. »Wir sollten dankbar sein, dass wir ein funktionierendes Rechtssystem haben.«

»Ach geh kacken«, war die Antwort seiner Freundin.

»Man muss sich die Schwächen des Gegners zunutze machen. Aus dem Handbuch der Revolution, Band eins, Seite eins.«

»Geh kacken, sage ich.«

Sie beschlossen, durch die Tür einzusteigen. Um drei Uhr morgens stieg eine kalte, feuchte Luft den Hügel hinauf in Richtung Stadtzentrum.

Alfon ging drei oder vier Schritte hinter dem anderen, den sie nur Aguirre nannten, als hätte er keinen Vornamen. Wenn man sie gesehen hätte, hätte man gedacht, dass sie nur zufällig in dieselbe Richtung gingen, dass einer von ihnen jeden Moment in eine Straße einbiegen und der andere geradeaus weiter hätte laufen können. Aguirre zog alle zwanzig oder dreißig Schritte seine Hose hoch, ohne die Hände zu benutzen, nur, indem er seine Handgelenke gegen die Seitennähte drückte und in Richtung Taille schob, was an einen Mechaniker mit ölverschmierten Händen denken ließ, der seine Kleidung in Ordnung brachte. Das Klappern des Werkzeugs in der Sporttasche, die er bei sich trug, verstärkte diesen Eindruck. Sie trafen vor der Tür zusammen. Um nicht aufzufallen, waren sie nicht zu sechst gekommen, aber in dieser verlassenen Straße konnte sie kaum jemand bemerken, außer ein Obdachloser, der unter zwei, drei Decken auf einer Parkbank lag, mit einer leeren Bierflasche in seinen schlafenden Händen, wie ein Kind, das ein Kissen oder ein Kuscheltier umklammert.

Der Lärm der Bohrmaschine ließ sie mit den Zähnen knirschen und den Obdachlosen seine Position ändern. Je länger der Krach andauerte, umso mehr erwarteten sie, dass sich jemand aus dem Fenster beugen oder eine Polizeistreife mit heulender Sirene heranrasen und sich der Kakophonie anschließen würde.

»Der Bohrer taugt nichts«, sagte Aguirre. »Ich habe gedacht, es wäre ein Metallbohrer.«

Die Spitze des Bohraufsatzes hatte sich abgenutzt, und mit dem polierten Stumpf war nicht mehr weiterzumachen. Aguirre spannte einen anderen ins Bohrfutter.

»Ist der besser?«

»Na ja, ich habe auch gedacht, der andere wäre gut, also schauen wir mal.«

Und wieder Krach, ein Ton wie das Zerreißen von Blech, Lärm wie in einer Gießerei oder Autofabrik. Alfon beobachtete den Bohrer, der in das Schloss eindrang, mit der gleichen Aufmerksamkeit wie die Straße, aus der die Bullen kommen könnten. Funken schlugen, dann ein Geräusch, als würde etwas brechen, der Bohrer blieb stecken und ließ sich nicht mehr drehen. Aguirre nahm Hammer und Schraubenzieher und schlug auf den verklemmten Bohrer. Er fiel in das Innere des Hauses, und Aguirre zog eine Grimasse wie eine Trickfilmfigur, nur noch Zähne, Augen und Falten. Er schob einen Schraubenzieher in das Schloss und drehte ihn. Ein Klicken. Alfon stieß die Tür auf.

Es roch nach Feuchtigkeit und Staub. Schnell traten sie ein. Die Tür halboffen, schraubte Aguirre den Rest des Schlosses vorsichtig ab und baute ein neues ein. Es stand auf beiden Seiten einen Zentimeter heraus, aber das war egal. Einen Schlüssel steckte er hinein, den anderen gab er Alfon.

»Willkommen zu Hause«, sagte er.

Sie beschlossen, das Licht nicht einzuschalten, um nicht noch mehr Aufmerksamkeit auf sich zu lenken. Keiner von beiden hatte daran gedacht, eine Taschenlampe mitzunehmen, aber durch die Fenster ohne Vorhänge oder Jalousien und im Wohnzimmer durch ein Loch im Dach fiel ausreichend Licht in das Haus.

»Das haben sicher die Besitzer gemacht. Sie haben keine Abrissgenehmigung gekriegt, also lassen sie das Haus herunterkommen, bis es unbewohnbar ist, zu gesundheitsschädlich, zu gefährlich, zu unsicher.«

Alfon fuhr mit der Hand über ein in der Ecke umgekipptes Sofa, dem ein Bein fehlte. Die Feuchtigkeit war ihm unangenehm, als würde er das Innere eines faulenden Baumstamms berühren. Er richtete zwei umgestürzte Stühle wieder auf, ging durch die leeren Räume, wie jemand, der das Haus eines Verstorbenen betritt, erwartete Spuren, Reste, Zeugnisse eines vergangenen Lebens. Aber in den anderen Zimmern gab es nichts anderes als Staub, Schutt, vielleicht vom Loch im Dach, Spalten, in denen sich Dreck und Schimmel angesammelt hatten. Die Böden bestanden aus von Rissen durchzogenem Terrazzo. Das Holz der Fenster konnte man mit dem Fingernagel durchstoßen. Alfon lehnte die Stirn gegen die Fensterscheibe; draußen sah man nur eine abgeplatzte Fassade und ein Palimpsest von Graffiti, die meisten nicht zu entziffern. Im ersten Stock saß eine alte Frau in eine Decke eingewickelt und musterte ihn ohne ersichtliche Neugierde oder Überraschung, vielleicht sah sie ihn nicht einmal und blickte nur zufällig in seine Richtung. Alfon verspürte ein unerklärliches Unbehagen, eine Traurigkeit, die er kannte, aber jetzt nicht erwartet hatte. Als ob er sich selbst in diesem heruntergekommenen Haus mit anderen Augen sehen würde, mit prüfendem und bewertendem Blick: Ist es das also? Ist es das, was du mit deinem Leben machen wolltest? Wolltest du in dieser Bruchbude enden?

»Was für Arschlöcher.«

Die Stimme hallte durch die leeren Räume, als würde sie von mehreren Personen kommen.

»Was ist?«, fragte Alfon so leise, dass ihn außerhalb des Zimmers niemand hören konnte. Im Badezimmer starrten sie dann gemeinsam auf das zerbrochene Waschbecken, das ein Idiot in die Toilette zu stopfen versucht hatte. Alfon machte die Dusche an und hörte Gurgelgeräusche, dann so was wie ein Klopfen von Metall gegen die Rohre. »Ich suche mal den Haupthahn, vielleicht haben wir Glück und das Wasser wurde nicht abgestellt«, sagte er.

In der Küche gab es ein paar Schränke. Abgeschliffen und gereinigt, und vielleicht die Türen fester angeschraubt und natürlich von der Fettschicht auf den Regalbrettern befreit, könnten sie ihre Aufgabe erfüllen. Die Gasleitung endete in einem Metallstöpsel im unteren Teil der Wand, dort, wo früher wahrscheinlich ein Herd gestanden hatte. Unter einem nicht angeschlossenen Spülbecken befanden sich der Haupthahn und der Zähler. Er drehte ihn auf und nichts schien zu passieren, außer das Aguirre anfing zu fluchen. Alfon lächelte bei der Vorstellung, wie er just in dem Moment unter der Dusche stand, als das Wasser herausgeschossen kam.

Sie legten sich zum Schlafen ins Wohnzimmer. Bevor er die Augen schloss, sah Alfon den Vollmond durch das Loch im Dach, als würde er durch ein Fernrohr schauen.

Das ist das Haus, in dem Ana lebt, inzwischen sauberer, das Loch im Dach ist geschlossen und selbst die Fensterrahmen wurden zwar nicht ausgetauscht oder repariert, aber zumindest weiß lackiert, was ihnen ein solideres Aussehen verleiht, und an einigen Wänden hängen Schwarz-Weiß-Fotos von Theateraufführungen (nicht vom Che, auch nicht vom Subcomandante Marcos oder Johnny Rotten, wie man hätte vermuten können), ein Bad, das sie in den Ecken von einem Teil des Schimmelpilzes befreit und mit Silikon neu abgedichtet haben; es riecht nach Kaffee und Marihuana, der Duft hängt in den Räumen und macht sie gemütlich und vertraut, Luft, die von einem Körper zum nächsten fließt, sie stellt sich gerne vor, wie sie die Luft, die Gerüche, die Sehnsüchte, die Zuneigung teilen, in diesem Haus, das ihrer Vorstellung von Zuhause für einen Erwachsenen am nächsten kommt (ohne Papa, der dich beschützt und dir Grenzen setzt, ohne Mama, die deine Schritte mit ihren fröhlichen oder traurigen Blicken verfolgt), Nähe, Wärme, aber ohne die in jeder Familie zu entrichtende Gebühr, sich auf dem Sofa zurücklehnen und lesen, jetzt, wo alle gegangen sind, selbst die, die nur ein paar Nächte oder Wochen bleiben, selten Monate, im Zimmer für die Besucher, die aber nicht Teil der Gemeinschaft werden, man ist nett zu ihnen, sie sind korrekt, ein handwerklich Begabter hilft mal bei den immer wieder notwendigen Reparaturen (eine Türklinke reparieren, ein Loch im Flur ausbessern, die Vorhangstange anbringen, damit das Wohnzimmer vor den Blicken der Passanten, Neugierigen, Polizisten, Eigentümer verborgen bleibt), sie kaufen ein, wenn es auch oft nicht ausreicht, und leihen sich, was sie im Kühlschrank oder in den klapprigen Küchenschränken finden, der zertrümmerte Traum einer kleinbürgerlichen Zukunft mit Einbaugeräten, Dunstabzugshaube und Oberflächen, die einst mit sanften Scheuermitteln gereinigt wurden.

Andere, wie sie, sind gekommen um zu bleiben. Sie sind dankbar für diesen dörflichen Frieden, den es nicht aus Pflichtgefühl gibt oder nur, weil Menschen dort geboren sind und arbeiten, wegen der Ländereien oder wegen der Schule, sondern weil sich eines Tages jemand niederlässt und sagt, hier bleibe ich, seine Decke auf dem Boden ausbreitet und als sein eigen annimmt, was allen gehört und umgekehrt. Und es fühlt sich so gut an, dass sie manchmal am liebsten gar nicht mehr rausgehen würde, nur lesen und Kaffee trinken und höchstens mal einen Joint rauchen, aber oft braucht sie nicht einmal das, um sich besser zu fühlen, es ist unglaublich, diese Zufriedenheit ohne jegliche Erwartungshaltung erreicht zu haben, jegliche Ambitionen und Begehrlichkeiten aufzugeben. Manchmal kann sie kaum glauben, dort angekommen zu sein, so unwahrscheinlich sind die Zufälle, die sie auf diesen Weg gebracht haben:

Ana ist damals, vor drei Jahren, gerade vierzehn geworden, und es ist das erste Mal, dass sie von zu Hause wegläuft. Um genau zu sein: Sie ist nicht von zu Hause, sondern von einem Klassenausflug weggelaufen, aber sie hat nicht vor, in ihr Elternhaus zurückzukehren, weil es nicht mehr das ihre ist, zumindest fühlt es sich nicht mehr so an.

Es war keine vorsätzliche Entscheidung, keine Flucht, die aus einer Überzeugung oder einem Plan heraus entsteht, sondern das Ergebnis einer Offenbarung. Sie haben zwei Tage lang Córdoba besichtigt, Sehenswürdigkeiten, Kirchen, Innenhöfe, Straßen, die die Lehrerin unablässig als pittoresk bezeichnete, Häuser mit frisch gestrichenen Gittern, frisch getünchten Wänden, ein Geschäft in jedem Eingang. Die Lehrerin spricht über Jahreszahlen und Militärs und über Könige und Königinnen, mehr über Könige als über Königinnen, spricht über Schlachten und Heilige, manchmal in ein und demselben Satz, und gibt ihnen dann ein paar Sekunden Zeit, um die Tragweite des eben Gehörten zu begreifen, schweigend weist sie auf die Statue eines Märtyrers oder die Höhe eines barocken Kirchenschiffs hin, nur mit einer leichten Handbewegung, damit alle die Erhabenheit spüren. Das ist das Erbe unserer Vorfahren: Statuen von Mördern, Heilige in Ekstase oder auf der Folterbank, Steine, die die ganze Stadt im Boden zu verankern scheinen, das Gewicht von Jahrhunderten, imstande, jeden Fluchtversuch zu zermalmen. Ana hört nur beiläufig zu, sie fährt lieber mit den Fingern über die Steine, zieht die Reliefs nach, hey, Mädchen, anschauen ja, aber anfassen nein, bleibt einige Meter zurück, um die Stimme der Lehrerin nicht mehr hören zu müssen, die jetzt die Gemälde erläutert, Wunder, Heilige, Jungfrauen, Folterungen, Gläubige und Ungläubige, um nicht die Witze ihrer Mitschüler ertragen zu müssen, um nicht Zeuge ihrer winzigen Grenzüberschreitungen zu sein, für die sie aber dennoch ein Publikum zu benötigen scheinen. (Carlos hebt den Rockzipfel einer Jungfrau hoch, Yenny raucht eine Zigarette auf der Toilette des Museums.) Ist eine heimliche Rebellion eine Rebellion?

Sie lässt sich gerne zurückfallen und stellt sich vor, allein zu sein, manchmal schafft sie es, die anderen um sich herum auszublenden, aber die Gruppe erlaubt keine Abweichung oder Verweigerung, keine eigenen Wege, sofort machen sie sich über sie lustig, rufen blökend im Chor nach ihr, stoßen sich mit den Ellenbogen an. Sie kann ihre Klassenkameraden nicht ertragen, es fällt ihr schwer, jeden Morgen den Klassenraum zu betreten und sich von dieser hormongeladenen Luft erdrücken zu lassen, sie könnte darin wie in einer Flüssigkeit ertrinken, einer Dunstwolke vager Wünsche, dem Entwurf einer in Geiselhaft genommenen Zukunft. Diese ständige Suche nach Aufmerksamkeit, dieser Drang, so laut zu lachen, dass das Murmeln ihrer Ängste nicht zu hören ist. Sie lässt sich von ihrem Getue und ihrer Angeberei nicht täuschen: Fast alle fürchten, dass sie genauso oder noch schlimmer enden werden als ihre Eltern.

Von Córdoba aus geht es nach Granada. Sie ist es leid, mit der Gruppe zu reisen, Städte zu besichtigen, als würde man ein Buch voller nutzloser Daten lesen, und wird zunehmend unruhig. »Wer mag für alle Bocadillos kaufen gehen?«, fragt die Lehrerin, eine Frau um die fünfzig, die immer noch bemüht ist, einen Anschein von Zuversicht und Glauben aufrechtzuerhalten, die mit übertriebener Aufmerksamkeit den Problemen ihrer Schüler zuhört, wohlwollend in ihrer Einschätzung, mit einem wachen Auge für Sündenböcke und Außenseiter. Sie würde es sich so wünschen, dass ihre Schüler sie als eine der Ihren betrachten. »Gibt es Freiwillige?« Es ist fast drei Uhr nachmittags, sie haben am frühen Morgen die Alhambra besichtigt und gerade einen kurzen und lustlosen Rundgang durch das Kloster von San Jerónimo beendet, die Esplanade flimmert unter der Hitze des Tages, es tut weh, hinzuschauen ohne zu blinzeln. Anas Mitschüler schwitzen und schnaufen, ich nicht, sagt einer, nicht mal wenn Sie mich bezahlen, sagt ein anderer, und Ana hebt die Hand, sie ist die Einzige, ich, sagt sie, ich gehe. »Ach nee«, sagt ein Idiot, der die historischen Aufstellungen von Real Madrid auswendig kennt, »ich glaub's nicht, ausgerechnet die Ana, die nie was tut.« Die Lehrerin lächelt und freut sich über die Initiative des sonst so zurückhaltenden Mädchens.

»Möchte sie niemand begleiten? Kommt schon, Leute, das ist viel für sie allein.«

»Nein, ist schon okay so. Ich schaff das schon.«

Sie gibt ihr einen Hundert-Euro-Schein. »Verschiedene Bocadillos und ein paar Softdrinks. Aber, bist du sicher, dass du das alleine schaffst?« Die Besorgnis ist aufgesetzt; auch sie fühlt sich sehr wohl auf ihrer Steinbank im Schatten. »Klar, kein Problem«, sagt Ana. Es war nicht geplant, aber an diesem Morgen hat sie in den Rucksack, den sie immer dabei hat (ein Lederrucksack, Geschenk ihres Bruders zu ihrem vierzehnten Geburtstag, hier, für deine Reisen, Anita), so viele Kleidungsstücke wie möglich, ein Buch und ihr Handy eingepackt. Sie hatte keine Ahnung, was sie tun würde, aber sie fühlte die gleiche Unruhe wie vor einer Prüfung, den Wunsch, es hinter sich zu bringen und durchzuatmen, um an andere Dinge denken zu können oder an gar nichts denken zu müssen, und packte alles ein, wohl wissend, dass ihre Klassenkameraden sie auslachen und fragen würden, warum sie bei dieser Hitze einen so schweren Rucksack mitschleppte. Und ausgerechnet der Rucksack zieht im letzten Moment die Aufmerksamkeit der Lehrerin auf sich, aber Ana, lass den Rucksack hier, Mädchen, und sie schüttelt den Kopf, nicht wissend, wie sie es begründen soll, bis ein Idiot schreit, den braucht sie für ihre Binden, und alle lachen und die Lehrerin sagt nichts mehr, unsicher, ob es indiskret wäre, weiter darauf zu bestehen.

Ana, bereits im Begriff, das Gelände zu verlassen, dreht sich noch einmal um und lächelt der Gruppe zu, mit dem unerwarteten Bedürfnis, sie zu beruhigen, einem letzten Rest von schlechtem Gewissen, die Lehrerin macht eine Handbewegung, als wolle sie sie grüßen oder verabschieden, und kaum um die erste Ecke gebogen, rennt Ana los. Von dem Geld, das ihr ihre Eltern gegeben haben, bleiben ihr etwa achtzig Euro. Die hundert der Lehrerin sind ein unverhofftes Extra. Sie sucht im Handy nach dem Busbahnhof und läuft in die angegebene Richtung. Gelangweilte Verkäufer hocken auf schmalen Bänken vor ihren Läden, sehen sie vorbeirennen, Tauben flattern vor ihren Tritten auf, die wie Knallfrösche auf den verwaisten Plätzen widerhallen, es schwingt Freude in jeder Faser ihres Körpers, in jeder Bewegung, eine Energie, die sie anhebt und nach vorne und nach oben zieht, schon blickt sie nicht mehr zurück, sie ist ruhig und gleichzeitig voller Erwartung, wie jemand, der sich über eine Felsschlucht beugt, um den Wasserlauf tief unten zu sehen. Ist es nicht wunderschön, vierzehn Jahre alt zu sein und nicht zu wissen, wohin du gehst, zu reisen, ohne dass jemand auf dich wartet?

Frequenzstörungen lassen die Namen der Zielorte auf der Anzeigetafel flackern. Sie kauft einen Fahrschein für den ersten Bus, der fährt. Zehn unangenehme Minuten verbringt sie im Warteraum und starrt durch die Trennscheibe auf den Bus, der noch im Dunkeln steht. Bis sie merken, dass sie ausgerissen ist, wird sie weit weg sein, wenn die polizeiliche Suche beginnt, sicherlich sogar schon an ihrem Zielort angekommen sein. Sie werden zunächst davon ausgehen, dass sie sich verlaufen hat oder dass sie entführt worden ist. Ihre Mitschüler werden Witze machen, einer wird behaupten, sie habe sich mit dem Geld aus dem Staub gemacht, und in diesem kleinen Spalt wird der Verdacht zu keimen beginnen. Sie versucht sich vorzustellen, wer es als Erstes ausspricht, wie lang das Schweigen nach diesem Satz sein und wer der Nächste sein wird, der eine verrückte Erklärung wagt, um sich seinen klitzekleinen Moment von Aufmerksamkeit zu sichern. Irgendjemand wird fragen, wer ihre Handynummer hat, und sie werden bestürzt, vielleicht auch ein wenig verlegen feststellen, dass niemand sie kennt.

Ana schaltet das Handy aus und lässt es in einen Papierkorb fallen. Sie ist vierzehn, aber sie ist nicht blöd, sie weiß, dass das Handy ein Verräter ist, ein Spion in deiner Tasche, der der Welt sagt, wer du bist und wo du bist.

Nachdem sie dem Fahrer ihr Ticket vorgezeigt hat, steigt sie mit Schuldgefühlen in den Bus. Ihr wird leicht übel von dem Geruch nach Plastik und Abgasen und nach etwas, das sie an unsaubere Kopfhaut erinnert (der Geruch des Kopfes ihres Bruders). Zum Glück hat sie einen Fensterplatz. Die Fahrt dauert zwei Stunden. An den Haltestellen schließt sie die Augen, um den Blicken der Einsteigenden nicht zu begegnen, auch hier meldet sich ein Rest von schlechtem Gewissen. Sie öffnet sie wieder, sobald sich der Bus in Bewegung setzt, und saugt jedes Bild in sich auf, als müsste sie es sich ins Gedächtnis einprägen, sich jede Farbe und jeden Schatten merken, jede Veränderung der Landschaft, wie das Meer hinter einer Kurve auftaucht, ein Band aus verzinktem Metall, etwas Kaltes, Festes und Glattes, das die Vorstellung, über Wasser zu gehen, nicht mehr weit hergeholt erscheinen lässt, und wie sich die Landschaft plötzlich in ein Wildwestszenario verwandelt, oder wie das, was aus der Ferne wie ein Flüchtlingslager aussieht (sie stellt sich afrikanische Familien vor, die schweigend im Halbdunkel der Planen hocken und immer wieder einen Brei aus Angst und Hoffnung kauen), sich als Gewächshäuser entpuppt, Dutzende Hektar Plastik, die eher an Versuchsfarmen auf einem fernen Planeten erinnern als an landwirtschaftliche Aktivitäten. Kaum in Almería ausgestiegen, weiß sie, dass sie dort nicht bleiben wird. Alle Städte sind gleich. Man steigt in einen Bus, ohne zu bezahlen, und man steigt auch wieder aus, mit dem Gefühl, dass sich die Entscheidungen von selbst erledigen, wenn du ihnen keine Bedeutung beimisst. Es wird bald dunkel, und selbst das beunruhigt sie nicht, denn in den beiden Nächten in Córdoba hatten sie trotz des Lärms bei offenem Fenster geschlafen, ihre Zimmergenossin hatte sich über die Hitze und die Leute beschwert und warum man sie nicht in einem Hotel mit Klimaanlage untergebracht hatte. Sie glaubt nicht, dass sie frieren wird. Sie wird einen Platz etwas abseits der Straße suchen, eine Mulde, die sie vor dem Wind und den Vergewaltigern, die ihre Eltern so fürchten, schützen wird. Es ist wenig Verkehr, sie läuft rückwärts die Straße entlang und hält den Daumen ohne viel Zuversicht raus, zum ersten Mal mit dem Gefühl, auf der Flucht zu sein und nicht einfach nur zu reisen, ein Moment der Unabhängigkeit, in dem sie sich sagt, ich bin es, ich bin es, die fortgeht. Sofort hält ein BMW an, wie der ihres Vaters, nur von einem helleren Blau. Sie hält versteckt in ihrer Tasche schon ein offenes Taschenmesser in der Hand, ein Universalmesser mit Korkenzieher und einer unbrauchbaren Schere und sogar einem Plastikzahnstocher, aber der Typ interessiert sich nicht allzu sehr für sie, mit Bluetooth-Kopfhörern am Ohr verbringt er die Hälfte der Fahrt damit, zu telefonieren.

»Ist es hier okay für dich?«

»Perfekt, vielen Dank.«

Ein zweifelnder Blick auf die Schotterpiste, die durch die menschenleere Landschaft führt, ein Blick in den Rückspiegel, zu ihr, (ein kurzes Zögern, vielleicht fragt er sich, ob das Mädchen nicht bereit wäre zu …, denn was macht sie hier allein, wenn sie nicht so eine ist, und wenn ich sie mitnehme und dann?), die – den Moment der Gefahr witternd – schon die Tür geöffnet hat und ausgestiegen ist. Sie wandert fast eine Stunde den Weg entlang, betrachtet die Nacht, die so langsam die Landschaft in sich aufsaugt, dass sie es erst bemerkt, als sie darauf achten muss, wohin sie ihre Füße setzt: am Rand des Weges ein Parkplatz; eine Hütte, ein Wegweiser, niemand zu sehen; sie ist unschlüssig, geht dann aber in die Richtung, in die das Schild weist. Der Boden verliert an Festigkeit, die Füße versinken im Sand, das Gefühl, in eine Wüste einzutreten. Die hohen Stiele der Agaven zeichnen sich gegen den Himmel ab wie Baumstämme, die ein Feuer überstanden haben. Dornenkugeln zerkratzen ihre Knöchel. Als sie einen Hügel hinaufsteigt, eröffnet sich vor ihr der halbmondförmige Strand, nicht weniger als fünfhundert Meter durch Felsen geschützter Sand.

Kein einziges Gebäude ringsherum. Nur sie durchquert diese fast weiße Ebene. Dahinter das Meer, ein sanftes Flüstern, das Kommen und Gehen der Wellen ist kaum zu unterscheiden. Krabben ziehen sich in ihre Löcher zurück, sobald sie das Dröhnen ihrer Schritte wahrnehmen, wie Überlebende in einem Krieg, wenn sie die Bomber im Anflug hören. Ana bleibt stehen, hofft, dass eine wieder aus ihrem Schlupfloch herauskommt, aber die Krabben sind geduldiger als sie.

Sie sucht einen Platz, an dem sie die Nacht verbringen kann, und erst da fällt ihr auf, dass sie vor lauter Aufregung vergessen hat, etwas zu essen zu kaufen. Sie hat nur noch eine halbe Flasche Wasser und ein paar Trockenfrüchte. Sie legt sich rücklings in den Sand.

Das ist es. Das ist genau das, was sie gesucht hat. Im Sand liegen und in den Himmel schauen, ohne Sorgen ohne Wünsche. Das Meer atmet in ihr Ohr. Ana erinnert sich an die Atemzüge ihres Vaters, wenn er neben ihr auf dem Bett lag, bis sie einschlief. Das Atmen als Möglichkeit, weiterhin mit ihr zu sprechen, sie einzuhüllen, sie zu schützen. Das Licht am Horizont ist violett geworden.

Hin und wieder öffnet sie ihre Augen, spürt, dass noch etwas da ist, aber es macht ihr keine Angst, ein Schwarm Vögel oder kleine, harmlose Tiere. Wenn Ana ihren Kopf ein wenig dreht, um auf das Meer zu blicken, sieht sie drei kleine Fischerboote, die das Bild von rechts nach links durchqueren, drei Linien aus Licht, die in der Dunkelheit treiben. Eine Möwe ruht sich auf einem Stein aus, eine schwarze Silhouette, die auf ihren Drahtbeinen zu frösteln scheint.

Sie ist wieder eingeschlafen und wacht zu einem Knäuel zusammengerollt zwischen den Steinen und mit der vagen Erinnerung auf, in der Nacht mit den Zähnen geklappert zu haben. Das Meer flüstert nicht mehr, sondern nähert und entfernt sich mit Getöse, wie Felsbrocken, die einen Abhang hinunterrutschen. Sie schüttelt sich den Sand aus dem Haar, reibt sich den Schlaf aus den Augen, Reste von Träumen, die ihr entwischen, sobald sie versucht sie zu erinnern. Möwen kreischen in der Höhe. Treibholz, gestern noch nicht dagewesen, schaukelt in der Brandung. Die Sonne lugt bereits über den Felsen hervor. Sie hört ein Rascheln von Kleidern, die im Wind flattern, und gleich danach sieht sie einen Schwarm Vögel in unfassbaren Farben, Vögel wie von einem Kind gemalt, den Himmel durchziehen. Sie meint gelbe und grüne, rote und blaue gesehen zu haben, Vögel mit weißen und schwarzen Flecken, mit Streifen, Regenbogenvögel. Es ist unmöglich, aber es ist das, was sie gesehen hat und sie erfasst ein fast angenehmer Schwindel. Aufgeregt setzt sie sich in den Sand. Den Vogelschwarm, vielleicht Tauben, verdeckt nun die Steilküste, die sich rechts vom Strand erhebt. Sie will sich gerade wieder hinlegen, als sie auf der gleichen Flugroute wiederkommen. Bunt gefiedert und bis auf den Flügelschlag nicht zu hören, sie kreischen nicht wie Papageien oder Loros, sie überschwemmen den Strand nicht mit wildem Gekreische, stumm, rot-grün, rot-blau, Vögel, die ein Pollock-Gemälde nachahmen. Aber das kann Ana nicht so ausdrücken, weil sie Pollock noch nicht kennt. Vierzehn Jahre, glücklich und aufgeregt, an einem menschenleeren Strand, der Beginn eines Lebens. Das Glück, allein und damit frei zu sein, zumindest glaubt sie das; schließlich ist sie vierzehn Jahre alt.

Ihr ist immer noch kalt und sie will auf die Sonnenseite des Strandes. Aber vorher zieht sie sich trotz Gänsehaut vollkommen aus. Der Strand ist menschenleer und das Schild am Weg hat darauf hingewiesen, dass es ein FKK-Strand ist. Sie hockt sich hinter ein paar Steine, um zu pinkeln.

Ana hatte beobachtet, dass Frauen sich die Schuhe ausziehen, sobald sie an den Strand kommen, viele Männer dagegen nicht. Sie gehen mit Schuhen über den feuchten Sand, als würden sie den direkten Kontakt mit der Welt vermeiden wollen. Ana läuft immer barfuß, auch im Haus, sie hat ihren Bruder ausgelacht, der in der ständigen Angst zu leben schien, in Glasscherben zu treten. Selbst im Meer zog er sich Gummisandalen an. »Wegen der Seeigel«, sagte er.

»Wann bist du denn mal in einen Seeigel getreten?«

»Nie. Deshalb nicht, weil ich Sandalen trage.«

»Ich bin auch nie in einen getreten und ich trage keine.«

»Da hast du Glück gehabt.«

Ana dreht ein paar Pirouetten im Sand. Sie sucht die Wolken im Himmel, die bunten Vögel, die Kondensstreifen der Flugzeuge, geblähte Segel am Horizont, schreckhafte Krabben im Sand, Algen, die sich wie Reptilien bewegen, sie nähern sich und bereuen es sofort wieder, unbeschädigte Muscheln, Fische in Ufernähe (sie hat keinen entdeckt), Spuren von Hunden und Möwen, von Würmern, Wasserzeichen, eine halb eingestürzte Sandburg. Sie erreicht das eine Ende des Strandes und versucht, auf die Felsen nah beim Wasser zu klettern, um zu sehen, was auf der anderen Seite ist, aber die Wellen schlagen mit einer solchen Wucht dagegen, dass sie Angst bekommt. Sie beginnt in die entgegengesetzte Richtung zu gehen und gräbt dabei spielerisch ihre Zehen in den nassen Sand. Als sie wieder aufblickt, bekommt sie vor Schreck einen Schluckauf. Sie hätte nicht sagen können, ob er schon die ganze Zeit da war oder ob er von ihr unbemerkt über denselben Weg gekommen ist wie sie. Er sitzt in Yogaposition nah am Wasser, in der Mitte des Strandes; von weitem und gegen das Licht betrachtet wirkt er wie ein Teil der Landschaft, ein Felsen oder ein Wrack, das seit Jahrhunderten unbewegt daliegt, tief im Sand, etwas Schweres und Mineralisches, bedeckt mit Schlamm und winzigen Mollusken. Eigentlich hätte sie ihn vorher sehen müssen, auch wenn sie woanders gewesen ist, bei den Muscheln, den Spuren, dem Seegras. Jetzt muss sie an dem Mann vorbei, sie läuft in seine Richtung (nicht in seine Richtung, sondern in Richtung der Steilküste auf der anderen Seite, und er befindet sich zufälligerweise mitten auf ihrem Weg) und spürt das erste Mal ihre eigene Nacktheit. Er ist es nicht, sie weiß das zu schätzen, als sie sich ihm bereits auf etwa hundert Meter genähert hat und an ihm vorbei will: Er trägt kurze blau-weißgestreifte Hosen, die ihm bis zu den Knien reichen und eine Nummer zu groß wirken. Ana geht halb zum Meer gedreht, um den Mann zu ignorieren und auch, um ihre Scham und ihre Brüste zu verbergen, obwohl sie ihn immer wieder verstohlen anschaut. Es ist nicht sein langes, glattes Haar, das nach oben hin etwas heller wird, das sie fasziniert, sondern die Haare, die auch seine Brust, Arme und Schultern bedecken. Sie hatte sich geschworen, niemanden wegen seines Aussehens zu beurteilen, und seitdem versucht sie, ihre Scheu zu überwinden, und wenn sie sich traut, spricht sie mit Bettlern auf der Straße, mit Junkies, mit Frauen, die ein bisschen durchgeknallt sind, die ihr von ihrer Enkelin oder von ihrem Hund erzählen, der gerade gestorben ist. Sie wird kein Snob werden wie ihre Eltern, die hinter Bildschirmen und Gegensprechanlagen verschanzt leben. Das Leben sind die Anderen. Das Leben ist die Straße. Im Leben geht es darum, die Maut-Autobahn zu verlassen, die ihre Eltern für sie gemietet haben, damit sie unfallfrei fahren kann.

Aber sie tut sich schwer damit, denn der Strand ist menschenleer und sie fühlt sich so nackt wie damals, als ihr Vater so tat, als würde er nicht sehen, dass sie einen Busen bekam.

»Geh nicht ins Wasser«, sagt der Mann, dessen Gesichtszüge nicht zu erkennen sind, weil er den Kopf gebeugt hält und sein Haar wie ein fransiger Vorhang vor seinem Gesicht hängt. Er schält einen Pfirsich oder einen Apfel mit einem Messer mit schmaler Klinge und einem Perlmuttgriff, das Messer eines jugendlichen Straftäters.

»Sprichst du mit mir?«

Der Mann sieht von einer Seite zur anderen, wie um zu unterstreichen, dass sie allein an diesem Strand sind.

»Quallen. Normalerweise gibt es hier keine, aber heute schon. Sie haben es im Radio gebracht.«

»Okay.«

Ana ist unschlüssig, ob sie weiterlaufen oder noch was sagen sollte. Sie würde gern eine unbekümmerte Bemerkung machen, etwas Banales, zu verstehen geben, dass das affenartige und ungepflegte Aussehen dieses Mannes ihr keine Angst macht, ihr nicht verdächtig vorkommt.

Er bietet ihr das Obst mit derselben Hand an, in der er auch das Messer hält.

»Nein danke, ich habe keinen Hunger.«

Doch Anas Magen gibt ein Knurren von sich, das noch über den Wellen zu hören ist. Sie lachen beide.

»Wir können es wie mit den Möwen machen.«

»Wie macht man es mit den Möwen?«

»Normalerweise stehe ich auf, lege etwas Futter auf einen Stein etwas weiter weg, gehe zurück zu meinem Platz und tue so, als würde ich sie nicht bemerken.«

»Und es funktioniert?«

»Immer. Übrigens, ich versichere dir, dass ich völlig harmlos bin, zumindest in dem Sinn, wie du es befürchten könntest, trotz meines satyrartigen Aussehens.«

Er klappt das Messer zu und wirft es Ana vor die Füße. Sie hebt es nicht auf.

»Nein, ich meine …«

»Und wenn du dir was anziehst, wirst du dich wohler fühlen. Komm schon, ich decke inzwischen den Tisch. Natürlich nur, wenn du willst.«

Als Ana zurückkommt, hat der Mann vier Servietten auf dem Sand ausgebreitet, auf denen ein perfektes Rad aus Orangensegmenten, zwei gleich große Dreiecke Tortilla und Würfel aus Wassermelone säuberlich auf Zahnstocher gespießt angeordnet sind. Zwei Plastikbecher mit etwas, das wie Rotwein aussieht. Ein Picknick, wie eine Mutter es für ihre Kinder vorbereitet, die hungrig vom Fußballspielen in der Schule kommen. Sie ist gerührt von so vielen Details, von diesem Wunsch, ihr zu gefallen. Aber die Männerbrust, die fast über den Bauch hängt, wie bei einem gealterten Orang-Utan, und der behaarte Körper und die winzigen Augen. Aber das strähnige Haar und die Hände mit den abgekauten Nägeln. Es gibt so viele Abers, die blockieren und verhindern. Er hat sich schlecht gehalten, er muss um die vierzig sein, vierzig Jahre, vielleicht voller Misshandlung oder Schutzlosigkeit oder Ängsten. Du siehst eine andere Person und fängst an dir vorzustellen, welcher Ton in ihrem Leben vorherrschte, welche Kette von Ereignissen sie zu der gemacht hat, die sie ist; obgleich Ana nicht weiß, was jemand, der sie aufmerksam betrachtet, bei ihr entdecken würde. Vielleicht ist sie zu jung, vielleicht haben ihre Erfahrungen noch nicht genügend tiefe Spuren hinterlassen.

Ana würde sich gerne in einen Mann wie ihn verlieben können, alles Körperliche komplett vergessen und nur die Zuneigung, die Aufmerksamkeit schätzen. Oder wenigstens so begehren können. Sie hat sich vorgenommen, nicht nur die Schönen, die Klugen oder die Privilegierten, die, die es zu etwas bringen können, zu lieben; die Gelähmten, Behinderten, Schwachen lieben, die Armen lieben, weil sie dir nichts geben können, lieben ohne Netzwerke oder Kontakte zu knüpfen, ohne gemeinsame Projekte oder Interessen. Liebe als revolutionäre Waffe. Die Liebe als Zündschnur und Funke.

Aber es ist nichts zu machen; trotz ihrer Neugierde bleibt sie, obwohl sie ihn nicht vollständig zurückweist, vorsichtig. Sie setzt sich an seine Seite.

»Wein? Um diese Zeit?«

»Wasser habe ich vergessen. Aber trink nicht, wenn du nicht willst. Ich bin Alfon.«

»Ana. Warst du vorhin schon hier?«

»Wann vorhin?«

»Ich bin in diese Richtung da gegangen und dann zurück, vorhin, als ich auf dem Weg dorthin war.«

»Du sahst aus wie ein Kind, das in ein Spiel vertieft ist, versunken in etwas, das nur du gesehen hast, Seetang und Muscheln sammelnd. Das war schön.«

»Und wie bist du hergekommen?«

»Du denkst gerade, dass jemand so Dickes wie ich es nicht den langen Weg durch den Sand bis hierher schaffen kann.«

»Ehrlich zugegeben, ja.«

»Ich bin geschwommen, von Genoveses. Dort kann man mit dem Auto bis zum Strand fahren. Schau mich nicht so ungläubig an. Wale können gut schwimmen, und Walrosse.«

»Genoveses ist der breite Strand dort drüben?«

Ana deutet auf die andere Seite der Dünen und der Steilküste und muss bei dem Gedanken lachen, denn das muss ein paar Kilometer entfernt sein und es ist unvorstellbar, dass dieser dicke Mann oder besser gesagt dieser weiche Körper, wie ein prähistorisches, amphibisches Tier aus der Tiefe kommend, sich Schwimmzug für Schwimmzug vorarbeitet. Und es ist nicht nur die körperliche Anstrengung. Das Vertrauen, die fehlende Angst.

Sie lassen nicht einen Krümel übrig. Ana nimmt ein paar Schlucke von dem Rotwein, aber spürt sofort, dass sie ihn nicht vertragen wird.

»Stimmt das mit den Quallen?«

»Ja, klar, warum sollte ich lügen?«

»Ich weiß nicht.«

Alfon nickt und sieht sie nachdenklich mit zur Seite geneigtem Kopf an, als ob in dieser Antwort eine tiefere Wahrheit läge.

»Ich bin von zu Hause weggelaufen«, sagt Ana. »Eigentlich von der Schule. Genau genommen von einem Ausflug.«

»Das ist gut, das Beste, was einer machen kann, ist wegzulaufen. Ich versuche es schon mein ganzes Leben lang. Hast du ein Handy? Auch wenn es ausgeschaltet ist, werden sie dich finden, außer du nimmst den Akku raus.«

»Ich habe es in einen Mülleimer geschmissen.«

Alfon lächelt und Ana fühlt sich plötzlich unwohl. Vielleicht hätte sie ihm nicht sagen sollen, dass sie weggelaufen ist und kein Handy dabei hat. So hat sie gerade verraten, dass niemand weiß, wo sie ist. Sie ist erleichtert, als ein ausländisches Rentnerpaar den Strand betritt, zwei rote Flecken im Sand, die sich langsam vorwärts bewegen und Plastikstühle, Sonnenschirm und zwei große Taschen mit sich schleppen.

»Die Barbaren kommen. Ich hau ab. Und du?«

»Ich bleibe noch ein Weilchen.«

»Ich gebe dir die Nummer, wo ich zu erreichen bin, falls du irgendetwas brauchst.«

»Ich habe dir doch gesagt, ich habe kein Handy dabei.«

»Wo ist das Problem?« Er schreibt die Nummer mit einem Stift auf eine Serviette und gibt sie ihr. »Aber morgen fahre ich nach Madrid zurück.«

»Ach, ich bin auch aus Madrid.«

Schon wieder eine Information zu viel, aber ihr ist eingefallen, dass er sie ein Stück mitnehmen könnte. Er scheint etwas mehr zu erwarten; er sieht sie mit seinen winzigen Augen an, mit einem kaum angedeuteten Lächeln, mit so etwas wie Anerkennung.

Er steht auf, packt die Servietten in seine Tasche, hebt das Messer auf und steckt es ebenfalls weg. Er verstaut alles in einem durchsichtigen, vakuumverschließbaren Beutel.

»Wie kommst du zurück?«

»Ich schwimme.«

»Kommt da kein Wasser rein?«

»In den Beutel? Nein. Der ist luftdicht verschlossen. Eine Erfindung der NASA.«

»Klar doch.«

»Nur ein Scherz. Aber es kommt kein Wasser rein.«

»Du hast gesagt, es gäbe Quallen. Sie können dich stechen.«

Er schaut eine Weile aufs Meer, als würde er das Risiko abschätzen.

»Ja«, sagt er endlich. »Scheiß auf die Quallen.«

Und er entfernt sich, mit jedem Schritt ein Beben in seinem Fleisch, ein Zittern, als ob sich etwas lösen oder auseinanderfallen könnte. Er geht langsam ins Wasser. Er kreuzt die Riemen der Tasche über dem Rücken. Er taucht nicht kopfüber ein, sondern bewegt sich wie ein romantischer Selbstmörder vorwärts. Als das Wasser ihm bis zur Taille reicht, fängt er gemächlich an zu schwimmen, rhythmisch, und nach einer Weile hätte Ana nicht mehr schwören können, ob das, was sie in der Ferne sah, sein Kopf oder ein in den Wellen treibender Baumstamm war.

Es kommen immer mehr Menschen an den Strand, vor allem ältere Paare.

Definiere alt, sagt sie sich.

Über fünfzig, so scheint es, ihren Körper wie Ballast mit sich ziehend, nicht länger vernachlässigte, zuweilen gepflegte Körper, die trotzdem den Eindruck von Verfall erwecken, da helfen auch keine Cremes oder die Armani-Brille, die Schwere in den Beinen und in den Bewegungen, die zusammengekniffenen Lippen, als ob sie einen leichten Unmut über die Realität ausdrücken würden. Sie schauen sich um, suchen den Platz, der am weitesten von allen anderen Paaren entfernt ist, komplexe geometrische Berechnungen; Ana hatte das gerade in Mathematik: die Bestimmung des Mittelpunktes eines beliebigen Dreiecks ABC. Sie brauchen keine Winkelhalbierenden zu zeichnen, sie entdecken mit bloßem Auge den Punkt, der gleich weit von den drei Scheitelpunkten entfernt ist, den anderen drei Paaren, die sich bereits irgendwo am Strand niedergelassen haben. Alte Leute, die ihre Sachen ausbreiten, darauf bedacht, soviel Gebiet wie möglich zu belegen, um einen Sicherheitsbereich festzulegen, den niemand überschreiten darf. Und sie verrenken sich fast, um die Creme auf ihrem Rücken zu verteilen, obwohl der Mensch an ihrer Seite ihnen helfen könnte, und wenn sie darum bitten, dann lassen sie sich eincremen wie jemand, der zum Arzt geht und tief einatmet, während man ihn mit dem Stethoskop abhört, und der andere erledigt seine Aufgabe ohne Aufmerksamkeit oder Begeisterung, ohne zu zittern, ohne zu lächeln verteilt er das Fett auf die fremde Haut (auf die fremde Haut) wie ein Maurer, der den Putz gleichmäßig auf eine Wand aufträgt. Alte Leute, die zügig von einem Ende des Strandes zum anderen laufen rauf und runter rauf und runter rauf und runter, weil Laufen gesund ist, Körper welk verblüht gealtert verbraucht abgenutzt abgerichtet vergessen, Maschinenkörper Objekte Besitztümer isolierte Individuen, nicht durch eine Aura, sondern durch einen Bildschirm, sie will nicht so leben, Ana will nicht an den Strand gehen, weil es gesund ist oder weil es notwendig ist, um Stress abzubauen oder weil …, sondern einfach so, so wie jetzt, aber nein, schon ist es nicht mehr so, schon fühlt sie sich nicht mehr wohl in ihrer Haut, Gänsehaut, das Glücksgefühl ist verschwunden, jetzt haben die Anderen sich in ihrem Kopf eingenistet, die anderen und der Widerwille gegen eine Zukunft, die sie in Menschen verkörpert sieht, die eine Kühlbox für Bier mitbringen und Sonnencreme mindestens mit Lichtschutzfaktor fünfzig und Sonnenschirm und Klappstuhl und Kopfhörer, die Stirn gerunzelt mit finsterer Miene, sieht sie sich im Zeitraffer älter werden, sieht sich selbst eines Tages mit oder ohne Kinder mit oder ohne Partner mit oder ohne Arbeit, wo die Tage des Vergnügens zu notwendigen Klammern für die Tage werden, an denen sie gefickt, ausgebeutet, angepasst, beiseite geschoben wird. Sie steht auf und nimmt ihre Sachen, sie würde sich auch gern ins Wasser stürzen wie Alfon, verschwinden, ohne an Gruppen von rissigen Zellen vorbei zu müssen, aber sie ist froh, wenigstens Hose und T-Shirt anzuhaben, so dass die Männer, die sich hinter ihren Sonnenbrillen verschanzen, die verbergen, wohin sie schauen, einen bekleideten, geschützten Körper sehen und nicht einen entblößten und wehrlosen. Warum?, fragt sich Ana, wenn das, was ich will, ein Leben ist, in dem die anderen nicht hinderlich, sondern wir durch Zuneigung und Freundschaft verbunden sind, warum verachte ich sie dann so? Ein komplexes Problem, eine Gleichung, deren Unbekannte noch nicht bestimmt ist.

Ein Hund wirbelt spielend um sie herum und deckt sie mit Sand ein. Ana streichelt sein zotteliges Fell, während sie sich dem Strand zuwendet. Im Wasser schreit jemand auf, sie kann nicht erkennen, ob Mädchen oder Frau, und niemand steht auf, sie heben nur den Kopf, neugierig und lustlos zugleich um herauszufinden, was los ist, aber nicht, um sich einzumischen. Sie schauen nur, als würden sie erwarten, dass ein Streit beigelegt wird. Eine Qualle, sagt der Schrei, von Wind und Wellen hin und her geworfen, mich hat eine Qualle gestochen. Selbst der Hund beobachtet das Geschehen, während er sich weiter von Ana streicheln lässt, bis ihn eine Stimme bei einem unverständlichen Namen ruft, vielleicht deutsch. Der Hund stürmt wieder los, schaufelt dabei zwei Handvoll Sand gegen Anas Beine. Sie würde gern bleiben. Sie würde gern die Sonne genießen, die Leute, den Sand, das Nachklingen von Stimmen und Licht, das Wasser und die Freude des Hundes. Sie dreht sich um und geht in Richtung Piste, um hoffentlich von jemandem ins nächste Dorf mitgenommen zu werden, die Sonne brennt schon. Hoffentlich ist es eine Frau, die sie mitnimmt.

9

Ein Betrieb von Schafsköpfen, eine Stadt von Schafsköpfen, ein Land von Schafsköpfen, denkt Aitor. So sähe es aus, wenn alle wie er wären. Isabel hat sich immer über seine Passivität beklagt, Isabel beklagt sich immer über alles, das ist ihre Strategie, um im Leben voranzukommen, nicht so wie er, er machte keinen Lärm, nicht, um unbeachtet zu bleiben, aber er wollte aus den richtigen Gründen auffallen: konstruktiv, arbeitsam, einer derjenigen, die schlechte Nachrichten so hinnehmen wie einen Blitz, der einschlägt, oder einen Fluss, der über das Ufer tritt, und nicht, als wären sie die Entscheidung eines Despoten. Was nützt es, zu jammern? Du rettest was du kannst aus dem zerstörten Haus, wo es sinnvoll ist, errichtest du Deiche, um das Wasser im Zaum zu halten.

Isabel hat ihm vorgeworfen, dass er sich nie beklagt, aber nicht so wie diese klischeehaften Frauen, die wollen, dass ihr Ehemann aufbegehrt, damit er befördert wird, dass er sich durchsetzt, dass er sich mit dem vergleicht, was sein Nachbar verdient, der doch auch nicht schlauer ist als er. Isabel machte ihm Vorwürfe, weil seine Lebensweise ihrer Ansicht nach bedeutete, mit einem geringeren Ansehen durchs Leben zu gehen, als ihm zustand. Sie forderte ihn auf, sich in der neuen Position zu strecken und durchzuatmen, er würde schon merken, wie gut das täte, aber es bedeutete auch, neuen Raum einzunehmen, für ihn zu kämpfen. In der Stadt und im Unternehmen ist Raum nicht gratis, und Aitor verweigerte sich dem Aufwand, den es ihm abverlangen würde, ständig die Krallen auszufahren und zu fauchen. Er hatte gelernt, sich kleine, von den anderen unbeachtete Räume zu erobern, die so damit beschäftigt waren zu kämpfen, zu drohen, Alpha-Männchen zu spielen, aber wie kann es so viele Alpha-Männchen am selben Ort geben? Sie, Isabel, sind die Angepassten, die Unterwürfigen. Wenn jemand rebelliert, dann bin ich es, wenn auch ohne viel Lärm zu machen. Sie tun genau das, was man erwartet, sie verdrängen die Schwachen, damit das Unternehmen besser läuft, die natürliche Auslese. Ich bin eine invasive und stille Spezies. Es sieht so aus, als würde ich es nicht mit ihnen aufnehmen, aber ich bin da, sieh dir an, wie viele aus der Rangordnung der Paviane verjagt wurden, und ich, ich bin immer noch auf meinem Platz. Aber sie schüttelte den Kopf, sah ihn an wie einen Gaukler, dessen überzeugende Darbietung die Gewissheit, dass es sich um einen Trick handelt, nicht erschüttern kann. Und in deiner Familie verfolgst du die gleiche Strategie? Dich nicht bemerkbar zu machen? Aitor, niemand wird dich aus diesem Haus werfen, aber es ist das Gleiche, du protestierst nicht, du setzt keine Grenzen, immer bin ich es, die den bösen Polizisten spielen muss.

Das stimmte, er bestrafte sie nicht, wenn die Kinder die Wand bekritzelten, aber er rief sie zu sich und lenkte sie mit einer Geschichte oder Fragen ab, und sobald sie die Kreide oder den Bleistift vergessen hatten, versteckte er sie vor ihnen: Er protestierte auch nicht, als sie herausfanden, dass Luis Drogen nahm (haben wir das nicht alle gemacht?, sie müssen sich ausprobieren, aus ihren eigenen Fehlern lernen), auch nicht, als er begann, sich mit einer anarchistischen Splittergruppe aus Lavapiés zusammenzutun, die die Abschaffung aller Gefängnisse forderte und Tod dem Staat und Tod den Hausbesitzern und Tod den Touristen und Tod den Kapitalisten … Er sprach ein paar Mal mit ihm, Luis legte ihm seine Theorien dar, und er sagte ihm nicht, dass die Hälfte davon lächerlich war (willst du Mörder und Vergewaltiger freilassen, Pädophile, willst du, dass sie frei auf den Straßen herumlaufen, auch Unternehmer, die wegen Korruption verurteilt wurden? Was willst du mit ihnen machen, bis diese fabelhafte neue Gesellschaft kommt, in der die Bildung uns alle frei macht?), denn es wäre ihm vorgekommen, als würde er seinen Sohn missbrauchen: Was wusste er schon mit seinen achtzehn Jahren, und außerdem war es gut, wenn er lernte, seine Theorien zu verteidigen; wenn er Neonazi gewesen wäre, hätte er härter durchgegriffen, aber der Junge forderte Freiheit, Gerechtigkeit, das Glück der Menschheit. Mit ihm zu feilschen, er als Mann mit mehr Erfahrung und Wissen, wäre so, als würde man mit einem Kind Poker spielen und ihm sein Geld abnehmen. Aber Isabel machte sich Sorgen; diese jungen Idealisten sind es doch, sagte sie, die später Bomben legen, weil sie glauben, dass ihre fabelhafte Zukunft gewisse Opfer verdient, hast du nicht gesehen, wie oft sie ›Tod‹ auf die Mauern schmieren? Aber er schüttelte den Kopf, Isabel, es sind Teenager, erinnerst du dich nicht mehr daran, wie du in diesem Alter warst? Erst als Ana anfing, sich mit der Gruppe ihres Bruders zu treffen, als sie sein Vokabular und seine Ideen übernahm, als sie sich das Haar abrasierte (zum Glück ließ sie es wieder wachsen) und Woche für Woche mehr Metall ihre Augenbrauen, Ohren, Lippen, Nase durchbohrte, als sie jedes Mal diesen genervten Ton anschlug, wenn ihre Eltern irgendetwas sagten, egal was; selbst wenn sie nur über ein Fernsehprogramm sprachen, sie fand einen Weg, ihnen ihre Feigheit vor Augen zu führen, ihre Mitschuld am beklagenswerten Zustand der Dinge, (Rebell oder Helfershelfer, das waren die einzigen beiden Kategorien, die für sie existierten), erst dann, und mehr auf Druck von Isabel als weil er selbst es für richtig hielt, begann er ihr vorzuschreiben, wann sie zu Hause zu sein hatte (Mitternacht, mein Gott, zwölf Uhr nachts für ein sechzehnjähriges Mädchen ist kein Akt der Tyrannei) und bestrafte sie für schlechte Noten in den Fächern, die sie nicht interessierten (er kürzte ihr das Taschengeld, er erlaubte ihr nicht, am Wochenende auszugehen).

Ich werde auf den Strich gehen, sagte sie einmal beim Abendessen zu ihnen, Isabel lachte und antwortete, Kind, ich bezweifle, dass dir das gefallen wird. Ich werde auf den Strich gehen, letztendlich leben wir Kinder in Sklaverei, wir sind Leibeigene, abhängig davon, dass unsere Eltern uns ernähren, sie sperren uns in Schule und Haus ein, Hure sein ist dasselbe, nur ehrbarer: Man wird direkt für seine Arbeit bezahlt und nicht dafür, dass man Erwartungen erfüllt, die dir niemand genannt hat. Ist das für euch in Ordnung, wenn ich Hure werde?

Isabel und Aitor stritten nachts im Schlafzimmer, saßen jeder auf seiner Seite des Bettes, die Füße auf dem Boden: »Egal was dabei herauskommt, wir werden nachgeben, sie meint jetzt schon, dass sie gewonnen hat.«

»Sieh mich nicht so an, Isabel, weißt du, was dein Hauptgefühl als Teenager ist? Ohnmacht. Alles ist stärker als du. Die Welt ist stärker als du; du bist der Einzige, der keine Macht hat. Deshalb rebellierst du.«

»Das heißt also, sie kommt damit durch. Dann hättest du auch die Drogen von Luis bezahlen können, damit er deinen Beistand spürt.«

»Indirekt haben wir sie ihm bezahlt.«

»Ach ja. Das heißt, es bleibt uns nur eins, nachzugeben, uns zu beugen wie das Schilf im Wind, ich wusste gar nicht, dass du auf diesen Zen-Bullshit stehst.«

Es war nicht angenehm, immer der Schwache zu sein, sich besiegen zu lassen. Aber, und das verstand Isabel nicht, es ist wie mit einem Kind Mensch ärgere dich nicht zu spielen und unerklärlicherweise immer zu übersehen, dass du eine seiner Figuren hättest rauswerfen können. Das Kind freut sich und normalerweise reagiert es großherzig, es verzeiht dir den Fehler, es tröstet dich, wenn du verlierst. Anstatt gegen dich zu spielen, wird es zu deinem Komplizen.

Aber Ana war viel radikaler als ihr Bruder. Sie gab sich nicht damit zufrieden, am Kindertisch zu sitzen. Sie, so drückte es Isabel in einem Anfall von Wut oder Hilflosigkeit aus, wollte dem Tisch der Erwachsenen einen Tritt geben. »Mach was, Aitor, mit dir spricht sie manchmal, mich sieht sie an wie eine Fliege in der Suppe. Bitte, mach du was.« Aber er tat nichts.

Eine Stadt von Schafsköpfen, ein Land von Schafsköpfen, denkt Aitor. So sähe es aus, wenn alle wären wie er, denn Aitor glaubt langsam seinen eigenen Rechtfertigungen nicht mehr, er argwöhnt, dass sich hinter dieser verständnisvollen und vernünftigen Version seiner selbst in Wirklichkeit ein Mann verbirgt, der unfähig ist, Forderungen zu stellen und sich durchzusetzen. Ein Weichei.

Und trotzdem war es Aitor, der den Schritt machte, zaghaft, aber letzten Endes war er es, der sagte, ich glaube wir sollten uns trennen. »Du glaubst es?«, fragte sie. »Was soll das heißen, du glaubst? Sei ein Mann und sag, dass du dich trennen willst, nicht wir sollten, nicht ich glaube: Ich will mich trennen, komm schon, sag es.«

Sie hatte es wohl ohnehin schon seit geraumer Zeit erwartet, vielleicht hatte sie es sogar selbst vorgehabt, denn sie erhob keine Einwände, vielmehr machte sie den Weg frei, sie stellte Berechnungen an, überreichte ihm ein Blatt mit der Aufteilung: die Wohnung, das Auto, die Ersparnisse und die Schulden, die Bücher (für dich von A bis L und für mich von M bis Z, das ist ein Witz). Alles war sachlich, ohne Vorwürfe, als würde man den Besitz eines entfernten Verwandten aufteilen. »Und die Kinder?« »Die Kinder werden machen, was sie wollen«, sagte sie, »es hat keinen Sinn, dass wir da was entscheiden.«

Er hat den ersten Schritt gemacht, und deshalb hadert er damit, dauernd wie ein verlassener Hund zu winseln, vielleicht weil er sieht, dass es ihr nicht so schwergefallen ist, sich an die neue Situation zu gewöhnen, im Gegenteil, nach einer kurzen Phase der Traurigkeit wirkt sie jetzt viel lebhafter, viel leichter, als hätte sie ihr Leben unter Wasser verbracht und würde plötzlich auftauchen und einatmen und sich freuen, wie die Luft in ihre Lungen strömt, sie, jetzt, mit höheren Absätzen und engeren Röcken, aber Aitor hat nicht den Eindruck, sie je unterdrückt oder eingeengt zu haben, sie hatte tun können, was sie wollte, und deshalb fühlt er sich jetzt nicht nur verlassen, sondern auch ungerecht verurteilt, als ob Isabels gegenwärtige Freiheit und Lebensfreude eine Anklage wäre, schau, schau dir an, wie ich wirklich bin und wie ich nicht sein konnte, als ich mit dir zusammen war. Einige Monate nach der Trennung wagte Aitor sogar, sie zu fragen, Isabel, ich habe dich nicht festgehalten, oder? Ich habe dich nie daran gehindert, etwas zu tun oder zu lassen, du hättest so wie heute arbeiten gehen können, als du mit mir zusammen warst, und er fragte sie mit Angst in der Stimme, sie stand in der Tür, war vorbeigekommen, um etwas mit Luis zu besprechen, von dem nur die beiden wussten, sie waren ihm keine Erklärung mehr schuldig, und sie zog sich gerade die Schuhe an, die sie im Eingang stehen gelassen hatte (sie lief im Haus immer barfuß), und mit dem Fuß in der Luft, den Schuh halb angezogen, überlegte sie einen Moment, schüttelte den Kopf, zog den Schuh über und antwortete erst, als sie schon fast aus der Tür war, vielleicht um eine längere Unterhaltung über das Thema zu vermeiden: Nein, du hast mich nicht festgehalten, du bist für nichts verantwortlich. Ich bin es, die sich hat anstecken lassen.

Als hätte er mit einem Virus die Familie angesteckt, ein Virus, das sie in einer sonderbaren Quarantäne festhielt und daran hinderte, das zu tun, was sie als ihr normales Leben bezeichnen würden. Aber so viel Macht hatte er nicht, zumindest hatte er es nie so wahrgenommen. Er passte sich an, akzeptierte, tolerierte, bemühte sich, weder Isabel noch die Kinder einzuengen oder ihnen etwas aufzuzwingen.

»Verdammte Scheiße«, flucht Aitor, obwohl er nicht weiß, an wen sich dieser plötzliche Wutausbruch richtet, verdammte Scheiße, wäre er nicht gerade beim Sender, umgeben von Redakteuren, die alle auf ihre Computer starren, weil man die meisten Nachrichten nicht mehr auf der Straße findet, sondern am Bildschirm des Computers oder des Mobiltelefons – er würde seinen Zorn laut herausbrüllen. Er hat sich immer bemüht, die anderen so zu akzeptieren, wie sie sind, aber anstatt dankbar zu sein, werfen sie ihm Desinteresse, Gleichgültigkeit, Teilnahmslosigkeit vor. Und vielleicht haben sie Recht. Sie haben entdeckt, dass sich hinter dem verständnisvollen Mann jemand ohne Charakter verbirgt. Sag was, Papa, sag endlich mal was, hat Ana ihn manchmal aufgefordert und er hat gelächelt, Was soll ich sagen? Mach was du willst, es ist dein Leben.

»Aber du verurteilst mich, oder denkst du, ich merke nicht, dass du mich verurteilst?«, hatte Ana geantwortet.

Manchmal hatte Aitor den Verdacht, dass Ana deshalb angefangen hatte, sich mit den Freunden ihres Bruders zu treffen und schließlich mit ihnen mitzugehen, während Luis ambivalent blieb, weil sie ihn, Aitor, zum Handeln zwingen wollte, damit er es ihr verbat oder sie anschrie, und er hatte nur sagen können, dass er es für gefährlich hielt, aber dass sie ja fast erwachsen war und ihre eigenen Entscheidungen treffen musste, und dass seine Tür immer offen wäre, wenn sie zurückkommen wollte. Es lag Verachtung in ihrem Blick, während sie ihm zuhörte, Ana zerrissene Hosen, Ana verschnittenes Haar, Ana Ringe und Piercings und Mief nach ungelüftetem Zimmer, Ana, die sagt, egal, ich komme nicht zurück. Und er antwortete, ruf ab und zu an, deine Mutter wird sich Sorgen machen. Ach, häng dich auf, Papa. Im Ernst, häng dich doch auf. Als ob sie ein für alle Mal jede Möglichkeit der Versöhnung ausschließen wollte.

Und jetzt, bei der Detektivgeschichte, geht die Initiative wie immer von Isabel aus, aber diesmal wird es Aitor sein, der handelt, der sich einmischt, er ist es leid, übergangen zu werden wie ein Hund in der Ecke, der mit dem Schwanz auf den Boden schlägt und mit traurigem Blick demjenigen folgt, der sich vielleicht herunterbeugen und ihn geistesabwesend streicheln oder wortlos vorübergehen könnte. Es reicht, Aitor wird auch auftauchen und tief einatmen. Hier beim Radio wird er seine neue Position behaupten, denn er hat schon gemerkt, dass während der Besprechung, in der Redakteure, Produzent und Ressortleiter das Tagesprogramm durchgehen, niemand aufhört zu reden, wenn er sich einschaltet, während die Ressortleiter Aufmerksamkeit erwarten und sie auch bekommen – nicht uneingeschränkt, aber doch fast –, wenn sie Informationen oder Anweisungen geben, wie ein Thema zu behandeln ist, aber wenn Aitor sagt, sagen wir mal, ich denke, wir sollten die Verträge der Reinigungsfirmen mit der Stadtverwaltung durchleuchten, beginnt der vom Sport zu erzählen, dass er auf dem Weg zur Arbeit in Hundekacke getreten ist, und die aus der Wirtschaft, dass es während des Stadtteilfestes nicht genügend Dixiklos gab, und sie hören nicht auf zu reden, zu lachen, sich Anekdoten zu erzählen, und Aitor sucht nach einem einzigen

Gesicht, das sich ihm zuwendet, nach einem einzigen Mitarbeiter, der zumindest so tut, als würde er ihm zuhören. Es ist vorbei. Die Dinge werden sich ändern, beim Radio und auch zu Hause. Und er wird es sein, der sich in die Beziehung zu dem Detektiv, den Isabel engagiert hat, einmischen wird, er wird nicht zulassen, dass sie machen, was sie wollen, er wird Bedingungen stellen und Anordnungen treffen. Jetzt ist Schluss.

»Aitor, die Sitzung beginnt«, und der Redakteur klopft im Vorbeigehen auf den Schreibtisch.

»Ich komme in zehn Minuten.«

»Ich habe gesagt, sie fängt jetzt an.«

»Und was habe ich gesagt, hörst du mir zu? Hör verdammt nochmal zu.«

Und das Gesicht des Redakteurs, der sich den anderen zuwendet, als sollten sie ihm erklären, was jetzt los ist, aber die sammeln nur ihre Sachen zusammen und haben von der Kränkung nichts mitbekommen oder sie wollen nichts mitbekommen haben. Sie gehen alle zum Sitzungssaal am Ende der Redaktion, und Aitor genießt es, den Newsroom für sich allein zu haben, die leeren Stühle, die Bildschirme im Ruhezustand, als wäre er tatsächlich der Chef dieser ganzen Abteilung.

10

Im dritten Stock rennen Kinder durch die Flure, spielen fangen, verbünden sich und legen Rivalitäten fest, wer mit wem, wann und wo. Lautstark spielen die einen, während andere sich in eine Ecke setzen und ein Buch lesen; die Kleinsten haben sich um eine Frau gruppiert, sitzen, liegen oder schmiegen sich an sie. Eine Frau ohne ein einziges Haar auf dem Kopf (aber denkt nicht an schmerzhafte Krebstherapien, es ist eine freie Entscheidung), die ihnen vorliest und dabei kaum die Stimme erhebt, es ist ein Wunder, dass sie trotzdem gehört wird, und manchmal beugt sich ein Kind vor, um sich das Bild anzuschauen, auf das die Vorleserin mit dem Finger zeigt, schaut, da ist die Maus, da, wiederholt das Kind und drückt ebenfalls sein Fingerchen auf die Seite; im dritten Stock nur Kinderstimmen oder die leisen Stimmen der Erwachsenen, es gibt keinen Fernseher und die einzige Musik, die zu hören ist, stammt von einem Kinderchor: Es war einmal ein guter Wolf, den alle Schafe schlecht behandelten.

Erst als Ana die breiten Treppen des denkmalgeschützten Gebäudes heruntergeht (und wenn es das nicht wäre, hätte man es schon längst renoviert saniert umgebaut für Büros oder Wohnungen), hört sie die Klänge der anderen Musik, die ein Mädchen ganz in Schwarz im Erdgeschoss auflegt (sie hat sie auf dem Weg nach oben gesehen), sie macht oft die DJ und verbringt die Nachmittage hinter einem Mischpult mit zwei Decks neben der Bar, die Kopfhörer aufgesetzt, den Kopf leicht gebeugt, das Haar so schwarz wie ihre Klamotten, ein rhythmisches Zucken bei jedem Basston von Kopf bis Fuß, so konzentriert wie bei Menschen, die innere Stimmen hören,

Stimmen, die weitaus wichtiger sind als alles, was dort draußen passiert, in dieser verzerrten und flüchtigen Welt, in dem virtuellen und phantasmagorischen Raum, den sie Realität nennen.

Ana bleibt im zweiten Stock stehen; in einem der alten Klassenzimmer, das wieder als solches benutzt wird, findet ein Computerkurs statt, der auch von Leuten aus der Nachbarschaft besucht wird, alte Leute, die den Umgang mit E-Mail oder Open-Source-Software lernen möchten. An ihrem ersten Tag im Centro Social hat Ana der Angestellten einer nahe gelegenen Bäckerei geholfen, Skype zu installieren und zu benutzen, damit sie mit ihren Enkeln sprechen kann. Im anderen Klassenzimmer bauen sie einen freien Radio- und Fernsehsender auf, der über das berichtet wird, worüber die traditionellen Medien schweigen.

Ein Gewimmel von Menschen, das Gefühl, sich auf eine Überfahrt einzulassen, deren Ziel du nicht kennst und das dir auch nicht wichtig ist, weil nicht Hunger oder Unglück dich antreiben, sondern Sehnsucht. Es werden auch Yoga und Tangokurse angeboten und eine Schreibwerkstatt, an der Ana teilnehmen will, sobald sie mehr Zeit hat, denn im Moment sind ihre Nachmittage hauptsächlich mit Aufgaben für die Gemeinschaft ausgefüllt: Zusammen mit drei Gefährtinnen hat sie Pflanzen in Metalltöpfen an die Wände des Innenhofs gehängt; Stunden damit verbracht, Parolen mit großen farbigen Buchstaben, wie Schulkinder sie malen würden, auf Transparente zu schreiben: Das CSO gibt nicht auf, Ungehorsam=Freiheit, Freie Kultur Lebendige Kultur, die sie anschließend an den Fenstern befestigt haben; und sie hat sich der Gruppe für politische und soziale Analysen angeschlossen, die sich dreimal pro Woche trifft. Sie hat auch beim Sortieren der Kleidung geholfen, die die Leute im Umsonstladen abgeben: Winterkleidung, Sommerkleidung, Kleider, Mäntel, Röcke. Es gab eine lange Diskussion darüber, ob man zwischen Männer- und Frauenkleidung unterscheiden sollte.

»Das ist einfacher, oder? So weiß jeder, wo er suchen muss«, sagte Ana.

Aber eine Frau, die auf dem Boden saß (hervortretende Wangenknochen, spitzes Kinn, Hände wie eine Pianistin, mit Spinnenfingern), sagte, »nein, auf keinen Fall, wir werden die künstlichen Spaltungen von außerhalb hier nicht beibehalten«.

»Aber man könnte doch wenigstens die Röcke zueinander legen.«

»Aber nein. Niemand hindert einen Jungen daran, einen Rock zu tragen, oder?«

Sie waren zu fünft, vier Frauen und ein Mann, die inmitten von Kleiderbergen saßen, vorherrschende Farben schwarz und grau, und nichts Besseres zu tun hatten, als diese lebenswichtige Frage zu klären, ach, nein, das ist nicht ironisch gemeint, denn wenn Ana etwas begeistert, dann ist es das Bedürfnis, über das scheinbar Offensichtliche zu diskutieren, Tod dem gesunden Menschenverstand, weg mit den lebenslangen Wahrheiten, denn sie sind es, die uns daran hindern, über die vorgegebenen Grenzen hinaus zu denken, Abschaffung der Trennungen Spaltungen Klassifizierungen Abschottungen du bist dies und das bist du nicht, und deshalb gibt Ana ihr Recht, und die dünne Frau lächelt sie an und wirft ihr mit scharf gefeilten Fingerspitzen eine Kusshand zu, warum nicht Hosen und Röcke, Blusen und Hemden, Stiefeletten in Größe fünfunddreißig mit Springerstiefeln in Größe vierundvierzig mischen? Auf dass jeder den Platz ausprobiert, den er oder sie in der Welt einnehmen möchte, und der einzige Mann in der Gruppe steht auf, zieht seine Jeans aus, schwarz hauteng zerrissen Relikt Identitätsmerkmal schon lange, wühlt sich durch einen der Stapel und wirft die verschmähten Kleidungsstücke in die Luft, er findet einen kurzen Rock, hebt ihn hoch und hält ihn ausgestreckt vor sich in den Händen, als wolle er sich vergewissern, dass er genau das ist, was er gesucht hat, und zieht ihn an, aber nicht, um es ins Lächerliche zu ziehen wie die Typen, die jeden Karneval als Gelegenheit nutzen, sich mit Tutu, rosa Perücke und mit vielen Taschentüchern ausgestopftem BH zu verkleiden, sie sind ja so lustig, so männlich als Mädchen verkleidet, wenn sie so lächerlich sind, dann deshalb, weil sie sehr, sehr männlich, eben echte Männer sind, sie wollen damit ausdrücken, eine Verwechslung ist unmöglich, aber nein, der junge Mann wirkt weder lächerlich noch macht er sich zum Idioten, indem er mit piepsiger Stimme redet oder sich affektiert bewegt, er setzt sich wieder, als sei es das Normalste auf der Welt, und wirkt mit dem Minirock um die dürren, behaarten Beine eher rührend, auf dem Boden mit den anderen, weil es hier keine anderen Unterschiede gibt als die, die jeder für sich will, nichts Vorgegebenes Geordnetes Aufgezwungenes, das Leben als Suche und Versuch, um herauszufinden, ob es sich hier oder dort, in dieser oder jener Haltung richtig anfühlt, mit dem Gestus, den du seit deiner Kindheit in dir trägst, oder vielleicht kannst du einen neuen ausprobieren, dem Format entkommen, das dir von der Welt zugewiesen wurde, wachsen oder schrumpfen.

Ana läuft durch das besetzte Haus wie Alice hinter den Spiegel, aber ohne Furcht, nur verwundert und neugierig, glücklich, die Pforte gefunden zu haben, um der vorhersehbaren Geometrie der Normalität zu entkommen.

»Hilfst du mir«, fragt sie ein Typ, dessen Namen sie vergessen hat; sie ist noch dabei, sich zwischen den vielen neuen Gesichtern in den labyrinthartigen Gängen des Centro, in seinen Gebräuchen und seinen ungeschriebenen Regeln zurechtzufinden (ja, es stimmt, auch hier gibt es Regeln, auch wenn sie durch das tägliche Miteinander und die Bedürfnisse entstehen).

»Womit?«

»Ich muss den Tisch runterbringen, wir machen eine Party und einige Leute haben was zu essen mitgebracht.«

Sie gehen vorsichtig hinunter, denn der Tisch, der vor Jahrzehnten, vor Jahrhunderten, vor einer Ewigkeit dem Rektor gehört hat, ist schwerer als er aussieht, dieser Tisch einer primitiven Welt vor den kleinen Aufständen der jungen und nicht mehr ganz so jungen Menschen; vorsichtig, damit die Ecken nicht gegen die Wand oder das Geländer stoßen, und um sich nicht die Finger zu quetschen, ein junger Mann kommt dazu, um zu helfen, packt an einer Seite mit an, doch das macht den Abstieg noch schwieriger, mit drei Leuten kommt man kaum

um die Kurven, aber wie soll man den guten Willen zurück-
weisen, sie erreichen den Eingangsbereich, nach kurzem Zögern, ob sie den Tisch in den Hof hinausbringen sollten, stellen sie ihn doch hier ab, wo bereits das Essen in Tüten, Kartons
und auf Tabletts steht und weil die anderen ihre Ankunft be-
klatschen, als kämen sie von einer langen Expedition zurück,
und man zieht Stühle heran und verteilt das Essen auf dem
Tisch, es riecht nach Bier und Marihuana, und alle hier im
Foyer wirken wie schlecht bezahlte, aber enthusiastische Schauspieler einer alternativen Filmproduktion, und die DJ beschallt
plötzlich die Wände mit einer Musik, dass Ana das Gefühl hat,
ihr bleibt mit jedem Basston das Herz stehen, die Membranen
der Lautsprecher und ihre Herzkammern vibrieren wie Trom-
melfelle im Einklang.

Es stimmt schon, dass die Klassenzimmer sauberer sein
könnten, es würde nicht schaden, wenn die Leute ihren Dreck
in die Mülleimer werfen und einen Lappen nehmen würden,
um ihre verschütteten Getränke aufzuwischen, und wenn alle
mithelfen würden und wenn es nicht die gäbe, die ihre Mit-
streiter mit der gleichen Unverfrorenheit ausnutzen, mit der sie,
sobald sie müde sind, den Revoluzzer zu spielen, ein Büro Geschäft Redaktion was auch immer leiten werden, alles könnte
besser und ehrlicher sein. Ana bedauert auch, dass sie bei den
legendären Momenten der sagenumwobenen Verteidigung des
besetzten Hauses noch nicht mit dabei war: Es gab zwei Räu-
mungsversuche, den zweiten erst zwei Wochen bevor sie kam,
obwohl sich das Epos aus der Nähe betrachtet als unbedeutend
entpuppen kann: Es gab weder Kämpfe noch Verfolgungsjag-
den, weder Molotowcocktails noch maskierte und vermummte
Jugendliche und wie römische Zenturien vorrückende Polizisten; nur eine Gruppe von Aktivisten, einige wenige Nachbarn
(lasst die Jungs und Mädchen in Ruhe, sie tun doch niemandem weh), Verbündete aus anderen besetzten Häusern und
aus Initiativen gegen Räumungsbedrohungen vor der Tür, geschützt hinter vier Metallabsperrungen, von einer nahegelege-
nen Baustelle ausgeliehen, zwei Polizeiwannen am Anfang der
Straße, ein paar Bullen von der Stadt vor dem Centro Social,

ohne Helm oder Schild, unentschlossen, denn aufgrund der neuen Mannschaft im Rathaus wissen sie nicht, wie weit sie gehen können, statt zu diskutieren, unterhalten sie sich eher mit den zwei Vertretern des Kollektivs, die klarstellen, dass sie das Gebäude nicht räumen werden, dass es eine Lüge ist zu behaupten, sie würden den Bürgern von Madrid etwas wegnehmen, niemand hat diesen Raum genutzt und jetzt wollen sie eine Selbstverwaltung im Dienste der Bürger, die Stadtbullen nicken, ohne ihnen in die Augen zu schauen, und wiederholen, dass es sich um Eigentum der Stadt handelt und sie können es nicht einfach ohne Weiteres besetzen, dann soll halt ein Vertreter der Stadtverwaltung kommen, wir unterbreiten ihm gern unseren Plan zur Nutzung des Gebäudes, ein Gespräch ohne klares Ziel und ohne Nachdruck, mit der Verdrossenheit von jemandem, der ein Formular ausfüllt, denn wen von der einen oder anderen Seite will man schon überzeugen, die Bullen wollen bloß ihr Gesicht wahren, nachdem sie von drei oder vier Besetzern die Personalien aufgenommen haben, rücken sie wieder ab, auch deshalb, weil die Jungs kollaborieren, obwohl, wenn sie sich geweigert hätten, hätten sie sie trotzdem nicht in Gewahrsam genommen.

Ja, es stimmt schon, die Welt könnte besser sein, perfekter, aber Ana weiß, in ihrem Alter, mit siebzehn, dass es keine schlimmere Utopie gibt als die, die in Erfüllung geht. So begnügt sie sich damit, in dieser im Werden befindlichen Welt zu leben, in dieser schwachen, stets bedrohten Hoffnung. Darum verbringt sie ihre Vormittage im El Agujero und ihre Nachmittage im Centro Social, ihr privates Leben ist zu gemeinschaftlichem Sein und Tun geworden, wer hätte das gedacht, von ihr, die sie in der Schule den Tag damit verbracht hatte, die Klassenkameraden zu meiden, indem sie am Schreibpult oder auf dem Boden im Flur las, zunächst nur ausgelacht, nahmen ihr die Blödesten später das Buch weg, um den Titel oder den Anfang des Textes mit gekünstelter Stimme vorzulesen, als wäre es lobenswert, das Lesen zu verachten, und vergaßen sie schließlich, bereits daran gewöhnt, dass Ana in ihrer eigenen Welt blieb, in einer anderen Welt, und luden sie nicht

mehr zu Partys ein, zu Ausflügen mit der Gruppe, dazu, schwächere Klassenkameraden zu mobben, nicht mal mehr dazu, gegen den einen oder anderen Lehrer zu protestieren, der einen
Test am ersten Tag nach den Ferien angesetzt hat. Früher hätte sie gern in einem schalldichten Zimmer gelebt; heute lebt
sie in einem bevölkerten Raum, offen, und scheinbar grenzen-
los.

11

Hört man jemals auf, ein Kind zu sein? Mit vierzig Jahren versuchen, nicht auf die Linien des Bürgersteigs zu treten. Erraten, ob das nächste Auto, das um die Ecke kommt, weiß sein wird. Schätzen, welches Fahrzeug als nächstes an der Ampel halten muss. Wetten, ob die U-Bahn in die Station einfährt, bevor du bis sechzig gezählt hast. Im Supermarkt spielt Aitor Pac-Man. Er schiebt den Einkaufswagen so schnell wie möglich vor sich her: Wenn er am Ende eines Ganges abbiegt oder den nächsten Gang betritt und mit einem Verkäufer oder einem Kunden zusammenstößt, hat er verloren. Als Kind hatte er eine Spielkonsole von Atari und spielte Pac-Man. Sein erstes Videospiel. Heute durchläuft er das Labyrinth dieser riesigen Verkaufsfläche, als wäre er acht Jahre alt. Nebenbei kauft er ein, was er für das Wochenende braucht. Er weiß nicht, ob Luis da sein wird, aber er rechnet ihn mit. Doppelt so viel Bier, doppelt so viel Schinken. Die Hintergrundmusik kommt ihm vage bekannt vor. Er summt sie vor sich hin, während er den Wagen bis zum Ende des Gangs schiebt, er zögert eine Millisekunde lang, ob er nach links oder rechts abbiegen soll. Er entscheidet sich für Letzteres. Beinahe reißt er eine Frau um. Er setzt an, sich zu entschuldigen, und braucht einen Moment, um sie wiederzuerkennen.

»Fast hättest du die Mädchen erwischt.«

Sie zeigt auf die beiden identischen Babys im Kinderwagen.

»Entschuldige, ich war in Gedanken. Wie geht es dir?«

Dünner, viel dünner, und nicht nur aufgrund der Geburt. Aitor könnte nicht genau sagen, was anders war. Ihr Haar sieht trocken aus, als brauchte es ein revitalisierendes Shampoo oder eine Spülung. Im Sender hat ihre rote Mähne immer geleuchtet, sie wehte hinter ihr her wie eine flatternde Fahne, die ein Territorium markiert. Vielleicht ist es nur das, das ungepflegte Haar, und wenn sie auf ihn ausgelaugter und erschöpfter wirkt, dann liegt es an seinem schlechten Gewissen, das sich ihre Wut und ihren Absturz vorstellt.

Aitor deutet auf die Mädchen, die in ihrem Zwillingswagen nebeneinander schlafen, trotz der Klimaanlage klebt ihnen das verschwitzte Haar an den Köpfchen.

»Wie friedlich sie sind.«

»Ich sediere sie. Ich gebe ihnen Beruhigungsmittel, damit sie mich nachts in Ruhe lassen. Manchmal wirkt es bis mittags.«

Carolina sagt das ohne zu lächeln, ohne ein Augenzwinkern, aber sie hatte schon immer einen trockenen Humor, eher eine Waffe als ein Mittel, um Heiterkeit oder Sympathie auszulösen.

»Wie läuft's?«

»Für dich gut, oder? Nach dem, was ich so gehört habe. Ich freue mich für dich.«

»Hast du Lust auf einen Kaffee?«

Carolina beugt sich über den Kinderwagen und zieht die Decke ein wenig herunter, so dass Brust und Arme der beiden Babys frei liegen. Sie schlafen wie alle Babys, Arme oben, Kopf zur Seite. Sie halten sich an den Händen. Die Gesichter zerknittert, die Lider gewölbt, die Näschen winzig; die Geburt wird noch nicht lange her sein.

»Nun gut, einen Kaffee. Hier, in dem Café neben dem Supermarkt.«

»Prima, ich lasse meine Einkäufe einfach hier stehen. Nachher hole ich sie wieder ab, es wird sie schon niemand mitnehmen.«

»Die Mädchen auch nicht, leider. Aber wenn ich sie hier lasse, kommt sicher jemand und macht mich runter.«

Das Café ist ein Selbstbedienungsladen. Aitor stellt sich mit einem Tablett in der Schlange an, sie geht parallel auf der anderen Seite der Plastikabsperrung entlang.

»Espresso, Americano?«

»Doppelter Espresso.«

»Ich auch. Mit ein wenig Milch?«

Carolina schüttelt den Kopf, ohne ihn anzuschauen. Aitor nimmt ein paar Tütchen Zucker und bezahlt. Es gibt einen freien Tisch am Fenster, aber Carolina wählt einen in der Mitte des Raums und des Trubels. Sie rühren viel länger im Kaffee herum als notwendig gewesen wäre, um den Zucker aufzulösen. Die Zwillinge schlafen weiter. Sie haben einander losgelassen, die Köpfe voneinander abgewandt. Sie liegen so nah beieinander, dass man sie für siamesische Zwillinge halten könnte.

»Sie haben es dir wohl erzählt. Hältst du es nicht für mies?«

»Welchen Teil?«

»Dass ich deine Stelle angenommen habe.«

»Du würdest mir antworten, dass einer es tun musste.«

»Sie haben mir den Posten nicht angeboten, bevor sie dich entlassen haben, ich schwöre es dir. Ich wusste von nichts. Es war nicht einmal geplant.«

»Das macht keinen Unterschied. Mich werfen sie raus, du wirst befördert. Und an dem Tag, an dem ich mit der Kündigung aus dem Büro komme, gehst du hinein.«

»Ich sage dir doch, ich wusste von nichts. Ich habe es erst eine Woche später erfahren.«

Carolina schaukelt nervös den Kinderwagen hin und her, so dass die Babys zusammenzucken. Sie verziehen den Mund, strecken die Ärmchen, seufzen unisono. Aitor würde jetzt selbst gerne die Mädchen schaukeln, heftig, sie aufwecken und sie zum Weinen bringen.

»Wie heißen sie?«

Carolina wirft ihnen einen unwilligen Blick zu.

»Melissa und Alicia.«

»Wer ist wer?«

»Was weiß ich. Ihnen ist es einerlei. Irgendwann lasse ich ihnen ein Erkennungszeichen machen.«

Carolina lacht. Sie schaut ihm zum ersten Mal in die Augen.

»Du wirst denken, dass ich eine fürchterliche Mutter bin.«

»In Wahrheit …«

»Du sagst fast nie die Wahrheit, deswegen bist du noch da, wo du bist. Nein, nicht dass du aktiv schleimst oder lügst, es weiß nur niemand, was du denkst, wir sehen immer nur dein freundliches Gesicht. Wie auch immer, es spielt keine Rolle mehr. Jetzt. Aber keine Sorge, ich misshandele sie nicht. Ich schaffe es nur nicht, mich zu begeistern. Wenn jemand mir anbieten würde, sie zu nehmen und sich um sie zu kümmern, würde ich, glaube ich, ja sagen. Glaube ich. Ganz sicher bin ich mir nicht. Und du? Wie läuft es für dich in der neuen Position?«

»Es ist eine Herausforderung.«

»Ach Scheiße, red nicht mit mir, als wären wir in einem Motivationsseminar. Ich bin nicht sauer. Ganz im Ernst. Für mich ist es vernünftig, dass du angenommen hast.«

»Ich schätze, man kann es wohl am besten so ausdrücken, dass mir der Arsch auf Grundeis geht.«

»Du wirst dich schnell daran gewöhnen, im Ernst. Du wirst merken, es ist alles sehr einfach, du hast es tausendmal mitgekriegt. Außer in Notfällen, bei einem Terroranschlag oder einer Naturkatastrophe, könnten sie auch ohne dich funktionieren. Und dann, eines Tages, akzeptierst du, dass du genau dann, wenn du es am wenigsten erwartest, richtig Mist bauen wirst und dir der Himmel auf den Kopf fallen wird.«

»Wie den Galliern bei Asterix.«

»Aber vielleicht merkt auch niemand, wenn du es vermasselst, denn im Grunde genommen ist es allen ein bisschen egal.«

Carolina lacht und Aitor wundert sich, dass Carolina so viel lachen kann. Lachen, als ob das Leben trotz all der Ohrfeigen, die es dir verpasst, lustig wäre. Ohrfeigen eines Clowns. Stolpern, um Gelächter zu ernten. Falsche Tränen. Carolina wechselt von einem konzentrierten Ausdruck über Wut zum fröhlichsten Lachen der Welt. Sie ist nicht geschminkt. Das ist der andere Unterschied. Sie hat sich weder die Lippen noch die Augen geschminkt, vielleicht sieht sie deshalb so viel müder aus, als als sie noch beim Sender arbeitete. Und überhaupt, du kannst nicht dein Leben damit verbringen, den Kopf einzuziehen und auf den nächsten Schlag zu warten.

»Du suchst eine neue Stelle, nehme ich an. Wieder beim Radio?«

»Radio, Online-Redaktionen, Fernsehen. Was auch immer. Ich habe zwei Kinder. Vierzig Jahre und zwei Kinder. Und frag mich nicht, wie zum Teufel ich schwanger werden konnte. Aber ich sag dir: Ich habe es nicht erwartet.«

»Aber es gibt doch Möglichkeiten, ich meine, du bist ja nicht katholisch oder so was.«

»Ich habe nicht erwartet, dass sie mich rauswerfen. Ich bin davon ausgegangen, dass sie den Anstand haben, sich an den Vertrag zu halten. Sie haben kein Herz, Aitor. Wirklich, sie haben kein Herz. Ich würde so etwas niemandem antun.«

»Du kannst dir nicht vorstellen, wie leid mir das tut. Im Ernst. Und dein Mann?«

Carolina lacht erneut auf, aber diesmal bleibt die Heiterkeit irgendwo stecken, erstickt sie fast, sie schluckt und errötet.

»Mein Mann ist arbeitslos. Auch er ist entlassen worden. Zwei Wochen nach mir. Ohne Abfindung. Konkurs des Verlags. Ich glaube, sie hatten sich schon lange darauf vorbereitet und das Kapital rechtzeitig aus dem Unternehmen abgezogen.«

Was sagst du jetzt, was kannst du in so einem Moment schon antworten? Dass es dir leidtut, schon wieder? Oder dass es eine bodenlose Sauerei ist? Oder hältst du den Mund, schaust auf die Babys, legst eine Hand auf den Kinderwagen, greifst mit der anderen nach der Kaffeetasse und schüttelst den Kopf? Was tun, wenn dein Gegenüber gerade untergeht, während du dich über Wasser hältst?

»Wenn ich dir irgendwie helfen kann, ehrlich, ein Darlehen, fristlos. Und ohne Zinsen.«

Carolina schüttelt den Kopf.

»Ich habe immer wieder vom System reden gehört, von der Kritik am System. Und ja, ich hatte den Eindruck, dass sie Recht hatten, dass das System unmenschlich ist. Aber ich habe mir eingebildet, dass es irgendwo außerhalb ist, weiter weg, dass es mich nicht direkt betrifft, also habe ich Geld an verschiedene NGOs gespendet, um zu helfen, um mich nicht zu privilegiert zu fühlen.«

»Ich meine es wirklich ernst, wenn ich dir anbiete, euch zu helfen.«

»Willst du sie wirklich nicht nehmen? Sie weinen wenig, obwohl ich sie nicht sediere.«

Carolina nimmt Aitors Hand, schüttelt sie freundlich. »Ich muss gehen.«

»Du hast gar nichts eingekauft.«

»Ich bin nicht gekommen, um einzukaufen, sondern nur, um ein paar Dinge zu stehlen.«

Carolina steht auf, schiebt den Kinderwagen aus dem Weg und küsst Aitor auf die Wange.

»Wirklich.«

»Ja, ja, wir werden sehen. Ich weiß, wo ich dich finde. Und lass nicht zu, dass sie dich auch verarschen.«

»Ich glaube nicht. Es scheint sich alles beruhigt zu haben.«

»Lass es nicht zu. Zieh dir Boxhandschuhe an. Sei auf der Hut. Weißt du, was so furchtbar ist: Egal welche Entscheidung du triffst, sie ist immer ungerecht. Selbst wenn du der gutherzigste Mensch auf Erden wärst. Weil der Kontext nicht stimmt. Das Scheißsystem. Hör auf mich. Ich habe auch nicht so recht daran geglaubt.«

Carolina geht, den Kinderwagen vor sich her schiebend, zum Ausgang. Die Glastür öffnet sich für sie, aber sie bleibt stehen. Sie wird sich noch dreimal öffnen, bis sie schließlich hindurchgeht, dabei verwandelt sie sich in eine Stoffpuppe, als hätten ihre Knochen ihre Festigkeit verloren. Sie bleibt erneut stehen, als müsste sie sich orientieren, eine Frau sucht den Ausgang aus einem Labyrinth von Sackgassen. Die Traurigkeit scheint sie in eine Richtung zu treiben, ohne dass ihre Füße sie irgendwohin trügen. Aitor braucht ein paar Minuten, bis er es schafft, ebenfalls aufzustehen, er muss zurück, um seinen Einkauf zu holen. Erst an der Kasse fällt ihm auf, dass jemand den Schinken aus dem Wagen genommen hat.

12

Es sieht aus wie in jeder anderen Wohnung, es fehlt nur der Fernseher. Vier Holzstühle um einen Tisch, ein Sofa, ein Couchtisch, ein Regal voller Bücher. Es sieht nicht aus wie das Büro eines Privatdetektivs; es sieht nicht einmal wie ein Büro aus. Es riecht nicht nach Zigaretten, weder hängt ein Hut an der Garderobe, noch begrüßt er sie mit hochgelegten Füßen auf dem Schreibtisch, auf dem eine leere Flasche steht. Dieser Privatdetektiv trägt Jeans und ein weißes Hemd mit feinen blauen Streifen. Schwarze Sportschuhe, Seitenscheitel. Sportuhr.

»Javier mein Name, schön Sie kennenzulernen, kommen Sie herein«, sagt der Detektiv. Nach der Vorstellungsrunde und auf Bitte dieses Mannes, der viel zu jung ist, um die Solidität und Zuverlässigkeit für einen so delikaten Auftrag ausstrahlen zu können, setzen sich Isabel und Aitor auf das Sofa. Er zieht einen der Stühle heran und sucht in seinem Handy nach der Aufnahmefunktion.

»Wenn es Sie stört, schalte ich es aus, aber so kann ich mich auf das, was Sie mir erzählen, konzentrieren, ohne mir Notizen machen zu müssen.«

Isabel und Aitor tauschen einen stummen Blick aus, keine Einwände.

»Jedenfalls habe ich mir aufgeschrieben, was Sie mir am Telefon erzählt haben: Ana, siebzehn Jahre alt, ist von zu Hause weg, wohnt seit fast anderthalb Monaten in einem besetzten Haus, hat sich Anarchisten angeschlossen, könnte vielleicht in ein wenig illegale Dinge verwickelt gewesen sein ...«

Der Privatdetektiv lächelt, schaut seine potenziellen Auftraggeber verständnisvoll an: »In Wirklichkeit gibt es nichts, was ein wenig illegal ist«, sagt er, »entweder es ist illegal oder es ist es nicht. Eine andere Frage ist, ob man erwischt wird.«

Isabel und Aitor warten. Bis auf die wenigen Worte, mit denen sie ihn begrüßt haben, haben sie noch nichts gesagt. Der Detektiv vermutet, dass sie sich schuldig fühlen, dass sie wahrscheinlich am Sinn ihrer Anwesenheit hier zweifeln. Jemanden damit zu beauftragen, die eigene Tochter auszuspionieren, bestätigt, dass man versagt hat. Und außerdem ist es ein Verrat an der Tochter. Sie beruhigen, ihnen zu verstehen geben, dass diese Situation häufiger vorkommt als sie denken. Und dass wir letztendlich für unsere Kinder riskante Dinge tun. Wir wollen das Beste für sie, auch wenn sie es nicht immer verstehen, all das.

»Haben Sie Kinder?«, fragt Isabel.

Der Detektiv zieht die Augenbrauen hoch und schüttelt den Kopf.

»Noch nicht.«

Hätten sie einen Detektiv vorgezogen, der selbst Vater ist, jemanden, der weiß, wie schwer es ist, ein Kind großzuziehen und dass die Pubertät eine schreckliche Phase für die ganze Familie ist?

»Wenn ich richtig verstanden habe, wünschen Sie, dass ich Anas Aufenthaltsort in Erfahrung bringe und Ihnen Bericht erstatte. Sie erwarten nicht, dass ich sie verfolge und herausfinde, was sie so treibt.«

»Das ist das Gleiche, oder?«, fragt Aitor. »Wenn Sie herausfinden, wo sie ist, dann wissen Sie auch mehr oder weniger, was sie macht.«

»Nein. Um das herauszufinden, muss ich vielleicht nicht einmal vor Ort sein. Oder nur, um sicherzustellen, dass sie dort ein- und ausgeht. Aber ich würde ihr nirgendwo anders hin folgen, oder Fotos machen, oder versuchen …«

»Und wenn Sie entdecken, dass unsere Tochter etwas Illegales macht?«

»Dann muss ich das zur Anzeige bringen.«

Der Blick der Eltern enthält alles: die Angst und ihre Komplizenschaft, auch die mit ihrer Tochter. Diese Herrschaften, die gegen kein Gesetz verstoßen würden (das Steuergesetz mal ausgenommen), die es aber angesichts der möglichen Straftaten ihrer Tochter vorziehen würden, dass diese nicht entdeckt werden, ungeachtet des Schadens, den sie anderen zufügen könnten. Diese Eltern, die einander ansehen und schweigen, sich nicht trauen, ihre Meinung zu sagen, obwohl sie beide dasselbe denken.

»Es reicht uns zu erfahren, wo sie sich aufhält«, sagt Aitor mit fester Stimme, obgleich der Detektiv weiß, dass diese Entschlossenheit aufgesetzt ist, dass sich der Mandant in diesem Moment alles andere als stark fühlt, sondern nur ängstlich darauf bedacht ist zu wissen, was seine Tochter treibt, und sich für die Art und Weise schämt, wie er es herausfinden will.

»Das sieht nach einer unkomplizierten Aufgabe aus. Wenn Sie den Auftrag später erweitern möchten, lassen Sie es mich einfach wissen. Ich brauche dann, am besten per E-Mail, eine Liste ihrer Freunde, die sie kennen. Klassenkameraden.«

»Sie geht nicht mehr zur Schule«, sagt Isabel.

»Das ist egal. Es kann sein, dass sie immer noch Kontakt halten. Sie sagten, Sie haben noch einen Sohn, richtig?«

»Ja, Luis, aber er weiß auch nichts von ihr. Seit Wochen.«

»Oder er behauptet das nur. Trägt er einen Rucksack?«

»Luis belügt uns nicht«, wirft Aitor ein, »dazu hätte er keinen Grund.«

»Rucksack?«, fragt sie nach.

»Ich meine, ist er einer dieser jungen Leute, die überall ihren Rucksack mit sich herumtragen.«

»Ja, einen Lederrucksack, oder zumindest hatte er früher einen, nicht wahr, Aitor?«

»Ich bin nicht sicher.«

»Du siehst ihn doch jeden Tag.«

»Es stimmt, er besitzt einen, aber nicht aus Leder, glaube ich, sondern aus schwarzem Stoff.«

Erst jetzt wird dem Privatdetektiv klar, dass seine Mandanten getrennt sind.

»Ich möchte ihn mit einem Ortungsgerät versehen, einem

GPS-Tracker. Es ist ein winzig kleiner Knopf, der sich leicht in einer Falte oder Naht verstecken lässt.«

Ein weiterer Verrat. Er sieht sie wieder zögern. Den Sohn ohne sein Wissen beschatten lassen. Sicher gehen ihnen jetzt Bilder durch den Kopf, was passieren würde, wenn der Junge das entdeckt. Aber wer im großen Stil sündigt, hat keine Skrupel mehr, auch im kleinen Stil zu sündigen. Sie nicken. Er wird ihnen nicht erzählen, dass das Gerät nicht nur tracken, sondern auch Audioaufzeichnungen machen kann. Die Kunden müssen nicht alles wissen. Es ist besser, ihr Gewissen zu schonen, dafür sind sie sehr dankbar. Er holt das Gerät, ein schwarzer Knopf, legt es auf den Tisch und schiebt es zu ihnen hinüber. Es ist der Vater, der es an sich nimmt und in seine Tasche steckt, ohne es anzuschauen, obwohl er es sicherlich genaustens inspizieren wird, sobald er das Büro verlässt. Sie rührt sich nicht einmal, also hat sie wohl nicht viel Kontakt zu ihrem Sohn.

»Selbst wenn er es entdeckt, wird er nicht einmal wissen, was es ist. Und Sie sind sicher, dass Ana kein Handy hat?«

»Wenn sie eins hat, dann wissen wir nichts davon.«

»Sie wird eine Prepaid-Karte benutzen. Selbst Anarchisten benutzen Handys. Und Computer. Und, wenn Sie mich fragen, Facebook.«

»Nicht auf ihren Namen«, sagt Aitor.

»Und Ihr Sohn?«

»Facebook, Twitter, Instagram.«

»Und Sie haben keinen Hinweis gefunden?«

Aitor errötet. Er errötet wirklich, die Scham ist also echt. Die Scham eines Vaters, der seine Kinder ausspioniert, als würde er sie nackt durch das Schlüsselloch beobachten.

»Das Honorar …«

»300 am Tag, haben Sie gesagt.«

»Plus Mehrwertsteuer.«

Sie nicken. Der Detektiv breitet die Arme leicht aus und richtet sich auf, um anzudeuten, dass er aufstehen will, wartet aber, bis sie es zuerst tun. Noch im Büro gibt er ihnen die Hand.

»Die Liste, sobald wie möglich, bitte«, erinnert er sie, noch an der Tür zum Treppenhaus. »So können wir sofort anfangen.«

»Ich schicke sie Ihnen«, sagt Aitor. Die beiden schauen sich wieder an, sie scheinen nichts mehr zu sagen zu haben, jedenfalls nicht jetzt, auch wenn der Privatdetektiv nicht ausschließt, dass ihn einer von beiden bald anrufen wird, um zusätzliche Anweisungen zu geben oder die Suche ohne das Wissen des anderen zu dirigieren.

Als sie gegangen sind, geht Javier nicht ins Büro zurück.

»Carles!«

Die Antwort kommt von einer der Türen im Flur.

»Ja!«

»Hast du die Papiere ans Ministerium geschickt?«

Schnaufend kommt Carles aus seinem Büro: Er hat den Gang eines Übergewichtigen, die Arme sind vom Körper abgespreizt, die Beine watscheln breit, als würden die Innenseiten der Oberschenkel aneinander reiben. Er scheint jemanden zu imitieren, ohne es selbst zu merken, eine Person, die fünfzig Kilo mehr wiegt als er, wie ein Schauspielschüler, dem sein Lehrer Übungen vorgibt, um in die Rolle zu schlüpfen: Steh jetzt auf, wie es eine Person tun würde, die viel dicker ist als du. Aber er ist so dünn, dass man sofort an eine unheilbare Krankheit denkt.

»Es geht zwar nur um eine Sicherheitsfirma, aber es ist, als würdest du um die Genehmigung ersuchen, einen Spionagedienst einzurichten. Hast du eine Ahnung, wie viele Formulare ich ausfüllen musste?«

»Aber du hast sie alle abgeschickt, oder?«

Carles nickt mehrmals. »Alle, jedes einzelne. Sie haben zwanzig Tage Zeit zu antworten.« Carles nickt noch einmal, eine langsame, bedächtige Bewegung, mit der er jeden Satz einleitet. »Aber du weißt, dass ich es für keine gute Idee halte. Uns geht es gut, so wie es ist. Hörst du mich? Javier, ob du mich hörst?«

Javier antwortet nicht. Er ist es leid zu antworten. Wie bei Paaren, die schon zu lange zusammen sind, gibt es Fragen, die man lieber nicht beantworten möchte, nicht nur weil man es schon Dutzende Male gemacht hat, auch weil die Frage selbst verrät, warum dieses Paar nicht mehr lange zusammenbleiben wird. Bestimmt haben die beiden, die gerade gegangen sind, eine lange Geschichte unbeantworteter Fragen hinter sich. So oder so, er wird die Sicherheitsfirma gründen. Mit oder ohne Carles. Und besser ohne ihn.

13

Wenn du mit nur einem Wort beschreiben müsstest, was du fühlst, wäre es ohne Zweifel das Wort Scham, noch vor dem Wort Wut. Natürlich fühlst du auch Wut, aber die Scham ist vorherrschend, du wirst rot, obwohl niemand dich ansieht. Alfon liegt, alle Viere von sich gestreckt, wie ein Toter auf der Matratze, die er auf der Straße vor der Müllabfuhr gerettet hat; Elena und Yannick haben die Augen geschlossen, und selbst wenn sie sie öffnen würden, glaub nicht, dass sie viel mitkriegen würden, so verloren wie sie sind auf ihrer inneren Reise, in einem Funkenflug der Neuronen, aber du raffst dich ohnehin zu nichts auf, du sagst nur

»Mach das aus. Fuck«,

an Alfon gewandt, aber der rührt sich nicht einmal, er treibt dahin und ähnelt jetzt mehr einem toten Astronauten, der sich in der Umlaufbahn eines verlassenen Planeten dreht, als der Leiche eines Ertrunkenen, und auch du schwebst oder hast geschwebt, bevor die Wörter dich erreichten

»Mach diesen Scheiß aus«,

diese Gruppierungen, die glauben, die Straße gehöre ihnen, die beschlossen haben, dass ihre Rechte mehr gelten als die der anderen, das ist, als wären alle anderen Bürger zweiter Klasse, die keine anderen Befugnisse haben als,

und jetzt ja, versuchst du mühsam, dich von diesem riesigen Kissen zu erheben, auch Ausbeute von Alfons Plünderungsstreifzügen durch die Straßen, Alfon, der von sich sagt, er hat es gerade vor kaum fünf Minuten gesagt, er sei wie die Bewohner jener von Riffen umgebenen Küstenorte, wo unerfahrene Kapitäne ihr Schiff in den Strömungen zerschellen lassen, für die Küstenbewohner keine Tragödie, sie leben vom Aufsammeln des Treibgutes oder der Plünderung der gestrandeten Wracks, aus denen sie alles bergen, was von Wert ist, und die ganze Stadt ist ein großes gestrandetes Wrack, ein leb- und richtungsloses Gebilde, ein Überbleibsel von etwas, eine Ansammlung von Kielräumen, die von Ertrunkenen bevölkert sind, und er nimmt sich nur die Beute, früher gab es ein solches Recht, das Recht sich anzueignen, was das Meer an die Küste geworfen hat, obwohl man dem Meer manchmal nachhelfen muss, und Alfon ist immer bereit zu helfen, ein erstaunter Alfon, mit Pupillen groß wie Sternbilder, Galaxien, Universen,

»Alfon, komm schon, Mann, ich, ich kann nicht«,

es stimmt, du kannst nicht, du versuchst noch einmal aufzustehen, aber die Muskeln deiner Arme und Beine scheinen sich aufgelöst zu haben, nur Knochen, die du nicht steuern kannst, so dass dir nichts anderes übrig bleibt als zu hören, dass diese jungen Leute, oder nicht mehr ganz so jungen Leute, die glauben, sie hätten das Recht, einem Politiker ins Gesicht zu spucken, nur weil er (oder sie) ein Politiker ist, oder einen Polizisten zu beleidigen oder einem Unbekannten sein Eigentum wegzunehmen oder eine Windschutzscheibe einzuschlagen, sind nichts anderes als ein Symptom der permissiven Gesellschaft und neuer politischer Gruppierungen, die sich die Unverfrorenheit der verwöhnten Kinder dieser Generation zunutze machen, einer Generation, die es aufgrund der Krise und der hohen Arbeitslosigkeit sicherlich nicht leicht hat, aber statt wie unsere Eltern, wie wir, zu kämpfen, denn es gibt keine Generation, die sich nicht Problemen und Widrigkeiten stellen muss, protestieren sie oder besser gesagt sie jammern herum und zerstören das Eigentum aller,

das ist der Moment, an dem du endlich auf die Knie kommst, du krabbelst wie als Kind, und du stützt dich auf Alfons Körper ab, der dir die Hand hinhält, als würde er dich zum Tanzen auffordern, und du bist verwirrt, du erinnerst nicht einmal mehr, was du genommen hast, was das für Pillen waren, die Alfon dir hingehalten hat, wie einem Kind eine

Überraschung, rate mal, in welcher Hand, jaaaaa, und du schaffst es bis zum Regal und schaltest das verdammte Scheißradio aus, und du spürst eine solche Erleichterung, dass dir die Knie weich werden, als du endlich die Stimme deines Vaters nicht mehr hörst, die immer noch sagt, dass die Autorität, und dass das Beispiel und dass die Gesellschaft,

»Was ist los, Alte, was machst du denn da, hey, komm, leg dich zu mir, aber warum weinst du denn, komm, komm her zu Onkel Alfon, so ist gut, Mist, was siehst du traurig aus. Komm, es ist vorbei, jeder hat mal einen schlechten Trip, obwohl schlechte Trips können auch geil sein, später, wenn du dich an sie erinnerst, es ist, als käme man aus einer Höhle heraus, in der man eingesperrt war, warum ich dir das erzähle? Keine Ahnung, habe ich vergessen, aber weine nicht, dann werde ich auch traurig.«

Und dann rülpst Yannick und scheint für ein paar Sekunden wach zu sein, schaut sich um, schnuppert an Elenas Haar, was für ein Rummel, sagt er, bevor er die Augen wieder schließt, und jetzt fühlst du dich viel besser, du hast geweint und fertig, aber jetzt hast du keine Lust mehr dazu, wozu. Dir geht es gut, du machst was du willst, wo du willst, mit wem du willst. Und wenn jemand die Welt nicht versteht, wie sie sein wird, wenn die Ketten bersten, die sie niederhalten, blöd für ihn. Was zählt, ist, dass du dabei bist und ein Teil davon bist. Dass auch du die nötige Energie erzeugst, du bist ein Teilchenbeschleuniger, genau wie es deine Freunde sind. Wenn ihr euch alle an den Händen haltet, bricht das Unwetter los. Und alles andere ist zweitrangig. Alles andere ist egal. Fast.

14

Wenn es ihm seine Arbeit erlaubte, holte Aitor Ana von der Schule ab. Nicht oft, und immer versuchte er, einen guten Vorwand zu finden. Die Behauptung Das macht mir nichts aus oder Ich war gerade in der Nähe führte nur dazu, dass Ana die Stirn runzelte und sagte, du nervst, Papa. Eine genaue Begründung war erforderlich: Ich war gerade beim Notar, nur zwei Straßen weiter, oder: Du weißt ja, dass ich immer in diese Werkstatt an der Ecke fahre, und der Wagen musste zur Kontrolle. Und dann, während der Fahrt, verhielt er sich wie in einem Theaterstück, sich jedes falschen Worts bewusst, jeder übertriebenen Intonation, jeder unpassenden Geste. Es gab inzwischen nur noch wenige Themen, über die sie sprechen konnten, ohne dass es zu Spannungen führte, ohne dass Ana schnaubte oder ihr dieser Ton gezügelter Gereiztheit entfuhr, als hätten sie Jahrzehnte miteinander verbracht, eine Ehe geführt, in der jede Geste eine Geschichte beinhaltet und jede Wunde sich über einer anderen Wunde öffnet. Aber am letzten Tag, an dem er es wagte, sie abzuholen, schien alles gut zu gehen, Aitor hatte alle Klippen umschifft und sie kamen ohne Streit oder Vorwürfe oder sarkastische Bemerkungen zu Hause an. Als sie ins Haus traten, war Aitor zufrieden, er lief den Flur hinunter, rief den Fahrstuhl, ging auf dem gleichen Weg zurück und öffnete den Briefkasten. Er blätterte in den Werbesendungen, während er dachte, dass alles in Ordnung wäre, wenn er seine Tochter von der Schule abholte, auch wenn sie sechzehn war, wenn er sich ein wenig Mühe gab, hatten sie keinen Grund zum Streiten. Er schmiss die Werbung für Pizzaservice und Zahnkliniken in den Plastikkorb, der genau dafür in der Ecke stand, damit alle das überflüssige Papier, das die Briefkästen verstopfte, sofort wegschmeißen konnten. Sie hatten es in der letzten Nachbarschaftsversammlung beschlossen, zehn dafür, vier dagegen, weil die Leute das Papier sonst auf den Boden werfen, etc. Das ist der Erfolg der demokratischen Beteiligung: sich darauf zu einigen, einen Papierkorb aus Plastik zu kaufen.

»Was machst du?«

»Wie bitte?«

»Was machst du da?«

»Ach, das. Das ist nur Werbung, es ist keine Post da.«

»Ich meine, warum du den Fahrstuhl rufst und dann zurück zum Briefkasten gehst.«

»Ich weiß nicht. Um Zeit zu sparen.«

»Zeit zu sparen?«

»Während der Fahrstuhl runterkommt, hole ich die Post und so spare ich Zeit. Sonst müsste ich erst den Briefkasten öffnen, die Post herausnehmen, ihn schließen und dann zum Fahrstuhl gehen und warten, bis er kommt.«

»Mit anderen Worten, du sparst zwanzig Sekunden.«

»Keine Ahnung. Oder dreißig.«

»Und was machst du mit den eingesparten Sekunden?«

»Es sind nicht einfach zwanzig Sekunden. Es sind jedes Mal zwanzig Sekunden.«

»Und dann wunderst du dich über meine Ideen.«

»Ich verstehe nicht.«

»Deine Welt, Papa, deine Welt, in der es wichtig ist, zwanzig Sekunden zu sparen, geht mir am Arsch vorbei.«

»Sprich nicht in diesem Ton.«

»Häng dich doch auf, Papa, im Ernst.«

»Ana, was ist los mit dir? Willst du die sieben Stockwerke etwa zu Fuß gehen?«

So war es immer, seit sie vierzehn oder fünfzehn war, diese Diskussionen wegen nichts und wieder nichts und dann, wenn er es am allerwenigsten erwartete. Diese Diskussionen, die ihm zeigen sollten, wie beschränkt die Welt war, in der er lebte, und wie groß jene, nach der sie strebte. Eine Welt, in der man weder Sekunden noch Minuten noch Stunden zählte. Und er stand einige Augenblicke lang da und starrte auf seine Hände, als wäre er überrascht, dass sie leer waren, ging schließlich zum Fahrstuhl, trat ein und verharrte regungslos. Als er wieder in der Lage war, auf den Knopf zu drücken, und der Fahrstuhl sich in Bewegung setzte, dachte Aitor, dass er gerade die zwanzig gewonnenen Sekunden verloren hatte, diese zwanzig lächerlichen Sekunden, die ihn von seiner Tochter trennten.

Danke für das Dach über unseren Köpfen
dass wir geschützt sind vor Blitz und Hagel,
danke für den Raum, wenn auch winzig,
in dem wir hausen,
danke für die Speisen, die ihr uns jeden Tag opfert
als wären wir Götzen oder Tyrannen,
und für Medikamente und Wasser,
um das wir nicht einmal zu bitten brauchen.
Danke für die Ordnung, die ihr in unser Leben tragt,
die Nacht und Tag, den Rhythmus von Wachen
    und Schlafen bestimmt,
danke, weil ihr die, die unter uns sterben
von uns Lebenden fernhaltet, damit uns der Schrecken
    nicht überwältigt
angesichts des unvermeidbaren Schicksals.
Danke,
wahrlich, danke für das Geschenk des Wesentlichen
und für den Wegfall von eitlem Luxus und
    unergiebigem Müßiggang.
Tausendfach Dank für ein Leben ohne Sorgen
ohne Streben, denn alles ist uns gegeben,
für jeden gleich, ach, ja,
danke für die Einführung der Gleichheit
für den Wegfall von Hierarchien und Privilegien,
und danke nochmals,
weil wir uns nicht mehr hinreißen lassen von Zorn
    und Wut

und unsere Schwestern verletzen,
und schon verstümmeln wir uns nicht mehr in blinder
  Raserei,
und geben uns zufrieden mit unserer kleinen Parzelle
ohne Gier nach Eroberung,
danke also, für das Stutzen von Krallen und Schnäbeln,
danke für Frieden, für Gleichheit, für Gerechtigkeit,
für den Schutz bis zum Tag, nicht weit entfernt,
unseres Todes.

Auszug aus dem Gebet der dankbaren Hühner.

15

Ana ist dabei, eine Wand des Zimmers blau zu streichen. Die
Farbrolle in der Hand, balanciert sie auf einem wackligen Hocker; auf dem letzten Plenum haben sie sich darauf geeinigt, dass
sie, da sie keine Einnahmen hat, abgesehen von dem Wenigen,
was sie am Wochenende auf dem Markt verdient, durch Ma-
lerarbeiten und kleine Reparaturen zur Gemeinschaft beitragen
kann, auch indem sie öfter einkaufen geht oder die Container
der Supermärkte nach abgelaufenen Lebensmitteln durchsucht,
obwohl sich das immer weniger lohnt, da sich immer mehr
Menschen dem widmen, was Alfon die Aufgabe der primitiven
Sammler nennt.

Alfon beobachtet sie von seinem Schreibtisch aus, an dem
er eine seiner Geschichten und Artikel tippt, die er ausdruckt
und fotokopiert, um sie dann der anarchistischen Bibliothek
zur Verfügung zu stellen, weil die Veröffentlichung in einem
Verlag für ihn ein inakzeptables Zugeständnis an den Markt
wäre; als Ana ihn bittet, ihr zu helfen, antwortet er, sein Beitrag wäre, dass er schon die Farbe besorgt hätte; außerdem würde der Hocker unter seinem Gewicht zusammenbrechen. Beides ist richtig.

»Wir werden einen Abschlag von den Besitzern verlangen
müssen«, sagt Alfon. »Wir hinterlassen ihnen das Haus hun-
dertmal besser als vorher.«

Tage zuvor hat Yannick, der zum Erstaunen aller enthüll-
te, dass er ausgebildeter Elektriker ist, in den Zimmern und in
dem Raum, der manchmal als Küche dient, neue Leitungen
verlegt; für das Bad hatte er kein Material mehr, aber jetzt verlaufen in allen Zimmern oberhalb der Sockelleiste neue Kabel;

er hat auch die alten Steckdosen entfernt und neue eingesetzt, bzw. nicht ganz neue, denn sie waren gebraucht, aber in besserem Zustand. Yannick arbeitete fast ohne Pause, immerzu beobachtet von dem Hund, der die meiste Zeit hinter ihm stand und das Werk gutzuheißen schien.

»Es würde nicht schaden, auch die Wasserleitungen auszutauschen, es sind noch Bleirohre aus dem letzten Jahrhundert«, sagt Alfon. »Und das Dach nochmals zu reparieren. Es kommt immer noch Feuchtigkeit rein.«

»Weißt du, dass mein Vater sich während des Pinkelns die Zähne putzt?«, sagt Ana.

»Diese Information lag mir nicht vor.«

Ana streckt sich so hoch sie kann, aber trotzdem kommt sie nicht ganz bis oben in die Ecken. Sie wird jemanden bitten müssen, dort mit dem Pinsel rüberzugehen.

»Ich konnte ihn durch das Milchglas sehen, wie er sich im Bad auf der Toilette sitzend die Zähne putzt.«

»Dein Vater pinkelt im Sitzen?«

»Nicht wie du, der alles mit Spritzern vollsaut.«

»Und hast du eine Erklärung dafür? Ich meine für den Umstand, dass er beim Zähneputzen pinkelt oder kackt.«

»Um Zeit zu sparen.«

»Wirklich? Dein Vater ist wunderbar. Ich würde mich freuen, wenn du ihn mir eines Tages vorstellst. Rechts von dir.«

»Was?«

»Man sieht die Spuren der Farbrolle. Du solltest nochmal rübergehen, horizontal und vertikal.«

Ana hängt die Rolle über den Rand des Eimers. Sie wischt sich die Hände an einem Lappen ab, knüllt ihn zusammen und wirft ihn nach Alfon.

»Wir sind wie ein Ehepaar, Alter, ein Paar, das seit zwanzig Jahren verheiratet ist.«

»Ich wollte dir nur helfen.«

»Genau deshalb.«

Ana lässt sich auf ihre Matratze fallen, und als hätte er ein unhörbares Kommando vernommen, tappst Nicolás ins Zimmer, durchquert es, seine Pfoten kratzen über den Boden, und er legt sich neben sie.

Ana zieht ihm am Ohr, am Schwanz, sie neckt ihn und er tut so, als würde er sie gleich beißen, bis beide das Spiel satt haben. Es gibt solche Tage, an denen alles langweilt oder ungenügend ist, ein Surrogat für das wahre Leben, eine muffig riechende alte Polsterung.

»Was machst du?«, fragt Alfon.

»Nichts. Ich bin nur hier, mit dem Hund, wir erzählen uns dies und das.«

»Mit den Händen, was machst du mit den Händen? Klavier spielen?«

Ana ist selbst verblüfft. Seit langem hatte sie schon nicht mehr mit den Fingern getrommelt, aber genau das hat sie gerade getan, auf der Matratze, gedämpft.

»Früher habe ich Schlagzeug gespielt.«

»Echt jetzt? Was für eine Frau. Du überraschst mich immer wieder. Und jetzt spielst du nicht mehr?«

»Wie du weißt, nein.«

»Wie schade. Es wäre unglaublich cool, ein Schlagzeug zu organisieren und es in den Gemeinschaftsraum zu stellen. Und du spielst darauf. Wie schade, warum hast du aufgehört?«

»Weil der Musiklehrer anfing, mich zu begrapschen.«

»Dich …, ich meine, war das alles?«

»Bist du ein Arschloch? Was soll das heißen, ›war das alles‹?«

»Scheiße, ich meine, ob er außer dich zu begrapschen noch mehr gemacht hat.«

Ana lehnt sich an die Wand. Sie zieht sich die Schuhe aus, indem sie mit der Zehenspitze gegen die Ferse des anderen Schuhs drückt. Sie fängt an, den Hund am Rücken zu kraulen. Der öffnet kurz die Augen und schließt sie sofort wieder.

»Ach was. Wann immer es ging, hat er mich geküsst, mir über den Kopf gestreichelt, mich umarmt. Es hat mich genervt, aber ich mochte ihn auch und habe viel von ihm gelernt. Dann fing er an, mich auf seinen Schoß zu ziehen, um mir zu zeigen, wie man einige Stücke spielt. Vor allem während der Ferienlager im Sommer. Das war mir unangenehm und ich habe aufgehört. Scheiß aufs Schlagzeug.«

»Hast du ihn angezeigt oder so was?«

»Ich würde gern behaupten, dass ich ihm in die Eier getreten habe. Aber nein. Ich bin nur nicht mehr zum Unterricht gegangen. Das war alles.«

»Wie alt warst du?«

»Was ist los, willst du einen Roman über mein Leben schreiben? Wie alt werde ich gewesen sein, zwölf oder dreizehn, ist doch egal.«

»Ich hätte auch gern, dass du mir den Rücken kraulst. Ich würde mich mit geschlossenen Augen hinlegen und mich stundenlang nicht bewegen.«

Er hat dabei auf Nicolás gezeigt, mit einem Ausdruck im Gesicht, glücklich und gleichzeitig traurig, ein Ausdruck von jemandem, der sich sehnsüchtig an einen Ort erinnert, an den er nicht zurückkehren wird. Jetzt trommelt auch er kurz auf den Tisch, steht auf und verlässt den Raum mit gesenktem Kopf, vielleicht genauso lustlos, ohne Energie. Es gibt solche Tage. Ana macht sich mehr Platz auf der Matratze, schiebt den Hund weg, damit sie sich neben ihn legen kann, und schließt die Augen. Sie beginnt, im gleichen Rhythmus wie das Tier zu atmen. Lange Zeit atmet sie mit ihm ein und aus, und obwohl sie es nicht wollte, schläft sie ein.

16

Wie dich die Geschichten der anderen anöden. Wie es dich an-
ödet, an deinem Computer Luis' Gesprächen zuzuhören, übertragen von dem GPS, das der Vater ihm kaum zwei Stunden
nach eurem Treffen untergejubelt hat. Ob seine Eltern wissen,
dass Luis schwul ist? Ob er ihnen wohl irgendwann mal gesagt
hat, dass er ihnen was Wichtiges mitzuteilen hätte, oder wird er
Hand in Hand mit seinem Freund einfach zu Hause aufgetaucht
sein? Bestimmt. Du, der du fünfzehn Jahre älter bist als Luis,
hast dich nie geoutet, du hast einfach die Zufälle für dich arbeiten lassen. Eines Tages entdeckte deine Mutter eine Zeitschrift, die dir ein Freund ausgeliehen hatte, und wahrscheinlich
war sie entsetzt von all den Männern, die einander angestrengt
penetrieren, von all den Schwänzen und Ärschen auf jeder Seite, von all dem Lederzeug, das Muskeln und Erektionen um-
spannt, aber sie reagierte nicht schlecht, sie hat kein Theater gemacht; sie ließ nur die Zeitschrift auf deinem Bett liegen, damit
du weißt, dass sie sie gesehen hatte. Ihr habt nie darüber gesprochen und zum Glück schliefen deine Eltern bereits getrennt
und sie tauschten nur das Allernotwendigste aus, um den Haushalt, wenn man das so nennen kann, am Laufen zu halten, wie
zwei Angestellte, die, obwohl sie sich nicht leiden können, gezwungen sind, zusammen in einem Büro zu arbeiten.

In den kurzen Gesprächen zwischen Luis und Aitor, die du
aufgeschnappt hast, weist nichts darauf hin, dass der Vater etwas von der Homosexualität seines Sohnes weiß, aber warum
sollte er auch? Vielleicht würdest du es dann weniger langwei-
lig finden, den Gesprächen dieses Jungen zuzuhören, der so
banal ist wie jeder andere. Du loggst dich innerlich aus, sobald

er im Seminarraum ist, dich interessiert weder der Vortrag des Professors der Philosophie oder Politik noch das Getuschel mit einem Freund, auch nicht, dass er mit einem Javier ins Bett steigt – er heißt wie du –, sobald er aus dem Haus geht, und es erstaunt dich selbst, dass es dich nicht erregt hat, sie beim Ficken zu hören, ihr Stöhnen und Brüllen. Du bist schon zu lange in dem Job, deswegen willst du auch die Sicherheitsfirma gründen, um dem Leben der anderen nicht weiter zuhören zu müssen, ihnen nicht bei ihren alltäglichen Verrichtungen zu folgen – wie viele Male bist du mit ihnen einkaufen oder in die Werkstatt oder zum Finanzamt gegangen? –, außerdem arbeitest du für viele deiner Auftraggeber äußerst ungern. Das ist dir gerade mit dem Inhaber einer kleinen Kette von Autowerkstätten passiert: Der Leiter einer der Werkstätten hatte sich nach einem Autounfall krankschreiben lassen und gab Verletzungen der Halswirbelsäule als Grund an, er müsse eine Halskrause tragen und mehrere Wochen pausieren. Du bist ihm zu einer Tanzschule gefolgt und hast ihn beim Salsaüben fotografiert, im Kurs für Fortgeschrittene. Auch wenn er ein Betrüger war, es fiel dir schwer, die mit dem Handy aufgenommenen Fotos zu übergeben. Das ist dein Klassenhass, hat Carles gemeint, als du ihm von deinem Unbehagen erzählt hast; du wendest dich gegen den Arbeitgeber, auch wenn der Angestellte ein Schlitzohr ist.

Aber das war es nicht. Du musstest den gleichen Zwiespalt bei einer Frau überwinden, die ihren Ehemann betrog und die du mit einem Teleobjektiv vom gegenüberliegenden Flachdach fotografiert hattest. Obwohl du stolz darauf warst, dass du die Beweise liefern konntest (du musstest die Metalltür im Treppenhaus aufbrechen, um auf das Dach zu gelangen), nachdem du tagelang vor ihrem Haus Wache gestanden hattest, fiel es dir schwer, die Fotos zu übergeben, die ihren Ehebruch bewiesen (ein Wort, das der Ehemann benutzte, und allein das brachte dich schon auf ihre Seite), die zwei Bilder, die sie, wenn auch etwas unscharf, beim Oralverkehr zeigten, behieltest du zurück. In deinen Augen hatte der Ehemann nicht das Recht, seine Frau zu demütigen, indem er ihr triumphierend die Fotos vorlegte. »Und wenn es umgekehrt gewesen wäre, wenn der Auftraggeber eine Frau und die Zielperson ein Mann gewesen wäre?«, fragte dich Carles. »Ich glaube, mir wäre es genauso gegangen. Im Ernst, das ist keine Frage der Klasse oder des Geschlechts. Mir tut es leid, jemanden so bloßzustellen, ohne die Möglichkeit einer Ausrede.«

Zu sehen, zu wissen, macht dich zu einem Komplizen, der du nicht sein möchtest, denn Komplize sein macht dich zum Nebendarsteller eines Films, bei dessen Drehbuch du nichts mitzureden hast. Wahrscheinlich liegt es an dieser Abneigung, dass du nicht einmal einen Steifen bekommst, wenn du Luis und Javier zuhörst, und du setzt dich daran, den Bericht über eine andere Beschattung zu verfassen, noch eine Frau, die ihren Ehemann betrügt, und du hast volles Verständnis für sie, was für ein überheblicher Arsch, der in dein Büro spaziert kam, wie ein Hauptmann, der seine Truppen inspiziert, trotzdem musst du ihm den Bericht geben und ihm erzählen, dass seine Frau jeden Mittwoch ins NH-Hotel in Santa Engracia geht, zum fünften Stock hinauffährt, wo sie bereits für die nächsten zwei Monate jeden Mittwoch dasselbe Zimmer reserviert hat und wo sie sich mit einem sympathisch wirkenden, grauhaarigen Mann trifft, der sie sicherlich wesentlich glücklicher macht als ihr Idiot von Ehemann.

»Und deine Schwester, was macht die Revolutionärin?«

Du brauchst zwei Sekunden, bis du begreifst, dass der andere Javier nach Ana fragt.

»Ich sehe sie nach dem Seminar«, antwortet Luis.

Du notierst die Uhrzeit. Du wartest das Ende der öden Stunde ab, um Luis auf dem Motorrad zum Treffen mit seiner Schwester zu folgen. Du durchquerst mit ihm das Univiertel, fährst entlang der Bailén Richtung Zentrum und vermutest, dass sie nach Lavapiés unterwegs sind, wo es mehrere besetzte Häuser gibt, und während sie an einer Ampel warten, fragst du dich, ob Ana lesbisch ist, das könnte ein Grund sein, ohne eine Erklärung von zu Hause abzuhauen. Du kennst mehr als einen Fall, bei dem beide Geschwister homosexuell sind. Du hattest sogar einmal eine Beziehung, sie hat nicht lange gehalten, mit Zwillingen, beide Männer, zunächst hattest du eine Beziehung mit dem einen, und Wochen später, als du den anderen kennengelernt hast, hast du aus einer krankhaften Neugierde heraus alles darauf angelegt, auch mit ihm zu schlafen, um die Unterschiede, auch im Bett, zwischen den beiden Brüdern herauszufinden. Es war schwer, ihn zu überzeugen, weil sie so etwas noch nie gemacht hatten, und er fand es pervers, eine Art, ihre Individualität zu missachten, und dass du nur wegen seines Aussehens mit ihm schläfst, als würdest du eine aufblasbare Gummipuppe ficken, sagte er, denn ja, sie haben wie alle Zwillingsbrüder mit Verwechslungen gespielt, aber ihre Liebhaber nie teilen wollen, obwohl es einfach gewesen wäre, nicht nur, weil sie die Täuschung unmoralisch fanden, auch weil, so nah sie sich auch standen, das Bett, also der Gebrauch ihres eigenen Körpers, der einzige Raum war, in dem sie Individuen wie alle anderen sein konnten. Und du spieltest mit der Möglichkeit, mit beiden auf einmal ins Bett zu gehen, auch wenn dir bei der Vorstellung, mit diesen beiden identischen Männern im Bett zu liegen und den einen von der einen Seite und den anderen von der anderen Seite zu ficken, ohne zu wissen wer wer ist, ein wenig schwindelig wurde, aber wie immer, wenn du für etwas Feuer gefangen hattest, konntest du es nicht aus dem Kopf bekommen, also hast du sie zunächst einzeln gefragt, ob sie nie miteinander geschlafen hätten, letztendlich waren beide schwul und sehr eng miteinander und haben, bis sie sechzehn oder siebzehn waren, das Zimmer miteinander geteilt, und die entsetzte und von beiden identische Antwort ließ dich denken, dass sie lügen, woraufhin du direkt vorgeschlagen hast, sich zu dritt in deinem Apartment zu treffen, auch wenn sie es noch nie miteinander gemacht hatten, nur jeder mit dir, du hast sie bedrängt, sie angebettelt, ihnen wer weiß was versprochen, und sie verließen dich beide gleichzeitig, vermieden es dich zu grüßen, wenn sie dich trafen, und immer noch vermutest du, dass du einem gemeinsamen Geheimnis zu nahe gekommen bist. Offen über ihre Homosexualität zu sprechen, was sie ungeniert und sogar mit einem gewissen Exhibitionismus taten, war eine Art, das zu verbergen, was wirklich niemand erfahren sollte. Die beste Art zu lügen, das sagt dir deine langjährige Berufserfahrung, ist nicht zu schweigen, sondern eine Geschichte über eine harmlosere Verfehlung zu erzählen.

Als der Punkt auf dem Bildschirm stoppt, notierst du dir den Standort. Wie gut, dass Luis Motorrad und nicht Auto fährt, so kannst du ihn mit Glück bis zu der Haustür seiner Schwester verfolgen, aber leider meldet dir das Tracking, dass du dich vor einer Bar befindest, gleich neben einem Theater, das du schon öfters besucht hast, deshalb kannst du dir die Szene bildlich vorstellen: das Motorrad auf dem Bürgersteig abgestellt, der dort etwas breiter ist, Luis nimmt den Helm ab und geht auf Ana zu,

»Hallo, Schwesterherz«,

»Hallo, Bruderherz«,

die im Eingang auf ihn wartet, wenn du dich richtig erinnerst, ist das an einer Ecke, sie gehen rein, wählen den niedrigen Tisch, den mit der Couch (dein GPS ist nicht genau genug, um zu bestätigen, was du dir vorstellst, aber du hörst nicht das Scharren von Holzstühlen, wohl aber das Aneinanderreiben von Stoffen, was aber auch auf den Kontakt zwischen Mikrofon und Rucksack zurückzuführen sein kann). Du kennst den Ort, speicherst aber trotzdem die Straße und Hausnummer für den Bericht. Die Aufzeichnung selbst ist jedoch nur für den Fall, dass sie dir nützlich sein könnte. Sie sprechen allerdings über nichts, was für dich interessant wäre, die Uni, die Alten, oberflächliche Sätze und Fragen, Wie geht's, gut, ... dort, Pläne schmieden, und du? Gut, mir geht's gut. Und jetzt senkt er die Stimme, du kannst nicht einmal die einzelnen Wörter verstehen, aber du setzt dir einen Satz zusammen, so ungefähr, Hör mal, Schwesterherz, das mit dem Feuerwerkskörper vor der Wache war der Hammer, aber pass auf, ey, du weißt, wie diese Arschgeigen sind. Und sie lacht.

»Der Alte ist völlig ausgeflippt«, sagt Luis, »und dann, drei Tage später, haust du ab; er hat totalen Schiss.«

»Der Alte ist ein Feigling geworden«, sagt sie, »oder er war es schon immer, aber früher habe ich es nicht gemerkt.«

»Er ist kein schlechter Kerl«, sagt Luis.

»Ein Feigling«, beharrt Ana, »ein Spießer, der will, dass wir genau solche Spießer werden wie er.«

»Das ist richtig«, räumt Luis ein. »Und Mama macht ihren eigenen Kram, rettet den Planeten.«

»Macht sie immer noch in recycelten oder recycelbaren Rucksäcken, oder was das war?«

»Ja, stolz wie Oskar.«

»Sie wird das Aussterben der Arten ganz allein aufhalten. Was für ein Duo.«

»Und sie machen sich große Sorgen um dich.«

»Sie sollten sich lieber Sorgen um dich machen, nicht um mich.«

»Das schwarze Schaf bist du. Plant ihr« (die Stimme noch leiser) »weitere Aktionen?«

»Es gibt viele Diskussionen, wie du dir vorstellen kannst. Jeder will was anderes. Aber wir werden was tun.«

»Du hast ganz schön Mut, Schwesterherz. Viel mehr als ich.«

»Und du, willst du endlich mal weg von zu Hause?«

»In ein paar Wochen. Sobald ich das Studium beendet habe …«

»Uff.«

»Ich weiß, ich weiß, aber im Ernst: Wissen ist wichtig. Als Basis für die Aktion. Wir alle haben unsere Rolle.«

»Uff.«

»Ich werde dazukommen, später.«

Jetzt haben sie deine volle Aufmerksamkeit. Du hättest gerne auch noch eine versteckte Kamera, würdest gern der Interaktion zwischen den beiden Geschwistern wie einem Theaterstück zusehen, denn jetzt beginnt das Banale dich zu interessieren, diese beiden Geschwister teilen ihre Geheimnisse. Fast wie bei Shakespeare, sagst du dir, vor deinen Augen entwickeln sich die Machtverhältnisse innerhalb der Familie, ein Bruder, der seine kleine Schwester auf einen gefährlichen Weg bringt, auf dem er sie zu begleiten scheint … Du würdest gerne ihre Gesten aufzeichnen, die Tragödie, die sich vor dir aufbaut, begreifen, weil du intuitiv schon spürst, dass es Opfer geben wird, obwohl du noch nicht weißt, welche.

»Gut, ich verzieh mich.«

»Soll ich dich mit dem Motorrad ein Stück bringen?«

»Ist nicht nötig, es ist gleich nebenan.«

(Doch, bitte, bring sie mit dem Motorrad.)

»Das macht mir nichts aus.«

»Mir auch nicht.«

»Komm schon, steig auf, ich bring dich. Früher mochtest du das.«

»Wirst du jetzt nostalgisch? Willst du mich Huckepack nehmen?«

»Das wäre leicht. Du wiegst bestimmt nicht mal fünfzig Kilo.«

»Ich bin nur Haut und Knochen.«

»Das stimmt wohl. Komm schon, sitz auf.«

Und du folgst ihnen, einerseits zufrieden, andererseits enttäuscht, weil es so einfach sein wird. Du siehst den Standortwechsel auf der Karte, es ist wirklich gleich nebenan, nicht einmal vier Straßen weiter und das Motorrad hält an.

»Grüß Alfon.«

»Du kannst ihn doch nicht mal ausstehen.«

»Er ist wie ein Gespenst.«

»Er ist ein Gespenst, aber von einer anderen Art. Ein Gespenst geht um in Europa.«

»Dir geht Marx doch am Arsch vorbei.«

»Ich habe ihn kaum gelesen. Aber stimmt schon, ist nicht mein Ding.«

»Ist nicht Alfons Ding, willst du sagen.«

»Du kannst mich mal.«

»Stimmt doch, du machst, was er sagt.«

»Hey, wenn du mit so einem Scheiß anfängst, dann fick dich doch.«

»Habe ich heute Morgen schon gemacht. Kommst du zurück nach Hause?«

»Ich glaub's nicht, deshalb bist du gekommen. Sag nicht, dass Papa dich schickt.«

»Papa weiß von nichts. Das war nur ne Frage.«

»Am Ende wirst du auch noch ein Feigling werden. Du spielst nicht mit offenen Karten.«

»Wie Alfon sagt, vermute ich. Hey, warte. Gut, du kannst mich auch mal.«

Du notierst dir die Adresse, schaust auf die Uhr am Bildschirm, es ist noch nicht mal Essenszeit und schon bist du mit der Arbeit fertig. In fünf Minuten könntest den Bericht geschrieben haben und den besorgten Eltern mitteilen, wo sie ihre Tochter finden. Aber du bist neugierig, und wenn du ehrlich bist, musst du zugeben, dass du hoffst, dass die Eltern den Auftrag ausweiten. Du gibst Carles Bescheid, dass du eine Weile weg bist. Er antwortet aus dem Büro heraus. Carles steht nur auf, wenn er muss, selbst hier drin verhält er sich wie ein dicker Mann, der sich nicht bewegen kann, und zum ersten Mal fragst du dich, ob nicht Alkohol der Grund für seine Magerkeit ist. Du siehst ihn nie was essen und sein Atem riecht schon frühmorgens nach Pfefferminze. Du nimmst dir vor, seine Schubladen zu durchsuchen, sobald er nicht da ist.

Du steigst nun auch auf dein Motorrad, setzt den Helm auf und nimmst fast die gleiche Route wie Luis, parkst ungefähr hundert Meter von deinem Zielobjekt entfernt. Du zündest dir eine Zigarette an. Eigentlich rauchst du nicht, aber rauchen erzeugt den Eindruck, man hätte etwas zu tun, statt einfach nur vor einem besetzten Haus herumzustehen. Du vertreibst dir die Zeit damit, die Parolen zu lesen, die auf die umliegenden Mauern gesprüht sind. Tod den Bullen. Feuer den Knästen. Der Aufstand ist nah. Der Amazonas ist nicht verkäuflich.

Schlecht gemachte Bilder, an die Mauern gekleisterte Plakate, teilweise halb abgerissen, rufen zum Streik und Widerstand auf. Eines der Fenster ist mit Karton abgedeckt. Müll häuft sich vor der Tür. So zu leben, du stellst dir vor, wie es wohl drinnen aussieht, und du schüttelst dich. Ja, du gibst zu, du bist ein wenig penibel, was Sauberkeit betrifft, nicht jeder wischt die Sohlen seiner Schuhe auch noch mit einem feuchten Tuch ab, nachdem er sie vor dem Betreten des Hauses ausgezogen hat. Oder säubert die Rollen vom Koffer, bevor er ihn wegstellt. Oder hat ein Desinfektionsspray für den Kofferraum. Bestimmt gibt es einen Mittelweg, aber umgeben vom Dreck und dem Müll deiner Mitbewohner zu leben, in Gemeinschaftsbetten oder mit wechselnder Belegung, sich den Schweiß vorzustellen, der in den Laken haftet, den Sabber. Nein, wie abscheulich dir auch die Welt erscheint, und selbst wenn du dich dazu entschließen würdest, den Kapitalismus zu bekämpfen, du würdest nicht an so einem Ort sein wollen. Du wärst der Unabomber, ein Verrückter, der allein in einer Hütte im Wald lebt und von dort aus selbstgebastelte Bomben verschickt. Ohne mit jemandem zusammenzuleben oder Erklärungen abgeben zu müssen.

Du drückst die Zigarette im Aschenbecher eines Mülleimers aus und bedauerst, dass es hier keine Kneipe gibt, um das Haus diskreter beobachten zu können. Aber es gibt auch keinen Grund mehr, noch länger hier herumzustehen. Deine Arbeit ist beendet. Du kannst es ein paar Tage herauszögern, um mehr Geld rauszuholen, die Art und Weise, wie du den Aufenthaltsort des Mädchens herausgefunden hast, unnötig kompliziert werden lassen. Ja, das wirst du machen. Wenn du von Haifischen umgeben bist, kannst du dich nicht wie eine Sardine verhalten. Du kennst die Welt. Du hast Stadtpolitiker im Auftrag ihrer Kollegen beschattet. Diese ranzigen Kinder in ihrem Drecksloch haben im Grunde Recht. Sie haben sich nur im Weg geirrt. Man kann die Welt nicht retten, aber dich selbst kannst du retten. Unschlüssig überlegst du, ob du dir eine weitere Zigarette anzünden sollst. Aber du beschließt zu gehen. Du setzt den Helm auf. Ein paar Sekunden wartest du noch, und zufällig kommt jetzt eine Jugendliche aus dem besetzten Haus, ausgerechnet das Mädchen, das du finden solltest. Ana. Du erkennst sie von den Fotos. Sie ist hübsch, oder sie wäre es, wenn sie sich ein wenig zurechtmachen würde, wenn das Haar einen besseren Schnitt hätte (keine Ahnung, ob das Rot echt ist) und wenn wenigstens das Nasenpiercing verschwinden würde. Große dunkle Augen, ungewöhnlich volle Lippen, aber ganz bestimmt sind die nicht aufgespritzt. Lippen, von denen du dir gern einen blasen lassen würdest. Aber von dem, was die draufhat, würde dich eh nichts anmachen. Du drehst den Zündschlüssel um, ein letzter Blick, nein, es kommt niemand mehr aus diesem schmutzigen Bau. Mit einem Richtmikrofon könntest du die Gespräche im Haus abhören, aber es gibt hier keinen diskreten Ort, an dem man eines aufstellen könnte. Und wenn du ein Mikro an einer der Mauern anbringen und aus sicherer Distanz abhören würdest, wären die Informationen auf ein Zimmer beschränkt. Die Tür öffnet sich, bevor du startest, und ein Hund ohne Leine und nur mit einem roten Tuch um den Hals läuft heraus. Ihm folgt ein sehr magerer Junge, der dich an einen Junkie denken lässt. In der Hand hält er ein Diabolo und die Stöcke, die es zum Fliegen bringen. Du folgst ihm zuerst nur mit den Augen, und dann lässt du das Motorrad stehen und läufst hinter ihm her. Du machst schon Pläne. Du bist gern der, der Bescheid weiß, der die Information kontrolliert. Jetzt fühlst du dich fröhlicher, heiter, fast hast du das Mädchen vergessen. Der Junge bleibt an einer Ecke stehen, holt aus einer Tasche eine Mütze und legt sie auf den Boden. Der Hund legt sich daneben. Definitiv wirst du den Bericht über Ana noch nicht schreiben. Wenn du die Suche um eine Woche verlängerst, kannst du 2000 Euro einstecken, und noch nie hattest du das Geld so nötig wie jetzt. Du gehst am Junkie vorbei und schmeißt ihm eine Münze in die Mütze. Er sieht es nicht, weil er nach oben blickt, die Zunge zwischen den Lippen, konzentriert darauf, das Diabolo zu fangen.

17

Schon immer ist Aitor morgens nur sehr langsam wach geworden. Auch an jenem Morgen damals, als er um acht Uhr in den Bus stieg, um zum Radio zu fahren, war er noch nicht ganz wach; sein Körper bewegte sich zwar vorwärts, aber er stand und lief etwas neben sich. Seine offenen Augen täuschten. Sich im Stehen an einer Stange festhaltend, ertrug er so gut er konnte das Gerüttel und war, wie immer zu dieser Stunde, in dem überfüllten Bus allein. Die anderen existierten gar nicht. Unmöglich zu sagen, ob er in diesem Moment von Gespenstern umgeben war, oder ob er selbst das Gespenst war. Doch an diesem Morgen beunruhigte ihn die Anwesenheit der anderen mehr als sonst, sie trugen eine für ihn nicht erkennbare Last. Sie blickten ausdruckslos vor sich hin, sprachen nicht, aber nicht aus Müdigkeit oder schlechter Laune; wie an der Tür eines Operationssaals, in dem gerade ein Angehöriger verstorben ist, schien sie ein gemeinsamer Schmerz zu verbinden. Sie blickten geradeaus oder, wenn sie saßen, auf ihre im Schoß gefalteten Hände. Eine junge Frau, oder vielleicht auch nicht viel jünger als er, hatte rot geränderte Augen. Ihre Blicke begegneten sich, und ihm schien, sie würde etwas von ihm erwarten, eine Zustimmung, dass er ihre Traurigkeit in irgendeiner Weise teilte. Aitor war alarmiert, wie jemand, der eine unterschwellige Aggression spürt. Er musterte die schlaffen, nicht versteinerten, aber undurchdringlichen Gesichter. Er hätte etwas fragen mögen, aber er wusste nicht, was. Er stieg aus dem Bus, immer noch in Unkenntnis des Attentats, der Verwundeten und der Toten.

Als sie es ihm auf der Arbeit erzählten, rief er zu Hause an.

»Die Kleine?«

»Es geht ihr gut«, antwortete Isabel, »ich habe im Kindergarten angerufen und sie sind sicher angekommen. Nach Luis fragst du nicht?«

Er brauchte keinen Spiegel, um zu wissen, dass er rot geworden war. Er schämte sich nicht vor Isabel; er schämte sich vor sich selbst, die Scham eines Menschen, der sich bei einer verwerflichen Handlung ertappt, einer jener Fehlleistungen, die offenbaren, wer wir wirklich sind. Nach wem hätte er herumtelefoniert, nach Isabel oder nach Ana, wenn keine von beiden zu Hause gewesen wäre? Ganz sicher nach Ana, und zum ersten Mal ahnte er, dass seine Ehe nicht mehr lange halten würde, er sah ihre Trennung vor sich, in seiner Vorstellung war er mit sich im Reinen, gefasst, eine dieser Fantasien, in der wir einem Angreifer gegenüberstehen und stärker, mutiger sind, eine dieser Fantasien, die uns über unsere Erbärmlichkeit und unsere Feigheit hinwegtrösten. Aber es sollte noch Jahre dauern, bis diese Fantasie Wirklichkeit wurde. Ich werde es tun, ich werde Isabel um die Scheidung bitten. Morgen, übermorgen, überübermorgen, nächste Woche, eine Zeit lang dachte er darüber nach und verschob es immer wieder, er harrte aus, sie harrten aus, aus Angst oder aus Zuneigung oder weil es so schwierig ist, sich in einem anderen Leben zu sehen, sich ein anderes, andersartiges, grundverschiedenes Leben vorzustellen. So lange, bis wir davon überzeugt sind, dass keine Anstrengungen und guten Vorsätze, nicht einmal Großmut und auch keine Paartherapie mehr helfen werden, denn all die Jahre des Lügens und Sich-Belügens, in denen sich Tag für Tag Schweigen, Verheimlichung, Geringschätzung angehäuft haben, sind zu schwer geworden.

Ana war nichts passiert, natürlich nicht; er holte sie mit dem Auto ab, durchquerte den Schutzwall aus besorgten Müttern, und wie sie umarmte auch er mit vorgetäuschter Natürlichkeit sein Kind, um die Angst zu verbergen, die er empfunden hatte, obwohl er wusste, dass Ana nicht einmal in der Nähe der Explosionen gewesen war, und später im Auto betrachtete er sie im Rückspiegel, während sie plapperte, sich bewusst, dass es dennoch ein Wunder war, dass sie hier war, mit ihm sprach, ein Wunder, dass sie lebte, dass sie geboren worden war, dass sie seine Tochter war.

Diese Angst, die er schon fast vergessen hat, lässt seinen ganzen Körper kribbeln und eine Hitzewelle überrollt ihn, als würde er plötzlich eine Sauna betreten, als Rita, die Gerichtsreporterin, während der morgendlichen Besprechung vom Handy aufblickt, in dem sie ein Urteil nachschauen wollte, über das in den Abendnachrichten berichtet werden soll, und sagt: Es gab einen Unfall in Barcelona, auf den Ramblas. Ein Lieferwagen, es gibt wohl Tote. Sie sagt Unfall und alle übersetzen: Anschlag.

Alle konsultieren gleichzeitig ihre Handys. Es gibt Verwundete, man weiß nicht wie viele. Ob es Tote gibt, ist unklar.

Sie stehen eilig auf, vergessen ist die Besprechung und alle Themen, über die sie hätten berichten sollen, sie wissen, dass diese Nachricht alle anderen Ereignisse in den Schatten stellen wird, die nicht einmal mehr diesen Namen verdienen, es wird nichts anderes mehr geben als das, was gerade in Barcelona passiert ist, nicht die misshandelte Frau, die ihre Kinder entführt hat, nicht die Gerichtsvorladung des Regierungspräsidenten, noch weniger die Hitze oder die Hotelauslastung im August, alles löst sich auf, oder besser gesagt, gewinnt seine Bedeutungslosigkeit zurück, der man es gewaltsam zu entreißen versucht hat, indem man ihm Raum gab, es wiederholte, es aufblähte, und der Unfall, sie nennen ihn noch so, absorbiert die ihn umgebende Realität, und schon durchsuchen alle das Netz nach Informationen, die wenigsten telefonieren, und Aitor (Pascual ist im Urlaub) wird zum Mittelpunkt, ein Orchesterdirigent, den seine Musiker nicht einmal ansehen, während sie ihre Instrumente stimmen, aber sobald er den Taktstock und den anderen Arm hebt, verstummt das ganze Stimmengewirr um ihn herum, und er behält einen Moment die Arme in der Luft, bis das Echo auch aus seinen Ohren verklungen ist, und dann konzentrieren sich alle auf seine Bewegungen, nichts geschieht ohne sein Zeichen, immer wieder suchen sie Aitor mit ihrem Blick, während sie ihre Nachforschungen anstellen, denn selbst die Sportredakteure suchen nach Informationen über Tote, Verwundete, nach dem Wer, nach dem Warum. Aitor geht auf das Studio zu und alle folgen ihm wie Moses, der sie aus der Wüste führt. Aufmerksam machen die Techniker mit dem Programm weiter, drehen sich aber immer wieder um und warten auf die Unterbrechung. Die Spannung hat sich auf das Aquarium übertragen. Die Sprecherin der Nachmittagsnachrichten ist nicht da, also setzt sich Pedro, ihre Vertretung, hinter das Mikrofon, nimmt sich die Kopfhörer, macht den Computer an und legt sein Handy auf den Tisch; seine Kollegen, die mitten in einer anderen Sendung waren, sind durch die vier Monitore, die in einer Reihe an der Wand hängen und auf denen sich die Bilder der Katastrophe vervielfachen und verzweigen, bereits auf dem Laufenden.

Der Sprecher verliest die Nachrichten in einem nüchternen Ton, ohne Aufgeregtheit, und erklärt, dass die Umstände des Zusammenstoßes noch unbekannt sind.

»Drei Menschen sind tot«, sagt einer der Autoren. »Es steht in der *La Vanguardia*.«

»Quellen?«, fragt Aitor.

»Sagen sie nicht.«

»Dann sprechen wir weiter von Verletzten.«

»Es sind Dealer. Man hat mir bestätigt, dass es Drogenhändler auf der Flucht vor der Polizei sind«, sagt ein junger Mann, dessen Namen Aitor wieder vergessen hat.

»Wer sagt das?«

»Das Netz. Mal sehen …«

»Niemand erwähnt irgendwelche Drogenhändler. Nichts dazu, bis wir sicher sind.«

Der junge Mann, der noch nicht länger als zwei Monate dabei sein dürfte, schaut Aitor unbeeindruckt an, als würde er auf eine Änderung der Anweisungen warten, dreht sich dann aber um und studiert die Nachrichtensprecher, inzwischen drei an der Zahl, die weiterhin berichten, besser gesagt, der Sender wiederholt in unterschiedlichen Variationen das Wenige, das bekannt ist. Ein Lieferwagen, La Rambla, Verletzte, Panik, die

Polizei hat den Bereich abgesperrt, damit sich niemand nähert, und im Fernsehen die Bilder der Schaulustigen, die von weitem mit ihren Handys filmen.

Um Aitor herum erfüllt jeder seine Funktion, ohne dass man ihm sagen muss, was zu tun ist, sie starren auf ihre Handys, die Hand vor dem Mund, um jeden Laut zu unterdrücken.

»Wer ist auf der Straße?«

»Carlos. Wir haben ihn auf 2.«

»Jemand sollte den Twitter-Feed der katalanischen Polizei checken.«

Alle teilen ihre Informationen laut mit, wenden sich aber hauptsächlich an Aitor, der zustimmt oder knappe Anweisungen gibt. Und jede Information ist ein weiteres Teil des Puzzles, das am Ende gezeigt werden wird, ohne Eile trotz der Dringlichkeit, im Zaum gehalten durch die Zügel, die Aitor kurzhält.

»Ein Toter«, sagt jemand von der Tür aus. »Die katalanische Polizei hat es bestätigt.«

Ein Autor schickt dem Sprecher die Informationen, der damit die Nachrichten ergänzt, in dem gleichen ruhigen Ton wie zuvor, als wäre es ein trauriges, aber nicht ungewöhnliches Ereignis.

»Carlos hört uns nicht. Ich glaube, er ist auf der Rambla. Warte, er hat aufgelegt. Wir haben ihn verloren.«

»Wahrscheinlich ein Attentat.«

»Wahrscheinlich?«

»Es hat Schüsse gegeben.«

»Wo?«

»Sie haben sich in einer Bar verbarrikadiert.«

»Wartet, meldet das noch nicht.«

»Wollt ihr Zeugen?«

»Ein Nachbar der Bar. Er kann den Eingang von zu Hause aus sehen.«

(Entfernte Stimme des Zeugen. Vom Fenster aus sieht er die geschlossene Bar; er sagt, dass ein totales Durcheinander herrscht. Seine Stimme ist verzerrt. Er scheint ohnehin nicht viel zu sehen. Aber er redet weiter. Und alles per Live-Übertragung.

»Man hört ihn nicht, Scheiße, man hört ihn nicht. Er soll aufhören sich zu bewegen. Er verliert den Empfang.«

»Wir hören dich nicht, wir hören dich überhaupt nicht.«

»Brecht ab.«

»Drei Tote. Es ist in den Nachrichten.«

»Der Fahrer ist flüchtig.«

»Verdopple Straßengeräusche und Sirenen.«

»Carlos antwortet mir nicht.«

»Xavi, du fährst nach Barcelona«, befiehlt Aitor.

»Jetzt sofort?«

»Nimm dir ein Taxi, fahr zu Hause vorbei und hol, was du brauchst. Aber schnell.«

»Bin schon weg.«

»Hey!« (schreit Aitor, plötzlich genervt, weil der Regieraum mit Leuten überfüllt ist. Sie sind aus den anderen Abteilungen gekommen, selbst die Studiogäste, um zuzusehen). »Hey! Wer hier nichts zu suchen hat, soll verschwinden. Ich will nur die sehen, die hier zu tun haben.« (Langsam, widerwillig, wie Kinder, die man ins Bett schickt, nachdem sie friedlich ferngesehen haben, kommen fünf oder sechs Journalisten und Techniker aus dem Raum.)

»Haben wir was von den Krankenhäusern?«

»Ich kenne jemand im Santa Creu. Aktualisieren wir um halb?«

»Wir haben Carlos wieder. Er ist auf der Diagonal. Dort scheint was im Gang zu sein.«

»Haben wir ihn auf 1?«

»Nein, auf 2.«

»Unterbrechen wir?«

»Nein, jetzt nicht. Zwei Minuten Werbung zum Durchatmen.«

»Ich würde einen kleinen Werbeblock vor die Nachrichten setzen.«

»Drei Minuten, wir setzen ihn ein und schmeißen den um halb raus.«

»Ich habe Lluís, vom Rettungsdienst.«

Ángel Nieto ist tot ...

»Wer zum Teufel hat diesen Spot geschaltet, was hat Ángel Nieto hier zu suchen?«

»Das ist die Werbung vom Sender. Wir senden sie seit einem Monat.«

»Das weiß ich, aber nicht jetzt, verdammt, nicht jetzt. Welcher Vollidiot hat das eingelegt. Wir machen eine Sondersendung um sieben. Und wir müssen Ton bringen, viel O-Ton. Haben wir genug Atmo von der Straße?«

»Ich bin da dran.«

»Was haben wir an Reaktionen?«

»Europäisches Parlament, die Kommission, die Bürgermeisterin von Paris.«

»Aurelia kümmert sich um die Inneren.«

»Sie haben einen festgenommen. Ein Fan von Real Madrid.«

»Wollt ihr mich verarschen? Denkt ja nicht im Traum dran zu sagen, dass er aus Madrid kommt.«

»Es ist bestätigt, dass es sich um einen Anschlag handelt. Mehrere Personen sind flüchtig.«

»Sie haben ihn nicht verhaftet. Er hat sich selbst geliefert. Sein Ausweis lag im Lieferwagen.«

»Wie praktisch. Warum vergessen sie immer ihren Ausweis dort, wo die Polizei ihn findet?«

»Sieben Tote, bis jetzt. Und es wird zu Blutspenden aufgerufen.«

Jetzt ja, jetzt ist von einem Terroranschlag die Rede. Noch ohne ihn jemandem zuzuschreiben. Schön langsam. Lieber ein bisschen später kommen als es zu vermasseln und sich zu blamieren. Alle sind angespannt und konzentriert, niemand redet mehr als notwendig. Kurze Sätze. Anweisungen. Ein Mosaik, das ist es, ein Mosaik an Informationen, mit denen sie die Geschichte aufbauen. Pedro ergänzt ein Detail nach dem anderen, seine Stimme jedes Mal besorgter, aber gleichzeitig ruft sie zur Besonnenheit auf, dazu, den Ereignissen nicht vorzugreifen.

»Die Fluglotsen haben ihren Streik im El Prat unterbrochen, um zu helfen.«

Man übermittelt es Pedro, der gerade das Wort an einen Kollegen weitergegeben hat, aber dieser hört es nicht.

»Bring es im Chat.«

»Falls wir keine Werbung mehr bringen, macht das nichts, okay?«

»Die Aufnahme vom Präsidenten und welche war nochmal die andere?«

»Die von der Bürgermeisterin.«

»Aber einzeln, hey?«

Nach und nach steigt die Zahl der Toten, der Verletzten, der Details. Sie schalten die Stimmen von Zeugen hinzu. Menschen, die dabei waren, als der Lieferwagen auf den Bürgersteig raste, Menschen, die durch die Markthalle flohen. Menschen unter Schock, noch ohne sich dessen bewusst zu sein, die heute vielleicht sogar gut schlafen, aber in den Tagen darauf unter Schlaflosigkeit, Angstattacken, plötzlichen und unerklärlichen Tränenausbrüchen leiden werden. Touristen, Nachbarn, Marktverkäufer. Die ersten Statements von Politikern trudeln ein, ohne große Überraschungen, aber man muss sie bringen. Im Laufe des Nachmittags weicht die Aufregung allmählich der Erschöpfung. Sie sehen sich zufrieden an, stolz auf das, was sie geleistet haben. Sie haben sachlich informiert, ohne Sensationslust, ohne die Kontrolle zu verlieren. Pedro steht auf und streckt sich, klopft einem Kollegen auf den Rücken. Für viele der Journalisten, die diesen Moment miterleben, wird es eine lange Nacht werden, aber jetzt haben sie immerhin eine Grundlage, die Koordinaten, zwischen die sie neue Nachrichten setzen werden. Innerhalb weniger Stunden ist klar geworden, dass es sich um ein dschihadistisches Attentat handelt, und die ersten Falschmeldungen wurden ausgeräumt: Es hat keine Schüsse gegeben, es war kein Drogendealer im Spiel, niemand hat sich mit Geiseln in einer Bar verschanzt. Es gibt bereits Verdächtige, aber einige Täter sind geflohen. Die Polizei hat an den Ausfahrtstraßen von Barcelona Straßensperren errichtet. Aitor ist zufrieden. Er könnte das niemandem gegenüber zugeben, aber Aitor ist glücklich, trotz des Attentats mit womöglich Dutzenden von Toten und Verletzten. Es würde schäbig klingen. Wie kann man in einem solchen Moment glücklich sein? Und er versteht es selbst nicht so ganz, außer dass diese Teamarbeit ein Gemeinschaftsgefühl schafft, es gibt dem, was sie tagtäglich routiniert tun, einen Sinn. Und Aitor, an vorderster Front, hat seine Feuerprobe bestanden. Er war der Aufgabe gewachsen gewesen. Er geht aus dem Regieraum mit dem Gefühl, ein paar Zentimeter größer geworden zu sein. Und seine Kollegen bestätigen es ihm im Vorbeigehen mit einem zustimmenden Nicken, die Produzentin, die ihn anlächelt, der neue Autor, der im Gang zur Seite tritt, um ihm Platz zu machen, die drei oder vier Redakteure, die ihm die Hand reichen und die Aitor mit einem Schulterklopfen belohnt, väterlich, anerkennend. Erst jetzt merkt er, dass ihm der Rücken wehtut, als hätte er Stunden in einer unbequemen Stellung verbracht. Er beschließt, bis mindestens zehn Uhr zu bleiben. Zu Hause erwartet ihn sowieso niemand, und seine Kollegen werden es ihm danken. Er geht kurz auf die Terrasse, um Luft zu schnappen. Pedro ist draußen und bietet ihm eine Zigarette an, die Aitor ohne nachzudenken nimmt. Die Kräne stehen still, vielleicht weil es August ist, vielleicht aus einem anderen Grund. Nicht eine Wolke zu sehen. Nichts bewegt sich, außer der Rauch, den sie ausatmen und der schwebt und sich dann vor Aitor auflöst.

Wir sind die Kanarienvögel, die in der Mine gebraucht
    werden,
um das Grubengas aufzuspüren.
Wir wissen.
Wir sind überzeugt.
Wir haben Erfahrung
weitergegeben von Generation zu Generation.
Wir würden so gerne vor der Gefahr warnen. Aber
    niemand hat uns gelehrt
zu sprechen, nur zu singen. Singen um
    Aufmerksamkeit,

habt Acht, da vorne lauert der Tod.
Singen in der Dunkelheit,
wie der, der pfeift, um die Angst zu verscheuchen.
Sogar gern haben wir die Aufgabe im Käfig
      übernommen,
wir fühlen uns nützlich, uns schmeichelt,
dass man unser Wissen schätzt. Es könnte schlimmer
      sein
Immer könnte es schlimmer sein.
Wir könnten sterben, nur
weil jemand uns vergisst
im Käfig, weil ohne Futter noch Wasser,
weil niemand hinter den Gitterstäben pfeift,
um unser Echo zu hören. Hier sind wir,
wir sind die Kanarienvögel, die in der Mine gebraucht
      werden,
um das Grubengas aufzuspüren. Wir singen und
      denken
es würde reichen, wenn sie die Flamme beobachten
wie sie länger wird und sich blau verfärbt.
Sie bräuchten keinen Kanarienvogel,
sie müssten nicht absteigen, den Käfig vorweg,
sie bräuchten unseren Tod nicht. Schaut auf
      die Flamme, Arschlöcher,
lauft, wenn ihr die blass-blaue Aureole seht,
das würde reichen,
aber nein, erst wenn wir von der Stange fallen,
und wir den Schnabel auf- und zusperren, nach Luft
      schnappend wie ein Schiffbrüchiger,
der trotz allem untergeht, erst wenn wir auf der Seite
liegen bewegungslos, still, endgültig
tot, erst dann,
erst
dann,
schauen sie uns an
reuevoll sicher erleichtert ein wenig erschrocken
und drängeln sich hoch auf die Galerie zurück,

denn in der Tiefe gibt es das Grubengas und sie
     könnten in der Luft explodieren,
sie, die Galerie, die Steine, die Dunkelheit, die Welt
eingestürzt, so könnte es gewesen sein,
aber welche Freude zu leben, sagen sie sich,
rechtzeitig geflüchtet,
tanzen sie und umarmen sich,
und sag du mir, wer sich da einen Dreck schert um
     den Tod
eines beschissenen Kanarienvogels.

18

Sie sind zu acht: drei Männer, vier Frauen, ein Kind. Blondes oder hellbraunes Haar, bis auf eine der Frauen, nicht älter als dreißig, deren schwarze Mähne unter dem Helm hervorquillt. Einer hat so rosige Haut und so hellen Flaum, als hätte er eine Pigmentstörung. Sie sind konzentriert und lächeln trotzdem. Es kann nicht so einfach sein, denn außer ihr schauen alle etwas nervös auf die digitale Anzeige in der Mitte des Lenkers. Sie sind kaum doppelt so schnell wie ein Fußgänger, aber wenn man bergab rollt kann man schon den Eindruck haben, viel zu schnell Geschwindigkeit aufzunehmen. Viel geübt zu haben scheinen sie nicht; zu oft beugen sie die Knie, als ob sie sich hinsetzen wollten, aber es gibt keinen Sattel. Nur die Dunkelhaarige, die vorneweg fährt, macht einen entspannten Eindruck, sie dreht sich ab und zu nach den anderen um, gibt ihnen auf Englisch Anweisungen, ohne das Gleichgewicht oder die Sicherheit zu verlieren. »Nicht so eilig«, sagt sie, »haltet Abstand voneinander, damit die Fußgänger durchkommen können, was ihr hier seht, sind die Escuelas Pías, das Gebäude wurde von den Anarchisten während des Krieges zerstört.«

»Wow«, sagt einer der Männer. Die Gruppe hält an und die Stadtführerin gibt ihnen eine grobe Zusammenfassung über den Bürgerkrieg, ohne näher auf die CNT oder die Falange einzugehen, was notwendig gewesen wäre, um den Brand und die Zerstörung des Gebäudes zu verstehen.

»Was für Barbaren«, sagt einer der Männer.

»Wer?«, fragt sie.

»Die, die das getan haben.«

»Heute ist es eine Bibliothek«, fährt sie fort und alle nicken anerkennend. Vielleicht versuchen sie, sich vorzustellen, wie das Gebäude wohl vor dem Krieg ausgesehen hat.

»Ihr müsst eure Vorstellungskraft kontrollieren«, hatte Alfon gesagt. »Sobald ihr anfangt, euch Bilder auszumalen, ist alles verloren. Ihr müsst euch gegenseitig anschauen, Energie aus dem Nebenmann, der Nebenfrau gewinnen, Spaß an der Aktion haben, wie eine Choreografie. Könnt ihr mir folgen?«

»Klar«, sagte Yannick, »bis dahin ist es einfach. Es ist wie das Diabolo zu werfen.«

Alfon rieb sich die Knie und zeigte dann auf Yannick.

»Genau so, wie mit dem Diabolo. Wenn du es hochwirfst, denkst du nicht daran, was du morgen machen wirst, nicht wahr? Auch nicht daran, was du gestern gemacht hast. Du folgst ihm mit dem Blick und konzentrierst dich darauf, es aufzufangen.«

Das El Agujero war voller Leute. Aus der anarchistischen Bibliothek waren zwei junge Männer gekommen, drei aus einem anderen besetzten Haus, ein paar Tage zuvor von der Polizei geräumt, vielleicht waren sie müde, ein ums andere Mal Sandburgen zu bauen und dann kommt jemand und zertrampelt sie; auch eine Frau, die noch bis vor kurzem in einem Frauenhaus wohnte und gerne ins El Agujero einziehen würde, weil, wie sie sagte, das Leben nur mit Frauen ihr das Gefühl gibt, in einem Kloster zu wohnen. Sie standen in dem Zimmer, das früher mal das Wohnzimmer gewesen war. Jetzt lagen drei Matratzen an der Wand, eine umgedrehte Obstkiste mit Kerzen, Aschenbechern, Gläsern, verschiedene Rucksäcke, ein Faltschrank mit kaputtem Reißverschluss. Hier schliefen Yannick und Elena, jetzt auch die Nonnen; da es der größte Raum ist, trafen sie sich normalerweise dort zu den Plena, zum Trinken, oder um sich einzupfeifen, worauf sie gerade Bock hatten, obwohl außer Yannick niemand wirklich abhängig war; eines der wenigen Verbote im El Agujero war, zu fixen.

Heute war das Gedränge größer als sonst, viele wollten nicht mehr nur demonstrieren und Flugblätter schreiben, Kurse organisieren, die passive Solidarität der Anderen suchen. Es ist an der Zeit, sich zu wehren, und es genügt nicht, einen Mülleimer mit einem selbstgebastelten Feuerwerkskörper in die Luft zu jagen, noch einen Container abzufackeln oder einen Geldautomaten zu zerstören, und noch weniger, Wände oder Metallrollläden mit Parolen zu besprühen. Genug der Polizeischikanen, der Übernahme des Viertels durch Hipster und Immobilienfirmen, der Zwangsräumungen und der Selbstmorde derer, die das alles wirklich nicht mehr aushalten können. Genug der Ohnmacht und der Parolen, die nur heiße Luft sind, der Schläge gegen Afrikaner, der Schläge gegen Frauen, die ihre Wut herausschreien, der Knüppel mitten ins Gesicht und in den Bauch, und dass sie versuchen, jedem jungen Kerl, der protestiert, die Arme und Beine zu brechen und hinterher behaupten, er habe fünf Polizisten, so breit wie Schränke, angegriffen. Einige wollten in Aktion treten, andere fingen gerade erst an, sich zu informieren, sich auf den rutschigen Boden des Pro und Contra zu begeben.

»Sollten wir nicht was anderes machen, einen Politiker angreifen, und sei es auch nur, um ihm einen gehörigen Schrecken einzujagen?«, fragte einer von der anarchistischen Bibliothek, ein junger Kerl, der wegen Anstiftung zum Terrorismus und Widerstands gegen die Staatsgewalt im Gefängnis gewesen ist und den sie zwei Jahre später ohne Anklage freigelassen haben. Seitdem hegte der lebhafte und temperamentvolle junge Mann einen Groll und ein Misstrauen, das selbst seine Freunde irritierte.

»Politiker sind austauschbar«, antwortete Alfon. »Man muss das Eigentum angreifen und wirtschaftlichen Schaden verursachen. Dort tut es ihnen weh.«

»Und du, wirst du mitmachen?«, fragte der andere, mit der Antwort scheinbar unzufrieden.

»Guck mich doch an.«

»Ich gucke dich an, Alter. Und du hörst nicht auf zu quatschen. Wie ein Politiker.«

»Ich wiederhole: Guck mich doch mal an.«

»Er kann nicht rennen«, sagte Ana. »Sie würden ihn ganz sicher erwischen.«

»Na schön, und ich habe ein kaputtes Knie. Ein Bulle hat es mir zertreten, als sie mich festgenommen haben.«

»Niemand zwingt dich mitzumachen.«

»Niemand zwingt mich zu gar nichts, das stimmt. Ich bin frei wie der Teufel.«

»Kommen wir wieder zur Sache?«, fragte Alfon und blickte über den Rand seiner Brille. »Danke. Was ich sagte war, dass ihr euch nichts ausmalen sollt. Macht es wie beim Ballett, wie Schlittschuhläufer auf dem Eis, achtet nur auf eure Partner und die Pirouette. Verstanden?«

Er blickte sich nicht in der Gruppe um, er warf nur sein Haar zurück und fuhr mit der Hand über die Stirn. »Also, wer macht mit?«, fragte er. »Ihr müsst nicht alle mitgehen.«

Ana hob die Hand, Yannick hob seine Hand nach ihr, ebenso der Deutsche und die beiden Nonnen. Elena hob nicht die Hand und die anderen schienen unentschlossen, halb dafür, halb dagegen, wie gegenüber der Gesellschaft, wie so viele gegenüber ihrem eigenen Leben.

»Fünf. Das genügt völlig.«

Das genügt völlig. Selbst zwei hätten ausgereicht, denn die sieben Touristen haben sich wieder, trotz der Anweisungen ihrer Begleiterin, auf ihren Segways gruppiert und versperren so jedem Fußgänger, der in die entgegengesetzte Richtung geht, den Weg.

»Wenn wir unten sind«, sagt die Stadtführerin auf Englisch, »biegen wir nach rechts ab, um die La Tabacalera zu besichtigen, eine Art Kulturverein, früher ein besetztes Gebäude. Wisst ihr noch, wie man eine Kurve fährt?«

»Schau mal, Mama«, sagt der kleine Junge und neigt seinen Körper abwechselnd zur einen und zur anderen Seite, so dass er kleine S-Kurven fährt.

»Pass auf«, ruft eine der Frauen, »du wirst noch mit jemandem zusammenstoßen.«

»Nichts bildlich vorstellen«, fuhr Alfon weiter fort, »sobald du dir etwas bildlich vorstellst, denkst du auch an den Schmerz der anderen. Und die Revolution tut immer weh. Eine schmerzfreie Rebellion ist unmöglich. Aber niemand von uns möchte der Welt noch mehr Schmerz zufügen, nicht wahr? Ich, ich bin ein guter Mensch, im Ernst. Ich, ich möchte den Schmerz verringern. Also wenn ihr da jetzt rausgeht ...«

»Langsamer«, sagt die Stadtführerin. »Ein bisschen langsamer, und hintereinander, damit die Leute vorbeikommen.« »Du auch«, sagt sie zu dem Jungen, aber er ignoriert sie.

»Mama, schau mal, schau, was ich jetzt mache.«

»Tim, hör auf, Quatsch zu machen. Du wirst hinfallen.«

»Tim«, mischt sich jetzt auch ein Mann ein. »Hörst du schlecht? Willst du, dass ich es dir sage? Hey? Soll ich es dir mal sagen?«

Der Junge schnaubt und für einen Moment bleibt er in der Reihe, nur einen Moment, dann zieht er eine Grimasse und überholt den Erwachsenen, der gerade gesprochen hat. Die Frau, die als Letzte fährt, verlässt ebenfalls ihre Position und fährt nun neben ihrem Vordermann, der den Helm so tief in die Stirn gezogen hat, dass kaum zu glauben ist, dass er etwas sieht.

»Wenn ihr da rausgeht und Schmerz zufügt, dann deshalb, weil ihr auf lange Sicht den Schmerz in der Welt verringern werdet. Der Schmerz ist schon da, diffus, ohne dass man die verantwortliche Hand sieht, aber er ist da, und die Revolution ist die Explosion des Schmerzes, wie Feuerwehrleute, die eine Explosion auslösen, um ein Feuer zu löschen. Die Druckwelle löscht das Feuer. Ihr seid die Druckwelle, ihr seid die Explosion. Ihr seid nicht die, die das Feuer gelegt haben.«

»Und du bist ein Prediger, ein Fernsehprediger. Ich sage, man muss mehr tun, wir müssen etwas Richtiges, Ernsthaftes machen.«

Aber schon achtet niemand mehr auf ihn, sogar sein Freund sagt, »halt die Klappe, verdammt, das ist gut, was sie vorhaben, irgendwo muss man anfangen, und die Touristen sind die Pest«. Die fünf Freiwilligen stehen auf. Nachdem sie Alfon kurz umarmt haben, gehen sie los. Wie immer schauen sie zunächst nach beiden Seiten, sobald sie die Tür vom El Agujero geöffnet haben. Sie gehen die Embajadores hinunter bis zum Markt, gehen noch eine Straße weiter und bleiben an der Ecke stehen. Alle tragen Hoodies, sie sehen aus wie Mitglieder einer Sekte. Yannick bindet die Nylonschnur an einem Tor fest, überquert die Straße und lässt die Spule los.

»Wir werden uns die Hände aufreißen«, sagt der Deutsche. Die Nonnen malen auf den Boden: Tourists go home. Tourism kills the poor. Tourism or life. In roten Buchstaben, groß, unregelmäßig, die Farbe verläuft; sie würden nicht schlecht zum Abspann eines Horrorfilms passen.

Ana bindet ein Ende ihrer Nylonschnur an das Gitter eines Tors und überquert die Straße, den Rest der Schnur auf ein mehrere Zentimeter dickes Holzbrett gespult. Sie hockt sich hin und wickelt sie einmal um einen Poller, um den Zug zu dämpfen. Da kommen sie schon. Sie kommen immer diese Straße runter, es ist die gewohnte Tour.

»Passt beim Überqueren der Straße auf. Tim, nicht überholen.«

»Warum hörst du nicht auf sie, Tim«, sagt die Frau, die den Jungen bereits vorher ausgeschimpft hatte. Der Junge lacht. Dann ein erschreckter Ausruf der Stadtführerin, vielmehr gibt sie eine Art Schluckaufgeräusch von sich und springt nach vorne ab, während der Segway gegen eine Wand prallt. Ana hat die Nylonschnur mit einem Ruck straff gezogen. Das Holz presst sich in ihre Hände. Die Touristengruppe schwankt, als hätte der Boden plötzlich seine Festigkeit verloren, einer klammert sich am Lenker fest, ein anderer lässt instinktiv los, um sich irgendwo festzuhalten, greift aber nur ins Leere. Sie prallen zusammen, der Junge fährt frontal gegen ein parkendes Auto und das Geräusch des Helms auf dem Metall mischt sich mit dem der kollidierenden Segways. Auch die Erwachsenen werden durch die Gegend geschleudert, jeder in eine andere Richtung. Ein Mann fällt zwischen zwei parkende Autos und bleibt am Boden liegen, unbeweglich, obwohl der Sturz nicht so schlimm gewesen sein kann. Die Frau, die mit dem Kind geschimpft hat, hat vom Segway abspringen können und zunächst scheint es, als könne sie sich auf den Beinen halten, aber sie stolpert, ihr knicken die Knie ein und sie stürzt nach vorne: Das Kinn schrammt über den Boden und hinterlässt eine Blutspur. Der Junge heult. Ein Mann heult. Die Stadtführerin hickst erschrocken. Eine andere Frau lehnt sich gegen eines der Autos. Ihr scheint nichts passiert zu sein.

Das denkt jedenfalls Ana, ihr scheint nichts passiert zu sein, erleichtert, dass wenigstens eine unverletzt geblieben ist, denn man soll nicht mehr Schaden anrichten als nötig. Sie hätten schon längst weglaufen sollen, aber niemand hat sich gerührt. Yannick zieht Ana am Arm, gehen wir, Alte, aber auch er setzt sich nicht in Bewegung. Nicolás, sie haben nicht einmal gemerkt, dass er auch mitgekommen ist, ist über die Straße gelaufen und leckt dem Kind das Gesicht, das daraufhin noch lauter heult. Eine der Nonnen nimmt den Hund am Halstuch und zieht ihn weg. Sie rennen, jetzt doch, die Straße hoch und keuchen, denn der Hang ist steil. Sie verteilen sich, und schon hören sie kaum noch das Schluchzen und Hicksen, nicht die Rufe der Stadtführerin, mal auf Spanisch, mal auf Englisch, wer war das, wer hat das gemacht, verdammte Scheiße, ihr Arschlöcher. Nichts. Ein Rauschen in der Ferne. Die geschlagene Armee liegt am Boden und weiß immer noch nicht, woher der Angriff kam. Sie werden eine Weile brauchen, um die Nylonschnur zu entdecken, das heißt, um festzustellen, dass es wirklich kein Unfall gewesen ist. Eine alte Frau mit einer Einkaufstüte von Carrefour in jeder Hand bleibt ein paar Sekunden stehen, stellt die Tüten kurz ab, um sie in die andere Hand zu wechseln, schaut auf die Spule der Nylonschnur, schaut zu den auf dem Bürgersteig verstreuten Ausländern, schüttelt den Kopf. Sie hält nicht an, um zu helfen, denn in ihrem Alter und außerdem die Hüfte und wegen wer weiß was sonst noch. Sie geht in die gleiche Richtung wie die Flüchtenden und murmelt, schau, die nimmt auch noch einen Hund mit, wer kommt denn auf so 'ne Idee?

19

Wie schön die Liebe ist, ihr beiden. Habt ihr einen Euro für mich?

Schenk mir was, auch wenn es nur ein Lächeln ist.

Wie elegant Sie sind, Señor. Geben Sie mir ein bisschen Kleingeld?

Laufen Sie nicht weg, laufen Sie nicht weg, ich bitte nur um ein paar Cent.

Was für ein schöner Morgen, nicht? Willst du ihn mir mit fünfzig Cent versüßen?

Schau, das ist reine Kunst. Ein bisschen Kleingeld, du Schöne?

Yannick, in kurzen Hosen, Hosenträgern und Zylinder. Heute scheint er es eilig zu haben. Ihm fällt das Diabolo mehrmals hintereinander runter, aber er lächelt den Passanten weiter zu, begegnet ihnen mit einem Augenzwinkern, mit einer Schmeichelei. Hey, Schönheit, willst du mir nicht etwas Kleingeld geben, damit dein Portemonnaie etwas leichter ist?

Es sind nicht viele unterwegs, um vier Uhr nachmittags, wenn die Sonne die Luft zum Flimmern bringt und die Straße wie eine Luftspiegelung erscheint, als könnte sie sich gleich auflösen und Yannick im Vakuum zurücklassen, mit seinem Zylinder, seinem Diabolo und seinen Scherzen. Diesmal wirft er es fast vier Meter in die Höhe und fängt es zunächst ohne Probleme auf, aber dann hüpft es vom Seil und landet vor den Pfoten des Hundes, der ohne viel Lust hineinbeißt. Ein bisschen Kleingeld, ein bisschen Kleingeld. Das Lächeln ist gezwungener als sonst, aber das kann Javier nicht wissen. Die Arme sind zu angespannt, so kann niemand jonglieren. Und

Elena ist nicht bei ihm, um ihn zu beruhigen, um wenigstens um das Geld zu bitten oder das Diabolo wieder aufzuheben, wenn es über den Boden rollt. Elena ist schon zwei Tage nicht mehr im El Agujero aufgetaucht, weil sie wütend auf Yannick ist, Alter, du musst von dem Zeug runterkommen, echt jetzt, du wirst dich noch umbringen, du wirst noch daran sterben, komm schon, ich helfe dir, und immer antwortet er ja, aber sobald er genug zusammen hat, läuft er zu den Dealern nach Embajadores runter, um ein paar Papers zu besorgen, manchmal nur eins. Er sagt ja und lächelt und ist immer freundlich und mag Elena sehr, aber dann ist es doch nein, und da steht er nun wieder, mit dem Diabolo und dem schläfrigen Hund, versucht die Aufmerksamkeit der Vorbeigehenden auf sich zu ziehen. Ein bisschen Kleingeld, Señor? Super, haben Sie einen schönen Tag.

»Das muss sehr schwierig sein, oder?«

Yannick, der sich schon wieder umgedreht hat, um weiter zu jonglieren, schaut den Mann an, der ihm gerade eine Münze gegeben hat. So ein Hipster in gebügelten Hosen und Pullover mit V-Ausschnitt. Aber er lächelt ihn auf alle Fälle an.

»Na ja, eine Sache der Übung, aber heute ist nicht mein Tag. Es gibt gute und schlechte Tage.«

»Das passiert uns allen mal. Kommst du immer hierher, an diese Ecke?«

»Na ja, immer weiß ich nicht, aber wenn ich kann, sie ist gut gelegen, die eine Straße geht zum Tirso und die da zum Cascorro. Hast du vielleicht 'ne Zigarette?«

»Ist das dein Hund?«

Yannick zögert. Gehört er ihm? Es ist schon so lange bei ihm, er könnte ja sagen. Aber er mag das Wort nicht. Eigentum ist Diebstahl.

»Ja«, sagt er, »Nicolás.«

»Er ist für die Jagd, oder?«

»Keine Ahnung. Mit mir jagt er nichts. Gut, einmal hat er eine Ratte gefangen, aber ich habe ihn ausgeschimpft.«

Yannick lacht einfach. Wie immer.

»Nimm, kauf was für den Hund.«

Yannick nimmt den Geldschein. Damit hat er genug zusammen. Er will nicht unhöflich zu dem Mann sein, aber er würde jetzt gern sofort los. Er ruft den Hund. Dem fällt es jedes Mal schwerer aufzustehen. Zuerst streckt er die Vorderbeine aus und macht ein paar Schritte, ohne die hinteren anzuheben, er schleift den hinteren Teil des Körpers über den Boden, als gehöre er nicht zu ihm, ein Bündel, das man ihm aufgeschnallt hat, ohne dass er es gemerkt hat, bis er es endlich schafft, sich vollständig aufzurichten.

»Er ist ganz schön alt, der Arme. Nicht einmal schütteln tut er sich noch wie alle Hunde. Das war einmal. Also, ich muss dann mal. Für heute ist genug.«

»Okay, man sieht sich.«

»Du siehst, ich habe hier meinen Job. Das ist mein Büro.«

Ein seltsamer Typ. Vielleicht ist er schwul und will ihn aufreißen. Das mag Yannick überhaupt nicht. Er ist nie auf den Strich gegangen, nicht mal in seinen schlechtesten Zeiten. Aber er verabschiedet sich freundlich und wünscht ihm einen guten Tag. Komm schon, Nicolás, und er geht Richtung Glorieta de Embajadores. Es ist gut, ein paar Freunde im Viertel zu haben. Leute, die ihm hin und wieder einen Geldschein geben. Für den Hund. Dafür ist das Geld, für den widerlichen Hund, der ihn von innen auffrisst.

Javier folgte Yannick mit dem Blick, während er das Handy aus der Hosentasche holte. Er schickte zwei Nachrichten per Whatsapp und ging zum Motorrad zurück. Fünf Tage war es her, seit er die Suche nach Ana übernommen hatte, und er konnte den Fall nicht länger hinauszögern. Noch bevor er das Motorrad gestartet hatte, erhielt er die Antworten. Anas Vater und Mutter konnten noch am selben Nachmittag in sein Büro kommen. Er fuhr langsam, mitten am Vormittag herrschte kein dichter Verkehr, aber er hatte es nicht eilig, im Gegenteil, statt zu überholen blieb er hinter den langsamen Fahrzeugen, nutzte die Fahrt zum Nachdenken, ließ seine Gedanken schweifen, ließ zu, dass sich Erinnerungen und Sehnsüchte mit den vor ihm liegenden Aufgaben mischten. Er hatte das

Gefühl, dass etwas passieren würde, so wie in den ersten Wochen ihrer Beziehung, wenn er Raúl besuchte und dieser ihn immer mit irgendeiner Überraschung für sie beide erwartete: Konzert- oder Theaterkarten, die er gerade online gekauft hatte, beeil dich, zieh den Mantel nicht aus, es fängt in einer halben Stunde an, und natürlich mussten sie rennen, fast sicher, nicht rechtzeitig da sein zu können, lachend, weil er ihn auch einfach per Handy hätte bitten können, direkt zum Theater zu fahren, aber diese praktischen Lösungen kamen Raúl nie in den Sinn oder er verwarf sie sofort, wo wäre sonst die Spannung geblieben? Oder er empfing ihn an irgendeinem Abend mit einem mehrgängigen Menü zum Essen, dessen Zubereitung ihn den ganzen Tag gekostet haben musste, oder mit einem neuen Gleitgel, das sie zusammen ausprobieren sollten. Für Raúl war das Leben eine Abfolge von kleinen Überraschungen, eine Ansammlung von Momenten, die, wenn auch nicht unvergesslich, zumindest die kommenden Tage mit einer lustigen oder innigen Erinnerung versüßen würden. Javier hatte nie damit gerechnet, eine so stabile Beziehung zu führen, die dennoch nicht zur Routine wurde. Und jedes Mal, wenn Raúl eine dieser spontanen Ideen hatte (oder im Voraus, was er aber erst verriet, wenn es fast nicht mehr möglich war, sie zu verwirklichen), stiegen sie aufs Motorrad, Raúl umarmte ihn von hinten fester, als es zum sicheren Halt notwendig war, und los ging's, schneller, wir schaffen es sonst nicht, flüsterte Raúl ihm zu, und das Flüstern war lauter als der Motor und der Verkehr, und Javier lachte, du bist verrückt, wir werden einen Unfall haben, aber er trat aufs Gaspedal, wenn auch nur für einen Moment, um ihm die Freude zu machen und um zu fühlen, wie Raúl sich durch die plötzliche Beschleunigung ein paar Zentimeter von ihm löste, nur um sich gleich darauf noch fester an ihn zu drücken.

Und jetzt war er es, der im letzten Moment einen Plan ausheckte, über den nachzudenken er fast keine Zeit gehabt hatte. Er arbeitete einige Zeit schlecht gelaunt am Bericht für Anas Eltern. Obwohl er sie nicht fotografiert hatte und die Eltern nur über ihren Aufenthaltsort aufklären würde, dachte er, dass das Mädchen das Recht hatte, selbst über ihr Leben zu entscheiden, auch wenn sie erst siebzehn war, was macht das schon für einen Unterschied, siebzehn oder achtzehn, und wenn man in diesem Alter beschloss, von zu Hause wegzugehen, hatten die Eltern noch weniger das Recht, das zu verhindern, denn sie sind bestimmt die Ursache für diese Entfremdung. Und wenn auch der Sohn ihnen nicht erzählte, wo seine Schwester steckte, dann gab es sicherlich einen Grund für diese Geheimhaltung.

Als Javier den kurzen Bericht beendet hatte, kam Carles herein. Er setzte sich auf den Stuhl ihm gegenüber, auf der anderen Seite des Schreibtischs.

»Wir werden die Sekretärin entlassen.«

»Irene?«

»Wir haben keine andere.«

»Apropos, wo ist sie?«

»Im Urlaub. Was meinst du, schreib ich ihr, dass sie nicht wiederkommen muss?«

»Zuerst verkündest du, wir werden sie entlassen, und jetzt fragst du mich.«

Als sie damals die Agentur gemeinsam gegründet hatten, fand Javier die Besonnenheit seines Partners beruhigend, die Art und Weise, wie er jeden Schritt vorwegnahm und seine Folgen absehen konnte; er erinnerte ihn an einen Tennisspieler, der vor dem Aufschlag die Grundlinie mit dem Fuß säubert, das Spielfeld genau eingrenzt, um möglichst exakt voraussagen zu können, wo der Ball auftrifft. Jetzt dagegen gingen ihm diese Vorbereitungen auf die Nerven, sein Zaudern, das ihn eher an einen schlechten Schachspieler erinnerte, der mit der Hand eine Figur ergreifen will, zögert, die Hand zurückzieht, sein Kinn aufstützt, die Bewegung mit einer anderen Figur wiederholt und erst, als die Zeit fast abgelaufen ist, doch die erste Figur zieht.

»Wir haben vier Mandanten«, sagte Carles.

»Ab heute Nachmittag drei.«

»Drei. Wir machen etwas falsch. So werden wir die Schulden nie abbezahlen.«

»Und was machen wir ohne Irene?«

»Das Gleiche wie jetzt. Aber wir kümmern uns um alles selbst.«

Carles schüttelte langsam den Kopf, seufzte und hielt sich an der Kante des Schreibtisches fest, als wolle er sich daran hochstemmen. Er sah Javier nicht in die Augen, das tat er fast nie. Carles starrte immer auf die Brust seines Gesprächspartners, wenn es sich um einen Mann handelte, eine Handbreit zur Seite, wenn es eine Frau war. Javier hatte festgestellt, dass jeder, der mit Carles länger als eine Minute sprach, zappelig wurde, unkonzentriert, den Faden verlor; ihm war nie klargeworden, ob es sich dabei um Taktik handelte oder ob Carles einfach kein offenes Gespräch führen konnte.

Carles fuhr mit der Fingerspitze über eine abgeplatzte Stelle an der Schreibtischkante und betrachtete sie mit echtem Interesse, als würde er einen Schönheitsfehler an einem Museumsstück begutachten und nicht an einem Schreibtisch für zweihundert Euro. Er drehte sich mit dem Stuhl nur wenige Zentimeter hin und her.

Javier stellte ihn sich zu Hause vor, in Unterhosen, wie er das Bier direkt aus der Flasche trank, Stunden auf einem Kunstledersofa verbrachte, an dem die Haut wegen der Hitze kleben blieb, bis in die frühen Morgenstunden fernsah und bei einem dieser Programme masturbierte, bei denen die Genitalien der Protagonisten durch das eingeblendete Nachrichtenband der Datinghotline verdeckt werden. Javier stellte sich auch Carles traurige Abendessen vor, Würstchen aus der Dose, in der Mikrowelle aufgewärmte Pizzas, Tiefkühlfisch und Chips. Denn Javier glaubte ihm die vielen Freundinnen nicht. Das Foto auf seinem Schreibtisch wechselte regelmäßig. Der Bilderrahmen blieb derselbe, aber alle paar Monate, oder zumindest jedes Jahr, lächelte eine andere Frau Carles an. Ein gefrorenes Lächeln. Ein Lächeln, das für jeden hätte sein können. Immer nur die Frau allein, ein Allerweltsgesicht (aber mit längeren oder brünetten oder blonden Haaren). Javier fragte sich manchmal, ob Carles diese Frauen überhaupt kannte, oder ob er die Fotos aus dem Internet hatte und sie in den Bilderrahmen setzte, um ein glücklicheres oder zumindest normales Leben vorzuspiegeln.

Und dies war der Partner, mit dem er ein neues Unternehmen gründen sollte. Plötzlich kam ihm sein eigenes Büro schäbig vor, und so musste es jedem gehen, der ihn dort aufsuchte. Der Metallaktenschrank von IKEA, der Schreibtisch aus einem dieser großen Baumärkte am Stadtrand, der ergonomische Bürostuhl, der sich nicht mehr zurückkippen ließ, weil der Hebel abgebrochen war, Kunstdrucke in schwarzen Plastikrahmen, der Laminatboden, dessen Schäden man nicht mehr beheben konnte. Lediglich die beiden Stühle für die Kunden aus dem Ausverkauf eines Designergeschäfts, das während der Krise in Konkurs gegangen ist, könnten den Eindruck eines florierenden Unternehmens vermitteln, und der Computer, eine Überraschung von Raúl, der sich dank seiner Biokosmetikfirma solch kostspielige Geschenke erlauben konnte.

»Du kannst sie nicht einfach so rausschmeißen.«

»Doch, kann ich, sie hat einen befristeten Vertrag.«

»Ich meine, bevor sie wiederkommt. Gib ihr einen Monat, um es ihr wenigstens ins Gesicht zu sagen.«

»Wie du willst.«

Dann endlich erhob sich Carles, mit einer solchen Kraftanstrengung, als wäre er am Stuhl festgeklebt gewesen.

Als es einige Minuten nach dem Gespräch mit Carles klingelte, stellte Javier einen weiteren Stuhl vor seinen Schreibtisch und ging zögernd zur Tür, um sie zu öffnen. Da sie zusammen kamen, vermutete er, dass sie sich schon vorher getroffen hatten, um die nächsten Schritte zu besprechen, ohne sie vor ihm diskutieren zu müssen.

Die Mutter sah schlechter aus als beim letzten Mal; Javier erinnerte sich jedenfalls nicht an ihre dunklen Augenringe, und das Herpesbläschen auf der Oberlippe war ganz sicher noch nicht da gewesen. Das ließ ihn an die Trennung seiner Eltern denken; seine Mutter, die trotz ihres langweiligen Ehelebens nie aus dem Haus gegangen war, ohne sich eine halbe Stunde lang das Haar zu richten und die Kleidung sorgfältig auszusuchen, manchmal fragte sie Javier nach seiner Meinung, die dieser mit der Ernsthaftigkeit eines Anwalts vertrat, der seinem Mandanten rät, was er vor Gericht anziehen sollte, nein, das ist zu eng, ja, das rote Kleid lässt dich jünger aussehen; wohingegen sie schon kurz nach der Trennung nicht mehr auf ihr Aussehen achtete, sie ging sogar mal im Morgenmantel hinunter, um Brot zu kaufen, während sein Vater den Scheidungsprozess wie eine lästige Formalität zu durchlaufen schien, die ihn nicht im Geringsten veränderte. Auch Aitor wirkte müde, aber eher wie jemand, der eine schlechte Nacht verbracht hat und reizbar und erschöpft ist.

Während Javier die zwei Seiten mit dem Bericht und Anas Anschrift ausdruckte, sprach niemand ein Wort, auch nicht, während die Eltern lasen.

Isabel legte den Bericht zurück auf den Schreibtisch, ohne den Finger zurückzuziehen, der auf den Namen ihrer Tochter zeigte. Die Finger waren um die Nägel herum gerötet.

»Wie haben Sie sie gefunden, mit dem Ortungsgerät in Luis' Rucksack?«

Javier sah Aitor an, als würde er erwarten, dass er sich einmischt, aber er tat es nicht.

»Das steht im Bericht.«

»Ach, entschuldigen Sie.«

»Sie haben sich nicht gesehen. Auf jeden Fall nicht, als er den Rucksack dabei hatte. Ich habe auch nicht gehört, dass er sie angerufen oder jemandem gesagt hätte, dass er sie besuchen würde. Das GPS, das ich Ihnen mitgegeben habe, hatte auch ein Mikro.«

Keiner von beiden reagierte auf diese Information, wahrscheinlich ein Detail, das angesichts der Entscheidung, seine eigenen Kinder auszuspionieren, zu vernachlässigen war.

»Er hätte auch eine Nachricht schicken können, um sich zu verabreden, nicht?«, sagte Isabel.

»Hätte er, ja. Aber er nimmt den Rucksack überall mit hin. Ich glaube, er legt ihn nur zum Schlafen ab.«

»Also Sie glauben nicht, dass Luis weiß, wo Ana ist?«, fragte Aitor.

»Das weiß ich nicht. Ich kann ihnen nur sagen, was ich

beobachtet habe. Ihr Sohn studiert fleißig, ein guter Junge. Sie sollten ihm vertrauen.«

»Also dann haben Sie sie gesehen?«

»Am fünften Tag. Als die Idee mit Luis nicht aufging, bin ich nach Lavapiés. Dort gibt es eine anarchistische Bibliothek, mit der sie in Kontakt war, also bin ich eine Zeit lang von einem besetzten Haus zum nächsten. So viele gibt es nicht.«

»Sie haben keine Spesen aufgeführt.«

»Das hat sich nicht gelohnt. Ab und zu ein Kaffee, während ich gewartet habe.«

»Wie geht es ihr?«, fragte Isabel.

»Ana?«

»Ja, klar, Ana.«

»Das kann ich nicht wissen. Sie sieht gut aus, Sie verstehen schon, sie trägt Sachen, die Ihnen sicher nicht gefallen würden, aber sie sieht gesund aus. Sie sieht nicht wie ein Junkie aus, wenn Sie das fragen wollten.«

»Sind Sie sicher, dass sie dort lebt?«

»Sie kehrte nach zwei Stunden zurück und kam nicht wieder heraus. Und sie ging mit einer Tüte voll Lebensmitteln aus dem Supermarkt hinein.«

»Haben Sie noch etwas herausgefunden?«

Javier sah wieder zu Aitor, wieder erwartete er eine Reaktion.

»Isa, wir haben ihn gebeten, das nicht zu tun.«

»Ja, schon, aber er kann, könnte ... was weiß ich, vielleicht hat er was gesehen.«

»Ich ziehe vor nichts zu sehen, solange niemand mich dazu auffordert.«

Aitor nahm die Hand seiner Ex-Frau, eine Geste irgendwo zwischen Trost und Bestärkung, und ungeachtet dessen, dass sie zwischen ihnen üblich gewesen sein mag, fühlten sie sich jetzt beide unwohl damit und zogen die Hände gleich wieder zurück.

»Ich werde zu ihr gehen«, sagte Aitor. »Da ist doch nichts dabei, oder? Nur um zu wissen, wie es ihr geht.«

»Und wie wollen Sie ihr erklären, dass Sie wissen, wo sie ist?«

Aitor schnaubte und fuhr sich mit der Hand durchs Haar. Die zweite Frage richtete er an Javier, ohne den Blick von Isabels Profil zu lösen.

»Könnten Sie etwas mehr über sie in Erfahrung bringen?« Isabel schüttelte den Kopf.

»Du weißt doch, was er letztes Mal gesagt hat. Wenn sie etwas Illegales macht ...«

»Aber was nützt es uns dann zu wissen, wo sie ist? Wir müssen sie da rausholen.«

»Wenigstens wissen Sie, dass es ihr gutgeht, und dass sie nicht auf der Straße lebt.«

»Lass sie, Aitor, lass sie in Ruhe. Sie wird zurückkommen. Diese Dinge passieren.«

»Ach Scheiße, Isabel.«

»Scheiße was?«

Javier machte eine Bewegung, als würde er sie berühren wollen. Obwohl er sehen konnte, dass ihr Kummer authentisch war, und auch wenn er Mitgefühl für diese Eltern hatte, die von den Umständen überfordert und auch verletzt waren durch eine Tochter, die mit ihnen gebrochen hatte, als wären sie eine unerträgliche Zumutung, hatte er keine Lust, ihre Diskussion mitzuerleben, bei der vielleicht alte Vorwürfe aufgewärmt würden, diese Strategie, seine Schuld loszuwerden, indem man sie dem anderen aufbürdet, so wie es seine eigenen Eltern jahrelang gemacht hatten.

»Entscheiden Sie jetzt nichts. Nehmen Sie den Bericht mit. Denken Sie in Ruhe nach.«

Isabel verstaute die beiden Blätter in ihrer Aktentasche, die sie auf den Boden gestellt hatte, als sie sich setzte, eine Tasche aus Flicken in verschiedenen Farben.

»Da gibt es nichts nachzudenken. Danke, dass Sie unsere Tochter gefunden haben. Sie haben Ihren Auftrag erfüllt. Kommst du?«

Aitor schaute den Detektiv an, als würde er sich für das schlechte Benehmen seines halbwüchsigen Kindes entschuldigen. Auch er stand auf.

Javier ging um den Schreibtisch herum und gab ihnen die

Hand: ein paar Bemerkungen zur Bezahlung, machen Sie sich keine Gedanken, das hat keine Eile, zusammenhanglose Abschiedsfloskeln, bis man die Tür erreicht. Er blieb auf dem Treppenabsatz stehen. Noch bevor die Tür des Fahrstuhls sich vollständig geschlossen hatte, fingen sie an zu streiten.

Es hätte ein Zusteller für Wurfsendungen oder eine Paketlieferung sein können, oder jemand, der sich im Stockwerk geirrt hatte oder sogar ein potenzieller Mandant, der keinen Termin vereinbart hatte, aber als es an der Tür klingelte, dreimal kurz hintereinander, wusste er intuitiv, dass es noch mal die Mutter oder der Vater von Ana war, wahrscheinlich der Vater. Er hatte sich ausgemalt, dass sie sich auf der Straße mit zwei Wangenküssen verabschieden würden, er konnte sich nicht vorstellen, dass sie sich mit einem Händedruck verabschiedeten, trotz der Scheidung und so belastet die Beziehung durch die Trennung immer noch war; schließlich haben sie Tisch und Bett miteinander geteilt, das Bad, die Sorgen um die Kinder, vielleicht auch gemeinsam gegrübelt, diese oder jene Stelle anzunehmen, ob sie umziehen oder nicht, dann die Arztbesuche, wenn das Kind Fieber hatte, die Entscheidung abzutreiben oder noch eines zu bekommen, sie hatten beobachtet, wie der Körper des Partners sich im Laufe der Zeit veränderte, im Bewusstsein, dass auch der eigene Körper sich veränderte, Fett ansetzte, die ersten Falten bekam, die Lust ließ nach, obwohl es sicherlich geschiedene Paare gab, bei denen der eine den anderen satthatte und auch die Person, zu der man sich selbst während des Zusammenlebens entwickelt hat, die sich die Hand schütteln, um eine Distanz zu wahren, die ohnehin offensichtlich ist, aber nein, Isabel und Aitor hatten sich in seinem Büro an den Händen gehalten, auch wenn ihnen dieser Kontakt sofort unangenehm war, diese beiden geben sich zwei knappe Küsse auf die Wangen, zwei Küsse, die kein Missverständnis zulassen, und während sie sich trennen, schauen sie sich traurig an, traurig, weil doch immer noch, aber nicht mehr ...,
wegen dieses Gefühls des Unabänderlichen und weil das, was als eine Chance erschien, ein Ende, das ein Anfang hätte sein

können, doch nichts anderes ist als eine Fortsetzung. Javier will nicht leben wie so ein Paar, und eben deshalb will er nicht mit Raúl zusammenziehen, damit jede Begegnung eine echte Begegnung bleibt und nicht ein unfreiwilliges gemeinsames Zusammensein, sie übernachten zwar häufig in der Wohnung des anderen, aber nicht immer, das ist wichtig, es bleibt eine Entscheidung, ein Ausleben von Freiheit, das nicht einmal einer Rechtfertigung bedarf. Raúl und er küssen sich beim Abschied immer noch auf den Mund, und schon das Immer noch stört Javier, weil das Adverb zu akzeptieren bedeutet, auch zu akzeptieren, dass sie damit irgendwann aufhören oder es nur noch auf eine routinemäßige und unaufmerksame Art und Weise tun werden. Sie sprechen zwar über die theoretische Möglichkeit, ein Kind zu adoptieren, einfach, weil es die Möglichkeit gibt, und wenn Leuten wie ihnen jahrhundertelang ihre Rechte abgesprochen worden sind, drängt es sie dazu, sich alle zu nehmen, aber weder Raúl noch er wünschen sich ein Kind (Würdest du lieber einen Jungen oder ein Mädchen wollen?, fragte Raúl; Mädchen. Wenn ich adoptieren würde, würde ich lieber ein Mädchen wollen, Warum?, Ich mag Jungs nicht besonders), weil es bedeutet hätte, ein Paar zu werden, das einen großen Teil seiner Beziehung mit Alltäglichkeiten verbringt, wer holt es von der Schule ab, wer bringt es zum Arzt, kannst du ihm heute zu essen geben?, und vor allem, weil die Erotik schwindet in einem Haus, in dem Spielzeug verstreut auf dem Fußboden liegt, in dem es nach Babypuder und Grießbrei riecht, in dem Weinen statt Luststöhnen zu hören ist.

Aitor erreichte den Treppenabsatz (er hatte nicht den Aufzug genommen) japsend von der Anstrengung, vier Stockwerke quasi hochgerannt zu sein, er war überrascht, Javier in der offenen Tür stehen zu sehen, am gleichen Platz und in der gleichen Haltung wie kurz zuvor.

»Ich muss was mit dir besprechen«, sagte er, »hast du einen Moment Zeit?«, und es entging Javier nicht, dass er ihn jetzt, ohne Isabel, duzte, ein Vertrauen und eine Komplizenschaft suggerierend, die vorher ausgeschlossen gewesen waren.

»Na klar, komm rein.«

»Ich weiß nicht, wo ich anfangen soll.«

»Du willst mir sagen, dass du wissen willst, was deine Tochter treibt, aber gleichzeitig hast du Angst, es herauszufinden, und vor allem, dass ich es herausfinde.«

Aitor nickte mit leicht offenem Mund; er machte den Eindruck, als hätte er selbst erst in diesem Moment verstanden, was er wirklich wollte, als wäre er nur aus einem unerklärlichen Impuls heraus zurückgekommen.

»Sie hat eine gefährliche Richtung eingeschlagen.«

»Das wissen wir nicht.«

»Doch, Javier, natürlich wissen wir das. Wenn du Anarchist bist, bist du Anarchist, du liest nicht nur Bücher. Du bist davon überzeugt, dass du etwas verändern musst, dass Eigentum ein Verbrechen ist, der Staat ein Unterdrücker. Die Gesellschaft ist ein Haufen Scheiße. So was halt.«

»Die Familie ist ein Gefängnis.«

Aitor lächelte wie jemand, der die Schwere der Krankheit herunterspielte, nach der er gerade gefragt worden ist.

»Das auch.«

»Du hast doch bestimmt ähnlich gedacht, als du jung warst, und du hast nicht angefangen, Molotow-Cocktails zu schmeißen. Oder hast du eine Vergangenheit voller Straßenkämpfe und illegaler Wohnungen?«

Javier sagte das, um die Spannung abzubauen, nicht weil er sich wirklich vorstellen konnte, wie dieser so durchschnittliche Mann mit einem Halstuch vor dem Gesicht Steine auf die Polizei warf. Aber man weiß nie, man weiß wirklich nie, was der Lauf der Zeit mit dir machen kann, in wen dich die schreckliche Herausforderung, dich jeden Tag im Spiegel sehen zu müssen, verwandelt. Er hatte es bei seinen Eltern beobachtet, bei den Freunden seiner Eltern, und auch wenn ihm bewusst war, dass jeder mal darüber nachdachte, Javier hatte nicht die Absicht, das Gleiche bei sich selbst zuzulassen. Im Gegenteil, sein Lebensziel war, und das hatte Raúl zum Lachen gebracht, jedes Jahr jünger zu werden: herausfordernder, risikofreudiger, weniger konventionell. »Dafür müsstest du aufhören, nach jedem Essen sofort die Küche aufzuräumen«, sagte Raúl, »den

Boden aufzuwischen, sobald du einen Fleck entdeckt hast, und wenigstens ein Mal einzuschlafen ohne dir vorher die Zähne geputzt zu haben.« Javier hatte den Kopf geschüttelt und sich ausnahmsweise einmal von Raúl unverstanden gefühlt: »Ich will mich nicht mit fünfzig in einen Hippie verwandeln, in eine Kommune ziehen und mit Unbekannten auf einer Matratze auf dem Boden schlafen. Was ich will, ist Kontrolle über mein Leben, verändern, was ich verändern möchte, improvisieren. Was ich nicht will, ist darüber jammern, dass die Umstände mich zu diesem oder jenem gezwungen haben, resignieren, in Pantoffeln durch mein Leben laufen.« Raúl hatte über die Pantoffeln gelacht. »Es stimmt, selbst zu Hause lässt du nie fünfe gerade sein.« »Und gefällt dir das an mir oder stört es dich?« Raúl antwortete nicht sofort; er war jemand, der nie unüberlegt antwortete. »Ich weiß nicht, ich glaube beides, und auf Dauer wird es mich eher stören.« Javier dachte, dass seine Beziehung zu Raúl vielleicht nicht so lange dauern würde, wie er gedacht hatte, dass er sie beenden sollte, bevor sie in die Phase der Nachlässigkeit eintreten würden.

Aitor hatte nicht auf die Frage geantwortet, wahrscheinlich weil auch er dachte, dass das nicht notwendig war. Nein, er hatte nicht an Straßenschlachten teilgenommen, er hatte nicht versucht, die bestehende Ordnung zu stürzen, sondern seine komfortable Nische in ihr zu finden. Seit Jahren war er Mitglied von Amnesty International und Greenpeace. Sein Kampf gegen die Ungerechtigkeit beschränkte sich auf ein paar monatliche Überweisungen.

»Ich will wissen, was meine Tochter macht, worauf sie sich einlässt. Ich bin immer noch verantwortlich für sie, und das meine ich nicht nur in rechtlicher Hinsicht.«

»Du willst, dass ich sie weiter beschatte.«

Aitors verzweifelter Ausdruck ließ ihn kalt. Es war der Ausdruck von jemandem, der etwas will, aber die Konsequenzen nicht tragen will. Er erwartete, dass ein anderer sein Problem löste.

»Ich will wissen …«

»Natürlich. Mir fällt eine Möglichkeit ein: Ich folge Ana,

aber ohne sie abzuhören. So werde ich nicht erfahren, ob sie etwas Illegales plant; ich werde auch keine Kameras in dem Haus installieren. Ich beschränke mich darauf zu beobachten, wohin sie geht, mit wem sie sich zusammentut, was für ein Leben sie führt, so ganz allgemein, nur von Weitem. Mache ein paar Fotos. Ich informiere dich. Du selbst entscheidest, ob ich weitermache oder ob es dabei bleibt.«

Aitor hatte zu allem genickt.

»Isabel ...«

»Isabel ist nicht mehr meine Mandantin.«

Seltsamerweise verließ Aitor das Büro beim Abschied nicht mit der Energie und Entschlossenheit eines Menschen, der weiß, wohin er will und wie er dorthin kommt. Er streckte Javier eine schlaffe Hand entgegen, so schlaff wie das Lächeln, mit dem er sich bedankte, er wollte noch was sagen, ließ es dann aber sein, er hielt sich am Geländer fest, um die Treppen hinunterzugehen; er ging unsicher, wie jemand, der gerade ein Verbrechen begangen hat, das er gern beichten würde, sich dazu aber nicht in der Lage fühlt.

20

Du darfst diese Gelegenheit nicht verpassen, das Leben bietet dir nicht viele. Aitor ist sich bewusst, wie klischeehaft das klingt, was er da gerade gesagt hat, aber wenn er auf sein eigenes Leben zurückschaut, stimmt es irgendwie. Er hatte drei, nutzte zwei (das Angebot, beim Radio anzufangen, und das Angebot vor kurzem, Redaktionsleiter zu werden). Und immer noch fragt er sich, was wohl passiert wäre, hätte er die zweite beim Schopfe gepackt. Damals konnte er nicht mit Isabels Unterstützung rechnen, im Gegenteil, seine Frau startete eine regelrechte Kampagne, um ihn auszubremsen. Der damalige Intendant, der zwei Jahre später mitten in einer Redaktionskonferenz an einem Herzinfarkt starb, hatte ihm vorgeschlagen, die Expansion des Senders in Argentinien und Chile zu übernehmen. Die Idee war, einen externen Berater mit Fachkenntnissen in Finanz- und Rechtsfragen zu schicken und einen jungen Mann, ohne Erfahrung, aber mit Ideen, der ungehindert die Interessen der Hörer in Südamerika erspüren könnte und fähig war, Programme zu entwickeln, die auf dieses Publikum zugeschnitten waren. Es gab noch keine Podcasts, kein Internetradio, es hätte sich wahrscheinlich ausgezahlt, wenn ein Angestellter der Zentrale sich nicht nur die Programme anhört, sondern auch mit den Produzenten und Moderatoren spricht, und vielleicht das Terrain sondiert, um die Interessantesten unter Vertrag zu nehmen.

»Und der Kleine? Was machen wir mit Luis?«

»Er ist ein Jahr alt, Isabel. Ihm ist es egal, ob er hier ist oder in China.«

»Aber mir nicht. Was mache ich, bleibe ich die ganze Zeit

zu Hause, während du arbeitest? Ich koche das Abendessen und stelle dir die Pantoffeln hin, wenn du nach Hause kommst?«

»Jetzt arbeitest du doch auch nicht.«

»Komm schon, Aitor. Sei ehrlich. Ich arbeite zur Zeit nicht, in ein paar Monaten ändert sich das wieder.«

»Du magst deinen Job nicht mal.«

»Das ist nicht der Punkt. Der Punkt ist, dort wäre ich nur die Frau von X. In diese Falle werde ich nicht laufen.«

»Ich soll also ablehnen und diese Chance ausschlagen? Es ist nicht nur das Gehalt, es sind die Perspektiven, die sich daraus eröffnen. Oder meinst du etwa, ich soll ohne euch gehen?«

»Du wirst schon sehen.«

Du wirst schon sehen, Worte, die ihn mundtot machten. Es gab darauf keine passende Antwort. Du wirst schon sehen heißt, es gibt nichts zu verhandeln, wir werden nicht mehr darüber reden, es wird kein heute ich, morgen du geben, denn für Isabel funktionierte das nicht. Nachzugeben hieß für sie, sich selbst zu verraten, für immer die Nebenrolle zu akzeptieren, das zu tun, was so viele Frauen vor ihr getan haben: die eigene Karriere für die des Ehemannes zu opfern. Und Aitor verstand das, ihm war klar, dass er eine traditionelle Rollenverteilung vorschlug, aber mit ihm würde es doch anders sein. Durch die Übernahme der Aufgaben in Argentinien und Chile würde er beim Sender an Bedeutung gewinnen, er hätte mehr Optionen, könnte möglicherweise sogar Bedingungen stellen. Nach ihrer Rückkehr würde er im Job kürzertreten, sich mehr um Kind und Haushalt kümmern, aber am Anfang kannst du nicht nein sagen, du bist austauschbar, Ex und Hopp, wenn du dich nicht anpasst, bist du weg vom Fenster, er hatte das beim Sender schon erlebt, Leute, die sich weigern, Zugeständnisse zu machen, und bei der geringsten Gelegenheit – bei der nächsten Personalumbildung – sind sie fällig.

Das war schon früher so, und jetzt nach der Krise erst recht. Deshalb rät er Luis zu, das Stipendium anzunehmen. Um konkurrenzfähig zu sein, muss man seine Trümpfe ausspielen.

»Ach Kacke, Papa, wenn du so was sagst, habe ich schon keine Lust mehr, weder auf das Stipendium, noch auf irgendetwas anderes. Konkurrieren, mit wem, wofür? Ich will so ein Leben nicht, im Ernst, ich will es nicht. Erinnerst du dich an Héctor?«

»Nein. Wer ist das?«

»Der Dozent, den ich so mochte, der Spezialist für die arabische Welt, von dem du sagtest, dass er dir sehr radikal vorkam.«

»Ach ja, der mit dem Ziegenbärtchen.«

»Genau der. Er ist jetzt Berater der HSCB für Entwicklungspolitik im Mittleren Osten. Mikrokredite, solche Dinge.«

»Gut, oder? Das ist doch gut.«

»Was soll daran gut sein? Das sind doch bloß Nebelkerzen. Glaubst du wirklich, die HSCB interessiert sich für die Entwicklung der arabischen Welt? Einen Scheiß tun die, das ist einfach ein Sammelbecken für Schwarzgeld. Man muss schon sehr verblendet sein, um so etwas zu machen.«

Aitor gefällt, dass Luis dagegenhält, es scheint ihm ein Zeichen von Integrität zu sein. Am Ende muss man sich halt damit abfinden, weil einem nichts anderes übrig bleibt, aber es ist doch nicht dasselbe, ob man sich aus Begeisterung oder Interesse ins Rattenrennen stürzt oder um nicht unterzugehen. Wir sind nicht darauf programmiert, glücklich zu sein, sondern darauf, zu überleben.

»Aber das ist doch nicht dasselbe, oder? Die Annahme des Stipendiums verpflichtet dich zu nichts. Es ist eine Ausbildung, kein Job.«

»Gut, aber später ...«

Wie es ihm erklären. Wie ihn überzeugen. Aitor bewundert die Integrität des Jungen, aber er will ihn auch für das Leben wappnen. Es geht nicht darum, eine glänzende Karriere hinzulegen, reich zu werden oder sich schon in jungen Jahren ins Hamsterrad zu stürzen, es geht darum, sich einen Zufluchtsort zu schaffen, eine Nische in der Arbeitswelt, von der aus man sich verteidigen und das bewahren kann, was einem am wichtigsten ist.

»Ich glaube, es ist eine tolle Chance. Später kannst du dein Wissen so nutzen, wie du es für richtig hältst.«

»Aber man akzeptiert Begünstigungen, es ist wie mit der Krawatte, die man sich zum ersten Mal umbindet. Ein erster Schritt.«

»Früher, als wir in die Berge gefahren sind und uns eine Schneeballschlacht geliefert haben, was hast du als Kind da als Erstes gemacht?«

Luis lacht, er weiß, was jetzt kommt. Wenn sie an einem Sonntag im Winter auf die Guadarrama hochfuhren, machten sie regelmäßig eine Schneeballschlacht. Und Luis forderte noch vor dem Start eine erste Waffenruhe, um sich einen Vorrat an Schneebällen zu formen und sich dann in einem Graben, in einer Mulde oder hinter einem Asthaufen zu verschanzen, von wo aus er den Befehl zum Kampf gab. Luis im Schützengraben wollte weder erobern noch überraschen, sondern standhalten, während Ana herumtobte und perfekte Schneebälle formte, mit Sorgfalt, als hätte sie das Ideal eines Schneeballs im Kopf, das es zu erreichen galt, ohne dass es sie kümmerte, einen Treffer zu kassieren, im Gegenteil, sie lachte dann nur. Ana hatte nach der Schlacht Schnee im Haar, in den Ohren, unter dem Pullover, während Luis makellos aus seiner Deckung hervorkam, fast immer ohne auch nur einmal getroffen worden zu sein.

»Es ist das Gleiche, was du damals gemacht hast.«

»Ich war ein richtiger Langweiler, nicht?, mit meinen Schützengräben.«

»Das war Strategie. Das war nicht schlecht. Fast immer hast du gewonnen. Und genau darum geht es: Bälle zu sammeln, um dich zu verteidigen, falls sie dir deinen Platz streitig machen wollen. Nimm das Stipendium an, Luis.«

»Du wirst allein bleiben, Papa.«

»Ich bin schon allein.«

Der Satz ist Aitor unwillkürlich über die Lippen gekommen und hallt in seinem Kopf nach wie in einem leeren Raum. Er lächelt Luis an, um seine Panik zu überspielen. Nur Luis, und nicht Ana, hatte ihn in den letzten Jahren begleitet. Empfindlich, unsicher, wie ein ängstlicher Hund, der seinem Besitzer nicht von der Seite weichen will.

Und er, ohne sich dessen bewusst zu sein, dass er Luis vielleicht ersetzen wollte, war versucht gewesen, sich wirklich einen Hund zuzulegen. Er hatte einmal von einem Mann gelesen oder gehört, der sich selbst Nachrichten auf dem Anrufbeantworter hinterließ, um sie abzuhören, wenn er sich einsam fühlte, und um das Gefühl zu haben, dass jemand mit ihm sprechen wollte. Ein Hund war eine gesündere Art, sich etwas vorzumachen. Es muss angenehm sein, ein lebendiges Wesen an seiner Seite zu haben, das sich freut, wenn es ihn aufstehen hört, das ihn begeistert begrüßt und für jede Streicheleinheit dankbar ist. Mit einem Tier zu sprechen wirkte nicht so geistesgestört, wie mit sich selbst zu sprechen, und er hatte sich in letzter Zeit des Öfteren bei Selbstgesprächen ertappt, zum Beispiel gab er sich Anweisungen für die Zubereitung des Risottos – und er klang dabei wie einer dieser Fernsehköche, die die Zutaten aufzählen und wie man sie verwendet –, oder er wägte laut das Pro und Contra für einen Spaziergang ab.

Er hat es Luis mal bei einem der seltenen gemeinsamen Frühstücke erzählt.

»Das ist nicht schlimm, Papa. Das machen viele Leute.«

»Greise vielleicht. Aber nicht Leute in meinem Alter. Selbstgespräche sind Sache alter Männer.«

»Aber das passiert dir nur zu Hause, nicht auf der Straße.«

»Nein, auf der Straße nicht.«

»Und selbst wenn, das wäre auch nicht schlimm. Die Leute würden denken, du telefonierst.«

»Was die Leute denken, ist mir egal. Ich mache mir Sorgen um mich. Mit sich selbst reden. Selbstgespräche führen. In meinem Alter.«

»Solange du dir keine Stimmen einbildest, kannst du beruhigt sein. Wenn ich hören würde, wie du imaginäre Gesprächspartner imitierst, würde ich auch Schiss kriegen.«

Aitor denkt darüber nach, wie wohl die nächsten Jahre sein werden, ob es nicht doch noch etwas gibt, das er tun kann, um sich nochmal aufzurappeln und neuen Antrieb zu bekommen. Ohne jemandem davon zu erzählen, hat er sich Wohnungen im Randgebiet von Madrid angeschaut, mit gemeinschaftlichem Swimmingpool und Fitnessraum, manche sogar mit einem Restaurant und einem Gemeinschaftsraum. Orte, wo man sich, auch er, einen Schützengraben mit anderen zusammen gräbt, weil es zu spät ist, seine Arbeitsbeziehungen in Freundschaften zu verwandeln, aber vielleicht, warum nicht, in einer neuen Wohnung, in mit Nachbarn gemeinsam genutzten Bereichen, er könnte sogar eine Frau finden, nicht unbedingt, um mir ihr zusammenzuleben, aber um sein Begehren oder ein Trugbild davon wiederzufinden, die Liebe oder ihren Ersatz. Er hat eine Wohnung gesehen, zu teuer, zu vulgär, zu sehr wie diese Orte, an denen zu leben er sich nie hat vorstellen können, aber letztendlich kann man niemals wissen, was man fühlen oder was man brauchen wird, wenn man alt ist, und er denkt, dass auch er dort noch eine Chance hat, weiterhin der Kapitän auf seinem eigenen Boot zu sein. Zu teuer, aber vielleicht nur für den zaghaften Mann, der er gewesen war, Sparer für schlechte Zeiten, auch ein die Bedürfnisse seiner Kinder großzügig voraussehender Vater, aber Luis hat das Stipendium und wird eine gut bezahlte Stelle bekommen, sobald er mal seine Skrupel überwunden haben wird, und Ana wird immer Kost und Logis bei ihm bekommen, sollte sie jemals genug von ihrem Leben bei diesen primitiven Höhlenmenschen haben und in die Zivilisation zurückkehren wollen. Zu teuer für den, der er vor der Beförderung gewesen ist, aber er muss sich dem Wandel stellen, und wenn er seine jetzige Wohnung verkauft, kann er nach der Ablösung der Hypothek noch einen großen Teil der neuen Wohnung anzahlen. Und sich endlich mal erlauben, zu sich selbst großzügig zu sein, nicht nur gegenüber den anderen.

»Mach es«, sagt er laut zu Luis, aber gleichzeitig sagt er es zu dem Aitor von früher, »mach es«, sagt er, »man muss die Chancen zu nutzen wissen. Nicht kleckern, klotzen!« Und Luis und er heben gleichzeitig die Augenbrauen, erstaunt über einen Satz, den niemand von Aitor erwartet hätte.

Luis steht auf und setzt sich auf dem Weg zu seinem Zimmer die Kopfhörer auf, wie immer, er trägt sie von früh bis spät. Auch wenn er im Haus herumläuft, auch wenn er keine Musik hört, wie um sich abzuschotten, und in letzter Zeit, um Gesprächen über Ana aus dem Weg zu gehen.

»Was hörst du?«, hatte er ihn eines Morgens gefragt, als Luis im Wohnzimmer einige Bücher aus den Regalen nahm.

»Was?«

»Musik, was für Musik hörst du gerade.«

»Ach. Keine. Es ist ausgeschaltet.«

»Warum hast du dann die Kopfhörer auf?«

»Die Kopfhörer? Na ja, es gibt auch Leute, die nachts eine Sonnenbrille tragen.«

So lief Luis wie abwesend durchs Haus, wenn er denn überhaupt durchs Haus lief und nicht unterwegs war oder sich in sein Zimmer zurückgezogen hatte, geräuschlos, im Inneren der Wohnung zusammengekauert wie jemand, der sich vor Verfolgern versteckt, ein Spion, der befürchtet, dass sich in Lampen oder hinter Büchern Mikrofone verbergen. Wenn er nachts ausging, wusste man selten, ob er zurückgekommen war, denn er hinterließ kaum eine Spur, allenfalls ein Glas im Spülbecken oder die leere Milchflasche auf der Arbeitsfläche. Ein Hund hätte Aitor mehr Gesellschaft geleistet. Aber er war zu bequem für die damit verbundenen Verpflichtungen. Und außer an den Wochenenden hatte er keine Zeit, sich um ein Tier zu kümmern. Und in der neuen Wohnung würde er es nicht brauchen.

Luis kommt aus seinem Zimmer zurück, und ohne die Kopfhörer abzusetzen, hält er ihm das Handy hin.

»Ana, sie will mit dir sprechen.«

»Ana, mit mir? Warum ruft sie mich auf deinem Handy an?«

»Weil sie mich angerufen hat.«

»Geht es ihr gut?«

»Ja. Was weiß ich. Nimmst du es jetzt oder nicht? Mal sehen, ob sie wieder auflegen wird.«

Aitor nimmt das Telefon. Er fordert Luis mit einer Handbewegung auf, ihn allein zu lassen, der ist neben dem Sofa stehen geblieben, als ob er nur mit einem sehr kurzen Gespräch oder einem bloßen Austausch von Grüßen rechnen würde.

»Ana.«

»Hallo, Papa.«

»Ich bin so froh, dass du anrufst. Geht es dir gut?«

»Na klar.«

Aitor weiß nicht, ob er über den Anruf froh oder beunruhigt sein soll, eigentlich sollte er sich freuen, aber er fürchtet die Enttäuschung, dass es ihr nicht darum geht, den Kontakt zu ihm wieder aufzunehmen, dass es kein Ausdruck von Zuneigung oder von Heimweh ist; weder braucht noch erwartet er von Ana eine Entschuldigung für ihren wortlosen Weggang, oder besser gesagt, sie hatte ihre Worte mit einem Magneten an die Kühlschranktür gepinnt, vielleicht in den frühen Morgenstunden, denn er war an diesem Tag sehr früh aufgestanden, keinesfalls später als sechs, also hatte sie sich wahrscheinlich nicht einmal hingelegt; sie war nach Hause gekommen, als Aitor schon schlief, hatte ihre Sachen in einen Rucksack gepackt und, bevor sie ging, am Kühlschrank ein Gedicht über dankbare Hühner befestigt, ein Gedicht über ihn, über die Familie, über die Arbeit ihrer Eltern, über die Welt, die seine Generation geschaffen hatte, ein Gedicht, mit dem sie jegliche Auseinandersetzung bereits als beendet erklärte, ohne sie geführt zu haben. Was für eine Arroganz, diese Jugend, was für eine moralische Überlegenheit, was für eine billige Tapferkeit derjenigen, die noch nie eine wirkliche Schlacht zu schlagen hatten, was für ein Mut derer, die in der Nachhut leben, geschützt, verwöhnt. Aitor hegte mehrere Tage lang einen Groll gegen sie, der fast stärker war als seine Sorge, weil sie sich erlaubt hatte, mit einigen wenigen Versen sein Leben zusammenfassen zu wollen, als wäre er nur das, als gäbe es in seinem Leben kein Vor und Zurück, keine Zweifel, nicht den Wunsch, weiterzugehen oder wegzugehen. Doch es war egal, er brauchte keine Entschuldigungen, soll sie denken, was sie will, aber dass sie nach Hause kommt, trotz allem, er wollte sie nicht der Witterung ausgesetzt sehen, nicht in der vordersten Front der Schlacht, er wollte sie so lange wie möglich vor Enttäuschungen und nicht wiedergutzumachenden Fehlern bewahren.

»Ich freue mich, dass es dir gutgeht. Sehr sogar. Du weißt, ich neige dazu, mir zu viele Sorgen zu machen. Das wird sich wohl nicht mehr ändern. Magst du mir erzählen, was du machst, wie es dir geht? Nur wenn du willst.«

»Vor einiger Zeit habe ich dich im Radio gehört. Eigentlich wollte ich es dir gar nicht sagen, aber es geht mir nicht aus dem Kopf.«

Dieser Ton. Dieser schneidende Ton, Sätze zu beginnen und zu beenden ohne Zögern, ohne einen Hauch von Zuneigung, Ironie, Humor, kaum dass Aitor die ersten Worte seiner Tochter hört, gibt er jegliche Hoffnung auf Versöhnung auf. Das sind keine Einstiegsformeln für eine Heimkehr und friedliche Gespräche, kein Waffenstillstandsangebot. Das sind Worte auf dem Kriegspfad. Sätze wie Stacheldraht. Und es wird keinen Durchlass in diesem Verhau geben. Nichts Zartes, nichts Einladendes. Obwohl du dir wünschst, dass es anders wäre und sie ihre Worte wenigstens ab und zu mit einem Anflug von Zärtlichkeit und Leichtigkeit färben würde, beneidest du sie um ihr Talent, sich so messerscharf auszudrücken. Anas Worte fallen nieder wie Steine, haben Ecken und Kanten, schlagen geräuschvoll auf den Boden und bleiben dort liegen. Aitor nimmt an, dass Ana auch anders reden kann, es scheint ihm unmöglich, dass jemand, dass ein menschliches Wesen nur mit Worten kommunizieren kann, die schneiden und trennen, sicher lacht sie mit ihren Freunden und kann jeden Satz in ein Versprechen verwandeln, in ein Spiel, in eine Andeutung, in Oberflächen, auf denen man einander begegnen kann. Aber nicht mit ihm. Mit ihm ist es seit Jahren so, und als Aitor jetzt antwortet, nach einem tiefen Seufzer, hat er bereits den Mut verloren und wartet resigniert auf die jetzt sicherlich kommende Kritik.

»Ich wusste nicht, dass du mir zuhörst.«

»Das tue ich auch nicht, Papa. Aber das habe ich nun mal zufällig gehört.«

»Du sagst das in einem Ton, als sollte ich mich entschuldigen.«

»Das war alles für mich bestimmt, oder? Du hast die ganze Sendung für mich gemacht. Ich habe dich gehört und gedacht: Er spricht gerade mit mir.«

»Nein, Ana, ich bin nicht einmal auf die Idee gekommen, dass du mich hören könntest.«

»Das ist egal, weich nicht aus.«

»Es war nicht mal ein Text von mir. Er ist mir vorgelegt worden.«

»Und wenn sie dir Scheiße zusammentexten, erzählst du diese Scheiße.«

»Ich lege jetzt auf. Du glaubst gar nicht, wie schwer mir das fällt, aber wenn du weiter so mit mir sprichst, lege ich auf. Wenn du mich anrufst, dann sprich vernünftig mit mir.«

In der nun folgenden Stille hört Aitor im Hintergrund Musik, heftigen Rock, nicht so viel anders als der, den er als Jugendlicher gehört hat. Die Dinge haben sich nicht so sehr geändert, wie Ana zu denken scheint, und der Unterschied zwischen ihnen ist gar nicht so groß. Obwohl sie das nicht wahrhaben will, Aitor versteht ihre Rebellion und ihre Unzufriedenheit mit der Welt. Sind wir nicht alle unzufrieden?

»Gut, also anders, leg nicht auf, denn ich will es wirklich wissen. Glaubst du das, was du in der Sendung gesagt hast? Glaubst du das im Ernst?«

»Ich sage dir doch, ich habe den Text nicht geschrieben, die zuständige Programmleiterin war krank, der Redakteur im Urlaub, ich hatte Lust, mal wieder selbst am Mikro zu sein, ich mache das ja sonst nicht mehr. Und mir fiel das Thema zu, es hätte auch jedes andere sein können. Wenn ich es selbst geschrieben hätte, hätte ich sicherlich Dinge geändert.«

»Was für Dinge?«

»Ich erinnere mich nicht, Ana. Ich weiß das nicht aus dem Gedächtnis. Ich glaube, ich wäre mit der Jugend verständnisvoller gewesen.«

»Ich kotz gleich, Papa.«

»Und schon sind wir wieder bei diesem Ton.«

»Wie viele Leute haben sie bei deinem Radiosender schon entlassen? Grob geschätzt, in den letzten Jahren? Wie stark wurden die Löhne gekürzt? In diesem Land schmeißen sie ganze Familien auf die Straße, treten Immigranten mit Füßen, schützen pädophile Priester, Politiker verdienen sich dumm und dämlich, während sie dich auffordern, den Gürtel enger zu schnallen. Aber du verteidigst dieses System, ja, ein paar

Kleinigkeiten muss man ändern, aber im Grunde genommen ist alles geil. Ist es das?«

»Willst du mir die Schuld geben? Willst du mir sagen, dass euer Ding besser ist?«

»Du weißt nicht, was unser Ding ist. Du hast keine Ahnung.«

»Dann sag du es mir doch. Sprich mit mir.«

»Es ist …«

»Ja?«

Jetzt ist sie es, die seufzt. Vielleicht sitzt sie in einem Sessel, mit gekreuzten Beinen wie beim Yoga, oder zurückgelehnt auf einer schmuddeligen Matratze, in einem Raum, den er sich nur trostlos vorstellen kann, mit obszönen Graffiti an den Wänden, groben Zeichnungen von Genitalien, Dosen und Papier und Plastikbechern, und, hoffentlich nicht, aber vielleicht, Spritzen und blutverschmierten Taschentüchern.

»Du und ich können nicht mehr miteinander reden, Papa. Das ist unmöglich, weil du … pfff, egal, aber ich hätte mir einen anderen Vater gewünscht. Einen würdigen Vater.«

»Scheiße, Ana. Sag das nicht. Ich habe immer versucht und versuche es noch, mit erhobenem Kopf durch all das durchzukommen.«

»Du verstehst mich nicht; ja, ich hätte akzeptieren können, dass du aus Angst den Mund hältst, aber was ich nicht akzeptieren kann ist, dass du ihnen nach dem Mund redest. Dass du mich auf diese Weise beleidigst, weil sie das von dir erwarten.«

»Hast du angerufen, um mir weh zu tun? Ist es das, was du an zu Hause vermisst, dass du mich nicht mehr runtermachen kannst?«

»Papa, hör auf damit, bitte. Mach dich nicht so klein. Das musst du dir nicht antun. Ich schwöre, du tust mir jetzt schon mehr leid, als dass du mich wütend machst.«

»Ana, wenn ich …«

Ana hat aufgelegt. Aitor starrt noch einen Moment auf das Display. Er steht benommen auf und nimmt den Kugelschreiber, der neben einem Notizblock an der Wand hängt. Er notiert die Nummer, von der sie angerufen hat. Am Ende des

Gesprächs hatte Ana sich etwas milder angehört. Nicht so, wie er es sich wünschen würde, er würde die Bewunderung oder Zuneigung seiner Tochter ihrem Mitleid vorziehen, aber vorerst gibt Aitor sich damit zufrieden. Es ist wenig, aber es ist ein Schritt nach vorn: dass Ana ihn bemitleidet, statt ihn zu verachten.

21

»Komm, ich lade dich auf einen Kaffee ein.«

»Und ein Croissant? Ich habe nämlich Hunger. Ich glaub, ich habe seit gestern nichts mehr gegessen.«

»Klar doch. Du hast mir deinen Namen gar nicht gesagt.«

»Yannick. Meine Mutter war Kanadierin. Mein Vater von hier. Und sie nannten mich Yannick. Yannick Zarzalejo, was für eine bescheuerte Kombination.«

»Arbeitest du immer allein?«

»Ach was, ich habe eine Freundin ... Ich weiß nicht, wo sie ist. Sie ist schon seit ein paar Tagen weg. Das passiert manchmal, oder? Dass jemand sagt, das war's, es ist vorbei. Und sich dann aus dem Staub macht. Das ist das Gute daran, so zu leben, du kannst machen, was du willst. Aber sie hätte Bescheid sagen können.«

»Mit Zucker?«

»Und mit viel Milch. Wenn's geht. Cool. Du bist voll okay«.

»Kennst du Ana?«

»Ach nee, du auch? Die ist voll nice. Manchmal tut es mir fast leid, dass sie bei uns abhängt. Wo haben wir Nicolás gelassen? Ach ich dachte schon, er hätte sich auch aus dem Staub gemacht. Er liegt unglaublich gern in der Sonne. Wie die Alten.«

»Ich mache mir ein wenig Sorgen um Ana.«

»Der geht's gut, Ana geht's gut. Sie könnte auch was anderes machen, sie ist klug ... aber sie ist da, bei uns. Mit zwei Typen. Aber sie nimmt nichts, nicht wie ich, du kannst unbesorgt sein. Nichts Hartes jedenfalls. Trips, Speed, aber sie spritzt sich nie was. Ich habe sie nie dabei gesehen. Ein paar von uns sind auch völlig gesund, aber das wollen die Leute nicht hören.«

»Meinst du, du könntest mir erzählen, was sie so macht?«

»Ich weiß nicht, Alter, das wäre nicht cool, oder?«

»Nur wenn sie sich in Schwierigkeiten bringt. Wenn sie was macht, etwas, das ihr schaden könnte.«

»Du bist aber nicht so einer, wie nennt man die noch? Wie auch immer. Du wirst nicht hinter ihr her sein, meine ich, um ...«

»Auf keinen Fall. Noch einen Kaffee?«

»Nein, keinen Kaffee mehr. Aber Mann, wenn du ein wenig Kleingeld hättest. Aber ich will dich nicht ausnutzen.«

»Ach was, Quatsch. Nimm.«

»Wow. Das sind ein paar Stunden Diabolo! Stundenlang das Ding in die Luft werfen.«

»Also, ja?«

»Ja, was? Ach. Ich weiß nicht, Mann.«

»Nur wenn du glaubst, dass was schiefläuft. Dass sie sich in Schwierigkeiten bringt. Wenn nicht, erzählst du mir nichts. Ehrlich, mehr will ich wirklich nicht wissen.«

»Gut. Wenn sie Probleme hat, sag ich's dir. Das ist wahrscheinlich okay.«

»Aber kein Wort zu ihr, sie wird sonst sauer auf mich.«

»Aber du bist nicht ihr Bruder, oder? Ihren Bruder habe ich schon gesehen. Er fährt ein Motorrad wie du. Kleiner. Aber schön. Wo ist Nicolás? Dieser Mistkerl geht verloren, sobald du nicht aufpasst. Alle verlieren sich. Mir gehen alle verloren. Ich habe eine Pechsträhne ...«

»Das geht vorbei. Pechsträhnen gehen vorbei.«

»Das ist wahr. Also, bist du nun ihr Bruder oder nicht?«

»Ja, aber nicht der, den du kennst.«

»Haha, wie blöd bist du denn, Mann, das weiß ich doch. Okay, ich sag ihr nichts. Aber dir auch nicht, hey, wenn alles gut läuft, erzähle ich nichts.«

»Aber nein. Nur wenn es Probleme gibt. Das ist nicht viel. Und es ist für sie.«

»Cool, Ana ist einfach cool. Ich mag das Mädchen lieber …
Also gut, hey, ich sage, ich mag sie, aber nicht, um was mit ihr
anzufangen. Ich gehe jetzt, sie warten auf mich dort unten.
Danke, Mann. Ich hatte seit drei Tagen nichts gegessen. Oder
zwei. Wo hast du das Motorrad gelassen? Komm, Nicolás, Alter, beweg deinen Hintern. Er kann nicht, der Arme, es fällt
ihm schwer, hochzukommen.«

»Kommst du in den nächsten Tagen ins Büro?«

»Ja, ja, ja, du sagst auch schon Büro. Keine Ahnung, weiß
ich nicht, kommt drauf an. Wenn nicht, bin ich im El Agujero, dort unten. Oder dort drüben. Aber ich werd dich finden.
Scheiße, sicher finde ich dich. Nicht wahr, Nicolás?«

Dieser Körper. Dieser ausgezehrte Körper, nach vorne gebeugt, als hätte er keinen einzigen Muskel. Knochen, Sehnen,
Haut, Zähne, Augen. Alles reglos oder fast. Er geht viel langsamer die Straße herunter, als es aussieht, denn er macht große Schritte, aber es braucht unnatürlich lange, bis der Fuß am
Boden ankommt, als würde er vermintes Gebiet betreten, und
Nicolás vorneweg, der ab und zu den Kopf nach ihm umdreht,
um sich zu vergewissern, dass er nicht allein ist. Und er kratzt
sich, nicht der Hund, das Herrchen, alle drei oder vier Schritte kratzt er sich an Armen und Beinen. Im Viertel hat es eine
Plage von Bettwanzen gegeben, aber Yannicks Juckreiz kommt
von innen, unter seiner Haut sitzen die Parasiten, die ihn quä-
len. Er dreht sich nicht ein einziges Mal um, und so kann er
nicht sehen, wie der Detektiv seinen langsamen Marsch beobachtet, das ungelenke Vorrücken eines Seemanns auf noch wa-
ckeligen Beinen beim ersten Landgang. Javier zieht es nicht
einmal in Erwägung, ihm zu folgen. Es gibt Orte, denen man
sich nicht nähern möchte. Wo der Dreck an einem unbemerkt
kleben bleibt. Wenn du bestimmte Dinge einmal gesehen hast,
bleiben sie für immer bei dir, sie bleiben nicht draußen, sie
fangen an, dich zu bewohnen, sie richten sich ein wie uner-
wünschte und aufdringliche Gäste. Er hätte Yannick sein können. Es gibt Dinge, die du nicht entscheidest. In Wirklichkeit
entscheidest du gar nichts. Du stolperst oder du stolperst nicht.
Du fällst oder du fällst nicht. Es passiert und das war's. Javier

fühlt keine Überlegenheit, sondern denkt, dass er Glück gehabt hat. Er kann niemandem dafür danken, nicht Yannick zu sein, aber er ist erleichtert, nicht mit dessen lächerlichem Pantomimegang durch die Straßen zu laufen, keinen Hund mit kaputtem Hüftgelenk zu haben, überhaupt keinen Hund zu haben. Er reibt sich die Hände mit einem Desinfektionstuch ab. Er ist kein Spinner, nicht einmal ein Hypochonder. Er weiß, dass er sich bestimmt nichts eingefangen hat, aber er fühlt sich besser, frischer, leichter, wenn er den Kontakt mit Dingen und Menschen nicht mit nach Hause nimmt. Wenn er genauso zurückkehrt, wie er gegangen ist, ohne eine neue Belastung.

Und die einzig wirkliche Last, die er gerade zu tragen hat, sind die Schulden der Agentur. Die Aufträge reichen nicht aus, um davon zu leben und gleichzeitig die Schulden zu tilgen, nicht einmal für nur eins von beidem. Und deshalb will Javier ein Sicherheitsunternehmen gründen, denn mit einer Detektei zu expandieren ist sehr schwierig, und mit der Sicherheit am Anfang vielleicht auch, aber es wäre nur eine Frage der Zeit, es gäbe zumindest einen Ausweg.

Carles hatte ihn darauf hingewiesen, dass man von Anfang an Mitarbeiter einstellen muss.

»Warum? Du und ich, wir können anfangen, und wenn die ersten Aufträge eingehen, stellen wir ein, wen wir brauchen.«

Sie tranken gerade ein Bier auf der Terrasse einer Bar ganz in der Nähe der Agentur. Jedes Mal, wenn ein Bus an der Haltestelle neben der Terrasse hielt, mussten sie eine Gesprächspause einlegen.

»Als Sicherheitsunternehmen können wir nicht ohne Mitarbeiter sein.«

»Aber das braucht doch niemand zu wissen.«

Carles schaute zu, wie die Passagiere aus dem Bus, der gerade angehalten hatte, ein- und ausstiegen. Er winkte einem alten Mann zu, der als Antwort seinen Gehstock hob.

»Mein Vater.«

»Ach, ich wusste nicht …«

»Dass ich einen Vater habe?«

»Dass er hier wohnt. Willst du noch eins?«

Carles schüttelte den Kopf. Er warf sich drei Oliven gleichzeitig in den Mund; nachdenklich kaute er und schob sich die Kerne in die Backentasche.

»Das Geschäft ist bereits angemeldet und ich habe den Firmennamen registrieren lassen. Alles andere hat keine Eile.«

»Du antwortest mir nicht. Am Ende machen wir immer, was du willst, aber du nennst mir keine Gründe. Nur weil du der Geschäftsführer bist, hast du nicht das alleinige Recht zu entscheiden. Wirst du jetzt auf meine Frage antworten?«

Ein weiterer Bus hielt neben ihnen an. Aus der mittleren Tür stieg eine junge Frau, sie trug etwas, das für Javier wie ein malvenfarbener Regenmantel aussah, obwohl keine einzige Wolke am Himmel stand; sie zögerte, unentschlossen, in welche Richtung sie gehen sollte, und als sich ihre Blicke kreuzten, grüßte sie ihn scheinbar mit der Hand. Er fragte sich, ob er sie von irgendwoher kannte, und grüßte zurück. Er sah zu, wie sie den Bordstein entlangging und dann ein Taxi anhielt. Warum hätte sie mit dem Bus fahren sollen, wenn sie dann ein Taxi nimmt? Um zu sparen? Javier wendete sich wieder Carles zu, der die Olivenkerne im Mund hin- und herrollte, konzentriert wie ein Hund, der versucht, eine Erdnuss zu zerkauen.

»Das sind die Regeln. Es handelt sich um ein Unternehmen für private Sicherheit, nicht um einen Ein-Euro-Shop.«

»Erklärst du mir das?«

»Abgesehen von der Anmeldung des Geschäftsfeldes musst du eine Genehmigung beantragen, um sie im Register des Innenministeriums einschreiben zu können.«

»Dann machen wir das.«

Carles seufzte. Javiers Ungeduld nervt ihn grundsätzlich, aber er lässt es sich nur durch ein resigniertes Seufzen anmerken.

»Und um sie einschreiben zu können, müssen wir ein paar Angestellte nachweisen.«

»Und haben wir Geld oder nicht, um ein paar Arbeitsverträge abzuschließen? Wir können mit einigen wenigen anfangen.«

»Und außerdem« (Carles macht eine Pause, um sich zu vergewissern, dass er ihn ausreden lassen würde, oder besser gesagt, um Javier zu demonstrieren, dass er ihn nicht hatte ausreden lassen), »außerdem müssen wir zwei Bankgarantien oder Bürgschaften vorweisen oder zwei Betriebshaftpflichtversicherungen zu einem Gesamtwert von mehr als fünfhunderttausend Euro abschließen. Das heißt nein, wir haben das Geld nicht, zumal die Umsatzsteuer für drei Rechnungen, die noch nicht bezahlt wurden, fällig ist, für eine gesunde Firma wäre das kein Problem, aber für uns heißt es, dass wir schon wieder in den roten Zahlen sind. Das Konto ist auf null. Weniger als null. Wir müssen also warten. Es besteht keine Eile. Wir können noch ein weiteres Jahr warten, bis wir etwas flüssiger sind.«

»Wann waren wir jemals flüssig? Wenn wir etwas Geld zusammengekratzt haben, kaufst du Möbel, schaltest Anzeigen, streichst die Büroräume.«

»Man muss den Eindruck von Vertrauenswürdigkeit erzeugen.«

»Wie du, du wirkst ja sowas von vertrauenswürdig.«

»Mit mir verhandeln sie nicht. Du bist der mit dem Lächeln aus der Zahnpastawerbung, du bist der Elegante, der Mann von Welt. Ich bin nur der, der das Startkapital aufgebracht und seinen Namen gegeben hat.«

»Wir können einen weiteren Kredit aufnehmen.«

Javier sprach mit einem Ton von Verzweiflung in der Stimme, der ihm neu war, es klang fast flehend, wie ein Kind, das weiß, dass es um etwas Unmögliches bittet, und es dennoch mit all seiner Kraft begehrt.

»Ich habe schon zwei am Laufen. Und du einen.«

»Wir könnten bankrottgehen.«

»So schlecht stehen wir nun auch wieder nicht da, ich sage schon Bescheid. Lass uns Zeit.«

»Ich meine, wir könnten absichtlich pleite gehen. Im Moment haben wir nur die Sekretärin, die du sowieso entlassen willst. Es gibt keinen Stress mit Angestellten, wir schaden niemandem. Wir gehen pleite, schließen und eröffnen eine neue

Firma. Sollen sie uns doch unsere Möbel pfänden. Wir schulden mehr, als sie wert sind.«

»Ich kann keine neue Firma aufmachen, wenn ich unbezahlte Rechnungen aus der vorherigen habe.«

»Aber ich kann es. Wir können einen deiner beiden Kredite aufstocken, um meinen zurückzuzahlen. Ich steige aus der Agentur aus, und ein paar Monate später meldest du Konkurs an. So bin ich sauber und wir können die neue Firma auf meinen Namen umschreiben. Du bist stiller Teilhaber. Wir regeln das zwischen uns. Raus aus diesem Mist. Nicht mehr hinter untreuen Ehefrauen und erbärmlichen Angestellten herrennen.«

»So lautet der Plan.«

»Dann lass uns das machen. Aber nicht erst in wer weiß wie vielen Jahren.«

»Du hast mir nicht erzählt, wie die neue Firma zu finanzieren ist. Mit einem neuen Kredit? Wer wird ihn dir geben?«

»Ich kann eine Hypothek auf mein Apartment aufnehmen.«

Er hörte seine eigenen Worte, eine Hypothek aufnehmen, das ist genau das, was er nicht will, in eine Schuldenspirale geraten, mit den neuen die alten Schulden tilgen. Was er will, ist ein sorgenfreies Leben, nicht eine Sorge unter der nächsten begraben. Als seine Eltern sich trennten, hatten sie eine Hypothek auf das Haus aufgenommen, um einen Teil der Miete für die kleine Wohnung, die seine Mutter bezog, bezahlen zu können, und weil sie sich die monatlichen Raten nicht leisten konnten, teilten sich die beiden am Schluss gemeinsam eine Sozialwohnung in einem der Außenbezirke von Madrid, mit Blick auf eine verstopfte Durchgangsstraße und einen Innenhof, in dem sich der von den Nachbarn aus dem Fenster geworfene Müll ansammelte. Javier hörte auf, sie zu besuchen, weil diese Wohnung mit den winzigen Fenstern (um den Verkehrslärm zu dämpfen) und die Nachbarn, in deren Gesichtern er jede einzelne Niederlage, jede einzelne Demütigung ablesen konnte, denen sie in einer Gesellschaft ausgesetzt waren, die sie aussaugt und ausspuckt wie Markknochen, in ihm ein Gefühl der Beklemmung auslösten. Aber ihm würde nicht das Gleiche passieren. Er brauchte nur ein bisschen Zeit.

Genau darum bittet Carles, ein bisschen Zeit, und dann wird alles besser sein und sie werden seine ehrgeizigen Projekte verwirklichen können. Ein Unternehmen mit zehn Mitarbeitern gründen, das Geschäft nach und nach an die Mitarbeiter übergeben, den Alltag hinter sich lassen, das Leben genießen.

»Wir müssen einen Steuerberater und einen Anwalt hinzuziehen«, sagte Javier.

»Ich weiß nicht.«

»Wir fragen sie, und wenn du es dann nicht klar hast, machen wir nichts. Aber wenn sie einen Weg finden, melden wir Konkurs an und ich lasse die Firma auf meinen Namen registrieren. Ich bin sicher, es gibt einen Weg, das unter dem Tisch zu regeln, dir eine Gewinnbeteiligung zu geben, was weiß ich. Das wird doch ständig gemacht. Schau in die Zeitungen.«

»Nur wenn der Anwalt sagt, dass es möglich ist. Kein Risiko«, sagte Carles, aber er schien nicht überzeugt zu sein.

»Keinerlei Risiko.«

»Du weißt, dass ich dir vertraue«, sagte Carles, und Javier verblüffte diese Aussage, auch wenn er es in seinem üblichen zögerlichen Tonfall gesagt hatte, denn wenn sie auch seit Jahren zusammenarbeiten und gemeinsam ein Geschäft aufgebaut haben, so wissen sie doch nichts über das Privatleben des anderen, weder von seinen Problemen noch von seinen Freuden. Sie verabreden sich nie zum Abendessen, außer vielleicht mit einem Kunden, und auch das nur selten, denn wie Carles sagt, Javier ist für die Öffentlichkeitsarbeit zuständig. Höchstens, um mal aus dem Büro rauszukommen, trinken sie gemeinsam ein Bier in dieser Kneipe, immer in derselben, und sprechen über die Agentur, nie über Persönliches. Javier weiß nichts über die Frauen auf den Fotos in Carles' Büro und Carles weiß nicht einmal, dass Javier schwul ist. Carles erzählt wohl schon mal ein paar Sachen aus seinem Alltag, von einem Weihnachtsessen oder von einem Ausflug mit seinen Freunden (und Freundinnen, sagt er dann mit einem anzüglichen Lächeln) aus dem Tennisclub, oder dass er auf den Hund seiner Schwester aufpasst, während sie im Urlaub auf Bali ist. Und er würde sicherlich gern mehr über seinen Partner erfahren, manchmal provoziert er ihn oder versucht, ihm ein Detail aus der Nase zu ziehen, um herauszufinden, was Javier so macht, wenn er nicht im Büro ist oder an einem Fall arbeitet.

Javier spricht nicht über sich; er ist ein Brunnen, ein schwarzes Loch, das keine Information entweichen lässt. Du könntest ein Doppelagent sein, hat Carles einmal zu ihm gesagt, einer dieser Typen, über die selbst die, die ihm am nächsten stehen, nichts wissen. Du könntest ein Polygamist sein, jemand, der Frau und Kinder in zwei verschiedenen Städten hat. Heiligabend mit der einen, der erste Weihnachtstag mit der anderen. Ich stelle mir den Moment vor, wie du einem deiner Gören abends eine Geschichte vorliest und dich plötzlich fragst, von welcher Frau es das Kind ist, in welcher Stadt du gerade bist, in welchem Bett du heute Morgen aufgewacht bist. Erinnerst du dich an den Typen, der jeden Morgen zur Arbeit ging, vorgab, er wäre ein berühmter Arzt bei der UNESCO oder so was, jeden Morgen küsste er seine Frau und Kinder und ging zur Arbeit? Nur dass er gar keine Arbeit hatte.

Raúl ist das egal, im Gegenteil, ihm scheint dieser Charakterzug an Javier zu gefallen. Er nimmt ihn nach dem Vögeln in die Arme und hält ihn fest. Sag nichts, bittet er, obwohl er weiß, dass er nichts sagen würde. Er streichelt ihm über den Kopf und sie können lange so bleiben, Stunden, wollte er sagen, aber das ist vielleicht übertrieben. Zumindest so lange, bis einer von beiden einschläft oder aufstehen muss. Shh, sag nichts, und Raúls Hand auf seiner Stirn ordnet sein Haar, streicht über seine Augenlider, beruhigt ihn, vertreibt Ängste und Befürchtungen. Du könntest ein Serienmörder sein, hat auch er mal zu ihm gesagt, ein großer Betrüger, und er hat sich weitere mögliche Charaktere ausgedacht, die ein Leben im Verborgenen führten, ein Geheimnis hüteten, das alle um sie herum schockieren würde, wenn es eines Tages aufgedeckt würde: Er war so ein netter junger Mann, hat immer gegrüßt, das hätte ich nie von ihm erwartet.

Es ist ihm unangenehm, sich von außen zu betrachten, wie die Sterbenden, so sagt man, die von oben das Geschehen um sich herum verfolgen können, ein Blick aus der Vogelperspektive auf Todeskampf und bedrückte Angehörige; auch er sieht sich nach der Unterredung mit Carles den Flur entlanggehen, das Büro betreten, mit einem Knoten im Hals, was für ein Blödsinn, weil Carles es wiederholt hat, am Ende der Unterredung auf der Terrasse, kurz nach der Beteuerung, dass er ihm vertraut, so dass die unbewusste Assoziation, dass er ein Polygamist oder ein Spion oder ein Doppelagent sein könnte, diesem Vertrauen widersprach, und er denkt an Raúl, der zum Glück nicht den Wunsch hat zu heiraten, eine Familie zu gründen oder auch nur eine feste Partnerschaft einzugehen, er ist wie Javier der Meinung, dass die Schwulen durch ihre Anerkennung und die Straffreiheit auch viel verloren haben, weil sie absorbiert worden sind, sie sind normal geworden, grau, traurig, anstatt diese außergewöhnlichen und besonderen Individuen zu sein, die sie mal waren. Für Raúl ist es also gut, sehr gut, fast nichts über Javier zu wissen, sie ficken, Raúl erzählt ihm manchmal, was ihm so durch den Kopf geht oder einen Traum, dann kochen sie zusammen, sie sprechen fast nur über die Gegenwart, das fing wie ein Spiel an, nicht von der Vergangenheit, nicht über die Zukunft reden (das ist zwar unmöglich, aber sie versuchen es), nur über das Jetzt. Er ist also glücklich, Raúl, mit einem Mann, der weder Vergangenheit noch Zukunft zu haben scheint, einem Mann, der so an Geheimhaltung gewöhnt ist, dass es ihm keine Mühe macht, einen Teil seines Lebens zu verschweigen. Aber da ist immer noch die Angst, und als Javier sich hinter den Schreibtisch setzt und dann doch nicht den Computer einschaltet, sieht er sich von oben, schlank, das glänzende kastanienbraune Haar, das weiße Hemd mit zwei offenen Knöpfen, die Hände, gepflegt, auf dem Tisch. Ganz gleich wie sehr er sich mustert, er wüsste auch nicht viel über diesen Mann zu sagen, und das ist das Tragische, er hütet kein großes Geheimnis, er schweigt, weil er nichts zu erzählen hat. Weil er nichts verbirgt. Weil er nichts fühlt. Nur dieses Begehren. Diese Notwendigkeit. Diese Hoffnung, das eigene Leben selbst in die Hand zu nehmen.

22

Ana sieht auf.

Es ist sehr früh und Alfon rumort schon in der Küche herum. Sie hat auf dem Bett gelegen und gelesen, und fast wäre sie wieder eingeschlafen. Die Fehlzündung eines Motorrads, das vor dem Haus hält, hat sie aufschrecken lassen, sie glaubt das Motorgeräusch wiederzuerkennen. Das Hämmern an der Tür bestätigt ihre Vermutung, und sie hat keine Lust aufzumachen, sie möchte sich verstecken, bis Luis aufgibt, aber es ist schon ein paar Wochen her, dass sie ihn gesehen hat und sie ist wirklich nicht auf ihn angewiesen, aber sie spürt so was wie ein schlechtes Gewissen, dieser Sprung, der ihre Überzeugungen immer wieder aufbricht, perfektes Glas, aber so spröde. Ana steht auf, zieht sich ein Hemd über, ein Rest von Hemmungen gegenüber ihrem Bruder, bereits vor der Pubertät erlernt, und sie fragt trotzdem nach. »Wer ist da?«

Luis tritt ein, als würde er das Haus besichtigen, um es zu mieten. Er fährt mit der Hand über die Möbel, sein Blick bleibt kurz an einer losen Steckdose hängen, dem kaputten Fensterladen, schräg hängend wie eine Guillotine, an den Löchern, die Dübel und Haken im Zement hinterlassen haben. Ana versucht es zu ignorieren und geht rasch voraus, Luis folgt ihr langsam, ohne mit der Inspektion und Beurteilung aufzuhören.

»Was machst du da? Komm, im Zimmer ist es gemütlicher.«

Luis setzt sich auf ein Kissen, ohne den Rucksack von der Schulter zu nehmen. Er lächelt, wie immer, wenn er nicht weiß, was er sagen soll. Er ist immer noch so schüchtern wie ein Junge an seinem ersten Schultag; er versucht das mit ironischer Distanz zu überspielen, aber dennoch wirkt er wie ein scheues Kind, das sich der Gruppe nicht zu nähern wagt. Man wüsste auch ohne ihn vorher jemals gesehen zu haben, dass er sich kürzlich den Pony geschnitten hat, der vorher über seine Augen fiel, allein wegen dieser Bewegung, mit der er etwas nach hinten wirft, das gar nicht da ist. So wirkt es eher wie ein Tic oder als würde er ein Insekt verscheuchen.

»Wie läuft's? Wie geht's dir? Es ist ewig her, dass du ein Lebenszeichen von dir gegeben hast.«

»Ich bin von zu Hause weg, Luis. Wegzugehen bedeutet, kein Lebenszeichen von sich zu geben. Aber du bist immer noch da. Du gehst nirgendwo hin.«

»Das ist genau das, was ich dir erzählen wollte.«

»Herzlichen Glückwunsch.«

Und das sagt sie ohne Spott, ohne Ironie, obwohl Luis, seitdem er sechzehn war, seiner Schwester von seinen Plänen erzählt hat, wegzugehen, in eine Kommune, oder nur mit einem Rucksack um die Welt zu reisen, oder mit einem Jungen zusammenzuziehen, den er kennengelernt hatte, »und dieses Mal ist es Ernst«.

»Aber warte, ehe ich es vergesse.«

Er wühlt in seinem Rucksack und holt verschiedene Dinge heraus, eins nach dem anderen, wie um dessen Bedeutung oder die Großzügigkeit des Spenders zu unterstreichen:

Eine Flasche Shampoo

Eine Flasche Duschgel

Eine Feuchtigkeitscreme

Zwei Romane von Ursula K. Le Guin, in denen Ana sofort zu blättern beginnt.

»Hast du sie gelesen?«

»Nein.«

Eine Dose Spargel und ein Glas Artischocken.

»Du hast Spiegel und Glasperlen mitgebracht! Als würdest du in die Wildnis gehen oder auf eine Insel im Pazifik.« Aber sie lacht, und Luis lacht mit.

»Aber ihr seid eine Insel, die Insel am Ende der Welt. Der Film, den wir zusammen gesehen haben.«

»Ich erinnere mich nicht. Aber im Ernst, wir gehen durchaus einkaufen, manchmal verlassen wir dieses Haus.«

»Du hast keine Kohle mehr. Es ist ein Brief von der Bank gekommen. Du bist im Dispo.«

Er sagt es mit halb geschlossenen Augen und zeigt dabei die Zähne, eine schwer zu deutende Grimasse.

»Danke, Bruderherz. Jetzt erzähl schon, wo wirst du hingehen?«

Luis nimmt sich extrem viel Zeit, um die Reißverschlüsse seines Rucksacks zu schließen und ihn vorsichtig auf dem Boden zu platzieren, er justiert sogar die Riemen neu.

»Du wirst es nicht verstehen.«

»Versuch es. So schwierig kann es nicht sein.«

»Ich gehe in die USA. Und jetzt wirst du mir gleich sagen, das ist, als würde ich nach Mordor gehen.«

»Du hast ein schlechtes Gewissen. Man riecht deine Schuldgefühle schon von Weitem. Scheiße, Luis. Ich bin nicht deine Mutter. Ich bin nicht dein Vater.«

»Aber es passt dir nicht.«

»Du bist es, dem es nicht passt. Wirst du deinen Master in Betriebswirtschaft machen? Oder hast du ein Stipendium des Weißen Hauses?«

»Siehst du?«

»Ich sehe gar nichts. Du hast nichts gesagt. Ich bin es, die die Dinge ausspricht.«

»Ja, ich werde einen Master in den USA machen. Und? Verurteilst du mich jetzt?«

»Du bist gekommen, um dich zu verabschieden, oder? Dann komm, zwei Küsschen, eine Umarmung und erledigt. Aber zieh hier nicht diese Nummer ab.«

»Das ist so typisch für dich.«

»Ich habe überhaupt nichts gesagt, nicht ein Wort.«

»Wie Mama, die sagt auch nichts. Sie schaut dich nur an, so, so enttäuscht, mit großen runden Augen, Pupillen, als hätte sie Drogen genommen oder so, Augen wie ein Zeichentricktier von Pixar, das dich anbettelt, ihm nicht wehzutun.«

Ana steht vom Boden auf. Sie klopft sich den Hintern ab

und schaut auf ihre Finger, es ist nicht klar, ob sie sich die Hose sauber macht oder die Hände.

»Wie lange?«

«Weiß ich nicht. Aber es ist nicht das, was du denkst.«

»Süßer, es ist nicht das, wonach es aussieht.«

»Aber es ist wahr, ich werde mit neuem Wissen zurückkommen, und das wird mir nützlich sein, ich werde nützlich sein. Du musst Waffen haben, um dich zu verteidigen. Scheiße, nur mit Frechheit und guten Vorsätzen kommst du nicht weiter. Weißt du, was sie mit den guten Vorsätzen machen? Genau, den Weg zur Hölle pflastern. Ich werde ein oder zwei Jahre da drin verbringen, aber ich werde mich nicht ändern. Glaubst du mir?«

Ana verschränkt die Arme. Sie geht zur Tür; offenbar will sie den Besuch für beendet erklären. Aber statt sie zu öffnen, lehnt sie sich mit dem Rücken dagegen.

»Wo in den USA?«

»Boston. Papa war dort, als er jung war.«

»In Boston.«

»Ja, was weiß ich, für das Radio. Er erzählt immer, dass sie ihn nicht in einem Hotel untergebracht hatten, sondern in einer Art Privatklub und dass er zum Frühstück in Jackett und Krawatte runterkommen musste.«

Ana würde sich gern interessieren, Luis' Geschichten zuhören, als wären sie mehr als nur ein Mittel, die Stille zu überbrücken und die Schuldgefühle zu mildern. Aber sie schafft es nicht. Luis ist schon nicht mehr in ihrer Welt; auch er spricht eine unbekannte Sprache.

»Ich muss mir praktische Fähigkeiten aneignen«, sagt Luis. Wann hatte er aufgehört, der ältere Bruder zu sein, und die Position an Ana abgetreten? Wann begann die Bewunderung in die andere Richtung zu fließen? »Marx zu lesen, schön und gut, und Rawls und Hayek und Gramsci. Zu verstehen, wie und warum wir sind, wo wir sind. Aber das ist, als würde man Kugeln mit Worten auffangen wollen. Du, du verstehst das doch. Du hast dich immer darüber beschwert, dass zu Hause so viel geredet, aber nichts getan wurde. Papa sagte immer, dass man informiert sein muss, und du hast gesagt, Information ist eine Nebelwand, die die Sicht auf die Erkenntnis versperrt. Immer hast du solche Sachen gesagt. Seitdem du ein kleines Mädchen warst. Papa bewundert dich sehr.«

»Wie geht es ihm?«

»Papa? Gut. Oder, eigentlich weiß ich es nicht. Manchmal habe ich Angst, er kriegt Alzheimer. Er bleibt mitten im Wohnzimmer stehen, hat vergessen, wohin er wollte und was er gerade gesagt hat. Wie bei Opa. Genau so. Als ob er sich im eigenen Haus verirrt hätte, oder noch schlimmer, als wüsste er nicht, dass er sich in seinen eigenen vier Wänden befindet. Aber vielleicht ist es nur die Sorge.«

»Komm mir nicht damit, Luis.«

»Du hast mich nach ihm gefragt, oder? Nun, ich erzähle es dir.«

»Ich weiß.«

»Wirst du zurückkommen?«

»Ach, Scheiße.«

»Das ist eine Frage. Damit ich beruhigt abreisen kann.«

»Und reist du beruhigter, wenn ich zurückgehe oder wenn ich nicht zurückgehe?«

»Hör mal, es ist dein Leben.«

»Gut, dann sind wir uns ja einig. Und was juckt mich Papas Sorge, armer Kerl, verloren in seinem leeren Haus. Soll er doch auch sein Leben leben. Wenigstens macht Mama das.«

»Neulich habe ich mit ihr zusammen zu Mittag gegessen; sie hat es mir so nicht gesagt, aber ich hatte den Eindruck, dass ihr Geschäft bald pleite machen wird, das mit den Taschen.«

»Es ist aber doch auch so albern: Kauf eine Tasche und rette den Planeten. Als wären sie diejenigen, die achtzehn Jahre alt sind.«

»Du wirst bald achtzehn. Was wünschst du dir?«

»Dass du nicht in die USA gehst.«

»Es ist mein Leben!«

Alfon klopft und streckt den Kopf, nur den Kopf, zur Tür rein, er guckt nach links und nach rechts, als würde er das Risiko abschätzen, den Raum zu betreten. Wortlos schaut er zu den Geschwistern, nickt. Sein Kasperlkopf verschwindet ganz langsam wieder.

»Du sagst zwar, du wirst dich bewaffnen, aber du wirst nur lernen, wie man eine Krawatte bindet, und über Investitionen und Erträge und Outsourcing und die Firmenphilosophie sprechen. Erinnerst du dich, was du darüber gesagt hast, früher?«

Luis sitzt da, umklammert seinen Rucksack und hat den Kopf eingezogen, ein trotziges Kind, das sich die Schelte seiner Mutter anhört, er sucht die frühere Komplizenschaft im Blick seiner Schwester, die nur halbherzig erwidert wird.

»Wer die Worte Philosophie und Unternehmen gleichzeitig in den Mund nimmt, gehört erschossen.«

»Unternehmenskultur.«

»Unternehmenswerte.«

»Und wer von der Revolution spricht, ohne von der Revolution zu sprechen. Ein revolutionäres Produkt, Kopfschuss, die Revolution in der Welt des Marketings, Kopfschuss.«

»Ich denke noch immer darüber nach.«

»Du wirst nicht einen Kommilitonen am Leben lassen. Du wirst mit einem Maschinengewehr in die Klasse gehen. Ein Blutbad unter den Lehrern.«

»Es ist wie das trojanische Pferd, Ana. Die Mauern überwinden, um die Stadt von innen zu zerstören.«

»Ich weiß nicht, was mich mehr ärgert, dass du mich anlügst oder dass du dich selbst betrügst. Wie auch immer, du bist ein Feigling.«

Luis macht sich nicht die Mühe, nach einer Antwort zu suchen. Er wickelt seine Beine auseinander. Für einen würdigen Abgang steht er etwas zu unbeholfen auf.

»Sage ich den Alten was?«, fragt er noch von der Tür aus. Ana trommelt mit den Fingerspitzen ein wütendes Schlagzeugsolo, produziert ein Getöse, das nur im Kopf dieser zornigen jungen Frau widerhallt, die einst Luis' Schwester war und jetzt wie ein Tier ist, dem man sich nicht nähern würde, wenn es einem im Wald begegnet.

Ana hört auf zu trommeln und will offenbar noch etwas sagen, aber wenn sie es ausspricht, könnte es die Beziehung zwischen den Geschwistern zerstören. Luis möchte eigentlich gehen, bevor Ana ein endgültiges Urteil fällt, aber er bleibt fasziniert stehen, wie man es angesichts einer Boa tun würde, die regungslos darauf wartet, dass der Vogel näher kommt, nur ein bisschen näher. Von Ana geht etwas Animalisches, Primitives, Wildes aus. Aber was immer sie auch sagen wollte, sie behält es für sich, und Luis nutzt die Gelegenheit, um aus dem Umkreis dieses Vulkans zu fliehen, der kurz vor dem Ausbruch steht.

»Dann sage ich ihnen nichts«, sagt Luis, eher eine Bestätigung als eine Frage; nach ein paar Sekunden verlässt er das Zimmer ohne ein weiteres Wort oder eine Geste. Im Wohnzimmer begegnet er Alfon, der anscheinend eine Kaffeemaschine repariert oder zumindest mit einem Schraubenzieher darin herumstochert. Sie sprechen nie miteinander. Sie pflegen eine ausgeprägte Feindseligkeit, die keines weiteren Ausdrucks bedarf. Als Luis seinen Helm aufsetzt, hat er das Gefühl, dass er vor lauter Wut in Ohnmacht fallen könnte. Er drückt das Startpedal durch und fährt los, ohne zu dem kleinen Fenster hochzuschauen, an dem, da ist er sich sicher, Ana nicht steht, um ihn zu verabschieden.

23

Seid ihr auch so eingeschüchtert, wenn ihr im Büro eines No-
tars sitzt, wie in einer Arztpraxis, kurz bevor euch die Unter-
suchungsergebnisse mitgeteilt werden? An solchen Orten liegt
etwas Bedrohliches in der Luft: Es könnte etwas passieren, das
euer Leben für immer verändern wird. Natürlich ist von einer
Krebserkrankung zu erfahren nicht das Gleiche, wie einen Vertrag zu unterschreiben, bei dem sie euch vielleicht über den
Tisch ziehen oder der vielleicht ein Fehler ist, eine Verbind-
lichkeit, die sich auf Dauer als unbezahlbar erweisen wird, jedenfalls spürst du deinen Körper mit all seinem Gewicht auf
dem Stuhl und musst dich zwingen, dich auf deine Umgebung
zu konzentrieren, täuschst Gelassenheit oder Sicherheit vor,
sehnst das baldige Ende der Situation herbei. Der Augenblick,
denkt Aitor, in dem du weißt, dass dein Leben in eine neue
Phase eintritt.

Der Kanzleiangestellte hat Aitor den Vertrag vorgelegt, eine
Kopie dem Vertreter der Immobilienfirma, er übergeht die Angestellte der Bank und lässt einen weiteren vor einem leeren
Stuhl liegen. Notare kommen erst, wenn alles vorbereitet ist. Sie
verlieren keine Zeit. Notare gehen von einem Zimmer zum anderen und verlesen eilig Kaufverträge und Testamente, Schen-
kungen und Übertragungen, ohne alle Worte auszusprechen,
ein Murmeln, nur einige wesentliche Passagen kann man deut-
lich vernehmen: den Preis, die Höhe der Hypothek, das Da-
tum. Der Notar betritt den Raum und gibt jedem in der Runde einen schlaffen Händedruck, übergeht seinen Angestellten
und sieht niemandem in die Augen. Der Mann macht einen ta-
dellosen und abwesenden Eindruck, seine blassblauen Augen

ruhen nicht ein einziges Mal auf seinen Gesprächspartnern. Er liest wie jeder Notar. Am Ende verlässt er, gefolgt von seinem Gehilfen, den Raum, murmelt irgendeine Abschiedsformel vor sich hin, der niemand Beachtung schenkt. Aitor holt den Umschlag mit Schwarzgeld aus seinem Sakko. Der Angestellte der Immobilienfirma zählt es mit einem zerstreuten Lächeln, wie jemand, der in belanglosen Erinnerungen schwelgt, während er einen Eintopf umrührt. Die Frau von der Bank sagt irgendwas über die Hitze, die draußen herrscht oder wie kalt es durch die Klimaanlage ist oder beides. Der Umschlag verschwindet in der Innentasche eines anderen Sakkos, Zauberei, von der der ehrbare Blick der Öffentlichkeit sich abwendet. Sie werden es nicht bereuen, sagt der von der Immobilienfirma, aber er sieht nicht so aus, als würde es ihn wirklich interessieren. Die von der Bank und der von der Immobilienfirma würden ein gutes Paar abgeben: knapp über dreißig, Kleidung von Zara oder einer ähnlichen Marke, professionelle Gebärden, die zu klein oder zu groß für sie geraten, aufgesetztes Selbstbewusstsein. Keiner von beiden trägt einen Ehering, aber das will nichts heißen. Der Kanzleiangestellte streckt kurz seinen Kopf herein, um sicherzugehen, dass der Notar wieder eintreten kann, ohne einer Straftat beizuwohnen. Der Notar kommt zurück, murmelt etwas Unverständliches, den Blick auf die Tischoberfläche gerichtet, während die Beteiligten unterschreiben. Er unterzeichnet mit einem Schnörkel, der einer Inkunabel nicht unwürdig gewesen wäre, wie schade, dass er keinen Federkiel anstelle dieses soliden goldenen Füllfederhalters benutzt. Herzlichen Glückwunsch, sagt er, steht auf, noch eine Runde mit weichem Händedruck und flüchtigem Blick. Bla, bla, bla, bis sie aus dieser künstlichen Atmosphäre heraus sind, Aitor tritt durch die Fahrstuhltür, nein, nein, sie müssen noch einige Geschäfte erledigen, fahren Sie ruhig runter. Endlich auf der Straße, mit einer Mischung aus Freude und Aufregung, mit dem Bedürfnis zu feiern. Einhundertsechzig Quadratmeter, zwei Terrassen, eine nach Süden, die andere nach Osten (um dort zu frühstücken und die Zeitung zu lesen), Gemeinschaftspool, Fitnessraum und Sauna, Wäsche-service. Ein ruhiges Leben, bequem, vielleicht gibt es eine getrennt lebende Frau, der du regelmäßig am Pool begegnest, eine Frau mit Kindern, die schon ihr eigenes Leben führen, und deren Bedarf an komplizierten Beziehungen schon gedeckt ist, die aber mit einem Mann, der sich in einer ähnlichen Situation befindet, was trinken geht, warum nicht, die wie er keine großen Pläne mehr hat und mit ihm diese unspektakulären Augenblicke teilt, die nichts über diese Nacht hinaus versprechen, als sich weiterhin am Pool zu treffen und zu unterhalten und Spaß zu haben und vielleicht noch ein paar weitere Nächte, noch ein paar Drinks. Im Hier und Jetzt leben. Nichts mehr planen und aufbauen. Niemandem etwas schuldig sein. Mit dir selbst zufrieden sein. Endlich. Einmal in deinem Leben.

24

Würdest du von dieser Bank aus, auf der Ana gerade sitzt, alles sehen können, was in dieser Straße im Laufe der Zeit passiert ist, würde dir bestimmt schlecht werden, du hättest Schwindelgefühle, das Bedürfnis, dich irgendwo festzuhalten, um nicht von dieser Flut von Bildern, Schreien, dem Soundtrack der Geschichte mitgerissen zu werden. Und ich spreche nicht von den Menschen, die sich hier tummelten, noch bevor die Stadt beschlossen hatte, diese Bank aufzustellen und sie auf dem Zement zu verschrauben, den Menschen mit ihren kleinen Dramen (der Verlust des Jobs, der Arbeitsunfall, die unvermeidliche Untreue) und ihren kleinen Freuden (die Geburt eines Kindes, der Kuss im Hauseingang, die so notwendige Beförderung), sondern nur von den Teilnehmern der großen historischen Ereignisse oder der eher alltäglichen, die aufgrund ihrer Wiederholung schließlich von Bedeutung waren. Wenn du weit genug in die Vergangenheit zurückgehst, könntest du vielleicht das Rinnsal blutigen Wassers sehen, wie es Gedärm und Haut und Stücke unkenntlicher Organe und Eingeweide in den Fluss spült, nicht das Ergebnis von Unruhen und Hinrichtungen, wie man meinen könnte, sondern der Reinigung der Marktstände am oberen Ende der Straße. Wenn du den Film der Geschichte im Schnelldurchlauf siehst, könntest du auch die Lynchmorde an jüdischen Wucherern sehen, die Messerstechereien zwischen vermummten Majos, die gar nicht so weit gehen wollten, aber die verdammte Ehre lässt ihnen keine andere Wahl, als zuzustechen oder erstochen zu werden, Priester, die unter Steinwürfen aus dem Convento de las Escuales Pías vertrieben werden, einer von ihnen nackt, während der Pöbel seine Soutane in die

Luft wirft und spielt und lacht, als wäre sie eine Puppe, die bei Volksfesten verbrannt werden soll, bis jemand die Soutane auffängt und eilig damit in der Menge untertaucht, denn das Tuch ist zwar grob, aber von guter Qualität; du könntest die Anarchisten sehen, wie sie Weder Gott noch Herr rufen, einige mit Pistolen in der Hand, einige mit Fackeln, die darauf warten, angezündet zu werden. Von dieser Bank aus würdest du all das sehen, was dieses Land heimgesucht, verarmt und verroht hat, all das böse Blut und den Groll, der, wenn man ihn aus jedem einzelnen Bürger herausquetschen würde, Sümpfe mit bösem Geifer füllen könnte. Aber Ana ist gar nicht dort, Ana kennt die Geschichte nicht, weil sie sich nicht dafür interessiert; Unrecht und Verbrechen in der Vergangenheit zu suchen ist für sie reine Zeitverschwendung, etwas für Menschen, die nicht wagen zu handeln. Das Volk, das seine eigene Geschichte nicht kennt, ist gezwungen, sie zu wiederholen. Mit hochtrabender Stimme hat das ihr Sozialkundelehrer immer behauptet, aber das ist eine Lüge. Niemand ändert sich, weil er weiß, was vor einem Jahrhundert passiert ist, er deutet es um, er grübelt, er käut wieder, würgt es als einen Brei hervor, Scheiße nicht unähnlich, benutzt ihn als Mörtel, um die Mauern seiner eigenen Vorurteile zu verstärken. Die Vergangenheit und die Zukunft sind ein Zeitvertreib der Machtlosen. Denn es ist nicht nötig, auch nur auf die letzten Jahrzehnte zurückzublicken: Das in siebzehn Jahren angesammelte Unrechtsbewusstsein reicht aus, damit sie sich wünscht, die halbe Stadt in die Luft jagen zu können. Das Gewissen und die Liebe, nicht aber das Wissen um die Vergangenheit oder die Projekte für die Zukunft, sind der Treibstoff für all diese Leidenschaft, die kaum Platz findet in diesem Körper, der so schmal ist, dass du meinen könntest, er wäre noch nicht voll entwickelt und es würde ihr noch ein Wachstumsschub fehlen, der auch die Hüften und Brüste rundet, aber vielleicht auch nicht, vielleicht ist das Anas definitive Gestalt, abgesehen davon, was der Lauf der Zeit und die Enttäuschungen anrichten werden, vielleicht ist dies die vollständigste Version von Ana, die wir je sehen werden, und es wird ihr wie einigen Menschen gehen, die eine etwas kindliche Ausstrahlung beibehalten, bis sie uns fast übergangslos vorzeitig gealtert erscheinen, als ob ihre noch jungen Körper bereits Deformationen und Mängel aufweisen, die in diesem Alter unmöglich sind.

Ana sitzt auf der Bank und fragt sich, was hier und jetzt passiert, in dieser Straße, auf diesem Bürgersteig. Zum Beispiel würde sie gern mit der Frau sprechen, die sich eine Behausung aus Karton und Plastik in der Ecke gebaut hat, an der zwei Gebäude aneinandergrenzen, eines ist ein Stück nach hinten versetzt. Die Ecke liegt etwas höher als der Bürgersteig und bildet so eine Art Plateau; zwar könnte jeder die Stufen hinaufgehen, um zum Beispiel zur Apotheke am Ende des Plateaus zu gehen, aber keiner tut das, man würde ja auch nicht den Flur, das Wohnzimmer, das Schlafzimmer und den Hof eines anderen Hauses durchqueren, um von einer Straße in die Parallelstraße zu gelangen. Trotz des Verlusts der Privatsphäre, von dem man im Zeitalter der sozialen Medien etc. so viel hört, haben wir genug Anstand bewahrt, der uns daran hindert, ohne Erlaubnis das Heim eines Fremden zu betreten. Und es ist offensichtlich, dass dort jemand wohnt, dass es ein Heim ist und nicht nur ein geschützter Ort, an dem man sich zum Schlafen hinlegt oder von einem Besäufnis erholt. Denn dafür würde niemand vier Plastiktöpfe mit zugegebenermaßen ziemlich ungesund aussehenden Pflanzen aufstellen, Pflanzen, die aussehen, als hätten sie einen Angriff mit Agent Orange überstanden, deren offensichtliche Funktion aber darin besteht, eine heimelige Atmosphäre in dieser verkackten Straße zu schaffen: in einem ein vertrockneter Stock, im anderen etwas, das auch im Schutt wachsen könnte, und ein paar Pflanzen, deren Namen wir nicht kennen, jetzt auch nicht herausfinden wollen, weil es nicht wichtig ist. Wichtig ist, dass diese Frau ihre Pflanzen aufgestellt hat, und sie besitzt eine kleine Gießkanne aus hellblauem Plastik, das heißt, sie pflegt diese übel zugerichteten Pflanzen, und dass sie sich ein Zelt aus Plastikplanen und Kartons gebaut hat, um sich vor der Außenwelt und den Blicken zu schützen, ein Wunder der Statik, das man an der Fakultät für Architektur studieren sollte, seht euch die primitive Form des Bauens aus weggeworfenen Materialien an, die man leicht in Recycling-

Tonnen finden kann, beachten Sie, wie diese weichen Materialien zusammengefügt wurden, um eine höhere Torsionsfestigkeit zu erreichen. Die Hütte steht schon seit Monaten dort, von Wind und Regen gebeutelt, beherbergt die Frau mit kurzem, strähnigem Haar (wo wäscht sie sich, wo erleichtert sie sich? Obwohl sie vielleicht nicht dem Hygienestandard bei euch zu Hause entspricht, riecht sie weder schlecht noch sieht sie besonders schmutzig aus), immer allein, sie hat sie weder mit anderen Obdachlosen oder Trinkern oder Junkies oder armen Menschen aus der Nachbarschaft zusammen gesehen; häufig mit einer Zigarette in der Hand (als Aschenbecher dient die Schale einer Jakobsmuschel, achtet auf das Detail, nicht darauf, dass es eine Jakobsmuschel ist, sondern dass sie trotz allem einen Aschenbecher benutzt, obwohl sie in einer Straße auf dem Boden sitzt, in einem Viertel, in dem du die ganze Zeit nach unten gucken musst, um nicht über Papier oder Plastiktüten zu stolpern, um nicht in Exkremente oder Urinpfützen zu treten) und in ihre Gedanken vertieft: Sie hat keine seltsamen Tics, sie führt keine Selbstgespräche, sie wendet sich nicht an die Vorbeigehenden. Sie lebt dort. Lebt mit sich selbst.

Und Ana möchte sie gern ansprechen, aber es fällt ihr schwer, die Gewandtheit, die Unbeschwertheit, die Kühnheit aufzubringen; ab und zu hat sie sich mit Unbekannten unterhalten, aber immer musste sie ihre Zurückhaltung überwinden, und diese Frau imponiert ihr zu sehr. Sie möchte sie fragen, warum sie dort ist, was sie gemacht hat oder macht, ob es eine selbst getroffene Entscheidung war oder das Ergebnis einer Kette von Schicksalsschlägen, sie möchte so gern mit ihr sprechen, von gleich zu gleich, zwei Frauen, die sich entschieden haben (aber hat sich die andere auch entschieden?), die vorgezeichneten Bahnen zu verlassen, nichts auf die Erwartungen von Papa, von Mama, vom Freund zu geben, auf die Straße zu gehen, einzusehen, dass man nicht gleichzeitig außerhalb und innerhalb des Systems existieren kann, das kann ihr Bruder Luis glauben, vermeintlich idealistische Menschen, die unter den Missständen der Welt leiden und sie lindern wollen, die helfen wollen, aber dennoch von ihnen profitieren.

Ana weiß, dass sie ihre Hemmschwelle bei dieser Frau nicht überwinden kann, es ist merkwürdig, dass sich in ihr so viel Entschlossenheit, so viel Sicherheit mit einer Schüchternheit verbinden, die sie so nicht nennen würde, vielmehr würde sie behaupten, dass sie sich nicht in das Leben einer anderen einmischen will; verurteilen wir sie nicht, wir alle neigen dazu, unsere Schwächen als Tugenden zu tarnen, unsere Unfähigkeit zu handeln als freie Wahl.

Also bleibt Ana wo sie ist, mit dem Rücken zu einem Second-Hand-Laden, dessen Erlöse Kindern zugute kommen, die an der Schmetterlingskrankheit leiden; sie dreht sich nicht um, aber sie könnte das Schaufenster genau beschreiben; das soziale Engagement hält der Hipsterisierung des Viertels stand, aber das Soziale ist eigentlich die Vorhut des Hipsters; wie die Priester die Vorhut der Kolonisten waren. Um ein Territorium zu erobern, sendet man schon lange keine Priester mehr aus, sondern Gruppen engagierter junger Menschen: Sie haben die Energie, den Glauben, um Räume zu besetzen und daraus einen Rechtsanspruch abzuleiten; die Alten ziehen sich bei ihrer Ankunft in ihre Häuser zurück oder in die Außenbezirke um, weil sie sie als Bedrohung empfinden, und fast zur gleichen Zeit oder nicht viel später kommen andere junge Menschen und machen Second-Hand-Läden auf oder Wermut-Bars oder vegetarische Bio-Pizzerien. Heute erobert man das Territorium nicht mehr mit Gewalt und Angst, sondern durch Verführung. Deshalb erscheint es so überzogen, ein paar Touristen zu Fall zu bringen: Aber die haben doch gar nichts gemacht! Sie sind doch nur dort vorbeigefahren. In einigen Presseberichten war die Rede von Fremdenfeindlichkeit und Intoleranz. Man mahnte zur Besonnenheit, sicher, es bestand die Notwendigkeit, die Spannungen, die der Tourismus mit sich bringt, zu lösen, aber mit den richtigen Mitteln, die Gewalt führt nirgendwohin etc., sofort hat man den Vorfall wieder vergessen: Letzten Endes gab es keine schweren Verletzungen (außerdem hat das Kind nur eine Schramme davongetragen), und es gibt in diesen Monaten mehr besorgniserregende Gewalttaten als die einer Handvoll Jugendlicher, die sich gegen das Establishment auflehnten. Die Aktion hat kaum was gebracht.

Ana versucht, ihre Gedanken zu verscheuchen; übermäßiges Nachdenken lähmt. Es reicht aus zu beobachten, zu sehen, was um dich herum geschieht. Es stimmt, von Weitem erscheint sie ruhig. In ihrer Unbeweglichkeit liegt etwas Buddhistisches oder Meditatives, wie sie so dasitzt mit nackten, dreckigen Füßen. Ruhe, Selbstvergessenheit, Kontemplation. Aber nur von Weitem. Ana beobachtet, lernt, begreift, eine Art, sich auf die Aktion vorzubereiten. Wenn du dich ihr näherst, kannst du nicht umhin, die Spannung zu spüren, die ihren Körper zu umgeben scheint, wie ein Faradayscher Käfig, der vom Blitz getroffen wurde.

1. Stell dir vierhundert gestrandete Grindwale vor. Wenn dir die Fantasie fehlt, schau im Internet nach. Das hab ich mir nicht ausgedacht, um eine These zu untermauern, eine apokalyptische Ausschmückung, die uns hilft, über das Ende der Zeit nachzudenken. Nein, es gibt Fotos.

Vierhundert Wale. Streiche zweihundert, wenn dir das zu viel vorkommt, damit sie in dieses Bild passen. Zweihundert Wale von sechs, manche bis zu sieben Metern Länge. Miss dein Zimmer aus, damit du eine Idee von der Größe der Tiere hast. Zwischen 1500 und 2000 Kilo wiegt jedes erwachsene Exemplar. Und sterben dort am Strand. An Dehydrierung, oder weil das eigene Gewicht die Lunge zerquetscht. Sehr wahrscheinlich schreien sie, rufen sich gegenseitig um Hilfe an, jeder Wal hofft, dass ein anderer kommt, um ihn zu retten; aber sie sind alle gleichermaßen dem Tod geweiht. Die Töne, die sie erzeugen, erinnern an einen entfernten Vogelschwarm, den man durch ein Radio mit gestörtem Empfang hört. Es ist eine komplexe Sprache, und gleichzeitig einfach, weil sie sich wiederholt. Obwohl es möglich ist, dass ein Außerirdischer dasselbe von der menschlichen Sprache denken würde.

Es kann sein, nach dem Sterben, dass das in ihren Körpern angesammelte Methan und Kohlendioxid sie explodieren lässt. Die Freiwilligen, die versuchen, sie zu retten – im Normalfall

Gestrandete Grindwale in Neuseeland

vergeblich –, indem sie mit Eimern Wasser auf sie schütten, täten gut daran, nicht in der Nähe zu sein, wenn sie zerplatzen, um sich rechtzeitig vor den herunterprasselnden Eingeweiden in Sicherheit zu bringen.

Man weiß nicht mit Sicherheit, warum Dutzende oder Hunderte von Walen an den Strand kommen, wo sie sterben werden. Man redet von kollektivem Selbstmord, aber seien wir mal ehrlich: Warum sollte sich ein Wal umbringen wollen? Andere machen elektromagnetische Wellen von auf dem Meeresboden verlegten Kabeln und die Sonargeräte der Schiffe für das Massensterben verantwortlich, denn durch sie würden die Tiere ihren Orientierungssinn verlieren. Es stimmt zwar, dass unsere Technologien zahlreiche Ökosysteme stören, aber das muss hier nicht der Grund sein, obwohl Kommunikations- und Stromkabel ein Spinnennetz gebildet haben, in dem man sich nur schwer nicht verheddern kann.

Die Ursache wurde auch in Unterwasserexplosionen bei Kriegen oder Militärmanövern gesucht. Aber in Wahrheit ist das alles reine Spekulation. Wir können uns nur sicher sein, dass weniger Wale sterben würden, gäbe es da nicht ihren Gruppeninstinkt. Uns rührt die Tatsache, dass die einzelnen Individuen dieser Art so stark miteinander verbunden sind: Die Gruppe ist bereit, sich zu opfern, wenn sie die Hilferufe der Kälber hört; sie kümmern sich gemeinschaftlich um die Jüngsten; die Weibchen, die sich nicht mehr fortpflanzen können, kümmern sich um die Nachkommen der anderen. Alles sehr schön, sehr tröstlich. Aber dieser Gruppeninstinkt hat eine Kehrseite: Die

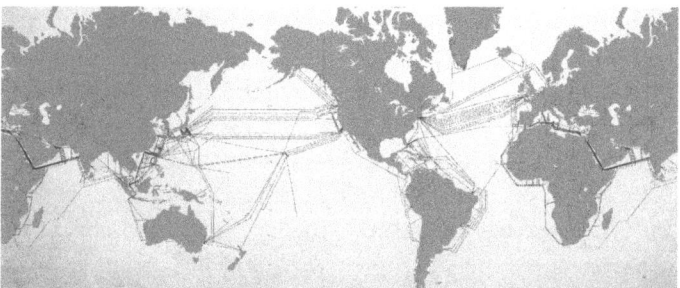

Karte der Unterwasserkabel

Mitglieder der Gruppe schwimmen dem Leittier hinterher, folgen ihm wohin auch immer. Wenn es sich in der Richtung irrt (verwirrt durch Explosionen, elektromagnetische Wellen oder Meeresströmungen, die es in flache Gewässer tragen, aus welchem Grund auch immer), sterben die anderen mit ihm.

2. In den Bildungssystemen fast aller Länder der westlichen Welt findet derzeit eine parallele Entwicklung statt: die Abschaffung oder Reduzierung geisteswissenschaftlicher Fächer. In einigen Lehrplänen ist die Philosophie nicht vorgesehen. In der Mehrzahl spielen Literatur und Geschichte eine immer geringere Rolle. Das Gleiche passiert mit der bildenden Kunst und der Musik. Die Philosophie, die Literatur etc. werden zwar nicht als Spezialwissen abgetan, aber doch als eine Art von Luxus angesehen, den man sich nur in der Freizeit erlauben kann, wenn man das Leben abgesichert hat. Die Schulen müssen die jungen Menschen auf ein immer anspruchsvolleres Arbeitsumfeld vorbereiten. Nur die besten bekommen einen ordentlichen Arbeitsplatz. Man muss wettbewerbsfähig sein. Ein unternehmerischer Geist ist unabdingbar. Aus diesem Grund werden neue Fächer wie Betriebswirtschaft in den Gymnasien eingeführt.

Auch die Hochschulausbildung konzentriert sich zunehmend auf die Vorbereitung der Studierenden für den Arbeitsmarkt und auf die Forschung im Dienste der Interessen der Wirtschaft. Die Universität dient dem Unternehmen und das Unternehmen finanziert die Universität, eine fließende und scheinbar unvermeidliche Symbiose. Aus diesem Grund schrumpft der Etat der geisteswissenschaftlichen Fakultäten von Jahr zu Jahr. An den Universitäten in den USA sind zum Beispiel eine Reihe von geisteswissenschaftlichen Fächern verschwunden. Ein Besuch an einer der besten Universitäten des Landes würde zeigen, dass geisteswissenschaftliche Fakultäten nicht nur das Personal reduziert haben: Wände, von denen der Putz abbröckelt, abgenutztes Mobiliar, unzureichende Büroausstattung, veraltete Computer. Ein anschließender Besuch in einem natur- oder betriebswissenschaftlichen Fachbereich gäbe dem Reisenden das Gefühl, von der Dritten wieder in die Erste Welt gekommen zu sein. Es reicht aus, das Gebäude zu wechseln. Abgesehen davon, dass das Gehalt z.B. eines Professors für Wirtschaftswissenschaften oder Physik an einer Privatuniversität viel höher ist als das eines Literaturprofessors.

Schule und Universität können der Kultur nicht viel Zeit einräumen, denn sie müssen sich darauf konzentrieren, ihre Schüler und Studierenden auf den Arbeitsmarkt vorzubereiten. Da nützt es herzlich wenig, die Werke Feuerbachs zu kennen oder zu wissen, was Suprematismus ist, und es wäre ungerecht, ihnen spätere Chancen vorzuenthalten. Es wäre unverantwortlich, im Kampf ums Überleben die knappen Ressourcen für solche zweitrangigen Themen aufzuwenden.

3. In den 1950er und 1960er Jahren lag die Arbeitslosenquote in den USA und Großbritannien bei etwa 2%, in Deutschland bei unter 1%. Seitdem ist die durchschnittliche Arbeitslosenquote von Jahrzehnt zu Jahrzehnt gestiegen, begleitet von einer geringeren Schaffung von Arbeitsplätzen, auch in Phasen starken Wirtschaftswachstums. Gleichzeitig ist ein erheblicher Teil der Arbeitsplätze prekär geworden, so dass in Großbritannien etwa 35% der Vollzeitbeschäftigten nicht länger als

einen Monat von ihren Ersparnissen leben können. Der Anteil der Teilzeitarbeitsplätze nimmt stetig zu.

Verschiedenen Studien zufolge werden 47-80 % der derzeitigen Arbeitsplätze aufgrund von Automatisierungsprozessen verschwinden. Es wird nicht erwartet, dass diese Arbeitsplatzverluste in nennenswertem Umfang durch neue Arbeitsplätze im Technologie- und Dienstleistungsbereich ausgeglichen werden.

4. Wenn ich 2 und 3 kombiniere, komme ich zu dem Schluss, dass die Geisteswissenschaften in der Sekundarstufen- und Hochschulbildung vernichtet werden, um uns auf einen nicht existierenden Arbeitsmarkt vorzubereiten. Sie lotsen uns zu Unternehmen hin, die uns nicht einstellen werden. Nur eine kleine Elite wird einen gut bezahlten Arbeitsplatz erhalten. Ausländer, Frauen, Angehörige von Randgruppen werden es noch schwerer haben, eine angemessene Beschäftigung zu finden.

Wenn ich an 1 denke, nachdem ich an 2 und 3 gedacht habe, ist die Solidarität der Grindwale rührend. Sie ist auch nutzlos. Sogar kontraproduktiv. Einander im Unglück zu helfen, ist bewundernswert, selbst bei Menschen. Wenn wir nicht in der Lage sind, uns gegen das Schicksal aufzulehnen, wenn wir uns in seichte Gewässer führen lassen, in denen wir ersticken, vertrocknen oder verhungern, dann ist das in der Tat kollektiver Selbstmord. Solidarität angesichts des gemeinsamen Unglücks ist ein falscher Trost, wenn sie nicht mit dem Kampf gegen dieses Unglück einhergeht.

5. Grindwale kennen das Konzept der Revolution nicht. Auch das Konzept der Rebellion oder des Aufstandes ist ihnen unbekannt. Die Grindwale werden weiterhin zu Dutzenden sterben, ohne zu verstehen warum.

6. Vervollständige die gestrichelte Linie von 1 bis 5 und sieh dir das daraus entstandene Bild an. Dann triff eine Entscheidung. Suche in deinem Bekanntenkreis nach Personen, die das Gleiche entschieden haben könnten. Organisiere dich. Schaffe kollektive Widerstandsformen.

25

»Man sieht von hier aus mehr Kirchturmspitzen als Wolken-kratzer«, das ist das Erste, was Pascual zu ihm gesagt hatte, als Aitor zu ihm auf die Terrasse trat. Er nahm einen Zug von der Zigarette und stieß den Rauch langsam aus. »Mehr Kirchen als Wolkenkratzer, das sagt viel über eine Stadt, über ein Land aus, oder?«

Aitor wusste darauf nichts zu antworten, er lächelte nicht einmal, denn egal was du in einer solchen Situation machst, es bleibt unzureichend oder entwürdigend.

»Wusstest du, dass es in Spanien jedes Jahr Dutzende von Erdbeben gibt? Wir kriegen es nur gar nicht mit. Die Erde bebt, und wir schlafen weiter. Auch das ist bezeichnend: unter uns Verwerfungen, die Gebäude zum Einsturz bringen könn-ten, aber wir laufen herum, als hätten wir festen Boden unter den Füßen. Wir laufen arglos herum. Willst du eine?«

Aitor lehnte die Zigarette ab. An jenem Septembermorgen um Viertel nach neun bestand der Himmel von Madrid aus lauter Wolkenfetzen, lange zerrissene Schleier, die von der noch tiefstehenden Sonne in Licht getaucht wurden. Ein bib-lisch anmutender Himmel, der sich golden in den Fenstern der Gebäude widerspiegelte. Die meisten Baukräne standen noch still, andere begannen sich im Laufe des Vormittags langsam zu drehen, einer nach dem anderen, als wären sie Teile dessel-ben Mechanismus, so miteinander verbunden, dass die Bewe-gung des einen den nächsten in Gang setzt und so fort, bis alle sich drehen, dann bleiben sie kurz stehen und zeichnen erneut ihre langsame Kalligraphie an den Himmel. Von oben be-trachtet mutet die Stadt unwirklich an, kaum vorstellbar, dass

sie von Paaren bewohnt wird, die sich beim Frühstück streiten, von Kindern, die in ihren Betten weinen, weil sie nicht
zur Schule gehen wollen, von Senioren, die beim Wasserlassen
Probleme haben, von kranken Menschen, die in Hospitälern
sterben. Die Stadt war eines dieser Spiele, die es früher gab und
an dessen Namen sich Aitor nicht mehr erinnerte, Spiele, bei
denen du (verschiedene) Szenarien schaffen und mit dem Finger zwischen ihnen Plastikfiguren hin- und herschieben konntest: Arbeiter, Polizisten, Hunde, Krankenschwestern.

»Du weißt es schon, nicht wahr?«, fragte Pascual, ohne sich
nach Aitor umzudrehen, als würde er gar keine Antwort erwarten. Er ließ die Kippe fallen und trat sie mit dem Fuß tief
in den Kies.

»Man spricht hier unten von nichts anderem. Und es geht
nicht nur um deine Entlassung. Sie befürchten, dass es noch
mehr werden. Seit wann weißt du es schon?«, sagte Aitor.

»Natürlich wird es weitere geben.«

»Du hast mir gegenüber das Gegenteil behauptet.«

»Diese Stadt ist zum Kotzen. Sie wird zu Boden gedrückt,
sie hebt sich nicht empor, eine Stadt mit fünf Stockwerken
kann von nichts die Hauptstadt sein. Ich würde dort Wolkenkratzer bauen, und dort auch, und dort. Würde diese ganzen
unnützen Kirchen in die Luft jagen und Gebäude mit hundert
Stockwerken errichten. Wolkenkratzer ziehen Städte in die
Höhe, heben sie auf ihre Schultern.«

Pascual wies in die eine und die andere Richtung wie ein
Architekt, der seinen Bauplan beschreibt, oder wie ein Gene-
ral, der erklärt, wo die Artillerie Stellung nehmen soll.

»Du hast mir versprochen, dass es keine weiteren Entlassungen geben wird.«

»Du überraschst mich immer wieder. Manchmal wäre ich
gern wie du. Mit solch einer Unschuld durchs Leben laufen.
Es muss herrlich sein, so gar nichts mitzukriegen von der Welt.«

»Mit anderen Worten, du wusstest es also. Du hast mich
betrogen.«

»Du klingst wie in einer Telenovela. Aber nein, wenn du
in meiner Position bist, betrügst du nicht, denn es glaubt dir

sowieso niemand, der noch ganz bei Sinnen ist. Es ist einfach unglaublich. Die Chefs eines Unternehmens lügen nicht: Sie erstellen Prognosen, sie setzen Ziele. Wer zum Teufel erwartet von ihnen, dass sie die Wahrheit sagen? Das ist, als würde man von einem Pokerspieler oder einem Minister nichts als die Wahrheit erwarten. Wenn du deine Karten aufdeckst, ist das Spiel vorbei, und die Leute sind darauf angewiesen, dass das Spiel nicht zum Ende kommt. Nimm eine Zigarette.«

Diesmal nahm Aitor sie an und ließ sich auch Feuer geben, schirmte dabei die Flamme des Feuerzeugs mit der Hand ab, obwohl kein Windhauch zu spüren war, wie an jenen Nachmittagen im Sommer auf dem Land, an denen man kein einziges Blatt rascheln hört, nur die Zikaden zirpen. Aber was man von der Terrasse aus hörte, war der Verkehr, der sieben Stockwerke tiefer dahinfloss, ein weißes Rauschen, das jede Kritik oder jeden Schrei übertönen würde. Die ersten Züge der Zigarette schmeckten nicht so schlecht, wie er erwartet hatte. Er merkte, dass er das Rauchen vermisst hatte, seine Lungen zu spüren und dieses Kratzen im Hals. Isabel hatte es einmal zu ihm gesagt, in einem jener seltenen Augenblicke, in denen sie eine allgemeine Aussage traf, sie, die immer so sehr am Konkreten, an dem, was gerade geschah, festhielt, hatte Isabel es so formuliert: Wenn man raucht, wird einem wieder bewusst, dass man einen Körper hat. Die Beobachtung ist so traurig, dass Aitor vorzieht, nicht daran zu denken.

»Ich weiß nicht, was ich sagen soll. Ich weiß nicht einmal, ob ich dir sagen sollte, dass es mir leidtut.«

»Aber ja doch, verdammt, sag, dass es dir leidtut, denn du wirst nie wieder in deinem Leben einen so guten Chef haben. Ich habe die Leute motiviert, sie dazu gebracht, ihr Bestes zu geben. Schau dich an.«

»Mich.«

»Hätte ich nichts getan, wärst du schon längst verdorrt, oder hättest dich in eine der Plastikpflanzen im Flur verwandelt. Es gab nur zwei Möglichkeiten, den Vertrag zu kündigen oder dir einen Posten mit Verantwortung zu verschaffen. Du könntest mir auch dankbar sein.«

»Okay, danke. Und jetzt?«

»Jetzt werden sie die Hälfte der Programme an unabhängige Produzenten auslagern, wie bereits zum Teil geschehen, aber im großen Stil. Das ist nicht viel billiger, aber flexibler.«

»Ich meine, was wird jetzt mit mir passieren?«

»Das wird schon, du bist ein Überlebenskünstler.«

»So was Ähnliches sagte Carolina auch.«

»Carolina, noch so eine Idiotin. Überleg mal, schwanger werden, später habe ich erfahren, dass es Zwillinge sind. In welcher Welt leben die? In welcher Welt lebt ihr?«

»Du hast mir nicht geantwortet.«

»Was soll ich dir antworten? Soll ich dir die Wahrheit sagen?«

»Jetzt kannst du's. Du bist raus aus dem Spiel.«

Wütend und akribisch zerquetschte Pascual seine Kippe wieder im Kies, als wäre sie ein giftiges Tier. Er sammelte vier oder fünf Kieselsteine auf und warf sie nach den Tauben, die auf den Brüstungen hockten. Einer der Steine fiel auf die Straße.

»Du wirst bleiben. Du hast deine Arbeit gut gemacht, du hast dich an die redaktionelle Linie gehalten. Sie sind zufrieden. Dir fehlt nur noch eine Aufgabe.«

»Wie bei den Taten des Herkules.«

»Sei nicht so anmaßend.«

»Was für eine Aufgabe?«

»Den Bösewicht spielen. Du warst immer der Gute. Wenn man einen Bösewicht brauchte, rief man mich. Es ist wie bei den Gangsterfilmen: Damit sie dich akzeptieren, musst du töten.«

»Ich werde niemanden rauswerfen.«

»Natürlich wirst du niemanden rauswerfen. Du wirst lediglich jedem Einzelnen mitteilen, dass man ihn rauswirft, und ihnen die Bedingungen erklären, die sie annehmen müssen, und ihnen zu verstehen geben, was passieren wird, wenn sie sich weigern.«

»Du amüsierst dich.«

»Du hast ein leichtes Leben gehabt. Das Leben eines armen Mannes ohne Verantwortung.«

»Ich gehe rein«, sagte Aitor, ohne sich zu rühren. »Ich habe noch ein paar Dinge zu erledigen. Wann gehst du?«

»Ich bin bereits gegangen. Du siehst einen Geist. Was sagte der Geist von Hamlets Vater?«

»Keine Ahnung.«

»Ich auch nicht. Sicherlich würde es sich lohnen, sich daran zu erinnern. Soll ich dir noch einen Rat geben, bevor ich mich in Luft auflöse?«

»Nun gut.«

»Es sind nicht deine Freunde. Es scheint vielleicht so, aber es sind nicht deine Freunde.«

»Das ist kein Ratschlag.«

»Aber ein Rätsel, wie im Märchen. Denk nach. Wenn du es löst, heiratest du die Prinzessin.«

»Du liest diese Selbsthilfebücher, diese Art Ratgeber für skrupellose Geschäftsleute. Wie man Erfolg hat, wenn man auf allen andern herumtrampelt. Werden Sie reich ohne Reue.«

Pascual lächelte. Er zeigte auf den Horizont. »Ein Wolkenkratzer«, sagte er, »und noch einer, noch einer«, schwang mit den Armen weit ausholend durch die Luft. Er tätschelte Aitor kurz die Schulter, nickte wie zu sich selbst, und ging noch vor ihm zurück ins Gebäude.

Und du hast es gemacht. Natürlich hast du es gemacht. Du hattest keine andere Wahl. Im Ernst, es geht nicht darum, dich zu rechtfertigen, dir blieb nichts anderes übrig, als nach und nach einen Kollegen nach dem anderen in dein Büro zu rufen (sie wiesen dir ein spezielles Büro zu, um diese Aufgabe diskret zu erfüllen). Denn es ging nicht um sie oder dich; das hätte dir einen heldenhaften Abgang erlaubt, eine Möglichkeit der (Selbst-)Aufopferung, um dich nicht den Befehlen von oben zu beugen. Wir wissen nicht, wir werden niemals erfahren, ob du dich in einer solchen Situation wirklich selbst geopfert hättest, ob du diese Person gewesen wärst, die du dir vorstellst zu sein, oder, wie es häufig der Fall ist, du im realen Leben nur ein Abklatsch von dieser Wunschvorstellung bist.

Aber es gab keine Möglichkeit des Tauschhandels, die Alternativen waren entweder mitzuspielen und deinen Posten zu behalten, oder ein anderer würde es machen und du verlierst deinen Job. Es gab keine Erlösung. Die Entscheidung war getroffen. So erklärten sie es dir in der Konferenz. Das hat man dir bei der Besprechung mit dem Direktor der Sendergruppe, dem neuen Programmdirektor, der diesen Posten vor Jahren schon einmal innehatte und jetzt mit dem Gehabe eines aus dem Exil zurückkehrenden Kaisers wieder auftauchte, und den Redaktionsleitern gesagt; der Sender verlor zu viel Geld, die Werbeeinnahmen haben das Vorkrisenniveau immer noch nicht erreicht, die neuen Aktionäre hielten eine technische Modernisierung für unverzichtbar, um sich den Herausforderungen des 21. Jahrhunderts zu stellen (wörtlich: »den Kampfansagen des 21. Jahrhunderts«, als ob ein Krieg bevorstünde und die Schützengräben ausgehoben und die Waffen gereinigt werden müssten), und als Ballast schleppte der Sender nun mal seit Jahrzehnten eine Überbesetzung mit sich herum, (die Stimme senkend) vor allem in den besser bezahlten Bereichen.

Sie waren ernst, aber freundlich, Generäle, die ihre Soldaten auf eine heikle Mission schickten. Sie gaben ihnen zu verstehen, dass sie ihnen vertrauten. Der Programmdirektor zwinkerte ihnen am Ende der Besprechung zu. Der Direktor der Sendergruppe klopfte jedem auf die Schulter, wie ein Fußballtrainer, der den Teamgeist fördern will. Jeder Redaktionsleiter ging mit einer Liste der zu entlassenen Personen und den Bedingungen, die sie ihnen anbieten konnten. Selbstverständlich sollten sie sich alle der Gefahr eines Sozialplans bewusst sein, bei dem die Konditionen wesentlich schlechter wären, faktisch machten sie denjenigen, die es annahmen, ein großzügiges Angebot.

Es ist notwendig. Manchmal ist es unumgänglich, harte Maßnahmen zu ergreifen, wir alle wissen, dass ein Unternehmen keine NGO ist, es braucht Gewinne, muss die Aktionäre zufriedenstellen, sich auf dem Markt behaupten. Und wenn die Dinge nicht funktionieren, muss man eingreifen, dessen sind wir uns alle bewusst. Aber es bleibt ein bitterer Nachgeschmack zurück, wenn eine Kollegin dich beschuldigt, sie zu entlassen, nur weil sie eine Frau ist, und ein Freund (aber es sind nicht deine Freunde, denk daran) den Tränen nah ist und dich anfleht, dass er nicht auf der Straße landen kann, dass die Abfindung ihm nicht weiterhilft, er ist 52 Jahre alt und in diesem Alter, wer wird ihn da noch einstellen, und ein Betriebsratsmitglied dir körperliche Gewalt androht (ich werde dir den Schädel einschlagen, verdammter Verräter) und schwört, dass er dich in die Klage gegen die Geschäftsführung mit einbeziehen wird, aber fast alle unterschreiben, weil sie wissen, sie werden sowieso entlassen, und zwar zu schlechteren Konditionen, und nur zwei verweigern ihre Unterschrift, aber du teilst ihnen trotzdem ihre Kündigung mit. Lass sie vor Gericht ziehen, haben sie dir gesagt, wer die Abfindung nicht akzeptiert, kann vor Gericht gehen, das soll nicht deine Sorge sein.

Und du kommst nach Hause, nach vier Tagen unangenehmer Zusammenkünfte in deinem Büro, vier Tage, in denen du nichts anderes gemacht hast, als die schlechte Neuigkeit bekannt zu geben, die Vorwürfe zu ertragen, und dass Kollegen dich nicht grüßen oder wegschauen, wenn sie dir im Flur oder in der Redaktion begegnen, oder sie blicken dich an wie ein von seinem Sohn enttäuschter Vater, der ein guter Sohn war, bis er leider drogensüchtig wurde, du kommst nach Hause, mit trockenem Mund und einem Kloß im Magen, du gehst zum Kühlschrank und findest ein weiteres dieser dämlichen Gedichte von Ana, Gedichte, die weder eine Antwort noch eine Auseinandersetzung zulassen (es sind keine Argumente, es sind Gedichte, sagte sie zu dir, als du beim ersten Mal protestieren wolltest, weil dir die Form, dich zu beschreiben, zu simpel erschien). Anscheinend ist sie zu Hause gewesen, aber das heitert dich auch nicht auf. In ihrem Zimmer keine Spur von ihr. Die rote Tagesdecke auf dem Bett ist faltenlos, dennoch befühlst du sie wie ein Sheriff, der die Asche des Lagerfeuers der von ihm verfolgten Banditen untersucht, um kalkulieren zu können, wann sie das Lager verlassen haben. Natürlich, kein Rest von Wärme, nur die raue Oberfläche des Stoffes. Ana hat sich nicht in einem Anfall von Heimweh hingelegt und an die Decke gestarrt, hat sich nicht an ihre Gefühle als kleines Mädchen erinnern wollen, als sie hier noch zu Hause war. Sie wird vorbeigekommen sein, um was zu holen und du öffnest ihren Schrank, der unverändert ist, sicherlich würde es dir auffallen, wenn etwas fehlen würde, denn du hast diesen Schrank schon zigmal aufgemacht: da hängen die zwei oder drei Röcke, die sie nie trug, du erinnerst dich jedenfalls nicht daran, sie an ihr gesehen zu haben, eigentlich erinnerst du sie überhaupt nicht im Rock; eine Schachtel mit Kleidung aus ihrer Kinderzeit, vier oder fünf Puppen dicht gedrängt in einer Schublade (ein Massengrab kindlicher Fantasien, sagtest du mal zu Luis, und er kippte fast um vor Lachen über dein Pathos), Trödelkram, Dokumente, die du jetzt nicht durchblätterst, du kennst sie alle auswendig, Hefte mit nichtssagenden Notizen, ein paar Schulbücher. Du setzt dich vor ihren Schreibtisch; eine innere Hemmschwelle hat dich immer davon abgehalten, dich auf ihr Bett zu legen; du zögerst kurz, aber du kannst dich auch diesmal nicht dazu entschließen. Auf einem Kleiderbügel hängt eine Pelzjacke, die gut in einen Hippie-Film gepasst hätte. Du hältst sie dir an die Nase, sie strömt immer noch den muffigen Geruch nach Tier aus. Du nimmst sie und schmeißt sie in der Küche in den Abfalleimer. Damit der Deckel sich schließen lässt, musst du kräftig mit dem Fuß nachdrücken. Das Gedicht liegt auf der Arbeitsplatte, dort wo du es liegen gelassen hast. Du nimmst es und liest den Anfang. Wir sind die Kanarienvögel, die in der Mine gebraucht werden. Bestimmt ein weiterer Opferdiskurs. Noch ein Finger, der auf dich zeigt, eine Ansammlung von Anschuldigungen und Forderungen. Wenn Luis nicht schon nach Boston abgereist wäre, würdest du auf ihn warten, um ihm das Gedicht hinzuhalten: Schau, deine Schwester hat uns besucht. Aber Luis ist vor zwei Tagen gefahren, du kannst dich bei niemandem beklagen, niemand, von dem du ein Mindestmaß an Solidarität und Verständnis erhoffen kannst. Du knüllst den Zettel zusammen und schmeißt ihn ebenfalls in den Abfalleimer. Wenn sie etwas von dir will, dann soll sie dazu stehen und es dir sagen. Du hast es satt, der Empfänger ihrer Wut zu sein. Du nimmst dir ein Bier aus dem Kühlschrank und setzt dich auf das Sofa, aber du vergisst, es aufzumachen. Ich war ein vorbildlicher Vater, sagst du zu dir selbst. Ich habe alles gemacht, was man von mir erwartete. Aber jetzt ist Schluss. Ich werde sie suchen. Sie ist siebzehn Jahre alt und ich kann sie zwingen, nach Hause zu kommen.

Weder Isabel noch dem Detektiv wirst du etwas davon sagen. Du bist niemandem eine Erklärung schuldig. Jetzt ja, jetzt lässt du den Kronkorken mit einem Ruck abspringen und du lässt ihn einfach auf dem Boden liegen. Du trinkst fast die Hälfte der Flasche in einem Zug. Rülpst, wie ein Jugendlicher. Wir sind die Kanarienvögel, die in der Mine gebraucht werden. Noch ein Rätsel. Aber die Lösung interessiert dich nicht.

26

Die Aufmerksamkeit im Raum fließt an einem Punkt zusammen, aber es ist nicht ein Feuer oder der Fernseher, um das sie sich versammelt haben. Eine Idee ist es, die dieser Nähe ihren Sinn gibt. Die Gegenwart der anderen, auch wenn sie offensichtlich gar nicht bewusst wahrgenommen wird, verleiht diesem Raum die Qualität eines Zuhauses.

»Bis jetzt ist alles ein Spiel gewesen«, sagt Alfon, putzt sich mit einem Hemdzipfel die Brille, setzt sie wieder auf und kneift dabei die Augen zusammen, als versuche er jemanden im Dämmerlicht zu erkennen, kratzt sich den Schnurrbart, lächelt und zeigt dabei zwei abgebrochene Zähne. Wie hässlich du bist, Alfon, denkt Ana liebevoll und ermutigt ihn fortzufahren, indem sie ihn intensiv anblickt und leicht in seine Richtung nickt. Er ist wie eines dieser Autos, die nicht sofort anspringen, man muss mehrmals den Zündschlüssel umdrehen, aufs Gas treten, verzweifeln, aber dann heult der Motor kurz auf, nimmt einen ordentlichen Schluck Benzin und das Auto springt mit voller Kraft an. Mach schon, Alfon, mach jetzt.

»Ein Spiel … oder nein, etwas anderes, denn es ist nicht echt, aber es ist auch kein Witz. Eine Annäherung. Nach und nach haben wir uns der Beute genähert, uns auf die Lauer gelegt, nicht wahr, Anita?«, er stößt Ana mit dem Ellbogen an, die beiden Nonnen nicken sehr ernst, Elena, wieder zurück, noch magerer und geistesabwesender als vorher, führt ein paar Karateschläge in der Luft aus, der Hund gähnt und ist unschlüssig, ob er sich nicht ein ruhigeres Plätzchen suchen soll. Mit einem Seufzer, der bei einem Menschen unendliche Müdigkeit ausdrücken würde, lässt er sich auf die Matratze fallen.

»Und jetzt lasst uns den Sprung wagen.«

Hans schreibt mit einem Kugelschreiber erfundene Kalligrafien auf seinen Handrücken, Runen, Kanjis, Kritzeleien aus Fantasy-Romanen. Dann kratzt er mit dem Fingernagel Wachs von einer Holzkiste ab, Reste der Kerzen, die gemeinsame Gespräche und Träumereien begleitet haben.

»Lasst uns endlich angreifen. Damit das klar ist: Es ist nicht unsere Absicht, dass jemand stirbt, aber es könnten Menschen sterben.«

Alfon zögert. Scheinbar ist er am letzten Punkt angekommen, das war die Schlussfolgerung, es könnten Menschen sterben, aber jeder weiß, dass das, was wie das Ende wirkt, erst der Anfang ist. Er lächelt, als würde er um Entschuldigung bitten. »Hattet ihr nicht ein paar Bier mitgebracht?« »Stimmt«, sagt jemand, und alle schauen sich um, bis der Deutsche sagt, »scheiße, runter von der Bar«, und Yannick überrascht feststellt, dass er auf der Bierkiste sitzt. Er steht auf, verteilt die Flaschen. Nicht nur Alfon ist nervös, alle sind es. Sie wissen, sie sind an einem Punkt angelangt, an dem sich ihr Leben ändern kann. Es liegt an ihnen, ob es das tut oder nicht. Ein radikaler Umbruch, nach dem es kein Zurück mehr gibt. Denn noch könnte jeder von ihnen zurück nach Hause, irgendeine Art von Zuhause. Ana könnte wieder zur Schule gehen, und schlau wie sie ist, würde sie sicherlich den Abschluss schaffen. Yannick zum Methadon, ein zwar kaltes und trostloses Heim, aber es ist nicht die Schutzlosigkeit des Heroins, Elena ..., von ihr wissen wir nicht, woher sie kommt, nur dass sie sich eines Tages neben Yannick gesetzt hat, seitdem taucht sie auf und verschwindet wieder, enthusiastisch oder deprimiert, hyperaktiv oder apathisch; der Deutsche würde zu seiner Tante zurückfinden, die ihn aufgezogen und an die Universität geschickt hat und nicht verstehen konnte, dass ein so begabter Junge von heute auf morgen sein Studium aufgibt, um seine Nachmittage kiffend in einer anarchistischen Bibliothek zu verbringen und über die Zukunft zu reden, genau diese Kinder, die dann doch ihre eigene Zukunft zerstören, und sie alle, einschließlich Alfon, würden den Weg zurück anhand der Spur von Brotkrümeln finden, die sie gelegt haben, auch wenn es so aussieht, als hätten sie sich im Wald verirrt. Aber wenn sie diesen Schritt machen, ist es, als würde ein Gitter zwischen ihnen und der Welt herunterfallen.

»Irgendwann einmal kann es Tote geben«, nimmt Alfon den Faden wieder auf, »und das ist bedauerlich, wirklich, es ist bedauerlich, glaubt nicht, dass mir das nicht leidtut. Aber jeden Tag sterben Menschen an diesem System, das sie aus ihren Häusern vertreibt, das sie in den Herztod treibt – und das ist keine Metapher –, ein System, das auf Tausenden von Leichen im Globalen Süden gründet, die wir natürlich nicht zu Gesicht bekommen, und deswegen tut es uns auch nicht weh, aber der Geruch nach Verwesung reicht bis hierher. Könnt ihr mir folgen?«

Sie nicken, ernst, nehmen einen Schluck Bier, alle gleichzeitig, als hätten sie es abgesprochen. Es sind nur die Üblichen anwesend. Alfon zufolge finden zeitgleich Dutzende ähnliche Versammlungen in Dutzenden anderer besetzter Häuser statt. Denn die Zeit ist reif. Und obwohl sie wissen, worauf er hinauswill, hören sie in aller Ruhe zu. Es ist ein Ritual, das man geduldig über sich ergehen lässt. Sie wünschen sich sogar, dass sich die Rede so lange wie möglich hinzieht, den Sprung noch nicht wagen zu müssen, wie jemand, der den 10-Meter-Sprungturm langsam Stufe für Stufe erklimmt, den Moment herauszögert, in dem er sich der Angst und dem Schwindelgefühl stellen muss, und vielleicht auch der beschämenden Entscheidung, die Treppe wieder herunterzusteigen, ohne es gewagt zu haben, sich von oben fallen zu lassen.

»Nein, im Ernst, ihr hört sie ja selbst dieses Pack, das Gewalt kritisiert, diese Figuren, die sagen, dass man Gewalt in einer Gesellschaft nicht akzeptieren kann, die Politiker, die Presse, eure Eltern und meine, und sie wissen, dass in Afrika getötet, vergewaltigt und versklavt wird, um unseren Lebensstandard zu halten, aber da zucken sie nicht mal mit der Wimper. Und wir bombardieren Zivilisten und foltern Menschen und man muss sich nur vorstellen, sie würden in unsere Häuser eindringen und uns herauszerren, unsere Mütter, Schwestern, Töchter vergewaltigen, das Gebäude in Schutt und Asche legen, in dem wir gelebt haben, alles, um die Demokratie oder die Freiheit oder irgendeinen anderen Scheiß zu verteidigen. Im Ernst, stellt euch vor, das passiert alles in einem der Wohnblocks, in denen ihr aufgewachsen seid, weil wir es zulassen und ihnen die Waffen dafür verkaufen. Lest die verschissene rechte Presse, und die ganze Presse ist rechts, die vor einigen Tagen berichtete, dass Spanien Waffen für den Einsatz im Jemen verkauft hat, dass unser König hinfährt, um sich bei einem Mörder einzuschmeicheln. Aber das ist uns egal. Diese Toten zählen nicht. Denkt mal in Ruhe drüber nach. Der Mittelschicht, nicht nur den Reichen, der verdammten Mittelschicht klebt Blut an den Händen. Und die Arbeiter sind ihre stillschweigenden Komplizen. Vergesst den Idealismus der Arbeiterklasse. Sie wollen nur ihr Stück vom Kuchen, weiter nichts. Sie wollen den Fernseher und das Auto, die Universität für ihre Kinder, das ist die Emanzipation der Arbeiterklasse, und sie wollen den Urlaub in der Dominikanischen Republik oder auf Kuba verbringen. Was macht es schon, wenn man dafür ein paar Kindern die Kehle aufschlitzen muss, in einem Land, das sie nicht einmal auf einer Karte finden könnten?«

Seine Brillengläser sind wieder beschlagen, aber er setzt sie nicht wieder ab, um sie noch einmal zu putzen, er nimmt auch keinen weiteren Schluck Bier aus der Flasche, obwohl sie noch halb voll ist, er hat eine Vision, er sieht die ganze Brutalität der Welt und gleichzeitig die Scheinheiligkeit derjenigen, die von dieser Brutalität profitieren. »Diesen Minister«, fügt er hinzu, »diesen erbärmlichen Minister, den ich vor ein paar Tagen gehört habe, der den Verkauf von Waffen an Mörder gerechtfertigt hat, indem er sagte, dass man realistisch sein muss und die Arbeitsplätze und verfickter Scheiß nochmal ..., ja, den würde ich auf der Stelle umlegen, alle sollen an die Wand gestellt werden, die den Realismus predigen und sagen, wir können nicht zimperlich sein, und dass man mit Mördern verhandeln muss, um ein paar tausend Arbeitsplätze zu retten, die von Tag zu Tag prekärer werden und von denen immer weniger Menschen was haben, denn auch hier müssen wir realistisch sein, Unternehmen investieren nicht, wenn sie keine Gewinnaussichten haben, und wenn wir es nicht machen, wird es ein anderer tun, und man muss wettbewerbsfähig bleiben, also gebt euch damit zufrieden, dass sie euch einen Scheißdreck im Tausch für die toten Kinder bezahlen.«

Sie rühren sich nicht einmal, nicken nur langsam und grübeln über die letzten Worte Alfons, die schon wieder nicht die letzten sind: »Die Toten gibt es schon«, betont er, »wir bringen sie nur in Verbindung mit den Ursachen, und werden mit der Verantwortung leben müssen, dass durch unsere Taten Unschuldige gestorben sind, aber diese Toten sind der Anfang des Umbruchs, denn es geht nicht darum, eine Bombe zu legen und sich dann zurückzuziehen.«

Alfon hat zum ersten Mal das Wort Bombe fallen lassen und legt eine Pause ein. Yannick und Elena haben den Kopf gesenkt, der Deutsche starrt auf seine Hände, die die Bierflasche wie eine Waffe umklammern, die beiden Nonnen haben sich untergehakt wie kleine Mädchen, die den finsteren Wald betreten wollen, und nur Ana blickt ihn unverwandt an, den Kiefer angespannt, sie wendet den Blick nicht ab, um den entscheidenden Moment nicht zu verpassen, wenn Art und Umfang der Aktion angekündigt werden.

»Wir werden die Straßen erobern«, sagt Alfon, »wir und Tausende wie wir, die nur darauf warten, weil unsere Regierenden am Rande des Abgrundes stehen, ohne zu merken, dass die gesamte Gesellschaft am Rande des Abgrunds steht, und Frieden ist nicht möglich, die Konfliktfreiheit, das heilige Ziel der Demokratie, ist eine Lüge. Wer Konflikte leugnet, leugnet Unterdrückung. Wer von Frieden spricht, deckt Verbrechen. Der Konflikt ist da, versteckt, verborgen, mundtot gemacht, und wir werden ihn ans Licht bringen und nicht die Revolution, ein Wort, das zu sehr von der Geschichte belastet ist, sondern den globalen Aufstand beginnen. Die Welt wird brennen, hört ihr mich?, weil wir nur so zum Wesentlichen durchdringen, zu Gemeinschaften wie dieser hier, zu einer Solidarität wie dieser, zur Liebe wie dieser, zur Freude, die wir trotz allem empfinden, weil wir lebendig sind.«

Niemand applaudiert, natürlich nicht, obwohl sie jetzt endlich am Ende angekommen sind. Sie nicken wie Betrunkene, die in einer leeren Bar verkünden, dass sie am nächsten Morgen mit dem Saufen aufhören werden, sie nicken und schweigen, denn zu applaudieren würde bedeuten, schon zu springen, am Rand des Sprungturms zu stehen und die Fersen bereits anzuheben. Und Ana beugt sich zu Alfon, der erschöpft und mit verlorenem Blick dasitzt, fährt ihm über die feuchten Haare, streicht ein paar Strähnen zurück, die ihm ins Gesicht gefallen sind, nimmt ihm behutsam die Brille ab und gibt ihm einen Kuss auf jedes Augenlid.

Die Einzelheiten und Diskussionen werden später folgen, sobald sich das dunkle und lauwarme Gefühl eines alten, geheimen Rituals verflüchtigt haben wird. Jetzt steht Hans auf, um sich ein weiteres Bier zu nehmen, er schlägt den Kronkorken an einer Tischkante auf, Yannick spaziert im Zimmer herum und schnippt mit den Fingern und Nicolás reckt den Hals, als ob er gern einen Luftsprung machen würde. »Also«, fragt Elena, »was ist das Ziel?« Eine der Nonnen fährt mit den Fingern durch die Haare der anderen und ihrer beider Gesichter verziehen sich, sobald sie an einem Knoten hängen bleiben.

Alfon ist ein erschöpfter Buddha. »Das Hotel«, sagt er, flüstert es fast, »dieses beschissene Hotel, das sie mitten auf der Freifläche errichten. Und der Carrefour-Supermarkt, den sie in Tirso de Molina bauen, und der eine weitere Reihe von Geschäften im Viertel in den Ruin stürzen wird. Das nennt man Selbstverteidigung. Und danach verkaufen sie im Wettstreit die Häuser. Und danach kommen die Franchiseläden, die Klamotten verkaufen made in verfickten chinesischen Gefängnissen.«

»Danach die Fitnessstudios«, sagt Yannick, und niemand ist sicher, ob er das ernst meint.

Eine der Nonnen, die größere der beiden, hört auf, die andere zu streicheln und zu kämmen, als wäre sie ihre Puppe. Sie schüttelt den Kopf, sagt aber nichts. Hans hält sich die Bierflasche an die Wange. »Und der Sprengstoff?«, fragt er.

»Darum kümmere ich mich«, sagt Alfon.

«Du kannst Sprengstoff besorgen?«

»Wir haben alle eine Vergangenheit. Ich kümmere mich darum, wirklich. Es gibt Leute, die uns unterstützen.«

»Was für Leute?«, fragt eine der Nonnen.

»Vertrau mir, Marta.«

»Marta ist sie, ich bin Paula.«

»Paula, vertrau mir.«

»Darum geht es nicht. Dir vertraue ich. Aber wir reden von einer echten Straftat. Jahre im Gefängnis. Ich will wissen, wer dahintersteckt.«

»Autonome Gruppen. Es gibt niemanden dahinter. Das ist nicht Spectre. Es ist eine Bewegung von Einzelzellen, die alle in die gleiche Richtung wachsen.«

»Das reicht mir nicht, Alter. Jemand wird das Ganze ja koordinieren.« Hans nickt. Yannick geht aus dem Zimmer, das ihm zum Käfig geworden ist, und kommt wieder zurück.

»Aber wir sollten besser nicht wissen, wer«, sagt Ana. »Falls sie uns erwischen.«

»Das ist richtig«, sagt Alfon. »Der Verantwortliche dieser Aktion bin ich. Deshalb erzähle ich euch weder, woher der Sprengstoff kommt, noch mit wem ich spreche.«

»Und stimmt es, dass es Dutzende Zellen oder Kommandos gibt oder wie man sie nennt, die in der gleichen Nacht zuschlagen werden?«

»Dutzende ist übertrieben«, sagt Alfon, »aber wir sind nicht allein.«

»Drei? Vier? Zehn?«

»Ich weiß es nicht. Ich will es nicht wissen. Aber wir sind Teil von etwas Größerem.«

»Ich stimme mit Nein«, sagt Paula.

Yannick hebt die Hand und sagt: »Das ist nicht cool. Ich stimme auch nicht, das heißt, ich stimme nicht mit Ja. Ich bin bei Paula.«

»Und dafür?«, fragt Alfon.

Ana hebt die Hand zur gleichen Zeit wie Alfon. Dann folgt Hans. Marta setzt sich aufrecht hin, wirft das Haar zurück.

Schaut zu Paula. Hebt die Hand. Elena hat sich nicht gerührt, nicht dafür und nicht dagegen.

»Dann«, sagt Alfon, »lasst uns jetzt entscheiden, wie und wer. Einverstanden?«

Yannick setzt sich wieder hin. Er schüttelt den Kopf. »Das ist nicht cool. Es ging uns doch so gut.« Er wirft für Nicolás eine Stoffkugel; der Hund versucht aufzustehen, schiebt den Bauch und die Hinterläufe einen halben Meter nach vorne und legt den Kopf dann mit einem Seufzer wieder auf die Vorderpfoten.

»Schaut mal«, sagt Alfon, »wir können es so machen.«

Und Ana reibt sich die Hände, klopft ein paarmal mit den Füßen auf den Boden, trommelt mit beiden Händen auf den Knien einen schnellen Rhythmus auf und ab, eher so, als würde sie Klavier spielen statt Schlagzeug.

Jetzt endlich. Jetzt wird es endlich ernst.

27

Yannick fällt es schwer, den Mund aufzumachen. Oder den Blick zu heben. Der Verband um sein Handgelenk ist zu weiß; er passt nicht zu dem zerfetzten T-Shirt, den Armen mit ihrem schmutzigen Filigran aus Narben und Tätowierungen, den abgekauten Fingernägeln, die über diesen Verband kratzen. Manchmal hört er damit auf, um stattdessen Nicolás über den Rücken zu streicheln, der mit den Ohren ein geträumtes Insekt verscheucht, ohne die Augen zu öffnen. Und Yannick sagt: »Ich weiß nicht, Alter, ich weiß nicht.«

Javier sagt nichts. Er wartet, trinkt seinen Milchkaffee, nickt, als ob das eine Antwort wäre. Die Kellnerin der Bar hat auf jedem Handrücken einen Schmetterling tätowiert, die zwischen Gläsern und Flaschen hin- und herflattern und ein leichtes Konzert mit einem fröhlicheren Zittern dirigieren, ganz anders als Yannicks Hände, eine Pavane gegenüber einem Requiem, aber in der Bar spielt eine andere Musik, eine Stimme verkündet feeling good, aber ihre Tonart lässt das Gegenteil vermuten. »Ich weiß nicht, Alter.«

Und Javier holt eine Zigarette heraus, er hatte gar nicht vor, sie anzuzünden, aber sogleich schwingt ein Finger der Kellnerin wie ein Metronom und Javier lässt die Zigarette auf dem Tisch liegen wie ein Cowboy seinen Revolver, um zu zeigen, dass er ihn nicht benutzen wird. »Das musst du wissen, Yannick, du musst es wissen.«

Yannick pult dem Hund getrocknetes Sekret aus dem Auge und zerquetscht es wie eine Laus zwischen den Fingernägeln, der Hund schlägt zwei- oder dreimal mit dem Schwanz auf den Boden. Sie könnten zur gleichen Familie gehören, zur gleichen

Spezies, Yannick und Nicolás, der Unterschied ist nicht so groß, nicht größer als der zwischen einem Pudel und einem Dobermann, obwohl Yannick und sein Hund sich vor allem im Charakter gleichen, diese gewisse Müdigkeit oder Unfähigkeit, sich aufzuraffen, nichts weiter als das.

»Sie haben was Großes vor, und das hast du doch gemeint, oder? Dass ich dir sagen soll, wenn ihr was zustoßen könnte.«

Javier nickt, obwohl er weiß, dass sein Gegenüber ihn nicht ansieht. Er nickt, lächelt die Kellnerin grundlos an und sie lächelt grundlos zurück, so wie ein Erwachsener das Lächeln eines Babys erwidern würde und umgekehrt.

Sie könnten in einem Beichtstuhl sitzen und Yannick wäre der unentschlossene Sünder, der nach Worten sucht, um das Unaussprechliche zu bekennen. Deshalb wartet Javier geduldig, wenn Yannick hier vor ihm sitzt, dann hat er die Entscheidung schon getroffen, er muss sie nur noch gestalten, Lippen und Zunge in die richtige Position bringen, die Luft entweichen lassen, die er immer noch anhält, als wäre er von einem giftigen Gas umgeben.

»Wir werden eine Bombe legen, Alter. Gut, ich nicht, hey, ich war da, wie alle, ich meine, alle aus dem El Agujero. Nicolás war auch da, hat sich mit verschworen.«

Was für ein unbeholfener Versuch zu scherzen, schau, scheint Yannick zu sagen, ich habe damit nichts zu tun, ich kann sogar Witze reißen, sieh mal, wie unschuldig ich bin.

»Das meinte ich, dass du mir sagst, wenn sie sich in Schwierigkeiten bringt, um sie zu schützen, verstehst du mich? Komm schon, trink deinen Kaffee aus. Ana hat sich schon immer in Schwierigkeiten gebracht, aber bis jetzt nichts Schwerwiegendes. Richtig?«

»Nee, Alter, nichts Ernstes. Kindereien. Dinge, die man halt macht, weil wir auf der Straße sind, wir hängen hier rum, Alter. Und dann machst du halt solche Sachen. Warum auch nicht? Sie behandeln uns wie Abschaum. Und jetzt wollen sie uns rausschmeißen, um Apartments für Touristen zu bauen.«

»Und werdet ihr, werden sie das Gebäude in die Luft jagen, Ana und die anderen?«

»Welches Gebäude? Nein, Quatsch, das Gebäude nicht, was hat das für einen Sinn, unser Haus in die Luft zu jagen, wenn sie es sowieso abreißen wollen?«

»Sie, wer sind sie?«

»Was weiß ich, die Üblichen halt, die alles einsacken. Es sind dieselben, sie sind überall, das nennt sich Globalisierung. Ja, du lachst, weil ich nicht gut reden kann und nur ein Junkie bin. Glaubst du, das weiß ich nicht?, aber so ist es. Sie werden wohl andere Visagen haben, aber letztendlich sind es dieselben, und wir sind ihnen scheißegal. Früher haben sie Kriege geführt, um alles an sich zu reißen, heute haben sie das nicht mehr nötig, sagt Alfon.«

»Alfon ist Anas Freund, oder?«

»Alfon ist Alfon. Und er könnte es dir erklären.«

»Schlafen sie miteinander?«

»Ja. Nein. Na ja, sie teilen sich ein Zimmer, aber da läuft nichts, glaube ich.«

»Und Alfon hat den Anschlag beschlossen.«

»Mehr oder weniger. Alfon entscheidet nichts. So ist es nicht. Hör mal, kannst du mir noch einen Kaffee kaufen? Ich schwitze.«

»Du zitterst.«

»Eben.«

Javier gibt der Kellnerin, die jetzt an der Theke Zeitung liest, ein Zeichen. Er deutet auf Yannicks Tasse.

»Also?«

»Wir sollten Nicolás Wasser geben. Er hat den ganzen Tag noch nichts getrunken.«

»Gleich. Ich bitte die Kellnerin darum, wenn sie dir den Kaffee bringt.«

»Und du willst nichts? Gut, ich frage, als ob ich dich einladen würde, dabei zahlst du immer. Du bist in Ordnung. Gibt nicht viele, die aussehen wie du und die sich kümmern. Ich schwöre dir, sie ekeln sich vor uns.«

»Also Alfon trifft nicht die Entscheidungen.«

»Nein, wir entscheiden zusammen in der Versammlung. Die, die da sind. Bei uns gibt es keine Vollversammlungen oder so. Die, die da sind, entscheiden. So einfach ist das.«

»Und du warst dafür, die Bombe zu legen?«

»Nein, nein, ganz und gar nicht. Ich habe dir gesagt, dass ich dagegen gestimmt habe. Ich schwöre es dir. Zwei waren dagegen, eine der Nonnen und ich.«

»Es gibt Nonnen in einem besetzten Haus?«

»Nein, Mann, wir nennen sie so, es sind zwei normale Frauen, Schwestern oder ein Paar oder so. Und eine hat mit mir dagegen gestimmt, aber die anderen haben dafür gestimmt. Außer Nicolás, der hat sich enthalten. Und Elena, das weiß ich nicht mehr.«

»Tja.«

»Glaubst du mir nicht?« (Yannick senkt jetzt die Stimme, als würde er das erste Mal etwas sagen, das nicht für fremde Ohren bestimmt ist.) »Frag Ana. Sie hat dafür gestimmt, und Alfon, und ich erinnere mich nicht mehr wer noch, aber die Mehrheit. Absolute Mehrheit, haben sie gesagt. Als gäbe es einen Gott.«

»Also hat Ana dafür gestimmt, die Bombe zu legen. Sie ist verrückt geworden. Siehst du, was ich damit meine, dass man sie beschützen muss?«

»Ich mag sie sehr. Sie ist was ganz Besonderes.«

»Dann lass uns ihr helfen. Habe ich Zeit? Ich meine, wann wollen sie die Bombe legen?«

»Es sind zwei Bomben, eine im Carrefour, nicht in dem, der 24 Stunden geöffnet hat, der ist ja schon auf, wenn du mich verstehst.«

»Nein, ich verstehe dich nicht.«

»Na ja, es würden eine Menge Leute draufgehen und darum geht's ja nicht, Scheiße, so ist Alfon nicht. In einem, der noch nicht eröffnet ist.«

»Aha. Du hast gesagt, zwei Bomben.«

»Im Hotel.«

»Welches.«

»Ach Scheiße, Alter.«

»Welches Hotel.«

»Eins, das sie gerade bauen.«

»Wann?«

»Nächsten Sonntag, sehr früh am Morgen.«

»Bedeutet das, die frühen Morgenstunden von Samstag auf Sonntag oder von Sonntag auf Montag?«

Yannick will antworten, aber sein Mund bleibt offen stehen, bis ihn die Ankunft der Kellnerin aus seiner Trance zu reißen scheint.

»Das weiß ich nicht. Ich habe nicht darauf geachtet. Das ist alles nicht meins.«

Javier wartet, bis sich die Kellnerin entfernt hat, schaut zu den anderen Gästen, aber die befinden sich am anderen Ende der Bar und haben wahrscheinlich von der Unterhaltung nichts mitbekommen. Sie würden sonst nicht so ruhig dasitzen.

»Und wird Ana sie legen? Ist sie damit beauftragt?«

»Eine der beiden. Ich habe dir gesagt, es sind zwei, und Ana kümmert sich um die für das Hotel. Blöd, das sollte lieber ein anderer machen. Aber sie ist die Einzige, die noch minderjährig ist, und selbst wenn sie erwischt wird, passiert ihr nichts.«

»Das stimmt nicht. Sie kann, bis sie achtzehn wird, in eine Jugendstrafanstalt gebracht werden, und danach noch Jahre in einem Gefängnis verbringen.«

»Alfon hat gesagt …«

»Dieser Alfon geht mir langsam auf den Sack.«

»Du musst nicht gleich sauer werden. Ich habe nur wiederholt, was er gesagt hat. Er ist in Ordnung, Alfon. Nur ein bisschen seltsam.«

»Komm schon, Yannick, du warst gerade dabei, es mir zu erzählen. Wo wird Ana die Bombe deponieren?«

»Wen kümmert's … ich weiß nicht mal deinen Namen, aber ich meine, es ist doch egal, rede einfach vorher mit ihr. Auf dich wird sie hören. Du wirst schon sehen, auf dich wird sie hören. Du bist ihr großer Bruder. Ich muss los. Du hast nicht einen Euro oder zwei? Ich muss was kaufen gehen. Was du kannst, ich will dich nicht ausnutzen.«

Javier kramt in seiner Tasche. Er nimmt zwei Zwei-Euro-

Münzen heraus, legt sie aber nicht in Yannicks ausgestreckte Hand. Er lässt sie auf dem Tisch liegen.

»So ein Schickimicki-Hotel«, sagt Yannick, »auf dem Platz; in Lavapiés, meine ich. Und glaub nicht, dass es mich kümmert, so wie es die Leute nicht kümmert, was mit Leuten wie mir passiert. Ana ist ihnen egal. Es ist ihnen scheißegal. Weißt du, was da vorher war?«

»Keine Ahnung.«

»Ich habe mir dort Filme unter freiem Himmel angeschaut. Jeder brachte seinen eigenen Stuhl mit. Es war, ach kacke, es war eine andere Welt. Die Menschen waren erstaunlich. Die Frauen, fantastische Frauen, die etwas tun. Ein paar Frauen, die an was glaubten, ich weiß nicht, ob du weißt, was ich meine. Das ist für mich?«

»Klar.«

»Eine andere Welt. Und jetzt dieses Scheißhotel da. Sie erdrücken uns, ich sag dir, sie erdrücken uns nach und nach. Komm, Nico, wir verziehen uns. Hör mal, red mit ihr.«

»Aber du sagst ihr nichts.«

»Nicht ein Wort, ich schwöre. Ich werde da sein, in den nächsten Tagen, im Büro oder so, glaube ich.«

Dieses Mal dreht Javier sich nicht um, um Yannick hinterherzuschauen, wie er die Straße heruntergeht, wie ein Vampir, Hunger in jeder Bewegung. Er will ihn nicht sehen, weil er nichts mehr mit ihm zu tun haben will. Das ganze Viertel ist ihm zuwider.

28

Niemand kann sich an eine Rothaarige in ihrer Familie erinnern, weder ihre Eltern noch ihr Bruder sind rothaarig, ihre Großeltern waren es auch nicht, und ihre Urgroßeltern, von denen es nur Fotos gibt, auf denen sie bereits ergraut waren, starben zu jung, um sie noch fragen zu können. In den Familien von Aitor und Isabel wird man nicht sehr alt. Verschiedene Herzkrankheiten und Krebsarten, insbesondere des Fortpflanzungssystems, führen in der Regel schon kurz nach dem sechzigsten Lebensjahr zum Tod ihrer Mitglieder. Hinzu kommt eine ausgeprägte Linie von Selbstmördern auf Aitors Seite (eine Großtante, der Großvater, die Mutter, respektive durch Erhängen, Kohlenmonoxidvergiftung und Betäubungsmittel in Verbindung mit Alkohol).

Anas Haar ist nicht von leuchtendem Rot, aber wen auch immer man danach fragen würde, hätte, wenn auch mit zur Seite geneigtem Kopf, wie jemand, der ein Gemälde betrachtet, das er nicht ganz versteht, nach kurzem Zögern zwischen hellbraun und blond und etwas verwundert über die wenigen Sommersprossen, ihre Rothaarigkeit bestätigt. Bei Ana zu Hause hatte man Witze gerissen über eine Säuglingsverwechslung im Krankenhaus, die sie nicht bemerkt hatten, da sie fast ohne Haare geboren wurde und das bisschen Flaum auf ihrem Kopf dunkel gewesen war; über einen Seitensprung von Isabel während einer Reise nach Irland, kurz bevor sie schwanger wurde, obwohl, wenn sie nachrechneten, die Schwangerschaft dann elf Monate gedauert hätte; über eine genetische Veränderung, die auch der Grund für ihren schlechten Charakter war, den sonst niemand in der Familie hatte. Rotschopf. Also anders. Anders zu Hause und im Kindergarten und in der Schule, wo nur die, die ihr nahestanden, ihren Vornamen kannten: Rotschopf, Karottenkopf, Füchslein, Feuerkopf, Heizkessel, so nannten sie sie, je nachdem, wie sehr sie sie ärgern wollten. Vielleicht war die Schule deshalb für sie so früh schon ein Ort, wo alles, was heraussticht, abgeschnitten wird, und nein, es sind nicht nur die Lehrer, es sind auch die Mitschüler, die sich mit Hingabe und ohne Rücksicht dem Schutz der Norm widmen: Bohnenstange, Fettwanst, Kuh, Glubschauge, Schwuchtel. Die Schule ein Gewächshaus für Bonsais. Das Zusammenleben ein Formschnitt.

Ana hat kaum schöne Erinnerungen an die Schule. Selbst die Besäufnisse waren mit keinen angenehmen Bildern an Grenzüberschreitungen und Ausschweifungen verbunden, denn sobald eine ins Schwanken geriet, lag ein Mitschüler auf ihr und versuchte, ihr an die Wäsche zu gehen.

»Ekelhaft«, war ihre Reaktion auf Alfons Frage nach der Schule.

Sie hatten vorher nie darüber gesprochen, aber Alfon kam auf die Idee, sie auszufragen, als sie in der Tiefkühlabteilung des Supermarktes standen, in dem sie einkauften, wenn sie zu etwas Geld gekommen waren, Yannick durch seine Bettelei, die Nonnen mit einem Beitrag der Stipendien, der Deutsche gelegentlich, sie ihre Ersparnisse zusammenkratzend und Alfon, wenn er mit ein paar Geldscheinen auftauchte, deren Herkunft er nur ungern verriet: Wenn sie zu sehr nachhakten, sagte er, dass es sich um eine Spende von Genossen handelte. Wie das Werkzeug, die Farbe, das vor ein paar Tagen ausgetauschte Fenster, oder wenn er plötzlich mit Pillen oder einer Kiste Wein auftauchte.

»Ich habe gute Erinnerungen an die Schule«, sagte Alfon. »Ich bin auf einer Marihuanawolke durch sie hindurchgeschwebt. Möchtest du lieber Kabeljau oder Seehecht?«

»Alles der gleiche Mist.«

Das Gute an Alfon war, dass er sie nie für ihre schlechte Laune kritisierte, so wie ihr Vater, für ihre fehlende Fröhlichkeit, so wie ihre Mutter, oder dafür, dass sie nicht antwortete, wenn ihr nicht danach war, so wie Luis. Er nahm sie, wie sie war, oder bemühte sich zumindest darum. Alfon studierte die Etiketten auf den Packungen in seiner Hand.

»Zusammengepresster Abfall, oder?«

»Nimm den Kabeljau. Ich glaube, der hat weniger Würmer.«

»Und du hast gar keine gute Erinnerung an die Schule? Wir müssen Makkaroni kaufen. Komm, die Nudeln sind da drüben. Schieb du jetzt den Wagen.«

»Nicht eine, Alter. Na gut, als der Sportlehrer mir zeigen wollte, wie man über den Bock springt, knickte beim Aufstützen sein Handgelenk weg, er fiel auf den Kopf und brach sich das Genick. Das war nicht schlecht.«

»Komm, spiel nicht die Harte. Ein Lehrer, eine Lehrerin, die dich wie einen Menschen behandelt hat, die an dich geglaubt hat, die dir Freude am Lernen vermittelt hat.«

»Das ist, als würde man sagen: Komm schon, in deiner Kindheit war nicht alles traurig, es gab auch schöne Momente. Ja, okay, es gab auch schöne Momente, aber das System versaut dir das Leben. Die Familie, die Schule, die Arbeit. Schau mal, die Packung Kekse für heute Abend.«

»Das Geld wird nicht reichen.«

»Ich habe nichts von Bezahlen gesagt.«

Ana gibt Alfon einen Kuss auf die Wange, dabei benutzt sie seinen Körper als Sichtschutz. In zwei Sekunden ist die Keksschachtel unter ihrer Regenjacke verschwunden.

»Ja, es gab mal so eine Zeit.«

»Ich besorge noch eine Flasche Wein.«

»Das letzte Mal ist sie dir vor der Kasse auf den Boden gefallen.«

»Miststück, du wirst mich für den Rest meines Lebens daran erinnern. Was für eine Zeit?«

»In der ich glücklich war, als kleines Mädchen.«

»Erzählst du es mir, sobald wir zu Hause sind?«

Sie werden von der Kassiererin weder wohlwollender noch feindseliger angeschaut als andere Kunden. Sie scannt die Barcodes ein und schiebt die Waren weiter, so dass sie ans Ende der Verkaufstheke rutschen. »Sammeln sie Treuepunkte?« »Ich bin von Natur aus untreu«, sagt Alfon, und sie nimmt den Scherz gleichgültig hin, drückt eine Taste und der Kassenbon wird ausgespuckt. »22,50«, sagt sie, während sie sich den linken Handrücken streichelt. Sie wirkt so erschöpft wie eine Krankenschwester, die schon zu viel gesehen hat, um sich noch von irgendetwas erschüttern zu lassen. Stände sie nicht in einem Supermarkt, sondern im Laden dieser Frau, hätte Ana die Kekspackung und den Wein zurückgegeben. Wenn sie stiehlt, dann unter anderem deshalb, weil es Angestellte wie sie gibt: ausgebeutet, ohne Zukunft, ohne jede Aussicht, irgendein Vergnügen an ihrer Arbeit zu finden, wehrlos, frühzeitig gealtert, und die, die noch nicht lange an der Kasse sitzen und es noch nicht sind, werden es sein, wenn sie noch länger dort bleiben; nichts bekommen bis auf ein miserables Gehalt, das viele von ihnen im selben Supermarkt wieder ausgeben, sie haben keine Zeit, woanders einkaufen zu gehen (wegen der Kinder, des Haushalts, des Arztbesuchs, des Abendessens), wie die Arbeiter im 19. Jahrhundert, die einen Teil ihres Lohns in Gutscheinen erhielten, um sie im Konsumverein eben der Fabrik, in der sie arbeiteten, einzulösen (das hat sie in der Schule gelernt, wo sie den Marxismus und Anarchismus nur zaghaft gestreift hatten); aber heute zwingen sie niemanden mehr, heute kannst du frei wählen, sagen sie, du entscheidest dich nur für das günstigste Angebot, auch weil sie die anderen Geschäfte, die in der Nachbarschaft eröffnen (Bio-Gemüse, Gourmet-Kaffee, Vintage-Klamotten, Weinladen mit Bistro, Backstuben), nicht einmal anschauen, wozu sich aufregen beim Anblick der Preise. Ana würde ihr gern irgendwie zeigen, dass sie auf ihrer Seite steht, dass sie das gleiche Ziel verfolgen sollten, zusammen ihre Proteste an die Wände schreiben, du hältst den Farbeimer und ich den Pinsel, sich fest einhaken, um eine Räumung oder eine Schließung zu verhindern, das Schaufenster einer Cocktailbar einwerfen, sich darauf einigen, alle gestohlenen Waren, die in ihre Taschen passen, an der Kasse vorbeizuschummeln. Aber ihr ist klar, dass es niemals so sein wird, und wenn diese Frau bemerken würde, dass Alfon und sie eine

Flasche Wein und eine Schachtel Kekse unter ihrer Kleidung verstecken, würde sie sofort den Geschäftsführer rufen und verächtlich und mit einer gewissen Genugtuung auf sie herabblicken, wenn sie festgenommen werden.

»Wenn ich an meinen Vater denke, fällt mir ein Gorilla ein«, sagt Ana, als sie auf halber Höhe des Hügels anhalten, um Alfon im kärglichen Schatten einer halb ausgefahrenen Markise verschnaufen zu lassen. »Nicht irgendein Gorilla, sondern einer, den ich als Mädchen im Zoo gesehen habe. Ich mochte den Zoo nicht, im Gegensatz zu den anderen Kindern meiner Klasse. Ich weinte vor den Schlangenterrarien, ich weinte angesichts der Flusspferde und Löwen, ich konnte nicht aufhören zu weinen, wenn ich den Pinguinen beim Tauchen zusah. Es wäre hübsch zu glauben, dass ich ein so sensibles Kind gewesen bin und dass mir die eingesperrten Tiere leidtaten, aber ehrlich gesagt, ich weiß nicht, warum mir die Tränen kamen und manchmal denke ich, dass nicht sie, sondern ich mir selbst leidtat, obwohl ich damals noch keinen Grund hatte, meine Familie als Ballast oder Gefängnis zu empfinden. Das fing mit vierzehn an, als ich weggelaufen bin, als wir uns am Strand kennengelernt haben.

Wenn ich an einen Zoo denke, muss ich an jenen Gorilla denken. Er war allein, oder so schien es mir, in einer Art tropischem Wald hinter Glas: Palmen, Büsche mit riesigen Blättern, Lianen und umgestürzte Baumstämme, auch ein Baum, aus dessen Ästen Wurzeln wuchsen, die wie zottelige Bärte herabhingen. Der Gorilla saß in einer Ecke an die Glasscheibe gedrückt und masturbierte – ich weiß nicht mehr, wie alt ich war, aber ich wusste bereits, was er da machte –, und sein Gesichtsausdruck spiegelte keinerlei Vergnügen wider, nur Melancholie. Und er schaute mich an, zusammengekauert, mit seinem Penis in der Hand, den Kopf leicht gegen das Glas gelehnt, nicht wie man sich einen Exhibitionisten vorstellt, er wollte mir keine Angst machen, sondern eher traurig, als ob er sich nicht wirklich bewusst wäre, was er mit der rechten Hand tat und auch, als ob er mich nicht sähe, oder als sähe er mich, aber er schaute mich an, wie er auch einen Stein oder ein schon lange totes Tier hätte anschauen können. Wenn ich sage, dass er mich an meinen Vater erinnerte, dann nicht, weil ich ihn bei etwas Ähnlichem beobachtet hätte, tatsächlich kann ich mich nicht einmal daran erinnern, ihn jemals nackt gesehen zu haben, sondern wegen diesem melancholischen Blick und weil beide, der Gorilla und mein Vater, hinter Glas leben. Das Leben zieht an ihnen vorbei, im Guten wie im Schlechten, aber nur weichgezeichnete Bilder und gedämpfte Geräusche erreichen sie, sie sehen nicht alles, sie fühlen nicht alles. Manchmal denke ich, ich wünschte, ich hätte diesen Gorilla filmen können, und jedes Mal, wenn ich mich mit meinem Vater stritt, fast immer aus den gleichen Gründen, hätte ich ihm das Video zeigen können: Siehst du?, genau so will ich niemals werden. Aber mit Sicherheit hätte er mich sowieso nicht verstanden.«

»Die Menschen sind noch nicht von den Bäumen heruntergekommen.«

»Wie?«

»Die Menschen, und ich meine die Männer, sind noch nicht von den Bäumen heruntergekommen. Sie haben Angst, den Boden zu berühren.«

»Alfon, was hat das mit dem zu tun, was ich dir gerade erzählt habe?«

»Weiß nicht, es ist mir so durch den Kopf gegangen.«

»Ach, verpiss dich doch, Alter.«

»Hör mal, was ist denn los?«

»Wie gesagt, verpiss dich.«

»Schon gut.«

Alfon schnaubt, seine Art, Protest auszudrücken; sie gehen weiter bergauf; die Plastiktüten werden durch das Gewicht der Einkäufe immer länger, sie werden noch reißen und dann könnte die Flasche zerbrechen.

»Du redest nur von deinem Vater«, sagt Alfon und legt eine Hand unter die Tüte, um die Katastrophe zu verhindern.

»Ich rede fast nie von ihm.«

»Ich meine, wenn du von deiner Familie erzählst, ist es so, als hättest du keine Mutter.«

»Schon. Meine Mutter hat ein Geschäft für Taschen, Rucksäcke, Koffer; sie stellen sie aus recycelten Materialien her, sie glaubt, das ist gut für die Umwelt. Die Welt retten, indem man Taschen produziert. Das ist meine Mutter.«

»Recycling ist ein Trick des Systems«, sagt Alfon. »Man sollte das Papier auf den Boden werfen, das Plastik in den Restmüll, auf der Straße die Flaschen an den Hauswänden zerschlagen. In einem System, in dem die Natur ausgeplündert wird, dient Recycling nur dem guten Gewissen. Und das, wo ich mich einen Dreck um die Natur schere, aber ein System von Ausbeutung und Habgier macht mich richtig wütend.«

Er hat es in einem Atemzug gesagt, und jetzt keucht und schwitzt er und hat Mühe, den nächsten Satz zu formulieren, obwohl man ihm ansieht, dass er noch viel zu sagen hat.

»Atme durch, du wirst noch einen Herzkasper bekommen.«

»Werde ich sowieso. Und man sollte auch nicht die Hundescheiße aufsammeln. Man muss es wie Yannick machen, der seinen Hund vor die Eingänge der Ferienwohnungen kacken lässt. Kleinbürger können Unordnung nicht aushalten, es macht ihnen Angst, weil Unordnung einen Riss produziert, durch den ihre kleine Welt mit ihren kleinen Privilegien und kleinen Bestrebungen ins Wanken geraten könnte. Man muss nicht gegen die Touristen demonstrieren. Man muss die Straßen verdrecken lassen, darauf pissen, bevor man ins Haus geht.«

Ana lacht über ihn, weil sie die Rolle der Musterschülerin nicht mag, die Alfon ihr auferlegt, aber während sie Unbeschwertheit vortäuscht, hört sie zu, lernt, es stimmt, sie lernt, weil sie noch keine Zeit gehabt hat, so viele Dinge zu denken.

»Sehnsucht im großen Maßstab, so wird Geschichte geschrieben, weißt du, wer das sagte?«, fragt Alfon.

»Marx?«

»Nein, ein nordamerikanischer Romanautor. Aber du hast Recht, es hätte von Marx sein können. Hör mal, du wolltest mir noch von der schönen Zeit erzählen.«

Ana antwortet nicht. Sie zeigt auf ein Graffiti neben einem Fahrradgeschäft.

»Fahrrad-Hipster, ihr werdet sterben. Eskorbuto.«

»Was für ein merkwürdiges Graffiti.«

»Eskorbuto, das war ne Punkguppe.«

»Ja, ich weiß, aber trotzdem ist es merkwürdig. Das waren die, die du so mochtest.«

»Du nicht? Denk gut nach, eine falsche Antwort könnte unsere Freundschaft zerstören.«

»Dieses Gejammer über die schlechte Welt, aber statt zu rebellieren, mich selbst zu zerstören ... das ist scheiße.«

»Es ist reiner Nihilismus.«

»Deshalb.«

»Du weißt nicht einmal, was Nihilismus ist.«

»Ich dachte, dieses k statt c Schreiben hat mit den Handys angefangen, mit den SMS.«

»Ku-Klux-Klan.«

»Fick dich.«

»Mit c oder k?«

»Arschloch! Der Typ da ...«

»Welcher?«

»Der dort drüben, neben dem Motorrad. Schau nicht hin.«

»Wenn ich nicht hinschaue, weiß ich nicht von wem du sprichst.«

»Ich glaube, ich habe den schon mal gesehen.«

»Er steht mit dem Rücken zu uns.«

»Egal, er kommt mir bekannt vor. Oder das Motorrad.«

»Er könnte gut ein Bulle sein. Die Verhandlung soll in zehn Tagen stattfinden. Wie auch immer, wir werden nicht gehen.«

Sie vergewissern sich, dass niemand in der Nähe ist und betreten erleichtert wie jemand, der, bevor der Sturm losbricht, Unterschlupf gefunden hat, das El Agujero. Es dringt kaum Licht durch das Fenster, das Halbdunkel ist gemütlich, es verleiht dem Haus die Atmosphäre von trägen Nachmittagen, von gemeinsamem Lesen oder Erzählen am Fenster. Sie stellen den Einkauf und die geklauten Sachen auf den Boden. Keiner von beiden hat Lust, was zu essen zu machen.

»Ist jemand da?«, fragt Alfon laut, als er ein Geräusch aus den hinteren Räumen hört.

Niemand antwortet. Ein paar Sekunden später hören sie

das Kratzen von Pfoten auf dem Boden und Nicolás taucht auf, reibt wie eine Katze seinen Kopf an Anas Bein.

»Ich sehe mal nach«, sagt Alfon.

»Sei nicht so paranoid.«

Als er wiederkommt, hält Alfon ein Stück Papier in der Hand.

»Elena ist weg. Sie hat das El Agujero verlassen.«

»Und Yannick?«

»Wird sich wohl gerade trösten.«

»Es muss ihm sehr schlecht gehen, wenn er Nicolás hier zurückgelassen hat.«

Sie setzen sich auf den Rand der Arbeitsplatte. Was vorher Trägheit war, ist jetzt Mutlosigkeit. Einer nach dem anderen desertiert. Die Leute halten den Stress des Überlebens nicht aus, die Notwendigkeit, alles von null aufzubauen: Gemeinschaften, Räume, Zuneigung, alles belagert unter feindlichem Beschuss. Alfon hat es Ana an ihrem ersten Tag im El Agujero gesagt: Die meisten halten es beim ersten Mal nur ein oder zwei Monate aus, einige geben auf, andere gehen von einem besetzten Haus zum nächsten, bleiben ein bisschen länger, und im nächsten dann noch ein bisschen länger. Es ist wie in der Natur zu leben, du brauchst Zeit, um dich anzupassen, um dich abzuhärten. »Wir sollten auch umziehen«, hatte Ana zu ihm gesagt, »in ein größeres Haus, mit mehr Leuten, mit mehr Energie, mit mehr Austausch, oder? Das hier ist sehr klein.«

»Danach«, hatte Alfon geantwortet, »das machen wir danach.«

»Wonach?«

»Das wirst du bald wissen.«

Und jetzt weiß es Ana. Und sie vermutet, dass Elena nicht die Einzige sein wird, die geht.

29

Früher, als Isabel solche Bemerkungen noch zu machen pflegte, behauptete sie immer, sich aufgrund seiner Stimme in ihn verliebt zu haben. Aitor, weit davon entfernt, es als Kompliment zu verstehen, sah darin eher eine Beleidigung, weil es eine Nebensächlichkeit in den Mittelpunkt stellte, etwas, das im Gegensatz zu Mut, Standhaftigkeit und Loyalität keine Charaktereigenschaft oder ein erworbenes Verdienst war und auf das man genauso wenig stolz sein konnte wie auf die Körpergröße oder blaue Augen, außer man war ein Schwachkopf. Dass Isabel sich aufgrund einer belanglosen Kleinigkeit wie einer ansprechenden oder verführerischen Stimme in ihn verliebt haben sollte, erschien ihm eine unnötige Provokation. Und doch verdankte er vermutlich ausgerechnet dieser Stimme, die ihm selbst wenig ausdrucksstark vorkam, wenn er sich auf einer Tonaufnahme hörte, seine erste richtige Anstellung.

Isabel und Aitor hatten beide Journalismus an der Complutense studiert. Es war keine Liebe auf den ersten Blick, und in seinen dunklen Momenten fragte Aitor sich sogar, ob es überhaupt jemals Liebe gewesen war, aber ihm war bewusst, dass seine Erinnerungen an Glanz verloren hatten und dass wir gegenüber dem, den wir nicht mehr lieben, immer unfair sind, weil er oder sie die Person, die wir einst kennengelernt haben, nach und nach ersetzt hat, verdunkelt durch den Lauf der Zeit und durch Streitigkeiten erkennen wir in ihr nur noch undeutlich den, der uns begeistert oder fasziniert hat. Aber es stimmt, nicht einmal damals, vor zwanzig Jahren, fand Aitor Isabel besonders schön. Das Haar war zu glatt und die Nase zu kurz, aber vor allem passten ihre stämmigen Beine nicht zu ihrem schlanken Oberkörper; wenn man sie gehen sah, störte ihn irgendwas, ohne dass man es genau benennen konnte. Jahrelange diskrete Pilates- und Stretchingkurse ließen ihre Beine schließlich schlanker aussehen, obwohl sie nie zu ihren attraktivsten Attributen gehörten.

Aitor traf sie zufällig in den Fluren, in der Cafeteria der Fakultät, auf Partys oder in Kneipen mit anderen Kommilitonen. Ab und zu kamen sie ins Gespräch, aber sehr früh während des Studiums, vielleicht sogar schon am Ende des ersten Jahres, begann sie eine Affäre mit dem Professor für Ethik und Berufsethik, die sie vollkommen ausfüllte. Und sie war nicht so eine, die gleichzeitig mit anderen herumflirtete oder sexuelle Abenteuer suchte, und noch weniger einen festen Freund. Sie verhielt sich eher so, als würde sie eine Stufe über ihnen stehen, wie eine Oberstufenschülerin, die von einem Lehrer gebeten wird, eine niedrigere Klasse zu übernehmen. Sie war zu allen freundlich, hörte mit ernster Miene, aber ohne große Aufmerksamkeit zu, ließ sich auf ein Bier oder einen Spaziergang einladen, schaute dann aber auf die Uhr und ging, fast immer vor den anderen, als würde jemand sie erwarten. Und irgendwie stimmte es ja, denn oft erwartete sie der Professor, um ein paar Stunden mit ihr in seinem Apartment oder Büro zu verbringen, obwohl Isabel Aitor Jahre später gestehen sollte, dass sie in dem Büro, das nur durch eine Schiebewand vom Lehrstuhl für Journalismusforschung und Dokumentation getrennt war, so leise sein mussten, dass sie, nachdem sich die Aufgeregtheit der ersten Male gelegt hatte, fast nie bis zum Ende kamen und sich mit ein paar Küssen und intimen Zärtlichkeiten begnügten, die sie immer unbefriedigt und mit dem Gefühl zurückließen, etwas zu tun, das ein wenig erbärmlich war. Isabel fragte sich, wie jemand von fast fünfzig Jahren, der Frau und Kinder hat, in seinem Fachgebiet angesehen ist, sich so weit erniedrigen kann, heimlich eine junge Frau auf dem Sofa oder Boden zu befummeln, wie ein Heranwachsender, der befürchtet, dass Mama oder Papa plötzlich ins Zimmer kommen und ihn mit der Hand im Slip seiner Freundin erwischen.

Isabel und Aitor kamen nicht vor Ende des vierten Studienjahres zusammen, als Isabel den Professor bereits nicht mehr traf, nicht nur aus Langeweile und weil dieser Mann, den sie einst bewunderte und der ihr das Gefühl gegeben hatte, zugleich erwachsen und verwegen zu sein, sich nach und nach als Feigling und Lügner entpuppt hatte (er belog nicht nur seine Frau, sondern auch Isabel, erfand Familienbesuche oder berufliche Verpflichtungen, um sie nicht zu sehen) und weil Isabel zu später Stunde Anrufe erhielt, bei denen der Anrufer kein Wort sagte, vermutlich ein Versuch der Frau des Professors, sie einzuschüchtern; nicht dass dieses vermeintlich bedrohliche Schweigen ihr Angst gemacht hätte, aber die Anrufe machten ihr bewusst, dass es in der Geschichte noch eine dritte Person gab, die litt, die, die am anderen Ende der Leitung schwieg und den Betrug und die ungeschickten Ausreden ihres Ehemannes aushalten musste. Außerdem, erklärte sie Aitor, da machte es mir schon keinen Spaß mehr; ich war nur noch aus reiner Gewohnheit mit ihm zusammen, genau das, was ich mit dieser Affäre zu vermeiden versucht hatte. Diese Aussage gab ihm das Gefühl, mit der richtigen Frau zusammenzusein, denn Aitor hielt immer noch an der Vorstellung fest, dass sein Leben nicht daraus bestehen würde, vom Fenster aus die leidenschaftlichen Existenzen der andern zu belauern. Er, mit Isabel, würde im Morgengrauen durch die Straßen laufen, statt sie von oben zu beobachten.

Sie schlossen ihr Studium zur gleichen Zeit ab, keiner von beiden mit herausragenden Noten, aber auch ohne in einem einzigen Fach durchzufallen; ihre natürlichen Fähigkeiten begrenzten ihre Ergebnisse auf befriedigend und gut, dazwischen ein seltenes sehr gut. Sie begannen gleichzeitig Arbeit zu suchen und es war Isabel, die ihn davon überzeugte, sich für ein Praktikum bei der Sendergruppe zu bewerben. Er konnte nicht ahnen, dass er dort die nächsten zwanzig Jahre arbeiten würde.

Das Radio, ich weiß ja nicht, Printmedien sagen mir mehr zu, wehrte er ab. Da sagte sie ihm, dass sie sich aufgrund seiner Stimme in ihn verliebt hatte. Eine tiefe und seidene Stimme, das ließ sie auch bei einem Treffen mit Freunden fallen, danach Ex-Freunden, während sie alle auf den abgenutzten,

samtbezogenen Sofas in einer Kneipe in Moncloa saßen, wo
sie hingingen, weil sie die Atmosphäre amüsierte, die von den
Paaren eines gewissen Alters ausging, die hier ihre verspäteten
Liebschaften von einem Pianisten im Smoking und mit langen
schwarzen Locken begleiten ließen, der aussah, als wäre er einer Musiksendung aus den frühen Tagen des Nationalfern-
sehens entsprungen. Seiden und tief, lachte Mili (hinter dem
Diminutiv verbarg sich der etwas provinzielle Name Milagros),
die das fünfte Semester wiederholte, aber sich während des gesamten Studiums nicht von ihren Kommilitonen trennen wollte, eine Blonde, sehr schlank, langes und glattes Haar, mit dem
Flair eines berühmten Models aus den 60ern, das sie, vielleicht
unbewusst, durch das Tragen von aus der Mode gekommenen
Miniröcken, durchbrochenen Blusen und Plateauschuhen imi-
tierte. Seiden und tief, wiederholte jemand in der Stimmlage
eines Galans einer Telenovela, und gleich darauf sagte ein
Idiot, Milis neuer Freund, der Einzige, der nicht Journalismus
studierte und dessen Studium daraus bestand, im ersten Jahr
in Physik, dann in Agrartechnik und schließlich in Telekom-
munikation durchgefallen zu sein (an die richtige Reihenfol-
ge konnte Aitor sich nicht erinnern): Deep Throat, und alle
lachten, Aitor nur widerwillig, um nicht beleidigt zu wirken,
er wurde den Spitznamen, mit dem ihn seine Freunde in den
nächsten Monaten riefen, nicht mehr los, bis zu jenem Abend,
im selben Pub, an dem dieses Großmaul ihn mit einem Hier
kommt Deep Throat und einer obszönen Bewegung des Be-
ckens begrüßte, noch bevor sie ihre Plätze auf ihren Lieblings-
sofas und -sesseln eingenommen hatten. Es war das einzige
Mal, dass Aitor sich als Erwachsener prügelte. Als dieser Idiot
seinen Spitznamen mit anzüglicher Stimme und wiegenden
Hüften wiederholte, genauer gesagt, als er bemerkte, dass Isabel seine Reaktion auf die Beleidigung beobachtete, holte er
aus. Der andere sah den Schlag zwar kommen, konnte aber nur
noch den Kopf etwas zur Seite drehen, so dass Aitor nicht das
Gesicht traf, sondern den Schädel knapp über dem Ohr. Aitor
spürte keinen Schmerz in der Faust, auch während sie miteinander rangen und sich gegenseitig in Bauch und Rippen

schlugen, wie zwei Boxer im Clinch; er merkte erst Stunden später, dass er sich den kleinen Finger gebrochen hatte. Die Freunde versuchten zu schlichten (Aitor dankte Isabel im Stillen dafür, dass sie sich als Einzige nicht einmischte), es gab Beleidigungen, Imponiergehabe, Drohungen, die nach der ersten Aufregung lächerlich anmuteten. Aitor nahm seine Tasche, die er gerade auf dem Sofa abgestellt hatte, ein fragender Blick zu Isabel, sie nahm ihren Mantel von der Rückenlehne, und zusammen verließen sie die Kneipe. Es war das letzte Mal, dass sie ihn Deep Throat nannten, nicht aus Angst, sondern weil sie begriffen hatten, wie sehr es ihn verletzte.

Bei dem Sender, der ihn für drei Monate als Produktionsassistent eines Sportprogramms einstellte, blieb eine so radiotaugliche Stimme nicht unbemerkt. Nicht dass er viele Gelegenheiten gehabt hätte, während der Arbeit zu sprechen, die darin bestand, Fotokopien zu machen, Gäste zu empfangen, sie zuerst in den Warteraum und dann ins Studio zu führen, dafür zu sorgen, dass Wasser auf den Tischen stand, den Moderatoren das Skript auszuhändigen, Musik und Mitschnitte rauszusuchen und Aufnahmen in den Archiven zu finden, aus nicht viel mehr, jedenfalls aus nichts Interessanterem bestanden seine Aufgaben, die jeder hätte erledigen können, ohne Journalismus studiert zu haben, oder ohne überhaupt studiert zu haben.

Aitor las jeden Morgen drei Zeitungen in der Cafeteria, in der er frühstückte, Kaffee mit Porras oder einem Croissant, stellte sich seinen Namen über einem dieser Berichte vor, träumte davon, Investigativjournalist zu sein und zum Beispiel das Vermögen von Franco zurückzuverfolgen, woher jedes einzelne seiner Besitztümer stammte, wer ihm dieses oder jenes Kunstwerk geschenkt hatte, nach dem Geld zu suchen, das sie zweifelsfrei auf Schweizer Konten haben würden, zu verstehen, welche Gesellschaften sie genutzt hatten, welche Strohmänner, welche Banker, Beamte und Politiker ihre Komplizen waren. Oder er stellte sich vor, wie er in den Archiven von La Paz die Operationen und Eingriffe von Francos Schwiegersohn nachvollzog, jenem Aristokraten, der als erster spanischer Arzt eine

Herztransplantation durchführte, die mit dem Tod des Patienten endete. Aitor wollte genau das tun, das Verborgene aufdecken, denjenigen, die immer noch in *Hola* als Erben der Diktatur posierten, ihr Lächeln von den Lippen wischen.

»Aber sie geben dir eine Chance, oder?«, sagte ihm Isabel. »Im Moment hast du nichts anderes. Sobald sich dir etwas anderes bietet, suchst du dir aus, was dir eher zusagt.«

»Aber das ist nicht mein Weg. Das Radio, was für ein Quatsch.«

»Wege gibt es viele. Du kannst dort anfangen und später gehst du in eine andere Richtung. Nein? Oder ziehst du es vor, weiterhin jeden Morgen während des Frühstücks die Anzeigen zu studieren? Viele Wege führen zum Ziel.«

Aitor fehlten die Gegenargumente, obwohl er befürchtete, dass er einen Fehler beging. Wenn du nicht von Anfang an konsequent bist, passiert das Gleiche, wie wenn du einen Abhang herunterrutschst: Je weiter du nach unten kommst, desto schwieriger wird es abzubremsen oder die Richtung zu ändern. Aber er wusste das Angebot nicht abzulehnen. Auch nicht, als der Moderator des Sportprogramms ihm eine Stimmprobe am Mikrofon vorschlug.

»Erzähl eine Geschichte.«

»Eine Geschichte?«

»Was auch immer. Setz dir die Kopfhörer auf, damit du dich hören kannst. So bekommst du ein Gespür für die Lautstärke, wie du zu hören bist. Mach schon, wir haben eine halbe Stunde, bevor das Programm anfängt. Und rede nicht zu mir, stell dir eine Familie am Esstisch vor, ein Paar, im Bett liegend, zwei Jugendliche, die beim Lernen sind und sich gegenseitig unterbrechen, damit sie mitkriegen, was du zu erzählen hast.«

Aber er brach sich dabei fast die Zunge ab, mitten im Satz wusste er schon nicht mehr, wie er ihn begonnen hatte, konnte das passende Wort nicht finden. Er brauchte ein paar Minuten, um zu vergessen, dass das rote Licht ausgeschaltet war und dann hatte er, statt zu konkreten Personen zu sprechen, eher das Gefühl, sich mit lauter Stimme zu erinnern, seiner eigenen Geschichte eine Stimme zu verleihen, als wäre es ein Ereignis, das jemand anderem widerfahren ist und das er nur akustisch dokumentierte, und so begann er für niemanden die Geschichte des Zugunfalls zu senden, den er und seine Mutter auf dem Weg zu seiner Großmutter hatten. Es gab keine Todesopfer, nur ein paar Prellungen, aber einer der Waggons entgleiste und sie mussten stundenlang bei vierzig Grad auf die Ersatzbusse warten, die sie an ihr Ziel bringen sollten. Mehr als die Vollbremsung, das Quietschen der Räder, das Schlingern des Zugs, der kurzzeitige Verlust der Horizontalität, die Angst vor dem Umkippen, mehr als der eigentliche Unfall schockierte ihn, wie die Augen einer Frau, die vor ihm im Gang stand und die ihn erschrocken ansah, sich ins Weiße drehten, ihr Mund sich öffnete, als würde sie etwas sagen wollen, und wie sie dann in Zeitlupe zusammensackte. Auf dieses Bild konzentrierte er sich während seiner Erzählung, die Frau, die mit verdrehten Augen ganz langsam umfiel, und dachte stolz, dass das Journalismus war: Das Bild zu finden, um das sich die ganze Erzählung dreht.

Der Moderator ließ ihn sprechen, während er das Skript für die nächste Sendung durchblätterte. Als Aitor geendet hatte und ihn etwas perplex anstarrte, weil er es gewagt hatte, so lange zu reden, und vor allem, weil es ihm gefallen hatte, empfahl er ihm Unterricht in Atemtechnik und Ausdruck zu nehmen.

»Ich kenne eine Gesangslehrerin, die kann dir helfen.«

»Gesang?«

»Damit du lernst, das Zwerchfell zu benutzen. Du hast eine tolle Stimme, aber du atmest nicht richtig. Und das nächste Mal stell dir wirklich vor, dass dir jemand zuhört, manchmal klingst du wie ein Zombie. Verführen, Mensch, du musst verführen!«

Eine der ersten Enttäuschungen in der Beziehung mit Isabel erlebte Aitor, als sie es vorzog, eine Neubauwohnung in Móstoles zu mieten, in einem riesigen Backsteinbau, identisch mit den anderen neunzehn um ihn herum, mit schmalen Terrassen, Laminat, Aluminiumfenstern und dünnen Zwischenwänden, durch die man den Fernseher der Nachbarn hören konnte, ihre Streitereien, selbst nicht allzu laut geführte Unterhaltungen. Trotz all dieser Minuspunkte, und insbesondere obwohl die Unterzeichnung des Mietvertrages implizit auch die Verpflichtung enthielt, jeden Tag mit Bus und U-Bahn zur Arbeit zu fahren, perfekt synchronisiert mit Zehntausenden von anderen Menschen, zur gleichen Zeit und im gleichen Stau, zog sie all das einer winzigen Dachgeschosswohnung in Lavapiés vor, als das Viertel noch von Arbeitern bewohnt wurde, marokkanischen Einwanderern, Gitanos, die ihre Waren en gros auf Flohmärkten verkauften und Studenten ohne Geld, eine ungemütliche Wohnung unter einem nicht isolierten Dach, kalt im Winter, heiß im Sommer, die man von oben bis unten neu hätte streichen müssen, deren wenige Küchenmöbel, überzogen mit einer dicken Fettschicht, hinterlassen von mehreren Generationen von Mietern, eine Grundreinigung mit Desinfektionsmittel benötigt hätten, eine Dachwohnung wie so viele in diesem Viertel, die gleichzeitig aber auch ein Symbol für ein individuelles selbstbestimmtes Leben, ein Leben, das es noch zu gestalten und zu entscheiden galt, und gegen den Wohlstand und die Annehmlichkeiten einer Mittelstandsfamilie war. Doch neben der Enttäuschung spürte Aitor auch Erleichterung, als wäre die Wohnung in Móstoles das Ende einer verzweifelten Suche und des Stresses, den es für ihn bedeutete, jeden Schritt selbst entscheiden zu müssen und das Leben als eine Abfolge unerwarteter Ereignisse zu betrachten. Móstoles bedeutete, die Entscheidungen schon getroffen zu haben, der zu sein, der er war und nicht der, den er sich erträumt hatte zu sein, überzogene Erwartungen abzulegen wie einen durchnässten Mantel, der einen nicht mehr vor der Kälte schützt, sondern nur noch schwer und hinderlich ist. Also nahm er Isabels Vorschlag an, der von tausend praktischen Begründungen begleitet wurde und natürlich mit dem Hinweis, dass sie von dem gesparten Geld ins Kino oder nachts feiern gehen und mit dem Taxi zurückfahren können, dass Móstoles nicht bedeutete, auf ihr ungebundenes, junges, unbekümmertes Leben zu verzichten. Aber in Wirklichkeit sparten sie gar nichts, denn bei genauerer Betrachtung kosteten beide Wohnungen mehr oder weniger das Gleiche, gut, auf den Quadratmeter gerechnet schon, da kostete es in Móstoles nur knapp die Hälfte, aber nicht bei den monatlichen Kosten, in die sie die Transportkosten miteinbeziehen mussten. Aitor bemerkte das durchaus, aber es erschien ihm dennoch vernünftig, auch wenn er schon vermutete, dass sie nicht mit der gleichen Regelmäßigkeit ausgehen würden wie vorher; und trotzdem, ihn reizte die Idee, den späten Nachmittag und den Abend mit ihr zu verbringen, vielleicht auf dem Sofa, unter einer Decke, sich gegenseitig die Füße zu massieren oder zu streicheln, was dazu führen könnte, dass sie regelmäßiger miteinander schlafen würden als jetzt, wo sie getrennt lebten, er bei seiner Mutter, sie teilte sich die Wohnung mit einer Studentin im letzten Studienjahr; er malte sich zärtliche, friedliche, entspannte Abende aus, an denen sie ihr gemeinsames Leben genossen, ohne Hektik und ohne diese Anspannung, die Aitor spürte, wenn er mit anderen Menschen zusammen war, selbst wenn es Freunde waren, weil er sich nie an Gruppen hatte gewöhnen können und die Zeit dann immer mit dem Versuch verbrachte, sich an den Gesprächen irgendwie zu beteiligen, aber nie fiel ihm etwas Intelligentes oder Lustiges ein, oder erst zu spät, wenn der richtige Augenblick schon vorbei war, und mehr als einmal musste er vorzeitig nach Hause gehen, weil er Magenschmerzen hatte, er fühlte sich auf unspezifische Art und Weise unwohl, sogar eine Art Beklemmung, und er hatte das Gefühl sich setzen zu müssen, um nicht wie die Frau im Zug zu fallen, in Zeitlupe mitten in seine Freunde, den Cuba Libre noch in der Hand – und er stellte sich vor, wie das Glas zunächst noch langsamer fiel, schwebte und die Flüssigkeit herausschwappte, bevor es beschleunigte und gleichzeitig mit seinem Kopf auf den Boden prallte – also doch, der Umzug nach Móstoles war ohne Zweifel aus verschiedenen Gründen das Vernünftigste. Und dabei hatte Isabel Aitor noch nicht gesagt, dass sie schwanger war.

30

Bevor sie das El Agujero verlässt, schaut Ana aus dem Fenster, denn eine Gruppe bosnischer Serben hatte das CSO etwas weiter die Straße runter verwüstet. Es ist vielleicht das aktivste im Viertel, mit Selbsthilfegruppen für misshandelte Frauen (einschließlich Selbstverteidigung: reden ist in Ordnung, aber Schläge austeilen ist effektiver). Sie lassen niemanden, der rausgegangen ist, wieder rein, so konnten sie nicht einmal Vorräte für diejenigen besorgen, die drinnen geblieben waren. Vier durch Gewichtheben und Steroide aufgepumpte Männer, schwere Stiefel mit dicken Sohlen, deren Tritte jedoch nichts zum Einsturz bringen, sondern das Haus ihres Herrn schützen sollen. Tätowierte Kampfhunde, die das Kommen und Gehen kontrollieren und ihre nikotingelben Zähne fletschen. Einer hatte einen Jugendlichen geschlagen, der trotzdem versucht hatte hineinzugehen. Wenn er sie anzeigen würde, würden alle vier schwören, dass er sie zuerst angegriffen hat.

Aber es sind weder bosnische Serben noch Kosovaren in Sicht, auch keine anderen Schläger im Sold der Eigentümer. Nur eine Gruppe Männer, die jeden Tag dort auf der Bank neben den Glas- und Plastikcontainern Dosenbier trinken. Die Stimme heiser, stolz auf ihre Klasse und ihr Versagertum als ob sie sich ihr Elend ausgesucht hätten; immer mit einem Hund in der Nähe, den sie nicht weiter beachten, außer wenn er anfängt, den Kot eines anderen zu fressen, manchmal ein paar Frauen dabei wie Maschinen, mit unbegreiflicher Mechanik, hart, die Haut zwei Millimeter dicker als bei normalen Menschen. Normal ist ein Wort, das Ana ablehnt, also sagen wir es anders: Frauen, denen du zutraust, nicht nur ihre Kinder zu ohrfeigen, das ist naheliegend, sondern auch deren Vater. Ihr Tonfall stellt klar, das ist mein Viertel, und wenn ich mit dir spreche, dann weil ich es will, was ist los, nimm dich in Acht vor mir, obwohl sie eigentlich wissen, dass sie sich nicht wehren können und nur auf den endgültigen Todesstoß warten. Leute, die rausgehen, nicht, um die Straße zu erobern, sie entfliehen einfach ihren dunklen Zimmern, dem verbrauchten Anblick ihrer Eltern mit ihren Gehhilfen, Emphysemen oder Bruchbändern.

Ana läuft an ihnen vorbei und ist sich der kurz eintretenden Stille bewusst, der Blickwechsel, der kurzen Pause, bevor die Bierdose wieder an die Lippen geführt wird. Sie geht bis zur U-Bahnstation Lavapiés runter, springt über das Drehkreuz am Eingang, mit einer natürlichen Anmut, die an Gazellen in der Savanne denken lässt, wer würde nicht gern mit diesem unschuldigen Ausdruck springen, so im Einklang mit dem eigenen Körper. Als sie in den Waggon steigt, fühlt sie sich sofort von der Menge einsamer Menschen umringt, und so sucht sie sich eine Ecke, um sich auf den Boden zu setzen. Über Kopfhörer hört sie Patti Smith, von der sie bis vor ein paar Wochen noch nie gehört hatte, und jetzt kann sie nicht genug kriegen von ihrer Musik. Pissing in a River. Ana hätte gern so eine raue Stimme wie Patti, sie, die immer noch das Timbre des Mädchens hat, das sie noch vor kurzem gewesen ist.

Zu dieser Tageszeit kommt die U-Bahn langsam voran, hält überall sehr lange, damit all die leeren Gesichter ein- und aussteigen können. Wenn sie an ihr vorbeikommen, schauen die Hinzugestiegenen auf den Boden, bemühen sich, nicht auf sie zu treten, obwohl sich bestimmt der ein oder andere über den Platz ärgert, den sie einnimmt. Ein Junkie klappert trotz der vielen Menschen den Waggon ab und leiert seinen Monolog herunter von den drei Kindern und einer kranken Frau, dabei bietet er Plastikfeuerzeuge für einen Euro an, oder eine Spende, oder was immer ihr geben könnt. Wann ist Madrid zu dieser depressiven Stadt geworden, zu einem Fegefeuer für abgestumpfte Seelen?

Irgendwie freut sie sich, als sie endlich in dem Viertel ankommt, wo ihr Vater wohnt und wo früher die ganze Familie wohnte. Sie ist sich nicht sicher, ob aufgrund der wachgerufenen Erinnerungen oder nur weil die Sonne scheint und die Straßen so breit sind, sich die Baumkronen im Wind wiegen, die Leute mit ihren Hunden sprechen, die sie ansehen, als würden sie sie verstehen, und die jungen Leute rennen, zwar nirgendwo hin, aber glücklich wegen des Serotonins, der Körper eine geölte und leistungsfähige Maschine.

Kaum im Gebäude, fragt der neue Pförtner sie, wohin sie will. Er ist noch keine dreißig und er beugt sich vor, als er sie anspricht, als wolle er eine Verbeugung andeuten. Zu Aitor Sánchez, und er nickt ohne jeglichen Argwohn, was Ana überrascht, denn sie an seiner Stelle hätte sich niemals ohne Nachhaken weitergehen lassen. Sie lächelt ihn an und dankt ihm, und er scheint sich zu freuen, nickt mehrmals, es ist im siebten, sieben D, erklärt er, als würde er hoffen, das Gespräch fortzusetzen. Ana betritt den Aufzug und ist sich sicher, dass der junge Mann sich nicht rührt, wahrscheinlich starrt er auf ihren Rücken oder ihren Hintern oder auf beides gleichzeitig. Der Aufzug ist ein Sarkophag. Maximal drei Personen, steht auf einem Aufkleber, auf dem auch steht, ich fick deine Mutter. Obwohl die Fahrt nur kurz ist, kaum dass sich die Tür geschlossen hat, fühlt sie sich von der Enge erdrückt, und das Unbehagen erinnert sie an ihr Gefühl als Kind, als sie von eins bis fünfzig zählte, um sich von ihrer Angst abzulenken.

Sie klingelt. Ihr Vater wird beim Radio sein und Luis macht sicher schon seinen Schnellkurs in Sachen Trojanisches Pferd im Bauch des Imperiums. Es ist noch dasselbe Schloss, sie hat nichts anderes erwartet. Ein Schild über der Tür weist darauf hin, dass die Wohnung durch eine Alarmanlage geschützt ist, aber Ana weiß, dass sie sie kurz nach ihrer Installation deaktiviert haben. Sie hatten genug von den Fehlalarmen, die sie mitten in der Nacht aus dem Bett jagten, um zu überprüfen, ob sich ein Vorhang bewegt hatte oder das System durch einen Lichtwechsel im Wohnzimmer aktiviert worden war (eine Spiegelung, eine Wolke, die den Mond verdeckt, der Widerschein eines der Laser, die die Stadt in die Kulisse eines permanenten Spektakels verwandelten).

Ana geht durch den Flur und bemerkt einen vertrauten Geruch, den sie noch nie zuvor so wahrgenommen hat. Erst jetzt, als sie nach so vielen Wochen zurückkommt, erkennt sie ihn als den ihres Zuhauses, es ist eher eine Kindheitserinnerung als ein Geruch, wie das Parfum ihrer Mutter oder das Aftershave ihres Vaters. Sie setzt sich in einen Sessel. Sie ist nicht aus einem nostalgischen Impuls heraus hier hergekommen, also geht sie nicht in ihr ehemaliges Zimmer, um mit der Hand über das Bett zu streichen oder andächtig ihre auf dem Regal aufgereihte Muschelsammlung zu betrachten (jede von einem anderen Strand) oder den Schrank zu öffnen und über ihre Kinderkleidung zu lächeln, die sie immer noch in einer Schachtel aufbewahrt, oder die Puppen, die sie immer noch beim Namen nennen könnte.

Sie betritt auch nicht das Zimmer ihres Vaters oder das ihres Bruders. Sie ist nicht gekommen, um sich mit Gespenstern zu unterhalten. Sie holt ein Blatt Papier aus ihrer Lederjacke, faltet es auseinander, geht zum Kühlschrank und macht Platz zwischen den Magneten, ebenfalls von Reisen mitgebracht, Erinnerungen an das, woran sich niemand mehr erinnert. Auf dem Magneten, mit dem sie das Blatt befestigt, ist eine Mumie zu sehen, von einer Reise ihrer Eltern nach Ägypten, ein Abenteuer, von dem sie monatelang erzählten, und das dann zum Mittel wurde, um eine Verbindung wiederherzustellen, die schon längst abgerissen war. Sie sagten immer wieder, erinnerst du dich?, und meinten, damit wären sie wieder die, die sie einmal waren, und dass die Enttäuschung, die Müdigkeit, die Langeweile nicht die Fotografien der zwei Personen haben verblassen lassen, die aufgehört hatten zu existieren. Sie waren wie zwei Schauspieler, die darauf bestanden, mit dem Stück fortzufahren, wenn das Publikum den Saal längst verlassen hatte und die Scheinwerfer erloschen waren.

Ana liest das Gedicht noch einmal durch und findet es gut, vielleicht ein wenig prätentiös, aber es ist nicht der geeignete Moment, um es zu verbessern. Eine Bombe zu legen ist auf jeden Fall auch ein bisschen prätentiös.

Ich bin fortgegangen, aber noch nie war ich so nah,
ich hatte Sehnsucht und in zerbrechlichen
     Augenblicken
wünschte ich mir wieder mein Kinderbett und meine
     wunderbare Zukunft. Ich höre dich atmen
an meiner Seite,
kenne noch den Rhythmus deiner Schritte
und weiß, wie schwer deine Stimme und deine
     Erwartungen wiegen.
Jetzt ist der Abschied endgültig, ja.
Das Mädchen ist tot. Die junge Frau
hat sich die Pulsadern nicht aufgeschnitten
und bedauert den Verzicht auf so herrliche Entsagung.
Aber es ist nicht die Zeit für dramatische Gesten
oder feierliche Worte.
Handeln.
Tun.
Geben.
Zerstören.
Synonyme, Papa, die du nicht mehr verstehst,
weil du nur redest und nichts aufbaust,
so zeichnest du ins Wasser bloß eine Zukunft,
träge und ergeben.
Sag Mama, dass es mir nicht leidtut,
Sag meinem Bruder, dass ich ihm nicht verzeihe.
Mir sag nichts, ich höre dich nicht, ich höre dir
     nicht zu
ich spreche nicht mehr deine tote Sprache,
ich verstehe deine Geisterworte nicht,
denn ich bin weit weggegangen
und bin in einer anderen Welt,
obwohl dies, du ahnst es schon,
kein Selbstmordbrief ist.

31

Ich könnte ein ruhiges Leben führen. Ich hätte weiterhin ohne großen Mehraufwand ein Kulturprogramm machen können; jeden Tag Schriftsteller, Regisseure, Musiker einladen, meine Redakteure bitten zu recherchieren, mir die wichtigsten Punkte gelb zu markieren, beim Radio ankommen, das Studio ein wenig früher betreten, mir flüchtig anschauen, was andere für mich vorbereitet haben, sogar den Gästen vorab nahelegen, die Musik für ihr Interview selbst vorzuschlagen, (Wie lautet der Soundtrack für dein Buch?), ich hätte das Gesetz des minimalen Aufwands anwenden oder, ehrgeiziger, mich einbringen können, die Gäste selbst auswählen, immer auf der Suche nach einem originellen Einstieg in das Werk eines Schriftstellers, eines Film- oder Theaterregisseurs, eines Musikers.

Und es dabei belassen können.

Mehr nicht.

Das ist nicht wenig: Jeden Tag ein Kulturprogramm, und trotz der geänderten Sendezeiten waren meine Zuhörerzahlen gar nicht so schlecht. Ich konnte davon leben, immer schlechter, das stimmt, und in den letzten Jahren fehlten mir die Redakteure und die Leute, die für mich arbeiteten, aber ich war unabhängig, ich konnte mich mit der neuen Situation arrangieren. Überleben heißt: Anpassung an die veränderte Umwelt. Arten, die dazu nicht fähig sind, sterben aus. Es wäre ein genügsames, ruhiges Leben. Ich hätte an einigen Vormittagen frei. Ich würde ins Schwimmbad oder ins Sportstudio gehen. Lesen. Nach einer Weile hätte ich nicht einmal mehr Ana vermisst, oder Isabel, ich hätte mich an Luis' Abwesenheit gewöhnt, so als wäre im Wohnzimmer eine Pflanze oder ein

Möbelstück verschwunden, du nimmst es wahr, aber die Leere berührt dich nicht mehr.

Aber das reichte mir ja nicht. Schuld hat Ana. Sie war es, die ich beeindrucken wollte. Selbst wenn sie nichts davon erfahren hätte, ich hätte mich mit ihren Augen gesehen und gesagt siehst du?, ich bin Redaktionsleiter, ich organisiere, ändere, entscheide, setze durch, befehle, wähle, übernehme Verantwortung. Siehst du, ich bin nicht der kraftlose Mann, den du zu sehen meinst, wenn du mich mit jugendlichem Widerwillen betrachtest, mit dieser Abneigung gegen eine Welt, zu der du keinen Zugang hast und die du deshalb so verachtest. Ich könnte vielleicht kein glücklicher, aber wenigstens ein zufriedener Mann sein. Ana, verdammt, ich habe gute Sachen auf die Beine gestellt, Dinge, die dir, wenn deine Trotzphase vorbei gewesen wäre, sogar gefallen hätten: Bücher, Platten, Filme, das, wofür du dich schon als Kind interessiert hast, habe ich besprochen. Und erzähl mir nicht, es seien keine spannenden, originellen Kultursendungen gewesen. Die waren lebendig. Ich auch. Ich brauchte das nicht, mich auf diesen Scheiß einzulassen, nur um anzugeben wie ein Teenager, der eine neue Pose einstudiert, mit der er dich erobern will.

Und jetzt? Ich bin siebenundvierzig Jahre alt. Ein Alter, in dem ich meiner Karriere einen neuen Kick geben sollte, der Routine entkommen, wachsen, mich erweitern sollte. Und schau mich an (aber nein, du schaust mich nicht an, du siehst mich nicht, du hörst mich nicht), wie ein Rentner laufe ich durch die Stadt, ohne genau zu wissen wohin, während ich mich mit Gespenstern unterhalte. Ich hätte ein ruhiges Leben haben können, ohne diesen unnötigen Verschleiß. Ohne diese Erniedrigung. Ohne diese Wut, die ich runterschlucken muss, weil ich nicht einmal weiß, wem ich sie ins Gesicht spucken soll.

Aitor hatte vorgezogen, vom Sender zu Fuß nach Hause zu gehen, das immer noch sein Zuhause war, obwohl er den Kaufvertrag bereits unterzeichnet und in einem Monat die Schlüssel zu übergeben hatte. Er ging im Zickzack durch die Straßen, machte unnötige Umwege und kam manchmal so weit vom Weg ab, dass er anhalten musste, um sich neu zu orientieren. Er hätte von einem Auto oder einem Radfahrer angefahren werden können; er hätte in eine Baugrube stürzen oder ein Kind oder einen Rentner umrennen können. Er ging wie jemand, der nach Monaten im Keller (stellt euch ein Entführungsopfer vor, dessen Lösegeld niemand zahlen wollte, oder einen Kämpfer, der sich mitten in einer feindlichen Stadt versteckt hielt) das erste Mal wieder auf die Straße tritt und sich nicht am Licht freuen kann, an den Geräuschen, an den Menschen, der noch zu verwirrt ist, um die neuen Reize zu schätzen.

Was für Arschlöcher, dachte Aitor die ganze Zeit über und versuchte, sich weiter auszumalen, wie sein Leben hätte aussehen können, wenn er den Vertrag, den Pascual ihm angeboten hatte, nicht unterzeichnet hätte. Er wäre selbstständig geblieben, und wenn sie auf ihn hätten verzichten wollen, hätte er sie verklagt, weil sie ihn ein Jahrzehnt lang als Scheinselbstständigen beschäftigt hatten; es wäre für ihn nicht schwer gewesen zu beweisen, dass er täglich in den Sender gekommen ist, täglich eines der Studios des Senders betreten hat, um ein Programm zu machen, an dem Angestellte des Senders mitarbeiteten, alle angestellt vom Techniker bis zur letzten Hilfskraft, aber ihn hatten sie für eine Dienstleistung bezahlt, anstatt Sozialversicherungsbeiträge für ihn zu leisten, und ohne dass er Dienstjahre hätte ansammeln können. Er hatte jahrelang für Piraten gearbeitet, die später am Mikrofon gegen die Korruption wetterten und für den Wiederaufbau von Arbeitsplätzen und Maßnahmen zugunsten der Arbeitnehmer und einer allgemeinen Gesundheitsversorgung plädierten, für Transparenz in den öffentlichen Haushalten und, ohne in ihren Büros auch nur rot zu werden, für eine gerechtere Verteilung des Reichtums durch eine Steuerreform.

Aitor ging um den Retiro herum, ließ dabei die Hände über die Gitterstäbe des Zauns gleiten wie ein gelangweilter Junge. Es war nicht sein üblicher Weg, aber das Metalltor stand offen und er ging einfach hinein, ohne weiter darüber nachzudenken. Er blieb stehen, um ein paar Rollschuhläufern zuzuschauen. Sie kurvten um orange-weiß gestreifte Verkehrskegel, die sie wahrscheinlich von einer Straßenbaustelle geklaut hatten. Wenn sie hinfielen, standen sie sofort wieder gut gelaunt auf, klatschten ihre Freunde ab, schüttelten sich ihre Hosen aus, justierten die Knieschoner und versuchten es erneut. Er blieb länger als eine halbe Stunde dort, erst im Stehen, dann auf einer Bank am Rande der Rasenfläche, und vielleicht wäre er bis zur Dämmerung geblieben, wenn die Rollschuhfahrer nicht die Kegel eingesammelt hätten und gemeinsam gegangen wären, die meisten von ihnen sich zu zweit an den Händen haltend, kommentierend, lachend, vielleicht noch eine missglückte Figur im Kopf nachspielend.

»Es ist nichts Persönliches«, hatte ihm der neue Programmdirektor gesagt, dessen Namen er immer durcheinanderbrachte: Lucas oder Roque? »Wirklich, es ist nichts Persönliches, aber ich ziehe es vor, mich auf mein vertrautes Team zu verlassen. Redaktionsleiter ist eine heikle Position, die Investoren flippen jedesmal aus, wenn der Ton nicht stimmt.«

»Pascual hat mir garantiert ...«

»Pascual konnte dir nichts garantieren. Aber wir entlassen dich nicht. Wir werden dich versetzen nach ...«

»Melilla.«

»Nein, nein, warum Melilla?, wir dachten daran, dich ...«

In diesem Moment hörte Aitor nicht mehr hin. Er sah seinen Chef auf der anderen Seite des Schreibtisches wie jemanden, der hinter Panzerglas in Sicherheit sitzt. Er konzentrierte sich mehr auf dessen beeindruckende Körpersprache, seinen aufrichtigen Gesichtsausdruck. Roque oder Lucas hielt sich an das Gesetz, und das Gesetz ist nicht immer gerecht, aber ohne es wären wir verloren; es erlaubt ein geregeltes Zusammenleben, und Kollateralschäden müssen in Kauf genommen werden, und es ist besser, wenn es dich trifft und nicht mich, wir wollen uns nichts vormachen.

»Ich kann nicht wieder mit meinen Kollegen zusammenarbeiten; ich habe Leute entlassen.«

»Nein, Mann, du hast niemanden entlassen. Jeder erfüllt seine Aufgaben. So wie jetzt ich.«

»Und das Gehalt?«

»Das, das du vorher hattest.«

»Das Grundgehalt.«

»Natürlich.«

»Das ist ja wohl ein Witz. Ich habe das sehr niedrige Basisgehalt nur im Gegenzug für hohe Boni akzeptiert.«

»Du warst neu dazugekommen, es ist logisch, dass dein Basisgehalt bescheiden ausfiel.«

»Das ist ja wohl nicht euer Ernst. Ich arbeite seit zwanzig Jahren hier.«

»Du verstehst schon.«

Aitor schaltete die Lampe auf dem Schreibtisch mehrmals ein und aus. Roque oder Lucas streckte die Hand aus, als wolle er es unterbinden, zog sie dann aber wieder zurück.

»Welche Abfindung würdet ihr mir geben, wenn ich gehe?«

»Ich sagte dir schon, du hast kaum Dienstzeit angesammelt.«

Aitor machte sich nicht die Mühe, die Tür zu schließen. Deshalb hörte er den Programmdirektor noch vom Flur aus sagen: »Wir würden uns anstrengen …«

Obwohl Aitor zu Hause angekommen war, blieb er mit dem Schlüssel in der Hand vor dem Eingang stehen. Ana hatte nicht ganz unrecht, dachte er. Mit ihrer Kritik am System. Kapitalismus tötet, An Hunger zu sterben ist Mord; diese Dinge. Aber das mit David und Goliath ist ein Ammenmärchen. Davids einzige Möglichkeit ist, die Schleuder wegzulegen und sich gut zu verstecken, damit der Riese ihn nicht findet. Sich einen Unterschlupf in einer Felsspalte bauen, sich in der Landschaft tarnen. Wie Vögel und Wölfe leben. Diese Geschichten von Hirtenjungen, die sich den Römern widersetzen, sind für Kinder. Und er war schon siebenundvierzig Jahre alt, zu spät, um sich in die eigene Tasche zu lügen.

32

Das Leben bleibt nicht stehen. Du planst gerade etwas Einzigartiges, Ungeheuerliches, wie auch immer du es betrachtest, und du meinst, die Welt müsste den Atem anhalten wie Zuschauer im Zirkus, wenn der Trapezkünstler sich in die Luft schraubt und es so aussieht, als würden seine Hände die Stange nicht mehr zu fassen bekommen. Aber du stehst wie immer jeden Morgen auf und machst Kaffee, plauderst mit deinen Freunden, gehst ins Centro Social und hilfst mit, den Saal für die libertären Filmvorführungen vorzubereiten, witzelst mit einem Typen herum, der dir gefällt und der ein Baby im Arm hält, während er die Kabel des Projektors auf dem Boden festklebt, zusammen mit den Leuten aus dem Computerkurs isst du im Stehen ein Gemüsecouscous von Plastiktellern (man muss mit diesem Plastikscheiß aufhören, es ist eine Schande, dass selbst wir diesen Müll benutzen, sagt eine Frau zu dir, die ab und zu im Centro aufkreuzt, sie nimmt an einem Workshop teil, an Informationsveranstaltungen, aber du hast sie auch schon in einem Coworking-Space an einem Computer sitzen sehen und du kannst sie nicht einordnen, ist sie Besetzerin oder Besucherin, eine Sympathisantin oder treibt sie nur die Neugierde, oder braucht sie einfach nur Kontakt); du gehst Nudeln und Tomaten für das CSO kaufen, hältst an, um mit einem Punkerpärchen zu quatschen, du hast vergessen, woher du sie kennst, ihr redet, wieder einmal, über die Touristen, die das Viertel kaputtmachen, du kaufst dir noch eine Gesichtscreme in der Apotheke (der einzige Luxus, den du dir mit einem Rest schlechten Gewissens gönnst), abends kommst du ins El Agujero zurück und während der ganzen Zeit wirst du das Gefühl nicht los, dass das Leben unwirklich geworden ist, du siehst dich auf einer Bühne stehen und trägst eine Rolle vor, aber mit dem Wissen, dass du nach einer Weile von den Brettern heruntersteigen, den Charakter ablegen und wieder du selbst sein wirst: Du wirst nicht länger diese harmlose Scheinwelt bewohnen, die Schläge werden diesmal wirklich wehtun, und die Tragödien sind unaufhaltsam. Im Grunde bist du in diesem Moment die Frau, die auf der Baustelle des Hotels eine Bombe legen wird, das ist es, du wirst dein Leben für immer verändern, denn zwischen der Frau, die du jetzt bist und der, die du nach dem Anschlag sein wirst, liegen Lichtjahre, für dich selbst und für die anderen.

Ana trifft im El Agujero die Nonnen und Hans vor der Zimmertür an, als ob sie schon seit einiger Zeit auf sie gewartet hätten. Und es stimmt, sie warten auf sie.

»Wo ist Alfon?«

»Er hat sich in eurem Zimmer verschanzt«, sagt Hans, in komplizenhaftem Ton, als würde er über ein Kind sprechen, das einen Wutanfall hatte. Ana stellt die Tasche auf den Boden.

»Ist was passiert?«

»Wir hauen ab«, sagt Marta. »Wir verlassen das El Agujero.«

»Wir werden dich vermissen«, sagt Paula.

Sie reden, bis es draußen dunkel geworden ist, aber niemand denkt daran, das Licht einzuschalten. Einer nach dem anderen setzen sie sich auf den Fußboden, in einen vertrauten Kreis, Beine berühren sich, Schultern lehnen sich aneinander, Hände suchen den Kontakt der anderen.

Wie bei einem Paar, das sich trennt, aber immer noch liebt, nimmt das Gespräch nach und nach einen trostlosen Ton an. »Nein, wir können nicht bleiben«, sagt Paula, »weil das Haus kein gemeinsames mehr ist, es gab hier Zuneigung, Solidarität, Fürsorge, und jetzt hat sich alles umgestülpt und hat die raue und verletzende Seite gezeigt.« »Im Grunde war das mit den Touristen ein Fehler, andere zu verletzen, hinterlässt immer einen Stachel, einen Bodensatz, und ich rede nicht von Karma«, erklärt Paula, »sondern von Spuren, die in deinem Bewusstsein haften bleiben.« Und Marta gibt zu, dass sie trotz der Bauchschmerzen, die sie wegen der Aktion mit den Touristen hatte, für den Anschlag gestimmt hat, den sie eigentlich für weniger schlimm hält, weil sie überzeugt ist, dass es keine Opfer geben wird, aber sie würde sich damit in eine Welt begeben, die nicht die ihre ist, was auch immer Alfon sagt, dabei deutet sie mit dem Kinn auf die Tür, hinter der sich ihr Freund verbarrikadiert hat, der einzig sinnvolle Widerstand ist es, neue, menschlichere Freiräume zu schaffen, sich dem Kapital und seinen Handlangern zu entziehen, doch wenn man ihre Waffen benutzt, wird man wie sie. »Wir gehen also«, sagen Paula und Marta fast gleichzeitig, und fast gleichzeitig lächeln sie und jede streichelt Ana über ein Bein, wie jemand, der ein Kind tröstet. »Und du?«, fragt Ana Hans, »denkst du auch so wie sie?« Hans antwortet nur zögerlich, entweder weil er es nicht so klar hat wie die beiden Frauen oder weil er weniger bereit ist, die Erwartungen der anderen zu enttäuschen, und schließlich sagt er nicht etwas so Endgültiges wie Marta und Paula: »Ja, ich verlasse auch das Haus, aber ich werde mich dem Plan entsprechend an der Aktion beteiligen, obwohl wir ihn ein wenig geändert haben, Alfon wird es dir erzählen, und von da komme ich nicht zurück, ich gehe meinen eigenen Weg, ich habe bereits einen Platz in einem besetzten Haus in Carabanchel, ich habe mich in den letzten Wochen mit den Leuten dort getroffen, sie haben ein paar kämpferische, aber gewaltlose Projekte geplant, ich fühle mich dort wohler. Es sei denn«, sagt Hans und ringt um Worte, »es sei denn, du beschließt, nicht weiterzumachen; mir wäre es lieber. Wenn du umkehrst ...«

»Wann geht ihr?«, fragt Ana.

»Gleich, in ein paar Minuten, wir wollten nur nicht gehen, ohne uns von dir und von Alfon zu verabschieden.«

»Ihr seid ein paar Miststücke, uns mit Yannick und Nicolás allein zu lassen«, sagt Ana, und die vier lachen gerade so laut, um den wahren Grund für ihre geröteten Augen zu verschleiern. Und es gäbe noch so viel zu sagen, sich die Monate des Zusammenlebens auf dieser Insel inmitten eines unbarmherzigen Ozeans wieder ins Gedächtnis zu rufen, all die Momente, in denen die Nähe des anderen bedeutete zu teilen, sich teilen; aber das hätte den Abschied nur erschwert, vielleicht hätte das dem Ganzen einen falschen, sentimentalen Klang verliehen, und nein, sie alle stehen für Klarheit (Hans etwas weniger) und ehrliche Kontroverse. »Ich bleibe dabei«, sagt Ana, »ich werde wie geplant weitermachen. Alfon … Alfon«, sagt sie und beendet den Satz nicht.

»Außerdem«, fügt Paula hinzu, könne sie nicht gehen, ohne gesagt zu haben, was sie wirklich aus diesem so hochgeschätzten Raum vertreibe, »es ist uns hier zu patriarchalisch geworden, mit einem Mann an der Spitze, der uns sagt, was wir zu tun und zu wissen haben und wann wir den Mund halten müssen.«

»Aber Alfon hat nun mal die Kontakte, er ist nun mal der, der wirklich weiß, was wir tun können.«

»Es ist wie immer«, sagt Paula, »am Ende machen wir, was die Männer für richtig halten und nicht wir. Wir entscheiden nichts. Ja, wir wählen und so weiter, aber da ist ja der Haken. Wir stimmen für etwas, was die Männer uns vorschlagen, unsere Freiheit besteht darin, zwischen ihren Alternativen zu entscheiden.« »Wir gehen in ein Centro Social für Frauen, dort passen wir besser hin«, sagt Marta.

»Sicher«, sagt Ana. »Wenn sie uns schnappen, werden wir nicht sagen, dass ihr von der Aktion gewusst habt, nicht wahr, Hans? Wir haben es hinter ihrem Rücken geplant.«

Der Deutsche nickt, er scheint auf etwas zu warten und sieht Ana an, als hätte sie noch nicht zu Ende gesprochen. »Und nun?«, fragt er nach einer Weile, in der jeder in seine Gedanken versunken scheint, und so ist es auch, aber es sind keine gemeinsamen Gedanken mehr, denn obwohl sie noch Aufgaben, Projekte, Pläne haben, sieht jeder bereits so etwas wie eine Leere vor sich. El Agujero war mehr als eine Lebensweise, es war eine Art sich zu verstehen, zu existieren, zu sein, und jetzt, wo es auseinanderfällt, wird ihre Welt an Stabilität verlieren, mag sie auch von außen betrachtet noch so prekär erscheinen.

Und alle vier stehen auf und umarmen sich und halten sich für ein paar Sekunden in den Armen, jeder Körper schmiegt sich in die warme Form des anderen. »Sagt Yannick auf Wiedersehen von uns«, sagt Marta. »Und Nicolás«, sagt Paula, »und auch Alfon, der wollte nicht weiterreden, du siehst ja, er hat sich eingeschlossen, Alfon ist ein Mann, der sich einschließt, das weißt du«, und Paula schaut sie an, als würde sie mit den paar Worten mehr meinen, als gäbe es eine verschlüsselte Botschaft, und Anas Aufgabe wäre es, das Rätsel zu lösen oder auch nicht. Und sie gehen im Dunkeln, und sie sehen die Gesichter des anderen schon nicht mehr, und auch Hans sagt, »ich dreh' mal eine Runde, aber rechne mit mir, du weißt, du kannst auf mich zählen«.

Du bist nicht sicher, aber du weißt, es gibt kein Zurück mehr. Du hast bereits ja gesagt, verdammt, ja, ich mache es, nein, ich werde keine kalten Füße kriegen, ihr macht euren Teil und ich meinen.

»Ist Hans bereit? Er hat mir gesagt, dass ihr was geändert habt.«

»Ana.«

»Was denn! Hör mal, sprich nicht in diesem väterlichen Ton mit mir.«

»Ich habe noch nichts gesagt.«

»Aber ich sehe es schon kommen.«

»Ich muss es dir einfach sagen. Ist dir klar, was du riskierst?«

»Komm schon, scheiße, wir haben es doch besprochen. Sicher weiß ich, was ich riskiere, Knast, ein paar Prügel, wenn ich Pech habe und sie mich in flagranti erwischen, zwanzig Schüsse, weil die Schweine den Befehl haben zu schießen, um zu töten.«

»Vielleicht sollte es ein anderer machen.«

»Ein Kerl, willst du sagen. Dass einen solchen Anschlag ein Mann machen muss.«

»Nein, verdammt, ich will sagen, jemand der älter ist, mehr Erfahrung hat.«

»Du hast mir nicht erzählt, was du mit Hans besprochen

hast. Ich glaube nicht, dass er von der Aktion überzeugt ist. Alle rufen Tod den Bullen und Brennt die Knäste nieder, aber dann ist da niemand. Der Deutsche als Einziger, wenn er denn dabei bleibt« (sie sagt »der Deutsche« und schafft damit Distanz, markiert eine Grenze, Hans ist für sie nicht mehr Hans, weil sie ihm nicht vertraut, weil sie ihm nicht mehr glauben kann, obwohl sie es gern würde).

»Wenn ich dich ansehe, denke ich: Sie ist noch nicht ausgewachsen. Wenn du ein Vogel wärst, wär dir der Eizahn noch nicht abgefallen.«

»Der Eizahn. Was zum Teufel soll das sein?«

»Egal. Du hast noch den Flaum eines Kükens. Du würdest beim Gehen wackeln und mit weit aufgerissenem Schnabel piepsen, damit deine Mama dich füttert.«

»Meine Mutter füttert mich schon lange nicht mehr.«

»Da hast du Recht, du bist eine der wenigen, die nicht am Wochenende nach Hause gehen, um sich bekochen und sich ihre Wäsche waschen zu lassen. Du hast mehr Arsch in der Hose als viele unserer Freunde, auch ohne dir Riesenlöcher in die Ohrläppchen zu stanzen.«

»Also?«

»Vielleicht sollten wir nochmal etwas darüber nachdenken. Eigentlich sind wir inzwischen fast allein, und dasselbe könnte gerade auch in anderen Kommandos geschehen.«

»In einem Monat werde ich achtzehn. Ich ziehe es lieber jetzt durch.«

»Ihr solltet für jede Aktion zu zweit sein. Ich habe Hans gebeten, seine aufzugeben.«

»Verarsch mich nicht.«

»Damit er vom Eingang der U-Bahn aus aufpasst. Er soll vor dir da sein und schauen, ob alles ruhig ist. Mich beunruhigt vor allem, dass alles mit einem Knaller verpuffen könnte und es nicht der Beginn eines Flächenbrandes wird. Deswegen wollte ich mindestens zwei zeitgleiche Aktionen, aber das wird nicht möglich sein. Wir geben uns mit einer zufrieden. Schauen wir mal, was daraus wird.«

»Der Aufstand, Alter, das wird der Anfang vom Aufstand.«

»Und Hans geht mit dir.«

»Ja doch. Ich bin dann auch entspannter. Vom Eingang der U-Bahn aus kann man mehrere Straßen einsehen. Du hast recht, es allein zu machen, ist keine gute Idee.«

»Kommt bloß nicht auf die Idee, näher ranzugehen, wenn euch was komisch vorkommt. Passt auf den 24-Stunden-Carrefour auf. Auch wenn um die Zeit wohl niemand da sein wird.«

»Wenn man die Explosion hört, werde ich schon hundert Meter weiter oben in der Straße sein.«

»Und steig nicht auf das Gerüst. Das hat eine Alarmanlage.«

Ana lacht angestrengt, als wollte sie sich dahinter verstecken; sie fährt mit der Hand übers Gesicht und reibt sich die Nase.

»Das hast du schon gesagt. Wir sind es durchgegangen. Auf das Gerüst, auf keinen Fall. Bin ich ein Affe oder was? Und nur, wenn niemand in der Nähe ist, wenn es nicht die geringste Wahrscheinlichkeit gibt, dass jemand vorbeiläuft.«

»Niemand.«

Alfon hat gesagt, es wäre einfach, der Sprengstoff ist ein Emulsionssprengstoff, sehr stabil, weder Temperatur noch Erschütterung verändern die Mischung, und das ist die Sprengschnur, hier kommt der Impulsgeber hin, du befestigst jedes der beiden Pakete an einem Stützpfeiler, du überprüfst, dass sie mit der Sprengschnur verbunden sind, ganz ruhig, es kann nichts passieren, das ist kein Nitroglyzerin, es gibt keine Unfälle mit Emulsion, außerdem ist der Zünder elektronisch, siehst du?, siehst du die Schaltkreise?, es ist nur wichtig, dass du den Anruf mit dem Handy erst machst, wenn du weit genug weg bist und überprüft hast, dass sich währenddessen niemand dem Hotel genähert hat, das Handy ist gesperrt, das heißt, du musst es erst mal entsperren, du kennst den Code, oder?, und du rufst an, und egal was passiert, du bleibst nicht stehen, und wenn es keine Detonation gibt, komm bloß nicht auf die Idee zurückzugehen und nachzuschauen, alles klar, okay?, das ist alles, meine clevere Ana.

Nein, der Plan scheint perfekt zu sein, und die Richtigkeit der Aktion ist unanfechtbar (die Menschen sterben die ganze Zeit, obwohl wir ihre Schreie nicht hören, kein Aufbau ohne Zerstörung, wir werden Schuld auf uns nehmen, aber es gibt keine echte Handlung ohne Verantwortung), doch niemals kannst du die Folgen vollständig absehen: Es gibt Unfälle beim Fällen von Bäumen, Verletzte durch Feuerwerkskörper, einstürzende Dächer, die Fußgänger unter sich begraben. Und wenn es schiefgeht, das heißt, wenn es Tote gibt (sagt nicht Kollateralschäden, fall nicht auf die Scheinheiligkeit des Euphemismus herein, sagt »Tote«, sagt »Verletzte«, sagt »wir haben getötet, obwohl wir das nicht wollten«, sagt, was gesagt werden muss), gibt es hinter jedem von ihnen eine Geschichte, Wünsche, Hoffnungen, Großzügigkeit. Und was wird geschehen, wenn danach niemand auf die Straße geht, wenn statt den Aufstand zu provozieren eure Aktionen nur dazu führen, dass die Menschen sich noch mehr in ihre Häuser verkriechen, wie verängstigte Tierchen in ihren Bau, wie Krabben, die erst wieder an die Oberfläche herausgekrochen kommen, wenn die Gefahr vorüber ist?

Aber überstürze nichts, es muss keine Toten oder Verletzten geben, das ist das Risiko, das es zu minimieren gilt, und der Versuch, die Schlafenden zu wecken, lohnt sich auf jeden Fall, sie daran zu erinnern, dass das Leben anders sein könnte, dass sie nicht in Angst leben müssen, doch die Aktion muss jetzt beginnen, jetzt, jetzt und nicht morgen, versteck dich nicht hinter der Hoffnung oder dem Ideal, jetzt in der Aktion, jetzt im Ich, riskiere ich und exponiere mich und ich handle und ich schließe mich anderen bei dieser Aufgabe an.

»Was ist, warum sagst du gar nichts mehr?«, fragt Alfon und streichelt Anas zerzaustes Haar und denkt, dass sie vielleicht Angst bekommen hat.

»Ich bin den Plan durchgegangen.«

»Sicher?«

»Klar doch.«

»Mach das nicht. Es gibt keinen Plan. Einfach hingehen und machen. Komm schon, drück mich mal.«

Ana drückt sich an Alfon, das Gesicht an seiner Brust, spürt sie seine riesigen Arme um sich (sie denkt an das Dschungelbuch, sie denkt an King Kong), sie bleiben eine Weile so stehen, er wiegt sie sanft, und obwohl Anas Brüste gegen Alfons Körper drücken, obwohl sich ihre Bäuche und Becken berühren und streifen, ist nichts Sexuelles in dieser Umarmung, kein Moment des Begehrens oder der Angst vor dem Begehren des anderen, keine Scham oder Ablehnung. Einfach so, in Alfons Armen, ohne Projekt ohne Plan, ohne Berechnung und ohne Zukunft. In Alfons Armen. Jetzt. Wir leben jetzt.

Sie sind im El Agujero allein zurückgeblieben. Der Auszug von Hans und den Nonnen erfolgte mit Ankündigung. Yannicks Weggang am Morgen vor dem Anschlag war unerwartet und in gewisser Weise doch genauso vorhersehbar wie der Tod von Nicolás. Yannick war mit dem Hund auf den Armen in Anas und Alfons Zimmer gekommen. Seine Beine baumelten schlaff herunter. Yannick präsentierte ihn wie auf jenen Fotos, auf denen Mütter von ermordeten Kindern deren kleine Körper hochhalten, Gerechtigkeit fordernd oder einfach nur, um ihrem unerträglichen Schmerz Ausdruck zu verleihen. Auch Yannicks Gesichtsausdruck war eine Mischung aus Empörung und Verzweiflung.

»Er atmet nicht, Leute, und das Herz, nichts, ich finde es nicht.«

Er legte ihn wie eine Opfergabe auf dem Boden ab und kniete neben dem Körper des toten Hundes.

Ana und Alfon näherten sich.

»Er ist vor kurzem gestorben«, sagte Alfon.

»Ich habe ihn heute Morgen so gefunden. Als wir uns hingelegt haben, war er okay, er hat mich abgeleckt und so, was er halt so macht, wenn er spürt, dass es mir nicht gutgeht, er legt sich neben mich, stupst mich mit der Schnauze an und leckt mich ab. Er war so gut …«

»Warum sagst du, er wäre erst vor kurzem gestorben?«, fragte Ana.

»Er ist noch nicht steif.«

Yannick streichelte den Kopf des Tieres. »Und was jetzt?«, fragte er in den Raum hinein, eine Frage, die nicht nur das Problem betraf, was mit dem Kadaver geschehen sollte, sondern ein viel umfassenderes, Yannicks ganzes Leben: Und was jetzt?

»Du kannst ihn in einen Müllcontainer werfen.«

»Ach Alfon, scheiße, was soll das?«

»Ich zähle nur die Möglichkeiten auf. Erstens: Den Kadaver in einen Müllcontainer werfen. Das ist illegal, das heißt, man muss es nachts erledigen. Die andere Möglichkeit ist, ihn auf dem Land zu begraben, das ist auch illegal, aber wen interessiert das schon.«

Yannick schüttelte den Kopf. »Nein, scheiße, nicht in einen Müllcontainer, als wäre er ein kaputter Stuhl. Und das mit dem Land, ich weiß nicht, Nicolás war mehr für die Stadt, so wie ich.«

»Drittens: Sammelverbrennung. Das hat meine Mutter mit ihrem Setter gemacht. Du rufst bei irgendeiner Servicenummer der Stadtverwaltung an, sie holen ihn ab und verbrennen ihn zusammen mit anderen Tieren. Ich glaube, es hat damals so dreißig Kröten gekostet.«

»Dreißig! Was für ein Wahnsinn. Armer Nicolás.«

»Viertens: Ich sage es nur, um nichts auszulassen, denn es sind um die zweihundert Euro. Meine Mutter hat mir davon erzählt, meinte aber, dass sie sich für das Geld einen neuen Hund kaufen würde. Ein Herzblatt, meine Mutter. Viertens: individuelle Einäscherung. Ich glaube, sie geben ihn dir in einer Urne oder Schachtel zurück.«

»Wir könnten ihn einbalsamieren, oder? Wie die Ägypter.«

»Meinst du einbalsamieren oder ausstopfen?«, fragte Alfon.

»Was weiß ich, ich leg mich wieder hin.«

Der Hund blieb vor Alfons Schreibtisch am Boden liegen.

»Was machen wir mit ihm?«, fragte Ana.

»Ach, keine Ahnung, warten, bis unser Freund wach wird und nochmal die Möglichkeiten durchgehen. Aber ich gehe davon aus, dass er ihn in einen Müllcontainer wirft. Als ich Punk war und mit einem Wiesel spazieren ging, habe ich genau das getan, ich meine, als das Vieh starb.«

»Ein Wiesel ist kein Hund.«

»Ich mochte es sehr. Es war sehr anhänglich.«

Sie warteten. Sie verbrachten zwei Stunden mit Nicolás' Kadaver im Zimmer, während Alfon auf der Schreibmaschine tippte (»vielleicht schreibe ich eine Geschichte darüber«, sagte er, »über Leute, die nicht wissen, was sie mit der Leiche eines Hundes machen sollen, und ihn auf dem Friedhof in ein Grab legen; hey, das ist eine andere Möglichkeit, ihn christlich zu bestatten«). Ana konnte sich nicht auf ihr Buch konzentrieren, und als sie es nicht mehr aushielt, den unbeweglichen Körper zu sehen, ging sie, um Yannick zu suchen. Sie kam sofort zurück.

»Er ist weg. Yannick ist nicht in seinem Zimmer. Er hat das Diabolo und alle seine Klamotten mitgenommen.«

»Was für ein Mistkerl.«

Als es dunkel wurde, wickelten sie Nicolás in ein altes Bettlaken und ließen ihn im Schuttcontainer einer nahe gelegenen Baustelle zurück, verdeckt durch ein kaputtes Regalbrett.

Ana geht mit gesenktem Kopf die Straße herunter, die Hände in den Taschen und die Kapuze tief ins Gesicht gezogen, damit die Kameras sie nicht identifizieren können, sie friert etwas, ungewöhnlich für eine Nacht im September, oder nein, sie friert gar nicht, aber sie zittert und muss den Kiefer blockieren, damit die Zähne nicht klappern, den Kiefer blockieren, die Fantasien blockieren, nicht vorgreifen, das ist fundamental, sich nicht den Betrunkenen vorstellen, der die Baustelle betreten hat und in irgendeiner Ecke eingeschlafen ist, oder einen Obdachlosen, so dunkel angezogen, dass sie ihn im Hauseingang daneben nicht erkennen können, oder einen jungen Mann, der mit seinem Fahrrad vorbeikommt, um eine Essensbestellung auszuliefern, ein junger Mann, der sein mieses Gehalt mit der Arbeit für eine miese Firma verdient und um drei Uhr nachts immer noch durch die verlassenen Straßen saust, mit einer Geschwindigkeit, mit der sie nicht rechnen könnte, mit Helm und Kopfhörern, die ihn zu dieser Zeit wahrscheinlich mit Hardrock beschallen, damit er sich auf den Beinen

halten kann, und Ana weiß, wie es sich anfühlt, im Morgengrauen durch die Straßen zu rasen (sie hat es mit ihrem Bruder auf dem Motorrad erlebt), mit Helm, Visier, Handschu-
hen und Musik, die nicht von außen, sondern aus ihrem
Inneren zu kommen scheint, sich als Zentrum dieser Welt zu
empfinden, die sie durchquert, eine stille, verlassene Welt, eine
verlorene Zivilisation, die man auf eigene Faust betritt, wie eine
Maya-Stadt, die noch niemand entdeckt hat, isoliert durch diesen fremden Raum zu wandern, eine Blase innerhalb einer anderen riesigen Blase, auf die schweigenden Fassaden schauen,
wie jetzt, wo sie scheinbar wie ein Gespenst durch die Straßen
geht, sich in einer anderen Dimension befindet, wie ein Tau-
cher, der in seinem Anzug auf dem Meeresgrund läuft. Sie läuft,
mit gesenktem Kopf, den Blick auf das Pflaster gerichtet, den
Atem angehalten. Sie tritt gegen eine leere Bierdose und er-
schrickt über das Geräusch des Aufpralls. Ein neues Graffiti,
neben einer Bäckerei: Wir wollen Unruhen, keine Arbeit. Sie
liest es aus dem Augenwinkel heraus und lächelt trotz ihrer
Nervosität. Ein elektrisches Summen wie von Insekten begleitet das flackernde Licht einer Straßenlaterne; aber Ana schaut
nicht nach oben. Sie geht über die Straße, weicht dabei mehreren Hundekotbeuteln aus, die jemand auf den Boden geworfen hat: Sabotage oder Verrücktheit oder beides. Sie kommt
auf dem Platz an und wird etwas langsamer. Es ist kein Zögern,
sie schätzt die Lage ein. Sie vermeidet, in Richtung U-Bahn zu
schauen, um Hans nicht zu verraten, falls sie von einer Über-
wachungskamera aufgezeichnet wird. Sie muss so tun, als wäre
sie allein. Mit schnellen Blicken in alle Richtungen überprüft
sie, ob ein Polizeiwagen in der Nähe ist. Kein Taxi an der Haltestelle. Sie setzt ihren Weg fort, langsam, wieder wie ein Tau-
cher, der auf seinen Schultern das Gewicht des Ozeans spürt.
Sie zieht den Kopf noch etwas weiter ein, als sie an dem hell
erleuchteten Schaufenster des 24-Stunden-Carrefour vorbeigeht. Alles läuft gut, sie ist niemandem begegnet, niemand
kommt heraus, niemand geht hinein. Als sie beim Hotel ankommt, fällt ihr auf, dass sie das Gerüst schon abgebaut haben.
Jetzt zögert sie. Sie könnte einfach weitergehen, als wäre nichts

gewesen. Ein Teenager, der in den frühen Morgenstunden nach Hause geht. Ein Mädchen, das durch die Nacht läuft und vielleicht Angst vor einem Überfall oder sexueller Belästigung hat und deshalb, jetzt kommt der am hellsten erleuchtete Bereich, ihre Schritte beschleunigt, ihr Gesicht noch mehr verbirgt; ein verängstigtes Mädchen wie viele. »Wenn ihr wüsstet«, murmelt Ana. Der Eingang ist ein Loch, das sie wie ein Flusswirbel einsaugt. Sie könnte immer noch, immer noch, alles ist möglich, weggehen, eine mehr sein, zurück in die Menge und zur Resignation. Aber jetzt nicht mehr. Zu spät.

33

Er hätte sie überall wiedererkannt. Er hätte nicht sagen können warum, denn auf dem Video sieht man sie nur von hinten und weitem, außer ganz am Schluss. Nicht nur die Figur stimmte überein (schlank, nicht sehr groß, schmale Hüften, jungenhafter Oberkörper), es ist die Art zu gehen, resolut aber unverkrampft, mit zügigen Schritten, nicht wie jemand, der zu spät dran ist, eher wie jemand mit überschüssiger Energie.

Als er die nächtliche Szene noch einmal betrachtet, kommt ihm alles unwirklich vor; er sitzt im Parque de la Montaña mit Blick über Madrid wie vor einem Abgrund, vor ihm die Weite der Pinienwälder, ebenfalls vor ihm sich fotografierende Paare (könntet ihr mal kurz?, einfach hier drücken, danke, noch eins, zur Sicherheit), eine Touristengruppe in weißen T-Shirts mit einem Logo, das Aitor nicht entziffern kann, folgt einem Reiseführer, alle auf Segways, als würden sie im Park patrouillieren und dem Staffelführer folgen, der mit leicht militärisch anmutenden Bewegungen seine Anhänger versammelt. Kinder spielen auf der Esplanade gleich neben dem ägyptischen Tempel, der mitten in Madrid so fehl am Platz wirkt. Die nächtliche Szene spielt sich vor seinen Augen ab, die sich dem Horizont nähernde Sonne zwingt ihn, sie halb geschlossen zu halten, jenseits der Pinien und des Flusses, jenseits der Paare, die am Rand des Abgrunds stehen (was nicht der Fall ist, denn wenn du auf den vermeintlichen Rand zugehst, siehst du ein paar Meter weiter unten den Parkplatz, wo Busse die Touristen erwarten) und die ans Geländer gelehnt Selfies machen.

»Hast du eine Kopie?«

»Natürlich habe ich eine gemacht«, sagt Javier.

Trotzdem ist Aitor versucht, das Handy auf den Boden zu werfen, oder, besser noch, über das Geländer auf den Asphalt des Parkplatzes. Aber wie bei manchen Gifs kann er nicht aufhören hinzusehen, egal wie oft sich die gleiche Szene wiederholt.

Es ist Ana, er hatte es in Sekundenschnelle erraten, die den Hang hinuntergeht, Hände in den Taschen, eine Umhängetasche aus Stoff über der Schulter, das Gesicht von einer Kapuze verdeckt. Sie sieht nur geradeaus, den Kopf etwas geneigt, vielleicht nicht einmal, um ihre Identität zu verbergen, sondern nur aus der Gewohnheit heraus, die Schultern immer leicht nach vorne fallen zu lassen; halt dich gerade, Ana, hatte Isabel manchmal zu ihr gesagt, du wirst noch einen Buckel kriegen, und Ana schnalzte zur Antwort mit der Zunge, was ist, willst du mich zu einem Schönheitswettbewerb schicken? Und sie behielt ihre Haltung bei, ob sitzend oder stehend, und sie wurde sauer, wenn ihre Mutter ihr die Hand auf die Wirbelsäule legte, damit sie sich aufrichtete, lass mich, verdammt. Ana kommt auf dem Platz an, jetzt, ja jetzt schaut sie sich nach beiden Seiten um, fast ohne den Kopf dabei zu drehen, sie geht bis zu einer Ecke weiter und betritt dann ein im Bau befindliches Gebäude mit einer Entschlossenheit, als würde sie dort leben oder arbeiten. Sekundenlang zittert das Bild: zeigt den Platz, menschenleer bis auf ein paar Afrikaner, die auf einer Bank in der Mitte sitzen, scheinbar schlafen sie; das körnige Licht der Straßenlaternen mit dem Glorienschein alter Fotografien; der leere Taxistand; die geschlossenen Geschäfte, die Kneipen, auch geschlossen; auf dem Boden Papier, Plastiktüten, ein paar Bier- oder Coladosen. Es muss schon weit in den frühen Morgenstunden sein, bei so wenig Leben auf der Straße. Zwei Minuten nächtliche Bilder, ohne dass was passiert, nur die Hand, die das Handy hält, zittert manchmal oder verändert leicht Höhe oder Winkel.

Drei Hunde kommen einer nach dem anderen ins Bild, schnüffeln, als würden sie einer Spur folgen, und laufen in Richtung des Gebäudes, in dem Ana verschwunden ist, heben den Kopf, als hätten sie ein verdächtiges Geräusch gehört, und ducken sich leicht, zum Angriff oder zur Flucht bereit. Dann kommt Ana aus dem Gebäude und geht den gleichen Weg zurück, jetzt noch zügiger, den Kopf noch tiefer zwischen die Schultern gezogen, die Hände wieder in den Hosentaschen; die Hunde springen zur Seite bis auf einen, der kurz die Zähne fletscht, aber es ist offensichtlich, dass es nur eine Warnung ist. Ana setzt ihren Weg fort, ohne ihn zu beachten.

Ein Pärchen kommt aus dem Carrefour und bleibt vor dem gespenstischen Licht des Schaufensters stehen, um den Einkauf in den Plastiktüten neu zu sortieren. Ana nimmt ein Handy aus ihrer Tasche, dreht den Kopf zur Seite und hantiert gleichzeitig am Telefon. Das Bild wackelt jetzt heftig und eine Wolke von Staub, Trümmern und Glas steigt vor der Tür des Gebäudes auf, aus dem Ana gekommen war. Es ist ein lautloser Knall, als würden interstellare Raumschiffe im Weltraum explodieren (Aitor wagt es nicht, den Ton lauter zu stellen). Die Hunde erschrecken sich so sehr, dass sie auf der Flucht gegeneinanderprallen. Die Afrikaner stehen von der Bank auf, schauen in Richtung der Explosion, zu dem Gebäude, aus dessen Tür eine schwarze Rauchfahne aufsteigt, und machen sich eilig davon. Ana ist jetzt auf gleicher Höhe wie Javier, und es ist nicht ersichtlich, ob sie merkt, dass sie gefilmt wird, oder ob sie nur die Person ansieht, die das Handy in der Hand hält, aber auf jeden Fall erschreckt auch sie sich und wendet den Blick ab. Sie verschwindet aus dem Blickfeld, und statt den Weg zu nehmen, auf dem sie gekommen ist, geht sie in eine Nebenstraße und verliert sich nach und nach in der Dunkelheit.

Aitor drückt auf Play und sieht sich die ganze Szene noch einmal an.

»Du wusstest, was sie vorhatte. Du hast darauf gewartet, dass sie die Bombe legt.«

»Woher hätte ich das wissen sollen?«

»Warum hast du dann den leeren Platz weitergefilmt?«

»Weil ich vermutete, dass sie sofort wieder rauskommen wird. Was sollte sie auf einer Baustelle zu suchen haben?«

»Und du filmst sie in den frühen Morgenstunden? Klar

doch, du wirst erraten haben, dass sie um diese Uhrzeit noch was vorhat. Du bist ein Hellseher.«

»Ich hatte beschlossen, sie rund um die Uhr zu überwachen. Leute wie deine Tochter gehen nicht nur tagsüber raus.«

»Leute wie meine Tochter.«

Javier rutscht unruhig neben ihm hin und her. Ohne hinzuschauen nimmt er das Handy, das Aitor ihm hinhält.

»Du weißt, was ich meine.«

»Einhundertfünfzigtausend dafür?«, fragt Aitor.

»Ich setze was aufs Spiel. Ich habe Beweise für eine Straftat, aber ich bin damit nicht zur Polizei gegangen. Ich riskiere meine Lizenz und Gefängnis. Einhundertfünfzigtausend ist nicht viel.«

»Für mich ist es der Ruin.«

Javier steht auf. Er geht nirgendwo hin, es ist nur, dass er sich unwohl fühlt, auf der Bank und mit dem Gespräch.

»Einhundertfünfzigtausend, und ich tue dir damit einen riesigen Gefallen. Sprich mit deiner Frau.«

»Ich habe keine Frau.«

»Mit Anas Mutter, meine ich. Es wird sie auch interessieren.«

»Schick mir die Datei.«

»Wozu? Wozu willst du die Datei?«

Aitor antwortet nicht. Er fragt sich, ob es sich um einen Falken handelt, der dort in der Luft schwebt, geradeaus vor der Bank, als ob er an einem Faden vom Himmel hängen würde. Er bleibt unvorstellbar lange in derselben Position. Zu klein für einen Falken, aber Aitor versteht nicht viel von Vögeln. Er mag sie und er hat sich mal ein Fernglas gekauft, um sie im Retiro zu beobachten, aber er erkennt, wie bei Bäumen auch, nur die Arten, die am häufigsten vorkommen.

»Eine Lerche«, sagt Javier, und gleich darauf lässt sich der Vogel fallen, aber bevor er den Boden erreicht, steigt er wieder auf.

»Ich zahle dir, was du verlangst, aber du schickst mir die Datei.«

»Ich werde eine Kopie behalten.«

»Das habe ich verstanden.«

»In bar.«

»Ich will das Video, damit Ana es sieht.«

»Willst du sie erpressen, damit sie nach Hause zurückkommt?«

»Du zerstörst mein Leben. Ist dir das klar?«

»Ich kann es dir nicht schicken, aber ich mach dir eine Kopie.«

»Was macht das für einen Unterschied?«

»Wenn ich es dir schicke, gibt es eine Spur.«

»Wenn man mir das vor drei Monaten gesagt hätte, ich hätte es nicht geglaubt. Ich spreche mit einem Detektiv über die Beweise für ein Attentat. Mein Leben ist im Arsch und ich spreche mit dem Verbrecher, der, nun ja ... was weiß ich.«

»Deine Tochter braucht dich.«

»Leck mich am Arsch.«

»Das Wichtigste ist, dass du mit deiner Tochter sprichst. Dass du sie da rausholst. Du wirst sehen, hinterher ist alles halb so schlimm.«

»Du hast echt Nerven. Du willst mir Ratschläge für mein Leben geben?«

Es sah aus, als ob Javier ihm eine Hand auf die Schulter legen wollte, aber er zog sie zurück, bevor er ihn berührte.

»Einhundertfünfzigtausend, okay?« Aitor nickt wie zu sich selbst. Er macht den Eindruck, als würde er bereits an etwas anderes denken und die Unterhaltung mit Javier ihn nicht mehr interessieren. »Ich gebe dir eine Woche. Wenn die Frist abgelaufen ist, schicke ich das Video zusammen mit der Identität deiner Tochter an die Polizei.«

Aitor nickt nochmal, er steht ebenfalls auf; er würde nicht im Traum daran denken, Javier die Hand zu geben. Er geht in Richtung des ägyptischen Tempels, er lässt eine Gruppe von Touristen vorbei. Als er sich umdreht, schaut ihm Javier immer noch mit einem unsicheren Ausdruck hinterher.

34

So ist das Haus also jetzt leer. Nicht einmal der Hund wartet darauf, dass jemand hereinkommt und ihn streichelt. Es hat etwas von einer untergegangenen Zivilisation, El Agujero, wenn niemand es besetzt: Die Hinterlassenschaften sind so spärlich, es ist kaum vorstellbar, dass am Tag zuvor hier noch jemand gelebt hat. Man hört nicht einmal das Klackern von Alfons Schreibmaschine. Jetzt scheint es mehr denn je fehl am Platz, in eine Straße verpflanzt, in die es nicht gehört: einstöckig, grüne Holztür, schlecht getünchte Fassade, mit schmiedeeisernen Gittern und eher Fensterluken als Fenstern. Ein Haus vom Dorf mitten in der Großstadt. Ein verlassenes Haus, das auf seinen Abriss wartet, damit sie an dieser Stelle einen Klinkerbau errichten.

Wie verabredet ist Ana nach dem Anschlag nicht ins El Agujero zurückgegangen, damit ihre Rückkehr nicht von Kameras aufgezeichnet wird. Sie hat den Parque de la Reina überquert, ist über das Gitter gesprungen (sie musste eine Dreiviertelstunde ausharren und hörte die Sirenen der Polizei und der Feuerwehr), dann ist sie in die U-Bahn-Station auf der anderen Seite des Flusses, musste sich nochmal länger als eine Stunde gedulden, bis die ersten Züge wieder fuhren, und ist nach Carabanchel gefahren, in die Nähe des CSO, in dem Alfon auf sie wartete.

Auch wenn sie sich relativ sicher fühlen (sie sind nicht einmal als Bewohner des Viertels registriert), besteht Alfon darauf, dass sie keine Nachrichten im Internet suchen, auch nicht von einem Internetcafé aus, damit die Suche nicht zurückverfolgt werden kann; diesen Morgen lesen sie die Zeitungen in einem

Café: Alle schreiben nur von einem Sprengstoffanschlag auf ein Hotel in Lavapiés. Die Polizei verdächtigt systemfeindliche Gruppen, schließt andere mögliche Täter aber noch nicht aus. Der Staat wird nicht zulassen, dass eine gewalttätige Minderheit blablabla. Das Zusammenleben der Bürger blablabla. In einer demokratischen Gesellschaft ist es inakzeptabel blablabla. Wir verurteilen aufs Allerschärfste blablabla. Allerdings wird in keiner Zeitung erwähnt, dass in Madrid weitere Sprengsätze explodiert wären.

Ana erwartet, dass Alfon etwas sagt, eine Reaktion seinerseits auf die Tatsache, dass vom berühmten Aufstand nur das übrig geblieben ist: Krach, Rauch, ein paar Trümmer. Man muss weitermachen, hat er gesagt, als ob er alle Einwände, die Ana nicht zu äußern wagt, vorwegnehmen wollte. Wir müssen uns besser organisieren, neue Kontakte aufbauen. Es gibt noch viel mehr Menschen, die wissen, dass es keinen anderen Weg gibt. Unsere Aktion wird als Beispiel dienen. Als Modell. Andere werden folgen, da bin ich sicher. Es wird weitere Aktionen geben, zunächst vereinzelt, aber dann wird das Tempo zunehmen. Das alles wird hochgehen, weil es gar nicht anders geht.

»Ach ja.«

»Sie sind die Gewalttätigen, Ana, die Gewalttätigen sind sie, meinst du das nicht auch?«

Ana meint das auch, natürlich, aber sie spürt auch die Müdigkeit, die sich in den letzten Wochen in ihr breitgemacht hat. Sie weiß, dass die armselige Gewalt, die sie oder Menschen wie sie entfesseln können, nichts ist im Vergleich zu dem, was Politiker und Banker entfesseln können, während sie in die Kamera lächeln und sich Orden umhängen und von Demokratie, Zusammenleben und Wohlstand reden. Deshalb würde sie lieber nicht diese Entmutigung spüren, und vor allem würde sie lieber nicht Alfons Entmutigung spüren, und sie ist ihm dankbar, dass er sie hinter neuen Plänen und den kurzen Vorträgen, die er für sie improvisiert, zu verbergen versucht.

Es gibt eine weitere Nachricht, die Ana erwartet, die sie aber nirgends finden kann: die über den möglichen Verdächtigen, der von einem Bürger fotografiert wurde, es wird nicht einmal ein Zeuge erwähnt, der von der Polizei befragt wurde. Zunächst hat sie es Alfon gegenüber nicht erwähnt, um ihn nicht zu beunruhigen, denn es ist unwahrscheinlich, dass er ihr durch die Kapuze geschütztes Gesicht gesehen hat, und noch unwahrscheinlicher, dass er sie in diesem Moment fotografiert hat. Sie ist sich nicht einmal sicher, ob er überhaupt Fotos gemacht hat. Aber während die Stunden vergingen und sie in den Zeitungen blätterten, wurde sie immer nervöser.

»Ich habe dir eine Sache noch nicht erzählt«, sagt sie schließlich, und er sieht von der Zeitung auf.

»Etwas Wichtiges?«

»Es ist möglich, dass mich ein Typ fotografiert hat.«

Alfon mustert sie über seine Brille hinweg, faltet die Zeitung akribisch zusammen und tunkt ein Churro in den Kaffee, bis er sich fast auflöst.

»Der dich fotografiert hat, als du die Bombe gelegt hast?«, fragt er mit sehr leiser Stimme, obwohl der Kellner in der Küche verschwunden ist und es bis auf einen Mann, der Münzen in den Spielautomaten wirft, keine weiteren Gäste gibt.

»Hinterher, genau in dem Moment, als ich wieder gegangen bin. Wenn er vorher schon da gewesen ist, habe ich es nicht bemerkt.«

»Er hatte eine Kamera bei sich?«

»Ein Handy.«

»Und er hat dort ... gewartet?«

»Ich bin nicht sicher, kann sein. Ich glaube, es war der mit dem Motorrad.«

Alfon seufzt. Er kratzt sich die Brust durch das schwarze T-Shirt mit dem Besetzersymbol (mein Personalausweis, wie er es zu nennen pflegte).

»Deine Eltern wissen, wo du lebst?«

»Es war nicht mein Vater.«

»Das habe ich mir gedacht. Aber sie wissen, wo du lebst?«

»Von mir nicht, aber vielleicht von meinem Bruder.«

»Dein Bruder kam mir schon immer wie ein kleines Arschloch vor.«

»Er ist schon okay.«

»Es war schon richtig, das El Agujero zu verlassen. Es ist nicht der erste Ort, an dem sie auftauchen werden, aber früher oder später werden sie es tun. Es war sowieso zu klein, um etwas Wichtiges zu erreichen, du hast es selbst gesagt, wir brauchen eine größere Gemeinschaft. Wir können es ein paar zwangsgeräumten Familien überlassen, bis sie eine Sozialwohnung gefunden haben. Wir könnten nach Barcelona gehen, da kenne ich Leute.«

»Ich weiß nicht, Alfon, ich bin müde. Hast du was von Hans gehört, war er überhaupt da?«

Alfon zuckt mit den Schultern. Ohne sie zu benutzen, nimmt er eine Papierserviette und zerknüllt sie in den Händen. Er wirft den Papierball auf den Boden.

»Wirst du nach Hause zurückgehen?«

Ana würde lügen, wenn sie behaupten würde, es wäre ihr nicht durch den Kopf gegangen. Sie hatte die letzten Tage daran gedacht, vorher und nachher, die heiße Dusche anzunehmen, die Milch im Kühlschrank, das WLAN, den Geruch von Kaffee, den sie nicht selbst zubereitet hat, und vor allem die Gewissheit, dass jemand auf sie aufpasst und sie umsorgt (Alfons Interesse konnte man nicht als Fürsorge bezeichnen).

Und wenn sie daran gedacht hatte, dann hat sie sich nicht bei ihrer Mutter gesehen, die ihr die Dusche, den Kaffee und das WLAN vielleicht auch anbieten würde, aber die paar Male, die sie sie in ihrer Geschiedenen-Wohnung besucht hatte, hatte sie das Gefühl, das Zuhause von jemandem auf der Durchreise zu betreten, nach mehreren Monaten immer noch unausgepackte Kisten, Kleidung in Plastiktüten, Instantkaffee, und dieses Flattern in ihren Augen, diese Unfähigkeit, still zu sitzen, ohne ständig auf ihr Handy zu schauen, eine Whatsapp zu schicken, entschuldige, ich muss diese Nachricht beantworten, entschuldige, ich habe vergessen, X anzurufen. Ihre Mutter, die Angst hat umzuknicken, aber auf Stöckelschuhen läuft. Ihre Mutter, die Seiltänzerin. Ihre Mutter, Schwindelgefühl und Angst vor dem Fall, das weckt keine Assoziationen an ein Zuhause, nicht einmal an einen Zufluchtsort, doch wenn sie sich die Wohnung von Aitor vorstellt, wenn sie für einen Moment all die Dinge vergisst, die sie an ihm stören, entspannt sich ihr Körper, ihr Herz schlägt langsamer, sie atmet tiefer ein und aus. Aitor, mit seinen vorsichtigen, aufmerksamen Bewegungen, mit dem Wunsch zu gefallen, zu behüten, zu beschützen. Aitor Nest, Aitor Schutzwall, Aitor Erstickungstod.

»Nein, Mann, wie kann ich nach Hause zurück. Du weißt, dass ich das nicht tue.«

Alfon schaut sie wieder über seine Brille hinweg an, er nimmt sie bei den Schultern und schüttelt sie sanft.

»Natürlich nicht. Ich weiß, du würdest niemals nach Hause zurückgehen.«

»Aber ich muss noch mal hin. Es gibt etwas, das ich meinem Vater nicht gesagt habe.«

»Ich wusste nicht, dass du mit ihm redest.«

»Ich rede nicht mit ihm, aber ich muss ihm etwas sagen.«

»Du weißt, dass das riskant ist.«

»Ja, schon. Aber wenn sie herausfinden, dass ich es gewesen bin, erwischen sie mich sowieso.«

Alfon versucht, mit dem Löffel einen Krümel Churro aus dem Kaffee zu fischen.

»Dann kommst du, ja? Sobald du deinem Vater gesagt hast, was auch immer es ist, was du ihm sagen musst.«

Ana steht von der Bank auf. Sie streichelt über Alfons Kopf, über seine glatten Haare. Sie gibt ihm einen Kuss auf die Schläfe. Sie verlässt das Café so in Gedanken vertieft, es kommt ihr nicht einmal in den Sinn zu überprüfen, ob sie beobachtet wird.

35

Der Selbstmord seiner Mutter und der unbekannte Aufenthaltsort seines Vaters hatten ihre Vorteile, sie konnten sich nicht nach Ana erkundigen oder ihn dafür verantwortlich machen, dass das Mädchen von zu Hause weggelaufen war, noch weniger für ihre inakzeptablen Taten und vor allem konnten sie ihm keine Ratschläge erteilen, wie in solch einem Fall zu handeln sei. Wenn er ehrlich zu sich war, musste er zugeben, dass er seinen Vater nie vermisst hatte (als Kind vielleicht, ja, aber der Erwachsene hatte es vergessen), und der Tod seiner Mutter hatte ihn eher erleichtert als schwer getroffen. Solange er denken konnte, war seine Mutter eine Belastung gewesen, nicht in finanzieller, sondern in emotionaler Hinsicht: Obwohl sie Jahre gebraucht hatten, bis sie ihre bipolare Persönlichkeit diagnostizierten, erinnerte er sich genau an jene Phasen, in denen sie nicht einmal vortäuschen konnte, sich für ein Gespräch mit ihrem Sohn, das Mittagessen oder den Elternsprechtag oder sein Journalismusstudium zu interessieren; dieser teilnahmslose Blick, dieses angedeutete Lächeln, als bedurfte alles einer außerordentlichen Anstrengung: Als sie sich mit einer Überdosis Schlaftabletten das Leben nahm, ein Selbstmord, der zu dem ständigen Energiemangel dieser Frau passte, schrieb Aitor, bevor er in ihre Wohnung ging, um sich um die unzähligen Formalitäten zu kümmern, die ihn erwarteten, an den Rand der Zeitung, die er gerade las: »Heute ist Mama gestorben; nachmittags bin ich schwimmen gegangen«, und war den Rest des Tages mehr damit beschäftigt, diesen geistreichen Text zu wiederholen, als Maikas Tod zu betrauern (nach ihrem Tod benutzte Aitor die Worte »meine Mutter« oder

»Mama« nicht mehr, sondern erwähnte sie nur noch mit ihrem Namen).

Für Aitor war der Vater eine Art Phantasma, lediglich dazu nutze, mit Isabel ein Spiel zu spielen, nämlich zu erraten, wo er sich wohl befände: Er zog es vor, ihn in einem mittelamerikanischen Gefängnis zu vermuten, wo er, immerhin war er ein angesehener Mann, als Kurier zwischen Bandenmitgliedern und ihren Anwälten fungierte; während Isabel, nachsichtiger, ihn auf eine karibische Insel verfrachtete, wo er ein Hotel für Rucksacktouristen aufgemacht hätte, ein paar Bambushütten, die luxuriösesten mit zwei Betten, Moskitonetz und Ventilator, die einfachen Baracken bloß mit Etagenbetten, in denen sich die Touristen mit Insektenschutz einsprühen mussten, um die nächtlichen Angriffe Dutzender Moskitos abzuwehren, die durch das zerrissene Fliegengitter krochen. Sie beschrieb ihn im Hawaiihemd, inzwischen komplett kahl (das stellte sie sich sexyer vor als auf den Fotos), er hatte zwar ein wenig zugenommen, das Leben im Freien hatte ihn jedoch auch muskulöser werden lassen. Sicherlich lebte er mit einer karibischen Frau zusammen, die vor Jahren wunderschön gewesen war und mit eiserner Hand die Bücher führte (sie würde ihm nicht erlauben, Geld aus der Kasse zu nehmen, um es in den nahe gelegenen Kneipen zu verjubeln: Wenn du trinken willst, gib es im Geschäft aus, würde sie fordern). Aitor fand seinen Einfall interessanter, aber wenn sie in versöhnlicher Stimmung waren, brachten sie beides unter einen Hut, dann kaufte er halt nach Jahren im Gefängnis und mit dem dort durch Drogenhandel verdienten Geld ein wenig Land im Dschungel von Nicaragua, wo er ein Dutzend Hütten aufbaute, die er als Unterkünfte an Touristen vermietete und eine Köchin einstellte, die er später heiratete. Eines Tages, wenn er an Krebs erkrankt, so Isabel, wird er darauf bestehen, seinen Sohn zu finden und sich mit ihm zu versöhnen. Dann werden wir ihn im Dschungel besuchen.

Zum Glück wohnten Isabels Eltern, obwohl beide am Leben und lokalisierbar, weit genug entfernt, um nicht übermäßig zu stören. Geschieden mit sechzig, kurz nachdem die

Mutter beschlossen hatte, ihren Lebensabend nicht damit zu verbringen, sich um einen Mann zu kümmern, der gebrechlicher war als sie selbst, so schweigsam, dass man ihn für stumm halten konnte, und immer kritisch und gleichsam angeekelt von der Welt (einer Welt, in der sie ein bedeutender Faktor war), sie suchte sich einen Anwalt, hob von den gemeinsamen Konten die Hälfte ab (die Wohnung in Barcelona lief auf ihren Namen, das Reihenhaus in Tarragona auf seinen, eine Aufteilung, die ihr sehr entgegenkam) und reichte die Scheidung ein, ohne sich dazu zu bequemen, ihren Mann auch nur zu informieren. Anders als man erwarten könnte, nahm der Mann es gelassen hin; er nannte sie lediglich eine alte Hure, als er die Benachrichtigung vom Gericht erhielt, sammelte seine Habseligkeiten zusammen, hinterließ seiner Frau den Müll, den er im Keller angehäuft hatte, hob seine Hälfte von den Konten ab und zog in das Haus in Tarragona. Er rief zweimal im Jahr an, zu Weihnachten und zu Isabels Geburtstag. Nie hatte er sie in Madrid besucht.

Isabels Mutter dagegen suchte häufig den Kontakt, und beide befürchteten, dass sie eines Tages in der Nähe ihrer Enkelkinder leben wollte, wie sie gelegentlich durchblicken ließ, vielleicht in Erwartung einer Einladung, die nie kam. Keiner der Eltern war also in ihrem Leben anwesend, um sich vor Entsetzen über Anas Tat die Hände vor den Mund zu halten oder ein Ich habe es dir gesagt, das Mädchen hat schon immer gemacht, was es wollte, fallen zu lassen.

Und Luis ist nicht da und er will ihn auch nicht in dieses schreckliche Durcheinander hineinziehen. Also bleibt nur Isabel. Und er weiß genau, was sie sagen wird, trotzdem, er kann es nicht alleine durchziehen, er braucht ein Minimum an Unterstützung, auch wenn sie mit Vorwürfen und Schuldzuweisungen einhergeht.

Doch zunächst meint Aitor, einen Fehler gemacht zu haben. Isabels Gezeter am Telefon kann ihn nicht trösten, nicht einmal die eine Zurechtweisung, hinter der ein Rest von Zuneigung zu erkennen ist. Isabel tobt, beginnt Sätze, die sich in sinnlosen Wiederholungen verlieren, stampft mit dem Fuß auf

(Aitor vermutet, dass es der Fuß ist) oder tritt gegen die Wand und schreit ihn schließlich noch lauter an, mit sich überschlagender Stimme, aber warum habt ihr sie weiter beschatten müssen, warum habt ihr sie weiter beschattet, Aitor, warum, Scheiße nochmal, habt ihr sie weiter beschattet?

Und Aitor hat darauf natürlich keine Antwort. Was hatte er davon, in Anas Leben herumzuschnüffeln, er wusste doch schon, wo sie sich aufhielt? Vor einigen Tagen hatte er es noch ganz klar gehabt, aber jetzt könnte er nicht mehr erklären, warum er den Detektiv für etwas bezahlt hatte, das nur nach hinten losgehen konnte. Aber es machte keinen Sinn mehr, sich darüber zu ärgern. Sie sollten sich vielmehr Gedanken darüber machen, wie sie Ana helfen können.

Aitor hält den Mund und wartet, dass Isabel zu dem gleichen Schluss kommt. Er sitzt in einem Sessel im schwach beleuchteten Wohnzimmer, umgeben von Umzugskartons, in denen sich die Trümmer seines Lebens befinden, zu Fossilien gewordene Erlebnisse und bereits erloschene Zuneigungen, Reste auch von Ana und Luis, die er in einem Lagerraum aufbewahren wird, bis sie sie irgendwann abholen, diesen Ballast an Dingen, diese Artefakte, die nur dazu dienen, Erinnerungen zu wecken, und die dich letztendlich immer binden und einengen. In ein paar Tagen muss er die Wohnung den neuen Besitzern besenrein übergeben, muss Kartons und Möbel in die neue bringen, um diese dann auch zu verkaufen, weil er ohne sein früheres Einkommen schon in ein paar Monaten die Raten für die Hypothek nicht mehr wird bezahlen können, obwohl, vielleicht kann er sie neu verhandeln, um die monatliche Belastung zu senken. Und er hatte sich auch noch gefreut, so schnell einen Käufer gefunden zu haben; was für ein Glück, hatte er gedacht, was für ein großes Glück. Wenn sie ihn wenigstens eine Woche früher entlassen hätten, dann hätte er den Kreditvertrag noch nicht unterschrieben, vielleicht hätte er den Verkauf seiner Wohnung noch aufhalten können, er würde weiterhin dort leben, zwar immer noch ohne zu wissen, wie er seinen Lebensunterhalt verdienen soll, aber mit einer niedrigeren Hypothek und ohne sich so verschuldet zu haben.

Hätte, wäre, würde, wenn.

Kommen die Zwangsräumungen, von denen er in der Zeitung gelesen hat, so zustande? Er hatte immer angenommen, dass diejenigen, die ihre Wohnung verlieren, mit Ausnahme der ganz armen Pechvögel, die mit über fünfzig arbeitslos werden und sich um kranke Familienangehörige kümmern müssen, mit Ausnahme der Menschen, die bereits mit einem Urteil geboren werden, das früher oder später vollstreckt wird, dass den anderen so etwas aus Leichtsinn oder Mutwilligkeit passiert, und er hätte sich nicht träumen lassen, dass es ihm widerfahren könnte. Leichtsinnige Menschen oder unehrliche Menschen oder beides, dachte er bislang. Menschen, die mehr ausgeben als sie haben.

Um ihn herum stehen die Kartons, die er selbst gepackt hat, um beim Umzug Geld zu sparen. Mehr als einmal war er kurz davor, Isabel anzurufen um zu fragen, ob sie diese Vase, oder jene Bücher, dieses Andenken wiederhaben möchte. Aber Isabel war bei der Aufteilung ihres gemeinsamen Besitzes großzügig gewesen. Aitor argwöhnte allerdings, dass es ihr eher darum gegangen war, Distanz zu schaffen, und ihn hatte ihr mangelndes Interesse an den Fotoalben ihres gemeinsamen Lebens oder an den Zeugnissen gemeinsamer Erlebnisse und Reisen verletzt.

»Ich wollte nur wissen, was sie macht, mit was sie sich beschäftigt«, sagt er schließlich, um die Frage zu beantworten, die in der Luft hängen geblieben ist. »Ich habe mir große Sorgen gemacht. Eigentlich wollte ich sie selbst suchen gehen, aber ich hatte keine Zeit.«

»Und ich, habe ich mir etwa keine Sorgen gemacht? Meinst du denn, ich wäre nicht beunruhigt gewesen? Genau deshalb wollte ich nicht, dass ein Detektiv mehr herausfindet. Wir hatten darüber gesprochen.«

»Ich weiß. Aber was passiert ist, ist passiert.«

Er stellt sich vor, wie sie die Telefonschnur um ihren Zeigefinger wickelt, doch dann fällt ihm ein, dass Telefone schon lange keine Kabel mehr haben, er weiß nicht, woher er dieses Bild hat, vielleicht aus einem alten Fernsehspiel.

»Isabel.«

Sie putzt sich die Nase. Als sie wieder spricht, ist ihr Tonfall beherrscht, diszipliniert. Ihr Sinn fürs Praktische gewinnt die Oberhand und allein das beruhigt Aitor schon. Er erwartet nicht, dass sie ihn darüber hinaus auch noch tröstet, aber die Sorgen teilen, gemeinsam über mögliche Lösungen nachdenken, sich gegenseitig unterstützen. So war es, als sie verheiratet waren; und auch wenn sie es nicht mehr sind, darin haben sie Übung.

»Was wirst du tun?«

»Darüber wollte ich mit dir reden.«

»Jetzt willst du mit mir reden. Ein bisschen spät, oder?«

»Ich kann jetzt so oft du willst sagen, dass es mir leidtut, aber wir müssen eine Lösung finden.«

»Es gibt keine Lösung.«

»Fast immer gibt es eine. Wir müssen sie nur gemeinsam finden.«

»Gemeinsam. Auf einmal. Wie auch immer, mit Geld kann ich dir nicht helfen. Meine Firma …«

Und sobald Aitor sie das sagen hört, wünscht er sich, er könnte in Sekundenschnelle zu ihr laufen und ihr zur Seite stehen, sie an sich ziehen und ihren Kopf an seine Brust legen, erzähl es mir, kann ich irgendetwas tun?, und sie im Arm halten, so wie während ihrer Ehe, wenn sie irgendeinen Kummer hatte, obwohl diese Situationen oft im Streit endeten, denn er suchte sofort nach einer Lösung, so wie jetzt, und sie wollte doch nur, dass er ihr zuhörte, verdammt, Aitor hör mir einfach nur zu, das reicht mir schon, manchmal ist es, als wolltest du mich nur deshalb trösten, um dich ohne schlechtes Gewissen wieder deinen Angelegenheiten zu widmen, das war's, Problem gelöst.

»Meine Firma …«, wiederholt Isabel, und dann klingt es, als ob sie heftig nach Luft geschnappt hätte, wie jemand, der in aller Eile ins Wasser springen muss und kaum Zeit hat, vorher tief einzuatmen. Aitor wartet ein paar Sekunden, bevor er fragt.

»Habt ihr Schwierigkeiten? Kann ich etwas tun? Im Ernst, ich helfe dir. Du weißt, dass ich dir helfen würde.«

»Sie schicken uns kein Material mehr. Weil wir mit den Zahlungen im Rückstand sind. Wir werden schließen müssen.«

»Komm nach Hause«, hört Aitor sich sagen.

»Nach Hause? Welches Zuhause?«

»Das hier. Unseres. Vorläufig.«

»Ich will ja nicht melodramatisch werden, aber es gibt kein ›unser‹. Wir sind geschieden, oder? Es gibt kein ›wir‹ und kein ›unser‹ mehr.«

»Ich habe eine Idee. Es ist mir durch den Kopf gegangen, bevor ich dich angerufen habe, aber ich habe mich nicht getraut. Komm her, im Ernst, wir werden darüber reden. Im Haus ist alles drunter und drüber, ich erkläre es dir später, aber wir kriegen das schon hin.«

»Das mit Ana?«

»Alles. Wir werden alles regeln. Komm erstmal her, du wirst sehen, es ist möglich.«

Und er hört, wie Isabel lacht, ein ungläubiges Lachen, den Tränen nahe, aber sie sträubt sich weiterhin, wirklich?, fragt sie und lacht wieder, bringt Aitor damit auch zum Lachen und er ist gerührt, es ist ein Wunder, denkt Aitor, nicht nur, weil seine Augen feucht geworden sind, etwas, das ihm schon seit Monaten nicht passiert ist, sondern weil er zur gleichen Zeit eine Erektion bekommt, auch ein außergewöhnliches Ereignis in seinem Leben in letzter Zeit, die Entdeckung, dass sich inmitten der Trümmer etwas regt und Widerstand leistet.

»Im Ernst, du willst, dass ich komme?«

»Ich werde auf dich warten. Es wird einfach sein. Du wirst sehen.«

Vielleicht gibt es in diesem Park, in dieser Stadt, in diesem Leben nichts, was dich wirklich zurückhält. Dinge passieren einfach, und der Fehler besteht darin, sie zu einem Teil von dir selbst zu machen, wie die missglückten oder zerbrochenen Stücke, die ein Töpfer wegwirft und die anders hätten werden können, besser, bewundernswert, Objekte, die man stolz in einer Vitrine ausstellt. Aber es sind Scherben und deshalb haben sie ihre Nützlichkeit und Schönheit verloren (noch sind sie nicht antik genug, um im magischen Glanz untergegangener Zivilisationen zu erstrahlen). Es ist also ein Fehler, sich mit diesem Gewicht die Taschen zu füllen wie ein Selbstmörder, der sich Beutel mit Kieselsteinen um die Hüfte bindet. Und es ist auch ein Fehler zu akzeptieren, dass du unwiderruflich der bist, der du geworden bist, sich von Entscheidungen bestimmen zu lassen, die vom Moment diktiert worden sind, deshalb können wir sie zusammenfassend auch als Umstände bezeichnen.

Und du sagst dir, nein. Du musst es nicht akzeptieren. Nun, da du wieder über den sanften Abgrund in Richtung der Pinienwälder der Casa de Campo blickst, den Tempel von Debod hinter dir, eine weitere Anhäufung von Trümmern aus einer anderen Zeit, die restauriert wurde und die nun weder alt noch neu wirkt, sondern eher wie ein Modell aus dem Atelier eines Architekten. Da stehst du nun wie ein Tourist, aber ohne die geringste Lust auf ein Selfie, denn ein Foto würde das Gesicht der Person zeigen und festschreiben, die du gleich nicht mehr sein wirst, und wenn du es dir aussuchen könntest, würdest du sogar dein Gesicht austauschen wollen, weil dir das jetzige nicht mehr gerecht wird. Und auch Isabel scheint eine andere zu sein, denn sie hat dir aufmerksam zugehört, ohne Einwände, konzentriert und überrascht wie eine von der Einfachheit und Schönheit einer mathematischen Gleichung überwältigte Studentin. Sie ist eine Andere, du bist ein Anderer, so dass ihr zwar nicht nochmal von vorne anfangen könntet, aber doch so, als hättet ihr euch gerade erst kennengelernt, obwohl der Körper sich erinnern und diese Berührung, diese Liebkosung, dieses Stöhnen, diese Nägel, die schon seit langer Zeit nicht mehr über deinen Rücken kratzen, wiedererkennen wird.

Du bist früher gekommen, weil du wusstest, dass du die paar Minuten vor dem Treffen genießen würdest. Du hast die Sonne im Rücken gespürt, Gesprächsfetzen drangen an dein Ohr, Fragmente von Geschichten anderer, auf die du nicht neidisch bist, früher schon, erinnerst du dich?, für dich war es spannender, in das Leben irgendeiner anderen Person einzutauchen, als geschmeidig und sanft den Abhang deiner Tage herunterzurutschen. Aber jetzt wirst du springen, und du wirst nicht zulassen, dass sie dich abdrängen und vertreiben von dem verschlungenen Weg, den du gewählt hast. Du hättest dir gewünscht, Isabel könnte da sein und dich sehen, aber ihr hattet beschlossen, dass es ratsamer wäre, wenn du allein gehst, um keinen zusätzlichen Verdacht zu erregen.

Die Seilbahn lenkt dich einen Moment ab, ihre leeren Kabinen, die durch das Blau ziehen; wenn du die Augen ein wenig zusammenkneifst, verschwinden die Kabel und es sieht aus, als würden sie dahintreiben, als wäre der Himmel ein ruhiges Meer. Als du dich wieder zur Esplanade umdrehst, kommt Javier bereits auf dich zu, aber er scheint dich noch nicht bemerkt zu haben. Er schaut sich nach einem Jogger um, vielmehr schaut er auf den Hintern eines Joggers und du denkst es zum ersten Mal. Und logischerweise musst du auch an Luis denken. Ob er es dir eines Tages sagen wird? Ob er sagen wird, Papa, ich muss dir was Wichtiges erzählen. Und wenn ja, wirst du dann so tun, als wüsstest du es nicht? Der frühere Aitor hätte es so gemacht: das Geständnis anhören, leichte Überraschung zeigen, zustimmend nicken, lächeln, danke, dass du es mir sagst, mein Sohn. Solange du glücklich bist ... Aber heute nicht mehr, heute, wenn er es dir gestehen würde, würdest du ihn unterbrechen, ich weiß es schon, Luis, wie sollte ich es nicht wissen?, und er wäre dann derjenige, der ein überraschtes Gesicht machen würde, vielleicht würde er sich für die ganze Zeit schämen, in der er geglaubt hatte, ein Geheimnis zu bewahren, das kein Geheimnis war, und dass sein Vater es wusste, sein Vater, der nie was mitkriegt. Als Javier nah genug ist, lächelst du ihm entgegen, als würdest du einen Freund begrüßen, aber sofort wirst du ernst, deutest auf die Bank, ihr setzt euch, und du wartest, dass er als Erstes das Wort ergreift.

Von außen betrachtet sah es aus wie eine Wiederholung der Szene ein paar Tage zuvor, beide sitzen auf derselben Bank und schauen in dieselbe Richtung, obwohl Javier helle Hosen trug (schwarze Jeans beim letzten Mal) und ein Polohemd in Marineblau mit langen Ärmeln (violett das letzte Mal); Aitor trug die gleichen Jeans, die gleichen schwarzen Schuhe, eine leichte Jacke in der Hand, ein kleinkariertes Hemd, bei dem niemand sicher sein konnte, ob es sich von dem unterschied, das er getragen hatte, als sie auf dieser Bank gesessen hatten, erst vor kurzem, und doch schien es schon so lange her, als wären sie sich in einer anderen Zeit oder einer anderen Dimension begegnet.

»Du weißt, dass ich dir nicht traue?«, fragte Javier.

»Das sagst ausgerechnet du, das ist lustig.«

»Wegen des Videos, weil du das Video willst. Als Andenken.«

»Hast du es mitgebracht?«

»Nimmst du unser Gespräch auf?«

»Da bin ich nicht drauf gekommen.«

»Dann macht es dir nichts aus, wenn ich dich durchsuche.«

»Nur unter der Bedingung, dass du dich auch durchsuchen lässt.«

»Wozu sollte ich dich aufnehmen?«

»Beide oder keiner.«

Javier sah ihn mit einem schwer deutbaren Gesichtsausdruck an, wie jemand, der sich an einem Abgrund befindet oder am Ufer eines Stausees, der Angst hat, den Boden unter den Füßen zu verlieren; vielleicht auch nur wie jemand, der vorsichtig eine Fliese antippt, um sich zu versichern, dass sie nicht locker ist. Zuerst durchsuchte er Aitor: die Hemdtaschen, Kragen, Gürtel, weitere Taschen, die Hosenbeine. »Macht es dir was aus, die Schuhe auszuziehen?«

Zum Glück waren so früh kaum Leute im Park, von weitem hätte man sie für zwei Männer halten können, die sich gegenseitig unauffällig befummeln. Javier übergab Aitor einen Kugelschreiber mit Aufnahmefunktion. »Berufskrankheit«, sagte er, und erlaubte Aitor, ihn genauso zu durchsuchen, wie er es gerade getan hatte, seine Schuhe zog er gleich freiwillig aus.

»Das ist alles ein bisschen lächerlich«, sagte Aitor, »wie in einem schlechten Spionagefilm.«

»Das ist mein Job, ein mit spärlichen Mitteln gedrehter Spionagefilm, ein B-Movie. Hast du das Geld?«

»Hast du das Video?«

»Ich habe meine Meinung geändert. Ich werde es dir nicht geben. Ich weiß nicht, wozu du es willst und das hat bei mir die Alarmglocken läuten lassen.«

»Aber ich, ich soll dir das Geld geben.«

Javier legte die Arme über die Rückenlehne der Bank, er streckte die Beine aus, nachdem er geistesabwesend eine Ameise zertreten hatte, die ein Blatt, zehnmal so groß wie sie selbst, hinter sich herschleifte.

»Es ist eine Erpressung, Aitor, kein Geiselaustausch. Hast du das Geld mitgebracht oder nicht? Du weißt, was ich machen werde, wenn nicht. Das bedeutet viele Jahre Gefängnis für deine Tochter. Wir reden hier von einer terroristischen Straftat.«

»Und du willst einhundertfünfzigtausend.«

»Versuch es erst gar nicht.«

»Ich werde Ana selbst anzeigen.«

Eine Nacktschnecke, die du mit dem Finger berührst, hätte sich nicht schneller zusammenziehen können als Javier: Er nimmt seine Arme von der Lehne und verschränkt sie vor der Brust, sichtlich bemüht, sich nicht Aitor zuzuwenden.

»Was für ein Schwachsinn. Du wirst sie vernichten. Und sie wird dir das nicht verzeihen. Hast du mit Isabel gesprochen?«

»Besser noch, ich werde Ana dazu zwingen, dass sie sich selbst stellt.«

»Du zerstörst für einhundertfünfzigtausend Euro das Leben deiner Tochter.«

Aitor tätschelte Javier beruhigend das Bein, er erlaubte sich sogar, seine Hand ein paar Sekunden liegen zu lassen.

»Im Gegenteil, ich werde sie retten, ich werde uns alle retten.«

»Du wirst alle retten.«

»Nun gut, dich nicht, aber ich bin sicher, das nimmst du nicht persönlich.«

Er verstand es langsamer, als man es von einem Detektiv hätte erwarten können, erst recht von einem, der versucht hatte, seinen Mandanten zu erpressen. Aitor nahm sich Zeit, um Javiers Fragen zu beantworten, seine Einwände zu widerlegen, ihm in aller Ruhe zu erklären, dass es bei dem Attentat keine Opfer gegeben hatte, nur Sachschaden, aber dass Ana sich auf etwas eingelassen hatte, bei dem es früher oder später die ersten Verletzten geben könnte, die ersten Toten, und dann wäre ihr Leben für immer ruiniert. Wenn Ana nach Hause zurückgekehrt wäre, entsetzt über das, was sie getan hatte, und bereit, dieser rachsüchtigen und verbitterten Welt, die sie langsam verschlungen hatte, abzuschwören, hätte er jeden Preis bezahlt, um sie zu schützen. »Ich habe niemals jemanden mehr geliebt als Ana«, gestand er Javier, »nicht einmal Isabel, und deshalb werde ich sie da rausholen; eine terroristische Straftat, das stimmt, aber ohne Opfer, Ana ist nicht vorbestraft, sie ist minderjährig, sie wird mildernde Umstände bekommen aufgrund des Geständnisses und ihrer Reue, sie wird mit der Polizei zusammenarbeiten, sobald sie einsieht, wie sie sie benutzt haben, dass sie nicht der Mensch ist, der wissentlich den Tod anderer in Kauf nimmt, nicht einmal durch einen Unfall, ich kenne meine Tochter, trotz allem kenne ich sie, ich weiß, wer sie ist, was für ein Mensch sie ist, und als ich die beiden Gedichte gelesen habe, die sie mir am Kühlschrank hinterlassen hat, ja, ab und zu hinterließ sie mir Gedichte, sie kam in die Wohnung, als wir nicht da waren, und diesmal waren es zwei in kurzem Abstand hintereinander, da wurde mir klar, dass sie mich um Hilfe bittet, dass das erste Gedicht zwar kein Selbstmordbrief war, aber doch wie von jemandem, der etwas Schreckliches tun wird und es ankündigt, damit man ihn aufhält, aber ich habe es nicht gemerkt, auf jeden Fall nicht rechtzeitig, aber jetzt habe ich es verstanden, mit dem zweiten Gedicht habe ich besser verstanden, was vor sich ging, und ich weiß, was meine Aufgabe ist: Ja, ich habe es Isabel bereits erzählt und sie ist einverstanden, wir werden Ana retten, indem wir sie zwingen, sich zu stellen, in Wirklichkeit wird man sie nicht zwingen müssen, aber sie wird es so darstellen, um ihren Stolz zu wahren, und sie wird auch so tun, als wäre sie wütend auf uns, wird sagen, dass sie es uns nie verzeihen wird, aber sie wird es tun. Bis jetzt war ich ein passiver Vater, aber das hat sich geändert. Es ist okay, ich fühle mich gut dabei, die Verantwortung zu übernehmen. Langweile ich dich? Willst du mehr erfahren oder reicht dir das?«

»Die Dinge können auch anders laufen, als du denkst«, sagte Javier, aber seine Stimme klang nicht so fest, wie er es sich zweifellos gewünscht hatte; es klang, als wüsste er, dass er nicht mit Nachsicht rechnen konnte.

»Es kann gar nicht anders laufen. Glaub mir.«

Javier drehte sich auch jetzt noch nicht zu Aitor um. Er nickte mit zusammengekniffenen Lippen und leicht zusammengezogenen Augenbrauen und sah vor sich, wie alles den Bach runterging, weil Aitor plötzlich den verantwortungsvollen Vater spielen wollte, zähnefletschend seine Brut verteidigte, und Javiers Pläne, die Schulden zu bezahlen, die neue Sicherheitsfirma anzumelden, anfangs mit Carles zusammen, zerplatzten mit einem leichten Plopp, als wären sie nichts weiter als Fantasien, die man sich im Halbschlaf zurechtlegt, um dann am Morgen, kaum wach, festzustellen, dass sie eben nichts als Fantasien waren.

»Javier.«

»Hmm.«

»Einhundertfünfzigtausend.«

»Was?«

»Ich will, dass du mir einhundertfünfzigtausend zahlst, damit ich dich nicht anzeige, sobald Ana sich gestellt hat. Du hast eine terroristische Straftat gedeckt. Den Erpressungsversuch kannst du gerne hinzufügen.«

»Leck mich am Arsch.«

»Überleg dir das. Du wirst ins Gefängnis gehen. Du wirst deine Lizenz verlieren.«

Diesmal drehte er sich zu Aitor um und sah ihn intensiv an, mit einem sanften Lächeln, als würde er ihn gleich küssen.

»Du kannst mich mal. Du hast gar nichts in der Hand. Klar, du kannst mich anzeigen und mir ein paar Monate auf die Nerven gehen. Mehr nicht. Komm, hau schon ab. Aber ich werde dich nicht aus den Augen lassen. Ich werde einen Weg finden, dir das heimzuzahlen. Wir sind noch nicht fertig.«

Aitor legte ihm wieder eine Hand auf den Oberschenkel, sehr weit oben, Javier hatte mehr als einmal auf öffentlichen

Bänken, in Kinos, auf Konzerten auf diese Art vorgefühlt, wenn er sich fast sicher war, dass er mit dem Mann neben sich im Bett landen würde, eine Geste, die das Terrain erkundete, aber ohne großes Risiko zurückgezogen werden konnte.

»Ich habe Beweise für die Vertuschung. Die Erpressung nachzuweisen wird schwieriger sein, ich weiß nicht, ob ich das kann, aber ich werde es versuchen. Du hast für mich gearbeitet. Du hattest Beweise.«

»Aber du nicht, du hast das Video nicht. Siehst du jetzt, warum ich dir nichts in die Hand geben wollte?«

»Ja, und ich habe dich nicht aufgenommen. Aber Ana hat dich gesehen: Als sie an dir vorbeiging, hat sie dich angeschaut. Sie wird dich wiedererkennen. Wenn die Polizei ihr ein Foto von dir vorlegt, das ich von eurer Website habe, wird sie sagen, das war er, dieser Typ hat mich gefilmt, in der Nacht mit der Bombe. Einhundertfünfzigtausend. Nächste Woche. In bar. Auf dieser Bank.«

Einhundertfünfzigtausend reichten aus, um nicht aus der neuen Wohnung zu müssen, um in Isabels Firma zu investieren, um den Anwalt für Ana zu bezahlen. Es war alles so einfach, wenn man ein Stück von der Realität abrückte, so wie man zurücktritt, um ein Gemälde zu betrachten: Du siehst den Fluchtpunkt, siehst die Komposition, siehst, wie die Details ein Bild ergeben, das du aus der Nähe nicht hättest erkennen können. Das zu verstehen war Javier genauso schwergefallen wie Isabel, weil sie zu nah an den Dingen blieben. Aber Isabel hatte es schließlich begriffen: Egal wie schmerzlich die Situation war, es gab keinen anderen Ausweg. Und Ana?, hatte sie gefragt. Unsere Ana im Gefängnis? Er musste ihr erklären, geduldig, dass Ana Gefahr lief, irgendwann etwas richtig Schlimmes zu tun, dass es an der Zeit war, drastische Maßnahmen zu ergreifen, ihre Beziehungen zu diesen Leuten zu kappen, verstehst du, was ich meine?

»Wir können es dabei belassen. Ich zeige sie nicht an und du zwingst sie nicht, sich zu stellen. Du ersparst ihr Jahre im Gefängnis.«

»Ich will sie ihr gar nicht ersparen. Du verstehst nicht,

worum es geht. Wenn ich nichts tue, wird es schlimmer für sie ausgehen. Noch können wir es verhindern. Ich habe mich informiert: Höchstwahrscheinlich wird sie nur ein paar Monate in Haft verbringen. Und es wird mir sehr wehtun, aber ich bewahre sie vor Schlimmerem, denn wenn sie jetzt verhaftet wird, ohne sich selbst gestellt zu haben, liegen keine mildernden Umstände vor, und weil sie einen nicht wiedergutzumachenden Fehler begehen könnte. Also werde ich sie anrufen und es ihr erklären. Ich habe ihre Nummer. Sie wird es verstehen.«

»Du bist verrückt.«

»Im Gegenteil. Man lernt dazu. Auf die harte Tour, aber ich habe gerade dazugelernt.«

»Ich gebe dir keinen Cent, bevor sie sich nicht gestellt hat.«

»Überlass das ruhig mir, ich kümmere mich um sie. Nächste Woche, auf dieser Bank, gleicher Tag, gleiche Uhrzeit.«

»Ich habe das Geld nicht. Ich habe keine einhundertfünfzigtausend.«

»Ich hatte sie auch nicht.«

Aitor nahm die Hand von Javiers Bein. Er hatte Lust, ihm auf die Schulter zu klopfen, aber er hielt sich zurück. Er warf einen letzten Blick auf den Pinienwald. Die Kabinen der Seilbahn fuhren weiter hin und her, schwangen hoch oben, jetzt jede mit drei oder vier Passagieren besetzt. Die ersten Paare spazierten bereits durch den Park, und vereinzelte Gruppen von Touristen drängten sich hier und da zusammen wie Ameisen, die ein totes Insekt entdeckt haben. Er würde es ihr nicht am Telefon sagen. Es war besser, von Angesicht zu Angesicht zu sprechen. Er würde mit dem Taxi zu diesem Haus fahren, in dem sie lebte. Er hatte keine Angst vor ihrer Reaktion. Wie Isabel, wie Javier, sie würde es am Ende verstehen. Alles war von bestechender Logik. Ohne sich umzudrehen, hob er die Hand, um sich von Javier zu verabschieden, der bestimmt noch dasaß und ihm nachschaute, noch unfähig, die neue Situation zu begreifen. Eine Gruppe junger Leute machte auf dem Rasen Tai Chi. Sie hatten die Augen geöffnet, schienen aber nicht zu sehen, was vor ihnen war. Ihre Hände zeichneten langsame Botschaften ohne Bedeutung in die Luft.

Er wählte die Nummer, von der aus Ana ihn vor Wochen angerufen hatte, um ihr mitzuteilen, dass er kommen würde. Diese Nummer ist nicht vergeben. Er ging schneller. Er musste sich beeilen. Javier würde sich etwas überlegen. Schon jetzt. Sein Gehirn würde auf Hochtouren laufen. Und vielleicht entschloss er sich, vor ihm zur Polizei zu gehen, aber er würde es nicht sofort tun, er würde zunächst abwägen. Er hatte Informationen über ein Attentat mehr als eine Woche lang zurückgehalten. Sie würden ihm die Lizenz wegnehmen. Er würde vor Gericht müssen. Aber vielleicht wäre ihm das lieber, als einhundertfünfzigtausend zu zahlen. Aitor rannte bereits mehr, als dass er ging, seine Kehle war trocken, er spürte eine diffuse Angst. Er erreichte die Allee, die am Park entlangführte. Er hielt sofort ein Taxi an, nannte dem Fahrer Anas Adresse.

Ich werde sie da rausholen, ob sie will oder nicht. Siehst du, Isabel, siehst du, dass ich nicht so zahm bin? Wir werden das schon schaffen, wiederholt er sich, während das Taxi viel langsamer durch Madrid fährt, als ihm lieb ist. Er versucht noch einmal, Ana anzurufen. Er bittet den Taxifahrer, ihn hundert Meter vor dem Haus rauszulassen, obwohl diese Sicherheitsvorkehrung schon keinen Sinn mehr macht. »Behalten Sie das Wechselgeld«; obwohl er versucht, in normalem Tempo zu gehen, stolpert er, weil ihn die Ungeduld übermannt. Hier ist es also. Er hält an der Adresse, die Javier ihnen gegeben hat, verschwendet aber keine Zeit damit, diese armselige Bruchbude näher zu begutachten. Es gibt keine Türklingel. Seine Schläge mit der flachen Hand klingen, als würde er auf eine leere Kiste klopfen. Er schlägt immer und immer wieder gegen die Tür. »Ana! Ana!« Die Abstände zwischen den Rufen werden größer, schon drischt er nicht mehr auf die Tür ein, nur noch ein paar hoffnungslose Fausthiebe. Ganz langsam, so langsam, dass man jedes Bild einzeln ansehen könnte, wäre dies ein Film, erahnt er die auf sie zukommende Katastrophe.

36

Ihre Beine brannten jedesmal, wenn ein Windstoß eine neue
Ladung Sand gegen sie fegte. Obwohl die Temperatur an diesem späten Septembermorgen nicht einmal zwanzig Grad betrug, hatte sie Schuhe und Hose ausgezogen. Die Beine pieks-
ten und schmerzten, als ob sich alle paar Sekunden ein kleiner
Insektenschwarm auf sie stürzen würde; aber Ana musste trotzdem lachen, so wie als Kind, wenn ihr Vater sie kitzelte und
sie wirklich wollte, dass er aufhörte, aber sie konnte nicht anders, sie musste lachen, wirklich Papa. Sicher? Bist du sicher,
dass ich aufhören soll? Aber du lachst doch.

Ana legte sich die Hand schützend vor die Augen, als sie
den Sandweg verließ, der zum Strand führte. Es war niemand
da, aber um sicher zu sein, musste sie ganz nach rechts gehen,
wo erdige Felsen einen Teil des Strandes verbargen. Sie versteckte den Rucksack unter einem umgedrehten Boot, von dem
nur noch die Hälfte übrig war. Als sie das Boot wieder losließ,
das sie ein paar Zentimeter hatte anheben müssen, damit der
Rucksack darunter passte, blieben ein paar blaue Farbschuppen
an ihren Händen kleben. Danach überprüfte sie die schattigen
Ecken und Winkel unter den überhängenden Steilwänden,
ging um einen Felsen herum, der als Deckung genutzt werden
konnte, und näherte sich einer kümmerlichen Konstruktion
aus trockenen Holzstämmen, ausgeblichen durch Meerwasser
und Sonne, auf dem Boden lagen trockene Agavenblätter; ein
Kreis aus unterschiedlich großen Steinen bildete eine Art Terrasse, die nicht dazu einlud, sich der prekären Anlage zu nähern. Ana ging trotzdem vorsichtig hin. Im Inneren war niemand, und außer einem Haufen verblichener Lumpen gab es

keinerlei Anzeichen dafür, dass jemand hier wohnte. Ana rechnete sich aus, dass es ein Leichtes wäre, mit Steinen und Treibholz eine Plane zu befestigen, um sich vor dem Wind und auch vor nicht allzu starkem Regen zu schützen. Die ganze Konstruktion war nach Süden ausgerichtet, dennoch war sie nicht sicher, ob sie als Schutz für Winternächte ausreichen würde.

Ana ging zum Ufer und tauchte ihre Füße in das Wasser. Es war wärmer als der Sand. Auch als Kind hatte sie gespielt, nach und nach zu versinken, während der sanfte Rand der Wellen Sand auf ihre Füße spülte; sie war dann ein untergehendes Schiff und gab den um Hilfe rufenden Matrosen ihre Stimme, sehr leise, damit niemand von ihrem Spiel etwas mitbekam. Jede ihrer Zehen war ein Seemann, der darum kämpfte, seinen Kopf über Wasser zu halten.

Ana suchte den Strand nochmal mit den Augen ab. Sie zog sich vollständig aus. Trotz der Gänsehaut fühlte sie sich gut, gelassen, nichts drängte sie. Die Morgensonne gab ihr neuen Mut, als würde ein Riese ihr neue Lebenskraft einhauchen. Ihr Körper war in goldenes Licht getaucht, und doch erschien er ihr zu bleich. Sie hatte ihm nie viel Aufmerksamkeit geschenkt, aber jetzt hatte sie Lust, ihn härter, stärker und elastischer zu sehen: Wenn sie hierblieb, würde sie jeden Morgen am Strand joggen, jeden Tag schwimmen; und bei Einbruch der Dämmerung, wenn alle schon gegangen wären, würde sie noch einmal ins Wasser gehen. Wenn sie hierblieb. Sie hatte noch nicht entschieden, was sie tun würde. Sie hatte noch gar nichts entschieden. Nicht an die Zukunft denken. Handeln. Eine Tür eintreten, weil sie den Weg versperrt. An jenen Strand zurückkommen, der das Ziel ihrer ersten Flucht war.

Sie lief den Strand entlang bis zu seinem Ende und betrachtete die Felswand, die auf der einen Seite der Bucht ins Meer ragte und ihr den Blick auf das verwehrte, was dahinter lag: Zum Ende hin war sie rissiger als der Rest der Wand; fast senkrecht zueinander verliefen tiefe Bruchlinien durch die Steinoberfläche und bildeten massive Schuppen, wie eine versteinerte Drachenhaut. Sie kletterte auf den letzten Vorsprung der Wand, der viel niedriger war als die anderen. Auf der anderen Seite öffnete sich eine ähnliche Bucht wie die, in der sie sich befand, vielleicht ein wenig kleiner. Sie ging zurück.

Sie hatte noch den ganzen Tag vor sich.

Sie stellte sich vor, jahrelang dort zu leben, die regelmäßigen Strandbesucher würden sie irgendwann kennen, aber die meisten würden sich nicht trauen, sie anzusprechen. Sie wäre einfach die Frau, die am Strand lebt, sonnenverbrannt, fast verwildert, aber nicht bösartig. Sie würde sich an die Anwesenheit der Touristen gewöhnen, vielleicht würde sie sogar lernen, ihnen mit mehr Güte zu begegnen. Oder auch nicht. Aber sie würde nur wenig Platz benötigen, sie würde am Rande der Strömungen leben, die die anderen bewegen.

Was weiß ich, sagte sie sich. Was weiß ich, wie lange ich an diesem Strand bleiben werde oder sonst irgendwo. Doch war ihr klar, dass sie selbst hier ein wenig Geld brauchen würde; sie wollte nicht die Touristen anbetteln. Irgendwann konnte sie ins Dorf runtergehen und herausfinden, ob es einen Supermarkt gibt. (Bestimmt, Supermärkte und Apotheken gibt es überall.) Gelegenheitsjobs suchen. Eine Zeit lang von abgelaufenen Lebensmitteln leben, die jeden Tag weggeschmissen werden.

Sie spürte wieder den Gegensatz von Sonne und Wind auf ihrer Haut. Noch einmal hielt sie am Ufer inne und schaute in die Ferne, ihr Blick tastete immer wieder die Meeresoberfläche ab, als ob sie etwas suchte. Sie ging ein paar Schritte ins Meer, bis das Wasser ihre Knie bedeckte. Dort unten schwammen ein paar kleine Fischchen: zehn oder fünfzehn, bis auf ein paar dunkle, sehr feine Querstreifen von der gleichen Farbe wie der Sand. Wenn sie sich nicht bewegte, kamen sie näher, berührten ihre Füße mit ihren winzigen Mäulern, als würden sie testen wollen, ob sie essbar waren. Ana ging weiter vorwärts. Sie fragte sich, ob es Quallen gäbe. Dann erinnerte sie sich an Alfon. Sie bereute nicht, sich von ihm getrennt zu haben. Sie wollte es sich auch nicht begründen. Es war, was sie gebraucht hatte und basta, aus seinem Schatten treten, ein wenig selbst denken, selbst fühlen. Beim Abschied hatte Ana den Eindruck, dass ihm die Trennung schwerer fiel. Bin ich wirklich nicht fähig, echte Verbundenheit mit anderen zu empfinden? Alfon hatte sich sein Versteck schon ausgesucht, unter Gefährten; sie sagte ihm, dass sie auch wüsste, wohin sie gehen würde, erklärte es aber nicht weiter. Nicht aus Misstrauen, es war wieder mal rein intuitiv, ein Bedürfnis allein zu sein, und das bedeutete auch, dass niemand mit ihr in Kontakt treten könnte. Niemand der sie beschützen, beraten oder führen möchte.

Alles aufgeben, einfach so, radikal.

Manchmal braucht man das, nicht wahr? Allein bleiben, den eigenen Rhythmus entdecken, sogar den eigenen Rhythmus verlieren, wie wenn du tanzt und plötzlich merkst, dass du der Musik nicht folgst und dein Körper sich falsch bewegt, und dann musst du zuhören, dich vom Klang durchdringen lassen, um dieses Gefühl wiederzuerlangen, dass die Musik von innen kommt und nicht von außen. Den Rhythmus wieder zu deinem eigenen machen. Oder aber du müsstest ganz mit dem Tanzen aufhören.

Ana ging ein paar Schritte weiter. Es kostete sie bereits Kraft, sich auf den Beinen zu halten. Obwohl das Meer ruhig war, zerrte die Strömung an ihr, so dass sie fast das Gleichgewicht verlor. Noch zwei Schritte, entschlossen gegen den Widerstand des Wassers ankämpfend, als ob das Meer eine Mitte hätte, die es mit aller Kraft zu erreichen gilt. Noch ein Schritt, ohne einzutauchen.

Ein Schwarm Möwen überflog die Bucht von einem Ende zum anderen und ließ sich auf einem der Felsvorsprünge nieder. Sie blieben dort, sahen in ihre Richtung, als würden sie auf etwas warten. Ana holte tief Luft, schloss die Augen und beugte die Knie. Sie tauchte mit kräftigen Schwimmbewegungen zügig am Grund entlang. Sie öffnete die Augen wieder: der Sand erschien dunkler, das Wasser erschien dunkler, ein Tintenschleier, der Felsen und Seegras umgab. Ana atmete aus, damit es sie nicht wieder an die Oberfläche trieb, und blieb still im Wasser liegen; doch die Wellenbewegungen zogen sie fort und schaukelten sie sanft. Sie hielt sich an einem Felsen am Grund fest. Sie spürte, dass sie sich an einer Kante des Steins geschnitten hatte, aber das war ihr egal. Sie schaute sich um, die lautlose Welt, die sich langsam hin- und herbewegte. Sie sah auch nach oben, hin zum Licht, das sie gerade verlassen hatte und das nun weit weg war. Der Himmel schien hinter dickem, unebenem Glas zu liegen. Nicht nur der Himmel, auch ihr eigenes Leben kam ihr kilometerweit weg oder jahrzehntelang her vor. Eine vage Erinnerung. Als wäre es das Leben einer anderen Person. Sie hielt noch den Atem an, bis sie spürte, wie ihr schwindelig wurde, widerstand dem Impuls, tief durch den Mund Luft zu holen. Sie ließ den Felsen los, bohrte die Zehen in den Sand und stieß sich mit aller Kraft ab, nach oben.

> Heute sehe ich, was wir waren und was wir nicht
>   mehr sein werden,
> das unvollendete Projekt, der Entwurf
> gebaut aus Styropor
> und Plastikbäumen.
> Ich weiß, du weißt, ich weiß nicht,
> wohin der Feldweg führt,
> aber ich ziehe ihn den Autobahnen vor
> und dem Wartesaal der Flughäfen.
> Ich mag Sonnenuntergänge, ich bin jung
> und noch hetzt mich nicht die Angst vor dem Ende;
> ich fürchte vor allem die falschen Anfänge.
> Denn hoffentlich werde ich noch viele Jahre haben,
> um mich selbst an der Hand durchs Leben zu führen
> und nichts ist schlimmer, als den falschen Reise-
>   gefährten zu wählen.
> Schon höre ich die Möwen, meine Lippen
> schmecken nach Salz; es kommen harte Tage und
>   meine Haut
> wird rissig werden wie getrockneter Schlamm;
> wenn ich alt bin (und nicht, dass ich das vorhätte),
> wird sie wie die Rinde einer Korkeiche sein.
> Ihr sagtet, ich habe empfindliche Haut
> und habt mich eingecremt und mit Sonnenhüten
>   bedeckt,

und bleib im Schatten des Sonnenschirms.
Ihr habt nie verstanden, dass ich Narben bewundere
und ein makelloses Gesicht
mein Misstrauen weckt.
Ich weiß, ihr liebt mich
wie man eine Puppe liebt
die Mama sagt, wenn du ihr Bäuchlein drückst,
die Papa sagt,
wenn du die Schnur ziehst. Ihr habt mich in den
    Schlaf gewiegt
gerührt über dieses heimelige Bild
das die Spiegel zurückwarfen.
Ich tadele euch nicht. Mit siebzehn
habe ich schon gelernt, dass das Leben
nur die Probe für ein Stück ist, das nie aufgeführt
    wird.
Ich schreibe in deinem Wohnzimmer
umgeben von Kisten und Schatten,
es begleiten mich die Fetische der Vergangenheit
die immer meine sein wird.
Die Vergangenheit, die Größe, das Mal, als ich fiel
und niemand war da, mich zu trösten, und diese
    Augen,
genau so, genauso wie.
Aber dich macht nur aus, was du bestimmst.
Entschuldige den feierlichen Ton; es sind deine
    Umzugskisten,
es sind die Schatten, es ist die Stille,
die ich bekämpfe, so gut ich kann
Schon höre ich die Möwen. Meine Lippen schmecken
    nach Salz.
Spüre unter meinen Füßen den feuchten Sand,
der mich trägt
und mich zugleich verschluckt.
Papa, noch hast du Zeit:
Entsteige diesem Sarg, in dem du schläfst;
leg den Vampirumhang ab;

setz dich der Sonne aus, auch wenn sie dich versengt.
Aber du hast Recht: Wer bin ich,
dass ich jemandem Ratschläge erteile.
Wer
bin
ich.

DANKSAGUNG

An Pedro Blanco, der mir so viel über die Welt des Radios beigebracht hat und dessen Arbeit ich an einem schicksalhaften Tag kennenlernen konnte.

An das SER-Nachrichten-Team, das mir inmitten des Anschlags auf Las Ramblas in Barcelona die Möglichkeit gab, Zeuge ihrer professionellen Berichterstattung über diese Tragödie zu sein.

An J. B., der meine Informationen über die Hausbesetzerbewegung vervollständigt und mich zu einem Centro Social Okupado begleitet hat.

An Carina Pons, die meine Arbeit seit mehr als zwanzig Jahren unterstützt.

An meinen Verleger Joan Tarrida, der meine Bücher immer mit einer ausgewogenen Mischung aus Aufmerksamkeit, Respekt und kritischem Verständnis liest.

An Lidia Rey, die den gesamten Prozess vom Schreiben bis zur Veröffentlichung mit Begeisterung begleitet (danke auch für die Geduld, mit der sie die Cover meiner Bücher aussucht).

An Blanca Navarro und ihr Team, die wie immer dafür kämpfen werden, dass dieses Buch nicht unbemerkt in der Flut der Neuheiten untergeht.

Und an Edurne Portela, seit langem die erste Leserin meiner Bücher, für alles, was sie mir gibt, für alles, was sie mich lehrt.